D1255498

CLÉ DE CŒUR
*est le deux cent vingt-huitième livre
publié par Les éditions JCL inc.*

Données de catalogage avant publication (Canada)

Duff, Micheline, 1943-
  Clé de cœur

ISBN 2-89431-228-8

  I.Titre.

PS8557.U283C53 2000   C843'.54   C99-941921-8
PS9557.U283C53 2000
PQ3919.2.D83C53 2000

© **Les éditions JCL inc.**, **2000**
Édition originale : janvier 2000
Première réimpression : mai 2003

Clé de cœur

Roman

Illustration de la page couverture:
DANIELLE RICHARD
Rendez-vous à Maizerets
Huile, 1997 (90 x 120 cm)
Collection particulière

© **Les éditions JCL inc.**, **2000**
930, rue Jacques-Cartier Est, CHICOUTIMI (Québec) G7H 7K9 Canada
Tél.: (418) 696-0536 – Téléc.: (418) 696-3132 – www.jcl.qc.ca
ISBN 2-89431-228-8

MICHELINE DUFF

Clé de cœur

LES ÉDITIONS JCL

Quand les mots deviennent des notes,
il suffit de quelques accents pour nous transporter
au-delà de l'espace et du temps.

Nous reconnaissons l'aide financière du gouvernement du Canada par l'entremise du Programme d'Aide au Développement de l'Industrie de l'Édition (PADIÉ) pour nos activités d'édition. Nous bénéficions également du soutien de la SODEC et, enfin, nous tenons à remercier le Conseil des Arts du Canada pour l'aide accordée à notre programme de publication.

À tous les musiciens du monde

TABLE DES MATIÈRES

I

Sonate pour Mamie Soleil

Chapitre 1

Presto con fuoco (avec feu)

Le téléphone avait sonné au moins cinq ou six fois depuis l'ouverture de la bibliothèque, et malgré la sonnerie réglée sur la sourdine, le cœur de Mireille s'arrêtait de battre à chaque fois. Peut-être était-ce enfin lui? Mais non! Ce n'était pas lui! Pas encore cette fois. D'ailleurs, ce ne l'était pas depuis trois longs jours. Cette oscillation continuelle entre l'expectative et la déception l'épuisait à la longue. Assise sur son tabouret, le dos voûté, les muscles tendus, Mireille n'en pouvait plus d'attendre. « Ce gars-là est en train de me rendre folle. Je ne fais que cela, l'attendre! Allons, calme-toi, ma vieille, il finira bien par trouver un moment pour t'appeler. »

C'est fou ce que l'attente peut réduire à la dépendance. Pourtant, cette constante de toute vie d'homme, génératrice de l'espoir, ne constitue-t-elle pas la seule véritable respiration de l'être humain? Mille fois par jour, on attend, on espère, on aspire. On attend un appel, la sonnerie du réveil, l'arrivée de l'autobus, on attend l'heure du repas, on attend que le cours finisse ou que le film commence, on attend des nouvelles de quelqu'un ou des résultats d'examen. On attend que la grippe se passe. On attend un enfant aussi bien qu'on attend de mourir. Au fond, on attend toujours. Et toujours cet espoir qui nous garde en vie, assujetti à l'incontrôlable et à l'impondérable, à la fatalité, symptôme de la faiblesse et de la fragilité de la nature humaine. On espère, mais trop souvent, on n'y peut rien.

Mireille attendait l'appel de Pierre, elle l'espérait mais ne détenait aucun pouvoir sur cette attente, sinon d'y opposer une patience qu'elle ne possédait pas. Mille fois elle avait jeté un regard furtif sur la boîte grise recouverte de boutons, la suppliant secrètement de sonner pour elle. Comme si le fait d'implorer un appareil allait changer quelque chose! Alors elle ravalait son impuissance en se disant que, tôt ou tard, il viendrait, ce fameux appel.

Assise en face de l'entrée, elle voyait passer devant elle chacun des étudiants de la faculté de musique pénétrant dans la bibliothèque. Le début de la session amenait un va-et-vient inhabituel. On réclamait les disques obligatoires à écouter, on demandait conseil sur le choix de livres de référence pour un travail de recherche, on venait consulter les corrigés d'harmonie déposés par les professeurs. Bref, la bibliothèque se trouvait en effervescence et Mireille, employée en ce lieu depuis bientôt un an, ne demandait pas mieux. Trop occupée pour penser et *jongler*, elle avait le sentiment de vivre intensément pendant de longs moments, ne fût-ce qu'à la surface des choses. Les allées et venues continuelles assourdissaient, à leur manière, les bruits du cœur de la jeune fille où grondaient l'agitation et l'angoisse qu'elle ne voulait pas reconnaître. Plus l'activité bourdonnait, plus Mireille s'étourdissait dans l'illusion de se sentir précieuse et indispensable pour quelqu'un, même d'anonymes étudiants, passagers de quelques instants. La tiédeur de ces rencontres superficielles réchauffait tout de même un peu son cœur avide de tendresse.

Incroyable comme depuis qu'elle sortait avec Pierre, sa solitude était devenue plus perceptible, plus palpable, plus aiguë. Mireille se sentait l'âme à la dérive, mais elle refusait de se l'avouer et de l'envisager de plein front. Encore moins d'y chercher des solutions. Elle préférait s'enfoncer dans le travail, se leurrant momentanément dans le fantasme que tout allait pour le mieux dans sa vie.

À vrai dire, elle adorait son travail de bibliothécaire à l'Université de Montréal. Elle se sentait à l'aise parmi tous ces amoureux de la musique, autant les professeurs que les étudiants, reconnaissant dans leur regard la flamme qui l'avait attisée elle-même durant tout le temps de son baccalauréat en interprétation à la flûte traversière. Car il faut posséder le feu sacré pour aller aussi loin dans les études musicales. Seuls les passionnés et les acharnés se rendent jusque-là, travaillant, s'exerçant, persévérant pendant des heures et des heures, bûchant sur leurs devoirs de théorie ou leurs pages de solfège, perfectionnant leur instrument au-delà des sons, jusqu'aux confins de l'expressivité. Là où la technique et les lois physiques de l'exécution n'existent plus. Là où l'âme et l'instrument se conjuguent dans une œuvre de création, là où jouer de la musique devient une œuvre d'art. Là où la musique emporte l'être humain jusque dans l'univers de la contemplation, du mysticisme. De toute évidence, chacun des étudiants défilant devant le bureau de Mireille avait connu cette illumination à un moment donné de sa vie, c'est pourquoi il persistait dans son approche de la musique. Mireille avait expérimenté et expérimentait encore cette extase lorsqu'elle s'emparait de sa flûte, le soir dans sa chambre, face à la fenêtre, seule au monde avec ses partitions.

— Eh! Mireille, peux-tu me procurer les cassettes de dictée musicale MUS 1205? On a un examen de classification demain et je tremble déjà.

— Mais voyons, François! Ne te tourmente pas avec cela! Plus tu t'énerves, plus tu perds tes moyens. J'ai déjà passé cet examen-là et je suis encore vivante! Il est faisable, tu verras! Il s'agit de te concentrer. Couche-toi tôt ce soir, c'est la meilleure façon de te préparer.

— Ah! toi, je te trouve gentille de m'encourager comme ça! Dis donc, à quelle heure prends-tu ta pause-café?

— Désolée, je n'en prends pas ce matin car j'attends un appel important.

— Zut! Pas moyen d'amadouer la plus belle fille de l'université!

Mireille gratifia le jeune homme de son plus beau sourire. Mmm... N'eût été de Pierre, elle ne lui aurait pas fait mal, à celui-là. Violoniste en plus...

Les étudiants sentaient bien cette complicité et cette compréhension tacite que Mireille leur vouait, c'est pourquoi ils l'avaient adoptée d'emblée comme une amie plutôt qu'une simple employée de la bibliothèque. Elle connaissait leurs peurs, leurs doutes, l'énorme pression qu'ils vivaient, les risques qu'ils prenaient aussi de voir foutues par terre, l'espace d'un examen ou d'un concours, des années de travail. Mais elle savait surtout quel merveilleux rêve les animait.

Tout le monde la connaissait à la faculté, et pour un rien, on la consultait et lui demandait conseil. La plupart, en passant devant son bureau, s'arrêtaient quelques minutes pour faire un brin de causette. D'ailleurs, elle avait l'âge des étudiants, à peine quelques années de plus. Vingt-cinq ans, c'était l'âge de ceux qui préparaient leur maîtrise ou leur doctorat. Les chanceux! Elle aurait bien aimé se rendre jusque-là, mais la nécessité de gagner sa vie l'avait forcée à interrompre ses études musicales, deux ans auparavant. Du moins c'est l'explication qu'elle avait donnée à son entourage. C'est pourquoi, dès son baccalauréat terminé, elle s'était inscrite à un court programme de certificat en bibliothéconomie spécialisée, dans le but de se trouver un travail le plus tôt possible.

À vrai dire, la principale raison de son abandon provenait bien plus de son manque d'assurance face au stress de la performance musicale que de l'urgence de gagner un salaire. Durant ses études, dès qu'un récital obligatoire débutait, et même longtemps avant, elle étouffait d'angoisse et ses mains moites pouvaient à peine tenir l'instrument. Elle avait la hantise des trous de mémoire et n'en dormait pas des jours à l'avance, ce qui envenimait la situation et la rendait encore plus fragile et hésitante.

Elle n'oublierait jamais l'examen final du baccalauréat, à l'issue duquel elle avait pris sa décision définitive d'abandonner. La simple évocation de ce souvenir la retrempait aussitôt dans une sensation de panique folle. Elle se revoyait encore dans la coulisse de la salle B-225, espace réduit à la dimension d'une remise minuscule entre un corridor désert d'un côté et une scène immensément vide de l'autre. Ces murs froids et nus, ce lutrin perdu entre une tablette poussiéreuse et deux chaises pliantes, tout lui avait paru hostile, rébarbatif. Et surtout cette porte close derrière laquelle un pauvre bougre comme elle s'évertuait sur son instrument à convaincre les membres du jury que sa performance méritait de bonnes notes. Mireille aurait voulu se boucher les oreilles, ne plus entendre cet air de Debussy si difficile sur lequel elle-même s'était évertuée pendant des semaines, et qu'avait choisie, par un pur hasard, le candidat qui la précédait. Ce presto en arpèges, comme il le maîtrisait bien! Cette clarté, cette précision... « Il est bien meilleur que moi. Ah! je suis foutue!»

À travers ses gants de laine, elle sentait ses mains glacées et ses doigts engourdis. Elle s'était mise à trembler et à haleter, et n'arrivait plus à contrôler les spasmes qui la secouaient. Il ne lui restait plus que quelques minutes pour retrouver son souffle, se calmer, se concentrer. « Allons, ma vieille, un peu de courage, dans une heure, tout sera terminé.» Elle s'était alors écrasée sur l'une des chaises, les yeux clos, repliée sur elle-même, les mains serrées entre les cuisses, dans un état de torpeur qui la maintenait suspendue entre le rêve et la réalité, sur le bord de l'inconscience.

— Mademoiselle Mireille Ledoux, s'il vous plaît.

Elle avait sursauté, comme sortant d'un mauvais rêve, et s'était acheminée d'une démarche de somnambule vers le milieu de la scène gigantesque pour y jouer son avenir. Le sourire avenant de l'une des juges l'avait ramenée sur terre.

Elle s'était assez bien débrouillée, compte tenu de sa nervosité extrême. Mais elle avait surtout retenu de cette expérience les failles de sa mémoire qui n'avaient pas manqué de survenir. Partie d'un bon pied au tout début de l'exécution, elle avait réussi à se concentrer sur chaque élément de ses partitions bien ancré dans sa mémoire et à se laisser couler sur la musique portant elle-même ses propres qualités expressives.

Mais, sournoisement, une idée parallèle s'insinua dans son esprit en contrepoint de sa ligne de pensée. « Eh! Mireille! T'énerve pas, tu es en train de passer ton examen! » Petit à petit, l'idée périlleuse prit de l'ampleur, se gonfla jusqu'à faire éclater la belle concentration de la flûtiste. Elle se mit à jouer comme un automate. À l'approche des passages difficiles, elle s'affola. « Il ne faut pas que je me trompe, il ne faut pas que je me trompe! » Elle perdit le rythme, oublia les notes. Ce fut la panique, la déroute totale. Elle s'arrêta net, complètement perdue, avec l'impression de débouler en spirale dans un puits sans fond. Alors cet espace vide, cette noirceur, ce néant de quelques secondes lui parurent une éternité, plus insupportables que tout ce qu'elle avait jamais vécu auparavant. C'est à ce moment précis qu'elle décida d'abandonner. Plus jamais elle ne revivrait cela.

Elle ne savait même plus où redémarrer son interprétation et avait dû reprendre le mouvement à son tout début. Cette erreur aurait pu signer son échec. Pire, cette déconfiture se reproduisit à plusieurs reprises durant toute la durée de l'examen.

Elle s'en était pourtant tirée, mais avec la note minimale de passage. Le jury avait mentionné dans sa critique : *Bonne maîtrise de l'instrument, interprétation rigoureuse, musicalité, expression très au-dessus de la moyenne, mais déficience majeure au niveau de la concentration. Recommandation : amélioration à apporter au niveau du contrôle de la nervosité.*

Pire que la note elle-même, c'était la frustration d'avoir mal joué qui avait fait pleurer Mireille de dépit, une fois revenue dans la coulisse de l'auditorium. Quelle déception! Elle s'était bien préparée pourtant, elle savait qu'elle possédait la maîtrise de son instrument. Quant à l'interprétation, elle *sentait* bien ses pièces et pouvait même se laisser emporter par la musique elle-même. À vrai dire, elle méritait nettement un meilleur score, compte tenu de son talent et de son travail acharné. Encore la veille de l'épreuve, elle avait le sentiment de ne pouvoir jouer mieux, et son professeur, tout fier d'elle, l'avait approuvée. Elle se sentait prête. Mais le moment de grâce n'était pas venu. Le maudit stress avait tout gâché.

— Bravo! Mireille! Tu t'en es sortie!

Ses camarades l'avaient félicitée poliment, ses parents s'étaient dit contents d'elle, mais elle avait bien vu dans le demi-sourire de son professeur que, pas plus qu'elle-même, il ne se trouvait satisfait ni de sa performance ni de l'appréciation du jury.

— Voilà! c'est fait! tu as passé! Ouf!...

Il n'en dit pas plus. Il n'y avait rien d'autre à dire au fond, elle était bien consciente de la piètre qualité de son interprétation. Ceux qui percent ont plus de maîtrise et d'envergure. Elle devait se rendre à l'évidence : la tension lui enlevait tous ses moyens au lieu de la stimuler. Le temps était venu d'admettre qu'elle ne gagnerait probablement jamais sa vie comme concertiste et que rien ne servait de s'acharner, elle n'avait ni le système nerveux requis ni la confiance en elle indispensable. « Je ne suis qu'une artiste de chambre... de ma chambre! »

Mireille demeurait toutefois une véritable musicienne dans l'âme. Sa flûte restait sa meilleure amie, et il ne se passait pas de soirée sans qu'elle en joue, ne serait-ce que quelques minutes, le temps de lui confier ses états d'âme. Le temps de se libérer. Pour elle qui désirait demeurer à la fine pointe de la technique et de l'expressivité, cet emploi à la bibliothèque s'avérait une chance inouïe. Gagner sa vie parmi les livres, les partitions et les disques qu'elle adorait et au beau milieu de tous ces musiciens « en devenir » la stimulait énormément à poursuivre, même seule, ses études musicales et à continuer de travailler sa flûte.

Une fois de plus la sonnerie du téléphone déchira le silence de la bibliothèque et vint tirer Mireille de ses rêveries. Pierre! Ce ne pouvait être que lui! Depuis trois jours qu'elle attendait... Devinait-il seulement avec quelle fébrilité elle espérait son appel? Déjà elle l'entendait lui dire : « Bonjour, Rouquette! » avec sa belle voix chaude et douce. Rouquette, quel affreux sobriquet! On pouvait surnommer une chatte ou une chienne Rouquette, pas une jeune fille, même si elle avait les cheveux roux! Mais Mireille avait beau lui répéter qu'elle n'aimait pas ce surnom, il continuait à l'interpeller ainsi sans en tenir compte.

De toute manière, quand il parlait, Mireille n'entendait plus que la belle voix qui la faisait rêver. Au début de leurs fréquentations, alors qu'elle achevait son baccalauréat, il avait très peu réagi quand elle lui avait annoncé ses ambitions de flûtiste. Aux rares occasions où il venait chez elle, il ne lui demandait jamais de s'exécuter. C'était pourtant le rêve de Mireille de jouer pour lui. Depuis qu'ils sortaient ensemble, son interprétation se faisait plus vibrante, et chacune de ses répétitions s'inspirait de son amour, comme si elle préparait un récital exclusivement pour l'homme de son cœur. Elle aurait tant voulu que le mélomane en lui l'apprécie à sa juste valeur comme musicienne. Au moins lui... Alors, durant les nombreuses soirées ou dimanches où elle se retrouvait seule, Mireille travaillait son instrument pendant des heures, dans l'espoir secret d'offrir un jour à Pierre sa belle musique comme un bouquet de fleurs. À lui seul, il constituerait le plus sublime auditoire.

Ce mercredi-là justement, il avait été entendu qu'il viendrait souper à la maison. Elle avait bien l'intention secrète de lui jouer les deux préludes de Bach sur lesquels elle s'exerçait depuis quelque temps. Cette fois, elle n'attendrait pas qu'il le lui demande, elle prendrait elle-même les devants et le prierait de l'écouter. Il verrait comme elle jouait bien en l'absence des jurys ou du public froid et silencieux des salles de concert. Tout avait été planifié la fin de semaine précédente et il avait accepté l'invitation de bon gré. La mère de Mireille s'était pliée gentiment à la demande de sa fille et avait prévu de cuisiner sa carbonade de bœuf aux légumes, mets préféré de Pierre. Mireille irait, ce midi, acheter des éclairs au chocolat, une baguette de pain français et une bouteille de vin.

En se levant ce matin, sa première pensée avait été pour Pierre. Comme toujours d'ailleurs. Enfin! elle le verrait ce soir, quel bonheur! C'était tout de même bizarre qu'il n'ait pas téléphoné depuis trois jours. Il lui arrivait de temps à autre d'oublier, mais là, vraiment, il aurait pu appeler pour confirmer sa présence au souper de famille! Mireille n'avait pas l'habitude de lui téléphoner elle-même. C'était sa petite pointe d'indépendance. Elle préférait se passer de son amoureux plutôt que de lui courir après. Sa mère lui avait tant et tant répété la consigne.

— Une jeune fille ne court pas après les garçons, ma fille!

— Mais, maman, de nos jours, ce n'est plus pareil. Les relations entre les garçons et les filles se font d'égal à égal.

— Non, ma fille! Il est dans la nature de l'homme de conquérir depuis que le monde est monde, ce n'est pas aujourd'hui que cela va changer.

Le ton était sans réplique. Mireille avait assimilé cette leçon dans tout son comportement à l'égard de la gent masculine. Non seulement elle ne courait pas après les garçons, mais elle ne se soumettait jamais aux jeux du flirt et de la séduction. Elle se contentait de demeurer tout simplement elle-même, au naturel. On aimait ou on n'aimait pas et... on prenait ou on ne prenait pas!

Enfin! le « Bonjour, Rouquette! » qu'elle attendait avec tant d'impatience survint finalement, en fin d'après-midi. Mireille avait tout de même acheté le vin et les gâteaux durant son heure de dîner.

— Bonjour, Pierre, comment vas-tu? As-tu oublié l'invitation à souper dans ma famille ce soir?

— L'invitation? Mais quelle invitation? Je ne peux pas aller chez toi ce soir, mon amour. Il y a un nouveau prof au département d'économie, et je me suis entendu avec lui pour aller prendre une bouchée au centre-ville, histoire de faire plus ample connaissance. Désolé! J'irai chez toi une autre fois.

— Mais, Pierre, maman a tout préparé!

— Je t'ai dit que ce sera pour une autre fois. Passe tout de même une belle soirée. Je te rappelle demain, d'accord?

Et vlan! vlan! sur l'appareil de téléphone, vlan! sur la belle soirée en perspective, vlan! sur le cœur de Mireille, vlan! sur ses amours et vlan! sur sa vie! Là, elle en avait ras le bol. Pour une fois, elle sentit gronder la colère, une colère sourde, immense, envahissante. Une colère trop longtemps accumulée et dont la pression, maintenue aux soupapes de la tolérance et du pardon, risquait tôt ou tard d'exploser et de provoquer l'éclatement de cette relation entachée par l'égoïsme de Pierre. « Ah! il se fiche de moi, hein? Eh bien! il va voir que j'en suis capable, moi aussi! Je n'ai pas que ça à faire, attendre que le nombril du monde daigne me téléphoner pour me dire s'il a décidé de venir ou non à moi afin que je le contemple! Merde! Qu'il aille au diable! Je ne veux plus le voir de toute la semaine. Et peut-être même plus jamais! Cette fois, il dépasse les bornes. Lui et moi, c'est fini!»

Dans le vestiaire attenant à la bibliothèque, en enfilant ses bottes et son imperméable, Mireille retenait les larmes qui lui embrouillaient le regard. Les bras chargés de ses victuailles, elle se dirigea en trombe vers la sortie sans saluer personne, traversant le grand corridor la tête basse, contrairement à ses habitudes. Du coin de l'œil, seule madame Deschamps, la directrice de la bibliothèque, remarqua son désarroi. « Cette petite-là, il y a quelque chose qui ne tourne pas rond dans sa vie, cela me paraît évident... »

— Maman, Pierre ne viendra pas souper finalement.

— Ah non? Bon...

Mireille lança sa boîte de pâtisseries sur le comptoir de la cuisine. Elle savait que sa mère ne ferait pas de commentaire en apprenant le désistement de Pierre. Son père non plus. Toujours le silence, leur maudit silence! Ne se trouvait-il donc pas, quelque part, quelqu'un pour l'écouter, pour comprendre sa déconvenue? Pour calmer sa rage? Pour la conseiller? Pour la soutenir dans sa décision de ne plus supporter l'irrespect flagrant de Pierre? Mireille avait la certitude que, chez elle, personne ne dirait un mot. Ses parents en étaient restés au stade de parents nourriciers, sans plus. Son jeune frère Alain pousserait peut-être bien une pointe d'ironie et s'écrierait :

— Wow! ton chum va manger avec un professeur d'économie? Ça ne va pas leur coûter cher!

Et l'autre petit frère renchérirait probablement avec son petit air naïf :

— Qu'est-ce que ça veut dire, économie?

Puis ils se délecteraient tous de ses éclairs au chocolat sans s'apercevoir de sa mine basse et de ses reniflements discrets.

— Je vais aller au cinéma ce soir, maman.

— Ne rentre pas trop tard, hein?

Voilà le désintérêt total! Elle aurait pu demander qui l'accompagnerait et quel film elle allait voir. Du moins, elle aurait pu prononcer un petit mot de réconfort, mentionner qu'elle comprenait le désappointement de sa fille et sa détresse face à cet amoureux malveillant. Une simple caresse sur l'épaule, une toute petite phrase anodine auraient suffi. « Bonne idée, ma fille, d'aller au cinéma, ne te laisse pas abattre par l'attitude impardonnable de ce garçon! » Alors tout aurait été dit. Mireille aurait su que quelqu'un percevait sa peine. Elle se serait sentie moins seule, même si cela ne changeait rien au problème. Mais la mère ne prononça pas une parole. On eût dit qu'elle ne voyait ni ne sentait rien. Pourtant, ce n'était pas la première fois que ce garçon-là faisait ainsi pleurer sa fille, ce genre de situation se reproduisait assez souvent. Trop souvent même, depuis deux ans. Sa mère ne remarquait-elle donc jamais les yeux rougis, le manque d'appétit, le désœuvrement de Mireille? Un jour elle lui avait dit, sans insister :

— Tu devrais sortir, je te trouve pâlotte!

— Bof! Je n'ai pas le goût.

La conversation était tombée à plat et madame Ledoux n'y donna jamais suite. À croire que le teint de sa fille avait dû s'améliorer. D'ailleurs, avait-elle jamais frémi ou ressenti quelque émotion au sujet de son aînée? Depuis des années, leur relation se réduisait aux banalités : « Viens-tu souper? » ou « À quelle heure rentreras-tu? ». Parvenue à l'âge de le réaliser et de s'en souvenir, Mireille pressentait son immense solitude au milieu des siens. À son âge, elle se trouvait dans l'obligation d'habiter encore avec sa famille à cause de sa précarité financière. Le remboursement des emprunts contractés au cours de ses études bouffait le peu d'argent qu'elle avait gagné et gagnerait ces prochaines années. Mais la perspective d'un départ s'imposait de plus en plus dans son esprit. Il était temps de quitter la maison et de commencer à se débrouiller seule.

Cet isolement affectif où la vie l'avait confinée depuis l'enfance la faisait davantage souffrir depuis qu'elle en avait pris conscience. Plus jeune, elle ignorait qu'elle manquait de tendresse et, comme tous les enfants du monde, elle avait usé de sa formidable capacité d'adaptation pour survivre dans cet univers d'indifférence. Oh! ses parents l'aimaient bien et l'avaient toujours aimée à leur manière, elle n'en doutait pas un instant. On l'avait élevée, nourrie, soignée, vêtue, éduquée, et mis à part la carence de marques d'affection, rien ne lui avait fait défaut. Mais les petites attentions, les simples gestes de sollicitude, l'intérêt, la bienveillance, Mireille n'en avait guère reçu. Elle avait plutôt grandi dans la froideur et l'apathie. Parfois, elle se prenait à rêver d'un bras lui entourant l'épaule ou d'une petite taloche amicale dans le dos, plus riches de signification qu'un long discours. Elle était si peu habituée aux manifestations affectueuses qu'un simple baiser sur la joue d'un camarade, lors d'une rencontre entre amis, la mettait mal à l'aise. Avant

25

de connaître Pierre, personne au monde ne lui avait jamais dit « je t'aime ». Curieuse relation familiale que celle où l'on vivait parallèlement sans jamais se rejoindre. On marchait pourtant dans la même direction, on se voyait, on s'entendait, on se touchait mais on oubliait de se regarder l'un et l'autre, de s'écouter, de laisser parler son cœur. Pire, on évitait de se laisser atteindre l'un par l'autre, comme si un lamentable rempart psychologique se dressait mystérieusement entre les êtres. Alors on finissait par s'ignorer malgré la proximité, chacun s'isolant de plus en plus dans son petit univers comme dans une cage de verre. Et le verre se dépolissait, s'épaississait jusqu'à devenir résistant aux plus grandes intempéries comme aux plus grandes joies et aux plus grandes peines. Seules les véritables tempêtes causées par des événements majeurs avaient le pouvoir de jeter ces murs par terre et de rapprocher les êtres, quand il n'était pas trop tard.

C'est pourquoi, à partir de sa plus tendre enfance, Mireille s'était repliée sur elle-même instinctivement, dressant sa bulle de verre selon un obscur mécanisme de défense, gardant pour elle seule des émotions qui ne suscitaient de toute manière que le désintérêt et l'incompréhension. La venue de la musique dans sa vie s'avéra un secours et une voie d'expression incomparable, la plus inestimable des planches de salut. La musique la libérait.

Au moment de s'engager dans la carrière de musicienne, elle avait réalisé, une fois de plus, que ses parents et elle ne vibraient pas sur la même longueur d'onde. On aurait dit que l'avenir de leur fille ne les préoccupait qu'au sujet de l'argent. Ils s'étaient montrés réticents à ce qu'elle poursuive des études au baccalauréat en musique.

— Ma fille, il faudrait bien qu'un jour ou l'autre, tu

en finisses avec les études et nous payes une pension. À quel avenir peut rêver une flûtiste? Cela te mènera où? Avec quel argent vas-tu vivre et payer ces études? Quel travail trouveras-tu?

— Oui, je sais, je sais... Mais ce que j'aime, ce que je veux, ce que je rêve pour mon avenir, est-ce que cela ne compte pas aussi? Mon bonheur, papa et maman, ne vous paraît-il pas plus important qu'une allocation mensuelle? Ne comprenez-vous pas que la musique constitue le seul univers dans lequel je rêve d'évoluer? Je ne pourrais rien faire d'autre, ne le voyez-vous pas?

À vingt ans, lorsqu'elle avait pris le chemin de l'université, la tête pleine d'idéal, elle s'était sentie bien seule avec sa flûte. Aux yeux de ses parents, la musique ne représentait qu'un simple loisir comme n'importe quel autre. Du reste, ils ne s'intéressèrent guère à ce qu'accomplissait leur fille. Sa marraine lui avait payé des cours privés de flûte depuis une douzaine d'années et Mireille avait développé un goût véritable pour cet art difficile. Au fur et à mesure qu'elle grandissait, la musique prenait de plus en plus de place et d'importance dans sa vie.

On avait convenu de lui aménager une chambre au fond du grenier de la petite maison qu'ils habitaient, rue des Érables. Ainsi, elle pouvait s'entraîner sur son instrument à sa guise et dans la tranquillité, sans trop déranger la maisonnée. Autour du lutrin, Mireille avait organisé les lieux à sa fantaisie en tapissant les murs d'illustrations d'instruments de musique. Parmi le fouillis indescriptible de son bureau, trônait un buste de Mozart montant la garde devant une tonne de partitions éparpillées et quelques flûtes de dimensions différentes dont une petite flûte à bec de plastique offerte par le père Noël, à l'âge de six ans. Cette chambre constituait pour la jeune fille l'oasis où elle se sentait à l'aise et en parfaite harmonie avec elle-même. Elle ne pouvait plus se passer de sa flûte devenue sa compagne de tous les jours. Gagner sa vie avec elle et par elle représentait son unique but et le plus grand de tous ses désirs.

Elle avait payé elle-même pour tout : frais de scolarité, livres, partitions et même son transport à l'université grâce aux rares leçons de flûte qu'elle donnait et surtout son emploi chez le dépanneur du coin, grugeant toutes ses fins de semaine et laissant fort peu de place aux loisirs et aux préoccupations sentimentales. Car le reste du temps, elle devait prendre les bouchées doubles, rédiger ses devoirs et exécuter ses répétitions jusqu'à très tard le soir. À l'image de tous les étudiants que Mireille croisait dans les salles de cours de l'université, elle avait à l'époque le regard brillant mais les yeux cernés! Oui, son baccalauréat, elle l'avait mérité!

Ses parents lui avaient offert le gîte et la nourriture gratuitement, laissant néanmoins planer un vague sentiment de désapprobation inavouée. C'était tout. Quant aux encouragements et au support moral, il n'y en eut guère, et c'était strictement grâce à l'appui de ses camarades qu'elle avait réussi à se rendre au terme de ce baccalauréat. Oh! son père et sa mère assistèrent bien à quelques concerts où leur fille devait se produire, mais leur oreille profane n'avait apprécié que distraitement l'effort que Mireille avait mis dans ses exécutions. Ils y étaient venus davantage par esprit de devoir que par intérêt réel. Elle avait apprécié toutefois leur patience à supporter les nombreuses heures de travail auxquelles elle se contraignait à tous les jours, remplissant la maison de sons feutrés mais peut-être agaçants à la longue.

Quelques mois avant la fin du bac, lorsqu'elle commença à se rendre à l'évidence qu'elle ne devait pas envisager l'avenir comme concertiste, ils ne comprirent jamais la profondeur de son dépit. Leur seule préoccupation visait l'emploi qu'elle ne trouverait pas et le salaire qu'elle ne retirerait pas, en plus de l'obligation de s'orienter vers un autre domaine. La déception, le chagrin, et surtout le désarroi de leur enfant démoralisée, ils ne virent rien de tout cela.

Dieu sait pourtant comme ce revirement avait failli chavirer tout l'univers de Mireille. Pas facile de regarder ses objectifs réduits à néant, ni d'admettre que ses rêves reposaient sur des illusions futiles. Pas facile de voir tous ses projets éclater en mille miettes et son beau rêve s'effondrer. Pas facile surtout de se regarder en pleine face dans un miroir et de reconnaître que ses parents avaient peut-être raison et qu'elle s'était royalement trompée en croyant gagner sa vie au moyen de la musique. Mireille se sentait mortifiée et déchue.

Si l'humiliation écrase, l'humilité génère la force de remonter à la surface. Elle ne mit pas de temps à reconnaître ses propres limites. Même humiliés, les êtres forts s'appuient sur leurs ressources intérieures et réussissent à envisager la réalité telle qu'elle est. C'est le premier pas à franchir vers le salut. Elle admit que la musique ne serait jamais pour elle qu'un simple loisir dont elle tirerait néanmoins un grand plaisir. Concéder son erreur et en tirer une leçon lui permirent d'en sortir grandie et non avilie. Mireille ne se trouvait pas sans ressources, elle croyait en la vie, elle adorait l'étude et le travail intellectuel tout autant que la musique. Elle croyait surtout en l'amour et en l'amitié, aux relations humaines en profondeur. Elle se releva.« Allons, ma vieille, ta vie ne se termine pas ici. Lisse tes ailes et reprends ton envol. Le soleil reviendra bien après l'orage. »

Malgré ses efforts pour ne pas se laisser anéantir à la suite de l'examen final d'interprétation, une profonde amertume s'empara d'elle et paralysa pour un temps son bon fonctionnement. Il eût été facile alors de décrocher immédiatement de tout et d'abandonner les autres cours auxquels elle était inscrite, de « sécher » ses examens d'harmonie, de solfège, d'histoire et de littérature musicale, bref, de ne pas terminer ce bac auquel elle avait consacré quatre ans de sa vie et qui ne la mènerait nulle part ainsi que l'avaient prévu ses parents.

Et puis, non! Ils n'auraient pas raison! Ne serait-ce que pour les contredire, Mireille se reprit en mains. Elle se rendit jusqu'au bout. Alors, au fond d'elle-même, germa l'idée salutaire à laquelle elle se raccrocha désespérément. Pourquoi ne pas travailler à la bibliothèque de la faculté de musique? Ce pis-aller lui permettrait de rester dans ce milieu universitaire tout imprégné de musique et de haut savoir où elle se sentait si bien. Madame Deschamps, la directrice de la bibliothèque, lui avait fourni tous les renseignements nécessaires et l'avait encouragée fortement à se diriger dans cette voie. « S'il se trouve une place disponible ici à la bibliothèque, elle sera pour toi. »

Cependant, quand Mireille annonça à ses parents qu'une autre année d'études supplémentaires s'avérerait nécessaire pour l'obtention d'un certificat en bibliothéconomie spécialisée, ils poussèrent de hauts cris. Mais Mireille persévéra, rien ne pouvait l'arrêter. Au bout du compte, elle gagna et obtint le fameux diplôme. Et comme par miracle, le vieux Léon, aussi empoussiéré et vétuste que certains livres écornés des tablettes de la bibliothèque, décida de prendre enfin sa retraite. On offrit la place vacante à Mireille. Elle venait juste à point.

L'arrivée de Pierre à la fin de ses études de bac n'avait pas bouleversé grand-chose à vrai dire, sinon de semer dans son cœur le vœu secret qu'un jour, il lui demanderait de l'épouser. Elle partirait sans regret de la maison familiale, cet univers paradoxal à la fois douillet et glacial dans lequel elle baignait depuis trop d'années. Ah! aller vivre avec Pierre, tout près de lui à chaque jour, ne plus attendre ses appels et ses invitations, ne plus se contenter de leurs trop courtes et trop rares rencontres.

Ne plus dépendre de son bon vouloir, de son désir à lui d'être ensemble, ne plus vivre sa présence auprès d'elle comme une faveur mais plutôt une normalité. S'inventer une vraie vie quotidienne à deux. Dormir avec lui, le serrer contre elle à chaque matin, organiser ensemble leur appartement, préparer les repas ensemble, décider ensemble de l'occupation du temps. Et qui sait... peut-être un jour fabriquer ensemble deux ou trois marmots, des petits « Pierre » et des petites « Mireille » qui les combleraient de joie.

Un jour, Pierre viendrait la chercher pour l'amener loin de son foyer. Elle quitterait père et mère sans regret, toute tournée vers son nouveau bonheur auprès de l'homme de sa vie. Dès qu'il achèverait sa licence, ils allaient se marier, cela paraissait certain. Il lui avait honnêtement spécifié qu'il n'était pas question de projets matrimoniaux pour l'instant, sa priorité étant de terminer ses études en économie et peut-être bien un doctorat par la suite. En attendant, Mireille se contentait des miettes qu'il lui offrait. C'était mieux que rien. Et cela lui donnait le courage de supporter, encore pour quelque temps, les affres d'une vie familiale décevante. Oui... il arrivait à Mireille de se laisser glisser dans de tels rêves qui la menaient loin, bien loin de chez elle. Et bien loin de la réalité.

Ce soir-là, frustrée par le refus de Pierre à son invitation à souper et désolée de l'insouciance des siens, elle préférait justement ne plus penser à rien et aller s'étourdir dans une salle de cinéma, braquée tout entière pendant quelques heures sur les drames irréels vécus par des personnages fictifs sur la platitude d'un écran. Des drames hors du temps et surtout hors de sa vie. Une décision s'imposait pourtant, ce genre de situation ne pourrait pas durer éternellement.

— Si je reçois des appels, maman, dis seulement que je suis absente, c'est tout.

Comme si la décision de refuser tout contact avec Pierre pendant quelques jours allait le punir de son attitude méprisante et régler tous les problèmes! Elle savait bien au fond qu'il s'en ficherait et que s'il insistait pour la voir, elle ne résisterait pas.

Remettant à plus tard ses pénibles réflexions, elle s'engouffra dans l'obscurité de la première salle de cinéma venue et trouva l'oubli dans « *Les secrets d'Irma* », belle aventurière du tournant du siècle. Puis elle rentra sagement à la maison où toute la famille dormait. Sur la porte de sa chambre, elle trouva un petit billet épinglé: « *Pierre a téléphoné à dix heures. J'ai simplement dit que tu étais sortie. Bonne nuit. Ta mère.* »

Mireille s'endormit en tenant le petit billet sur son cœur.

Le lendemain matin, Mireille, l'air déconfit, s'en fut trouver madame Deschamps dans son bureau attenant à la bibliothèque.

— Pourriez-vous me rendre un service?

— Mais oui, ma chouette, que puis-je pour toi?

— Serait-il possible de demander à la secrétaire de filtrer mes appels téléphoniques aujourd'hui? Elle n'aurait qu'à dire que je suis absente.

— Mais bien sûr! Dis-moi, Mireille, si quelque chose ne va pas, tu peux m'en parler, tu ne te gênes pas, hein?

— Merci, madame Deschamps.

Cette offre d'amitié surprit Mireille et la toucha profondément. Non, elle n'allait pas raconter sa vie à madame Deschamps, ni à personne d'autre d'ailleurs, mais de savoir qu'une porte lui était entrouverte et qu'un refuge existait pour elle quelque part la réconfortait. Cette femme se montrait prodigue de gentillesse et de sollicitude envers Mireille, et les trente années qui les différenciaient n'apportaient que plus de couleur à la qualité de leur relation amicale. Elles avaient tout de suite sympathisé dès l'arrivée de Mireille à la bibliothèque et n'eussent été les distances que la jeune fille mettait inconsciemment entre les deux, madame Deschamps aurait pu devenir sa grande amie bien plus que sa patronne.

La jeune fille appréciait sa directrice pour sa vivacité et son ouverture d'esprit. Loin du piédestal, elle se mettait au même niveau que ses employés et, se faisant leur complice, elle obtenait d'eux le plein rendement. Quand il s'agissait de travailler, on se mettait à la tâche d'arrache-pied, mais quand survenaient les périodes de détente, le rire sonore de la dame éclatait dans toute la bibliothèque. Elle avait toujours une réflexion drôle à lancer, une histoire cocasse à relater, un film comique à raconter. Auprès d'elle, Mireille se sentait joyeuse et détendue. Mais elle restait peu encline à la confidence et préférait garder pour elle seule des dispositions d'esprit que madame Deschamps devinait pourtant facilement sur son visage.

Libérée de ses attentes téléphoniques, Mireille se plongea entièrement dans son travail, y cherchant un anesthésique à sa souffrance intérieure. Refuser à l'avance tout appel de Pierre exigeait d'elle un certain courage, et il fallait qu'elle soit vraiment rendue à bout pour agir de la sorte. En se montrant indépendante, peut-être ferait-elle comprendre à son amoureux qu'elle acceptait mal sa tiédeur? Elle se mit à intégrer dans l'ordinateur de nouvelles fiches pour chacune des dernières acquisitions de la bibliothèque. Absorbée par sa tâche, elle ne remarqua pas l'arrivée de Paul Lacerte, pianiste et professeur réputé que Mireille appréciait tout particulièrement.

Bien sûr, la grande majorité des professeurs du département venaient très souvent à la bibliothèque. Mireille en avait connu plusieurs au cours de ses études. Les musiciens possédant une nature très sensible, la gentillesse et la délicatesse s'avéraient des dénominateurs communs, en général. Mais il restait que certains d'entre eux, surtout les concertistes reconnus, imbus de leur inestimable personne et égarés dans les hautes sphères de leur art, regardaient de très haut le commun des mortels. Ils se prenaient pour « d'autres » et, à la vérité, ils étaient « d'autres »! Mais leur trop grande estime de soi débordait sur leur capacité de considérer les autres humains à un niveau normal. Habitués d'être adulés, admirés, idolâtrés, ils s'imaginaient que l'univers entier se mettrait à leurs pieds. Leur arrogance n'avait d'égale que leur condescendance à l'égard des membres du personnel de l'université. Mireille abhorrait ce genre de personnages, mais elle arrivait néanmoins à les supporter, les considérant comme de grands maîtres. Dieu merci! ils représentaient plutôt l'exception, et la plupart des musiciens semblaient plutôt affables et sympathiques.

Ainsi en était-il de celui qui venait justement de pénétrer dans la bibliothèque. Si quelqu'un détenait mille raisons pour s'enorgueillir, c'était bien lui! Et pourtant Paul Lacerte personnifiait la simplicité même. Son regard reflétait une telle amabilité et s'illuminait d'une telle transparence que Mireille se sentait rougir à chaque fois qu'il la saluait en passant devant le comptoir où elle travaillait. Il arrivait parfois qu'il s'attarde un petit moment pour échanger quelques phrases banales avec la bibliothécaire. Mireille, impressionnée qu'un tel personnage lui voue un moment d'attention, en bafouillait à la fois de gêne et d'admiration.

La quarantaine avancée, barbu, les cheveux grisonnants et en broussaille, Paul Lacerte portait d'épaisses lunettes d'écaille lui barrant éternellement le nez. Plutôt mince et grand, il faisait bien son âge. On le considérait comme l'un des plus grands pianistes de l'heure et certainement le plus célèbre professeur de piano en Amérique. On se l'arrachait et ses étudiants étaient triés sur le volet parmi les plus prometteurs, car bon nombre de ses élèves remportaient la palme lors de concours. On le rencontrait plutôt rarement dans les corridors de l'université, son temps se partageant entre les concerts qu'il donnait un peu partout dans le monde, son enseignement à la faculté au niveau du doctorat, les classes de maître auxquelles il était constamment invité, ou encore sa participation au sein de jurys dans les concours internationaux de piano. Malgré tout cela, il demeurait un homme foncièrement modeste et sans prétention. Mireille savait qu'il avait une femme et trois enfants et habitait tout près de l'université, « en bas de la côte ». Ce matin, il venait porter des documents à la bibliothèque, plus précisément à Mireille à qui il adressa son plus beau sourire.

— Bonjour! ma petite demoiselle aux yeux rieurs! Comment allez-vous aujourd'hui? Le jaune vous va bien, on dirait qu'un rayon de soleil a pénétré dans la bibliothèque.

Mireille resta sans voix. Si elle avait pu, elle se serait éclipsée, tant ce personnage l'intimidait.

— J'ai une faveur à vous demander : pourriez-vous, s'il vous plaît, photocopier ces quelques pages en double exemplaire? Il s'agit d'une conférence que je dois prononcer bientôt et, vraiment, je manque de temps pour m'en occuper. Je sais que ce travail ne relève pas d'une bibliothécaire, mais ma secrétaire est absente pour quelques jours et j'ai pensé à vous. Puis-je compter sur vous pour ce petit service?

Mireille se sentit flattée bien plus qu'ennuyée par ce surcroît de travail et considéra comme un honneur de rendre service à l'un des hommes qu'elle admirait le plus au monde. Qu'il lui remette ainsi ses précieuses notes de travail représentait un geste qu'elle interprétait comme une marque de confiance.

— Bien sûr! Je vais m'y mettre dès maintenant!

— Oh! prenez tout votre temps, ce n'est que pour le début de la semaine prochaine. Je reviendrai chercher les copies lundi ou mardi. Au revoir, mademoiselle! Et merci beaucoup! Au fait, quel est votre nom?

— Mireille Ledoux.

— Oh! le doux nom! À bientôt, mademoiselle Ledoux!

Mireille le suivit du regard jusqu'à la sortie de la bibliothèque. Quel homme extraordinaire! Elle délaissa son ordinateur et se dirigea vers la photocopieuse pour commencer immédiatement les copies du professeur.

« Au commencement du monde, le Créateur se pencha sur l'homme et se dit qu'il aimerait peut-être chanter, et danser, et rire, et pleurer, et rêver. Alors il lui fit don de la musique. La musique voue à l'humanité, sur ses innombrables portées, un message de continuité et peut-être bien d'éternité. Quand les mots deviennent des notes, il suffit de quelques accents pour nous transporter au-delà de l'espace et du temps... »

Ainsi Paul Lacerte commençait-il l'allocution qu'il devait prononcer cet automne pour la collation des grades au niveau des maîtrises et des doctorats. Mireille, debout devant la photocopieuse, n'avait pu s'empêcher de jeter un regard indiscret mais avide sur les feuilles que monsieur Lacerte lui avait confiées. Comme il écrivait bien! Et surtout, comme elle se sentait soudain proche de lui! Cet artiste fascinant semblait vibrer aux mêmes cordes qu'elle face à la musique. Se pouvait-il que quelqu'un au monde ressente le même bouleversement, le même attendrissement qui l'envahissaient lorsqu'elle,

elle jouait seule dans sa chambre? Combien de fois ne se laissait-elle pas transporter sur sa flûte au-delà de sa propre réalité, dans un univers si profond que les émotions et les passions ne semblaient y exister qu'à l'état pur. « *Un message d'éternité* », avait-il écrit. Quand Mireille s'exprimait sur sa flûte, elle avait le sentiment d'aimer comme jamais elle n'avait aimé, elle pleurait comme jamais elle n'avait pleuré, elle riait comme jamais elle n'avait ri. Alors elle devenait elle-même tendresse, ou joie, ou peine, ou colère. Mais elle se sentait seule au monde, dans cet univers d'une autre dimension où tout s'intensifiait jusqu'à l'évasion totale hors du réel, « *au-delà de l'espace et du temps...* ». Avec qui aurait-elle pu partager cela?

Se pouvait-il qu'une autre personne vive, à son instar, cette formidable aventure et que cet être soit le fameux Paul Lacerte adulé autant du public que de ses propres élèves, lui le champion de la technique mais surtout de l'interprétation, reconnu pour l'âme qu'il mettait dans son jeu pianistique? Se pouvait-il que lui aussi, se laissant emporter par la musique, se perde dans les profondeurs lumineuses de l'âme, là où l'on se trouve seul avec soi-même et peut-être bien tout près de Dieu, ce Dieu dont il parlait si bien au début de son discours?

Depuis qu'elle faisait de la musique, Mireille s'estimait incomprise de ceux qui l'entouraient, ses parents, ses amis, son Pierre particulièrement. Aucun d'eux n'aimait réellement la musique, car ils ne la percevaient qu'en surface, comme si elle glissait sur eux sans les atteindre vraiment. La solitude était-elle le tribut que devait payer tout « vrai » musicien? Quand elle jouait de la flûte jusque tard dans la nuit, dans le recoin le plus éloigné de la maison, Mireille se trouvait infiniment isolée. Elle se doutait bien que ses amis musiciens, encore étudiants pour la plupart, devaient vraisemblablement ressentir les mêmes bouleversements secrets quand ils jouaient de leur instrument, peu importe lequel, violon, piano, voix ou flûte. Mais entre jeunes gens, on abordait rarement ces sujets-là, par pudeur sans doute. Comme si la mise à jour du langage de l'âme constituait un sujet tabou. D'ailleurs, la dernière à en parler était certainement Mireille!

— Ah! petite curieuse! Je vous prends en flagrant délit d'indiscrétion, eh! eh!

Mireille sursauta et faillit échapper la pile de feuilles qu'elle tenait sur son bras. Bien appuyé sur une étagère, les bras croisés, Paul Lacerte la regardait avec un petit sourire mi-figue, mi-raisin. Mireille devint confuse et ne réussit qu'à balbutier quelques mots d'excuse.

— Je suis désolée! Je... je n'ai pu résister à l'envie de lire un peu ce que vous avez écrit. C'est... c'est si beau! Cela ressemble tellement à ce que j'éprouve moi aussi face à la musique. Mais j'achève vos photocopies, je vous les remets dans une dizaine de minutes.

— Rien ne presse, je vous l'ai dit tantôt! Je viendrai les chercher la semaine prochaine. Je suis redescendu à la bibliothèque parce que j'ai complètement oublié de vous demander si le bouquin de Kochevitsky, *The Art of Piano Playing*, se trouve ici. Je ne l'ai vu sur aucun rayon.

Mireille eut beau chercher dans toutes les listes, les déroulant sur l'écran de l'ordinateur, elle ne put dénicher le fameux livre. Paul l'observait d'un air amusé, et le poids de ce regard la rendait fébrile et tremblotante sur son clavier. Elle s'en voulut d'être ainsi mal à l'aise devant un professeur. En général, elle se sentait sûre d'elle-même auprès du personnel universitaire. Qui était-il celui-là pour la troubler de la sorte? Et d'ailleurs, pourquoi lui manifestait-il autant d'intérêt? Que faisait-il là, à la regarder travailler? Il aurait pu remonter à son bureau et attendre qu'elle le rappelle pour l'informer du résultat de ses recherches.

— Eh bien! vous devrez remplir une réquisition pour commander ce livre en plusieurs exemplaires, ma petite demoiselle, car je l'ai conseillé à mes étudiants comme livre de référence.

— Bien sûr, monsieur Lacerte. J'en prends note tout de suite.

— Dites donc! Vous m'impressionnez avec votre ordinateur! Il faudra qu'un jour vous m'appreniez à utiliser ces machins-là, car je suis sûrement le plus malhabile informaticien de la ville! Ce genre de clavier, moi, vous savez... Ainsi, vous ressentez les mêmes « feelings » que moi pour la musique? Voilà qui est bien! Seriez-vous mélomane à vos heures?

— Je joue de la flûte traversière. J'ai terminé un baccalauréat en interprétation, il y a deux ans, ici à la faculté. Mais j'ai interrompu mes études, car je ne voyais vraiment pas d'ouvertures pour gagner ma vie. Je ne suis pas trop performante, vous comprenez. Alors me voilà bibliothécaire. Je continue toujours à travailler mon instrument, mais je joue uniquement pour mon plaisir.

— Petite cachottière! vous jouez de la flûte? Mais c'est formidable! Il fallait le dire plus tôt! J'ai des tas de partitions de duos pour piano et flûte. Un de ces bons jours, on essayera ça ensemble, rien que pour s'amuser, qu'en pensez-vous?

— Oh! non... Je ne crois pas que ce soit possible.

Jouer de la flûte avec le grand Paul Lacerte! Mireille savait qu'elle ne le pourrait pas, en aucune façon. S'exécuter devant un jury pour un examen lui paraissait une vétille en comparaison de jouer non seulement *devant* mais *avec* l'un des plus grands pianistes au monde! « Allons donc! Il doit se moquer de moi! » De toute façon, elle n'oserait jamais. Mieux valait oublier cette proposition loufoque et irréalisable.

— Bon! Je me sauve! Au revoir et à bientôt!

Mireille se sentit le cœur léger pour le reste de la

journée. Elle ne savait trop pourquoi. Sans doute parce que quelqu'un l'avait comparée à un rayon de soleil.

Le même jour, lorsque Mireille sortit sur le perron de la faculté de musique, le soleil de six heures était encore chaud. Heure bénie où l'atmosphère semble enluminer de dorures les objets les plus banals. Heure où tombe le vent et se referme le lys. Heure où l'oiseau commence à se chercher un abri pour la nuit. Heure où un grand calme envahit la terre et pénètre jusque dans le cœur des êtres. Heure du répit et du repos. Heure sacrée où montent des couvents la prière du soir et la mélopée monotone du chant vespéral.

Les dernières rumeurs de Montréal s'éteignaient tout doucement et la quiétude se coulait jusqu'au pavillon de musique situé en haut de la colline. Mireille n'avait pas envie de rentrer chez elle et d'affronter l'impassibilité de sa famille et encore moins l'attente stérile de la sonnerie du téléphone. Attendre, une fois de plus à la merci des caprices de son beau Pierre, non pas ce soir! Elle ignorait s'il avait tenté de la rejoindre durant la journée puisqu'on avait intercepté ses appels et qu'elle avait négligé volontairement de prendre ses messages auprès de la secrétaire. « Qu'il aille au diable! De toute manière, il ne téléphonera qu'en fin de soirée, si jamais il appelle. Et moi, j'aurai passé des heures à me morfondre pour rien! » Elle s'était promis de passer une semaine sans le voir ni lui parler, elle se devait de tenir parole. Elle revint sur ses pas et appela sa mère pour l'avertir qu'elle ne rentrerait pas souper.

— Si Pierre appelle, que dois-je lui dire?

— Dis-lui que je ne suis pas là et que tu ignores à quelle heure je vais rentrer, c'est tout.

Elle engagea sa voiture dans le trafic et se retrouva sans raison dans le parc du Mont-Royal, tout près du lac des Castors. Peut-être cherchait-elle inconsciemment un peu de fraîcheur en cette soirée de septembre n'arrivant pas à déloger la chaleur accablante qui imprégnait toute la ville et la plongeait dans une touffeur insupportable, comme si l'été se languissait et refusait de céder la place à la tiédeur confortable des premiers jours d'automne.

Des panneaux publicitaires placardés ici et là sur les murs du restaurant du lac annonçaient un spectacle gratuit de folklore en plein air, pour le soir même. Mireille se dit qu'elle resterait probablement pour la représentation, car elle adorait les danses folkloriques. Cela lui changerait les idées, elle se sentait le cœur barbouillé. « Qu'est-ce que je fais ici, moi? Pourquoi suis-je seule encore? Cette fois, tu l'as voulu, Mireille. Pierre t'aurait peut-être appelée dès ton retour à la maison, ce soir, pour t'amener jouer au tennis. » Peut-être, peut-être! Elle en avait assez des peut-être, elle en avait assez d'attendre, elle en avait assez d'être seule. Elle en avait surtout assez de dépendre de lui. À nouveau, elle sentit monter la rage.

Attablée à la terrasse surplombant le lac, elle sirotait une bière glacée. « Cela va me calmer les esprits. » Elle regardait le lac sans réellement le voir. À vrai dire, elle détestait cet étang artificiel aux eaux saumâtres baignant dans un moule de ciment. Son seul attrait provenait des canards et des mouettes s'y ébattant joyeusement. Elle se rappelait qu'autrefois ses parents l'amenaient à cet endroit en pique-nique avec ses deux petits frères. C'était la belle époque, l'époque des activités intensives en famille. L'époque où on ne se posait pas de questions. Des saules pleureurs agrémentaient les contours du lac en balançant leurs longues chevelures au-dessus du miroir de l'eau. Dieu sait pourquoi on avait rasé ces arbres centenaires! Un jardinier avait tenté de les remplacer par des rochers et des bosquets plantés çà et là, mais l'ensemble manquait nettement de charme et de poésie.

Mireille abhorrait tout ce qui n'était pas foncièrement naturel, autant les mares artificielles et les jardins à la française que le bois contreplaqué, les fleurs de soie et les femmes outrageusement maquillées. Elle avait un respect infini pour l'authenticité dans toutes ses manifestations, si anarchiques semblaient-elles. Elle appréciait la beauté sauvage, réelle, vraie. Recherchant d'instinct l'essentiel des êtres et des choses, elle faisait fi de tout élément superficiel ou factice, sans même s'en rendre compte. Peu soucieuse de l'image d'elle-même qu'elle projetait, elle s'habillait simplement et sans artifice. Des vêtements féminins mais élémentaires, propres et sans recherche, suffisaient. Elle demeurait elle-même au naturel, et s'appliquait davantage à montrer son vrai visage intérieur, convaincue qu'un sourire désarmant de sincérité valait les plus capiteux parfums du monde.

Au quotidien, elle alimentait sa joie de vivre de mille petits bonheurs simples dispensés par la musique, le sport, la nature. Oh! elle ne se prétendait pas la plus athlétique des filles de son âge. Au fond, elle se foutait un peu de la performance, mais l'exercice physique lui faisait du bien, décantant le trop-plein de tensions dues au rythme fou du vingtième siècle. Souvent, elle enfourchait sa bicyclette et s'en allait rouler pendant des heures aux îles de Boucherville ou sur la piste cyclable du vieux port. Elle s'attardait alors sur le bord d'un champ ou sur les rives du fleuve, se remplissant des bruits et des odeurs de la nature. Et cela la régénérait, la remplissait d'énergie. En hiver, on la voyait souvent, tard le soir, exécuter seule des tours de patinoire dans le parc situé au coin de sa rue. Quand elle rentrait, un lait chaud au chocolat lui valait toutes les boissons vivifiantes du monde.

Elle aimait bien ses amis aussi, et avait conservé l'esprit de camaraderie des premières années à l'université. Rien ne lui plaisait davantage que de flâner sur une terrasse autour d'une bière avec quelques copains. Oh! elle était plutôt avare de confidences mais, quand il s'agissait de régler les problèmes de l'univers, elle ne manquait pas d'opinions et d'idées, la petite flûtiste bibliothécaire! Avec les années, cependant, elle voyait les groupes s'éparpiller, chacun s'éloignant avec sa chacune. Les rencontres s'effectuaient de plus en plus en couples et Mireille le déplorait secrètement, compte tenu du peu de disponibilité de son amoureux et de son manque d'intérêt manifeste pour ses amis à elle. Elle se contentait de sorties « en filles » au cinéma, au restaurant ou à la discothèque. Et ces petits plaisirs devenaient des moments privilégiés, comme des phares apaisants, rassurants, confirmant que le bon chemin se trouvait bien là, sous ses pas. Que le bonheur existait toujours.

Mais depuis la venue de Pierre, elle avait le sentiment de chanceler et de s'égarer sur sa route, ayant perdu de vue ces petites lumières balayées par le vent ravageur d'une relation mal assortie. Une relation de surface, à la limite de la futilité. Une relation dont l'harmonie se payait de concessions à sens unique. Une relation sans intensité, où le dialogue était rare et la complicité absente. Une relation où Mireille renonçait à elle-même, refrénant ses pulsions, taisant ses désirs, refoulant sa vraie nature, obnubilée par un Pierre imbu de lui-même et parfaitement dominateur.

Elle l'avait aimé dès le premier instant, éblouie par sa beauté et son intelligence. Lui, le rationnel, le penseur, le philosophe daignait la fréquenter et s'abaisser jusqu'à elle, la petite étudiante en musique, flûtiste médiocre et méconnue, la fille tranquille du « bas de la ville ». Un jour, il lui avait dit : « Ton quotient intellectuel me semble supérieur à la moyenne, juste un peu moins élevé que le mien.» Elle avait reçu ces mots comme une évidence : une Rouquette restera toujours inférieure à un licencié en économie. Elle aurait pu protester, brandir ses bulletins de première de classe à l'école primaire et secondaire. Mais la modeste jeune fille attribuait ses succès à son acharnement au travail plutôt qu'à son talent et son calibre intellectuel. Ses parents ne lui avaient jamais dit qu'ils la trouvaient intelligente et brillante, et ils avaient toujours accueilli ses résultats scolaires comme si cela allait de soi. Alors, les prétentions infatuées d'un Pierre ne venaient que confirmer ce qu'elle avait toujours cru : elle était une jeune fille ordinaire.

En la présence du jeune homme, elle se montrait béate d'admiration, buvant ses mots comme des paroles d'évangile. Elle recevait, comme une grande marque d'amour, ses gestes de condescendance envers elle, une main sur l'épaule ou un hâtif baiser sur la joue. Oh! bien sûr, il ne se montrait pas le plus attentionné des hommes! Quand on prépare une licence, il peut arriver que l'on oublie d'appeler sa blonde certains jours. Il peut même arriver qu'on se pointe les mains vides, le jour de son anniversaire, parce qu'on n'a pas trouvé le temps de lui acheter des fleurs. Mireille, conciliante et indulgente, comprenait tout cela. Elle ne se plaignait pas et ne protestait jamais, préférant demeurer effacée et passive plutôt que de risquer de le perdre. Elle l'aimait d'un amour inconditionnel. Aveugle.

Souvent Pierre l'amenait jouer au tennis au club du quartier. Il jouait bien, elle aussi. Évidemment pas aussi bien que lui! Quand elle réussissait à gagner un set, il prétendait ne pas se sentir très en forme, ce jour-là, soit par manque de sommeil, soit à cause de son mal de dos, soit qu'il couvait probablement un petit virus. Étrange comme il se montrait fragile aux virus les soirs de parties de tennis!

Il arrivait aussi qu'ils fassent des promenades à pied ou à bicyclette, ou encore, qu'ils aillent patiner à l'aréna municipal. Pierre disait qu'une vie bien équilibrée devait comporter des moments pour l'exercice et aussi pour la culture de l'esprit. Alors, ils allaient au cinéma ou au concert. Bien sûr Mireille préférait écouter un concert, mais ses critiques et ses remarques pertinentes sur la qualité des performances musicales restaient sans écho.

Un soir qu'ils étaient allés danser au centre social de l'université, il l'avait serrée fort dans ses bras et lui avait murmuré à l'oreille : « Rouquette, je t'aime. » Elle n'oublierait jamais ce moment d'éblouissement où soudain tout s'illuminait pour elle. « Il m'aime! Oh! mon Dieu! Il m'aime! Pierre vient de me dire qu'il m'aime! » Alors tous les rêves devinrent permis.

Médiocre amour, à la vérité, que cet amour de Pierre pour elle! Car à travers le regard tendre de Mireille, l'être narcissique n'aimait que lui-même. Enfin il l'avait dénichée, la faible créature prête à s'agenouiller devant lui, à l'aduler et l'idolâtrer, lui le mâle, lui l'être supérieur, lui le meilleur. Et Mireille n'y voyait que du feu, un feu dévastateur qui la consumait petit à petit et lui ravageait le moral sans qu'elle s'en rende compte. Elle se refusait à regarder la réalité en face. La réalité qui détruit. On eût dit qu'elle voyait les événements à travers les lentilles d'une lunette d'approche, ne focalisant que ce qu'elle voulait bien voir, le grossissant, l'amplifiant, le magnifiant, faisant abstraction de tout le reste, hors de portée de l'objectif.

Cette politique l'arrangeait bien au fond : il s'avérait plus facile de se duper que d'affronter la vérité, plus facile de se faire croire que les nombreuses occupations de Pierre l'empêchaient de s'intéresser à elle, au lieu de reconnaître, de toute évidence, qu'il se comportait comme un être égocentrique absolument incapable de respecter et encore moins d'aimer qui que ce soit d'autre que lui-même. Surtout pas elle, la petite Mireille trop sensible et vulnérable, trop avide d'amour, trop prête à toutes les concessions pour ne pas perdre le peu d'attentions qu'il pouvait lui manifester.

Oui, le lac des Castors paraissait d'une laideur répugnante au regard de Mireille en ce doux soir d'été mais, à tout le moins, ses eaux stagnantes reflétaient un grand calme et une paix infinie. Et sa vue reposait la jeune fille dont le lac intérieur, agité par la tempête, menaçait de l'engloutir dans ses eaux opaques.

Machinalement, ses yeux s'attachaient aux amoureux se promenant main dans la main, le long du trottoir contournant le lac. « Des couples, des couples, il n'y a que ça! » À peine quelques familles ou quelques copines déambulaient côte à côte en bavardant. Les rares solitaires se trouvaient invariablement de sexe masculin. À croire que l'on n'est heureux que deux par deux! « Et moi, et moi, où est-il mon couple? À quoi ressemblons-nous quand nous marchons dans la rue, Pierre et moi? Avons-nous l'air des amoureux? Au moins, il me prend souvent par la main. Où est-il, ce soir, l'homme de ma vie? Parti souper avec le prof de politique, cette fois? Ou peut-être avec la secrétaire du département d'économie? » Oui, ce soir, Mireille en avait plus qu'assez.

Quand ils allaient marcher au parc Mont-Royal, ils avaient l'habitude de s'arrêter pour se reposer en s'assoyant par terre, derrière les buissons, à l'abri des regards des passants. S'il la prenait dans ses bras, il ne frissonnait pas. Elle sentait le corps tendu du garçon contre le sien, ses bras raidis, ses cuisses dures, mais leurs lèvres demeuraient sèches et fermées. Rien n'était doux, lent, sensuel comme elle l'aurait souhaité. Elle ressentait le besoin de se fondre contre lui, sous lui, en lui, mais au lieu de cela, elle avait l'impression de se buter à un mur de rigidité et de froideur. Le désir qui met le feu aux corps et les appelle à se fusionner n'était pas là. Pierre se montrait de glace et Mireille, qui n'avait pas encore connu d'homme, se relevait le souffle oppressé, abrutie, déçue, honteuse d'avoir désiré secrètement sur sa poitrine offerte des caresses qui ne venaient jamais. Honteuse d'avoir été prête à donner ce qu'on ne lui réclamait pas.

Le spectacle de folklore, haut en couleurs, allait bon train. Mireille le regarda d'un œil distrait, perdue dans ses pensées moroses. La vue de tous ces garçons et filles souriants qui s'enlaçaient, tourbillonnaient, se dandinaient, se quittaient pour mieux se rapprocher ensuite, la fascinait et l'écœurait en même temps. « Des vrais amoureux, ça se mange des yeux, ça se bécote, ça se colle l'un contre l'autre. » Pierre n'agissait certainement pas de cette manière avec elle. Pas du tout! Comment en était-elle venue à accepter son insensibilité et son apathie? À supporter son indifférence sans protester? À souffrir cela? De toute évidence, elle ne vivait aucun bonheur avec lui. Pourquoi ce soir la réalité se manifestait-elle aussi crûment à ses yeux? La réalité... et l'évidence! Quand donc cesserait-elle de se leurrer, de se mentir à elle-même, de se faire croire que tout allait bien dans ses amours? Pourtant, en présence de Pierre, elle se sentait au septième ciel. Il était beau et fort, il s'occupait d'elle, il était là, enfin, enfin! C'est elle qu'il avait choisie « pour sa blonde », de quoi pouvait-elle se plaindre?

À l'intermission, Mireille aperçut deux des danseurs qui se « minouchaient » dans un coin derrière les baraques servant de coulisses, lui, grand et élégant dans son costume espagnol et elle, si mignonne avec son chignon parsemé de fleurs et sa robe à volants de dentelle. Ce qu'ils avaient l'air heureux, ces deux-là, tout seuls au monde! Il n'en fallut pas plus pour que les larmes montent à ses yeux. Ah! comme elle enviait leur ivresse! Le cœur fade, elle se leva d'un bond et, impulsivement, chercha des yeux une cabine téléphonique. C'était plus fort qu'elle, il fallait qu'elle parle à Pierre.

— Allô? Coucou! C'est moi! Comment ça va? s'écriat-elle d'une voix chevrotante.

Elle prenait très rarement l'initiative d'appeler ellemême son ami, car elle éprouvait toujours l'indéfinissable sentiment qu'elle le dérangeait. Ce ton neutre qu'il employait pour lui répondre et ces paroles toujours peu enthousiastes... Jamais il ne manifestait d'étonnement ni de contentement en entendant la voix de sa belle à l'autre bout du fil. Par conséquent, elle avait renoncé à lui causer de telles surprises, échappant elle-même à l'inévitable montée d'amertume qui en découlait et qu'elle refusait de reconnaître.

— Mireille! Où es-tu? Cela fait deux fois que j'appelle chez toi! J'ai un travail de dactylographie à te remettre. J'en ai besoin au plus tard pour demain soir. J'avais l'intention de te l'apporter ce soir, tu aurais pu m'avertir que tu sortais.

Le ton paraissait sec et cassant. Comment une si belle voix pouvait-elle dégager une telle frigidité?

— Oh! Pierre, je suis contente de te parler! On pourrait peut-être se rencontrer dans un restaurant quelque part? Ou bien, viens me rejoindre, je suis au lac des Castors.

— Au lac des Castors à cette heure? Tu parles d'une idée! O.K.! J'arrive dans une demi-heure.

Il allait venir! Dans quelques instants, tout serait oublié : rancœur, amertume, ressentiment. Mireille n'aurait pas tenu plus de vingt-quatre heures sa résolution d'éloignement et d'indépendance. Elle avait pourtant souhaité délaisser Pierre pour quelques jours, le temps de lui donner une leçon et de protester pour son manque de respect. Mais ce soir, dans ce parc rempli d'amoureux, un cafard intenable la ravageait, et elle se sentait prête à tous les pardons pour que Pierre se retrouve auprès d'elle à l'instant. D'ailleurs, ce dernier réalisait-il seulement qu'elle avait quelque chose à lui pardonner? Il ignorait sans doute son chagrin causé la veille par son refus de venir souper. Il se montrerait certainement surpris et exaspéré si elle en reparlait. Alors... Pourquoi ne pas tout effacer gentiment et transformer ces quelques précieuses minutes passées ensemble en un moment agréable et délicieux?

Mireille attendit plus d'une heure, s'imagina qu'il avait eu un accident en chemin ou une avarie avec sa vieille voiture. Lorsqu'elle le vit enfin venir vers elle, elle ressentit un grand soulagement et une immense vague de bonheur la souleva. Son Pierre se trouvait là, enfin! Tout le reste de l'univers pouvait sombrer, rien ne pouvait plus l'atteindre. Il était là!

Pierre déposa une bise sur la joue de la jeune fille.

— Allô, Rouquette! Tu aurais pu me dire que tu venais sur la montagne ce soir, je t'aurais accompagnée plus tôt. Nous aurions pu faire une longue promenade, je ressens justement le besoin de marcher et de me dépenser physiquement, ces temps-ci. On dirait que je souffre de lourdeurs à l'estomac, la nourriture trop riche des restaurants ne me convient pas, je le crains.

Mireille se demanda s'il se moquait d'elle.

— Tiens! Je t'ai apporté mon travail, il te faudra le taper à double interligne.

— Pierre, je suis si heureuse de te voir! Tu m'as manqué, tu sais. Hier soir, j'étais tellement déçue que tu ne viennes pas souper à la maison. Si on allait se chercher des cafés? Le spectacle de folklore est terminé mais la cantine semble encore ouverte.

— Tu n'y penses pas! Il se fait déjà tard, je dois

retourner chez moi. Je me lève tôt, demain matin, moi!

— Mais, Pierre, il n'est que neuf heures! On pourrait au moins passer une petite heure ensemble.

Mireille le regardait au fond des yeux avec l'air suppliant d'un oiseau blessé. Elle eut soudain l'impression que tout allait bientôt chavirer. En ce moment même, pour la première fois, elle voyait toute la vérité. La vérité nue. La vérité telle quelle. La vérité qu'elle refusait d'admettre depuis deux ans. L'évidence même. Pour une fois, il lui fallait bien se l'avouer : ce garçon-là ne l'aimait pas du tout! Il ne faisait que se servir d'elle et elle, naïve, se prêtait à son jeu. Elle ne signifiait rien pour lui, cela crevait les yeux. Il ne la considérait comme rien d'autre qu'une fille *potable* pour le vénérer et le servir, une fille présentable devant ses amis, une fille douce, une fille toujours de bonne humeur, une fille généreuse dont il profitait de manière grotesque. Rien de plus.

— Pierre, Pierre, pourquoi me fuis-tu? Quand tu dis que tu m'aimes, que veux-tu dire exactement? Que tu t'aimes toi-même à travers moi, n'est-ce pas? Que je ne représente rien d'autre pour toi qu'une personne toujours prête à acquiescer à tes moindres désirs sans jamais protester, dis-le-moi! M'as-tu jamais regardée et désirée? M'as-tu jamais aimée pour moi-même, pour ce que je suis? Tu es l'être le plus sans-cœur que j'aie jamais connu et je pense que tu es incapable d'aimer. Du moins, de m'aimer, moi! Et je refuse de demeurer ta chose un seul jour de plus!

Tous ces mots jaillirent vivement de la bouche de Mireille, presque à son insu. Les vannes laissaient enfin s'échapper le débordement meurtrier de la colère. Mireille en demeura consternée pendant quelques secondes, regrettant d'avoir perdu le contrôle et de s'être laissée aller à dire le fond de sa pensée qu'elle-même ne voulait pas entendre depuis trop longtemps. Et puis, non! L'heure de la vérité venait de sonner. L'heure du

« tout ou rien ». Pour une fois, elle devait avoir le courage de tirer la situation au clair et d'affronter la réalité en pleine face, hors de la vision restreinte de sa lunette d'approche.

Pierre en resta coi. Difficile de concéder que quelqu'un d'autre que lui avait raison. Mireille s'était mise à sangloter. Pour la première fois, elle pleurait devant lui et il se sentait complètement désarçonné, dérouté davantage par les larmes que par les propos de Mireille.

— Arrête de pleurer, Mireille. Je me sens un pitre.

— C'est tout ce que cela te fait, que je pleure : TOI, TU TE sens TOI-MÊME un pitre?!?

— Mais qu'est-ce que je t'ai donc fait? Je viens ici pour t'apporter un travail à taper tout simplement, et tu me reçois en braillant. Si tu ne veux pas me rendre ce service, dis-le donc autrement! Ce n'est pas une raison pour me traiter de sans-cœur! Franchement!

— Non, non, Pierre! Ce n'est pas cela! Je réalise tout à coup que tu ne m'aimes pas beaucoup.

— Mais oui, je t'aime! C'est quoi l'affaire au juste? s'écria-t-il dans un mouvement d'impatience. Tu ne vas pas commencer à me faire des scènes pour rien! De toute façon, il faut que je parte, moi!

Mireille redoubla ses pleurs. Soudain, on aurait dit que toutes les frustrations accumulées ces derniers temps remontaient à la surface et se déversaient en torrents qui la submergeaient tout entière et la rendaient impuissante à parler. Elle restait là, aphone, anéantie de chagrin, comme un oiseau blessé, paralysé d'effroi.

— Bon bien, moi, je vais partir! dit Pierre en se levant. On se reparlera dans de meilleures conditions.

— Pierre! Oh! Pierre! Tu ne comprends donc rien à ce que je te dis? À tout ce que je vis à cause de toi?

— Non! Je ne comprends rien! Tu es trop sensible et moi pas assez, je suppose!

— Mais la sensibilité, cela ne peut-il pas s'acquérir,

se cultiver, s'apprendre, se développer? À tout le moins, ne peux-tu pas respecter ma sensibilité à moi et faire attention à ce que je ressens?

— Peut-être bien que oui, rétorqua-t-il, emporté par la colère, mais je me demande si je t'aime suffisamment pour faire des efforts dans ce sens-là. Peut-être vaudrait-il mieux qu'on se laisse, Mireille. Donne-moi quelque temps pour y réfléchir, veux-tu?

Mireille resta silencieuse. La vérité évidente... Elle ne se trompait pas! La certitude que tout était fini entre eux l'écrasait et la soulageait tout à la fois. Il ne l'aimait pas assez, tout était là! Désormais son indifférence ne la ferait plus souffrir. Elle ne l'attendrait plus. Plus jamais! Il parlait de quelque temps, mais elle savait bien, au fond d'elle-même, que la rupture s'avérerait définitive. L'amour, cela ne s'impose pas, pas plus que la sensibilité d'ailleurs. C'était fini! Finies les attentes, finies les déconvenues, finis les renoncements, finies les frustrations!

Et vive la solitude et vive la peine d'amour! Car elle s'ennuierait de lui, il lui manquerait, elle n'en doutait pas une seconde. Surtout la fascination qu'il exerçait sur elle et qui l'avait réduite en une petite chose chétive, obligée maintenant de réapprendre à survivre par elle-même. Car au fond, il constituait le pilier sur lequel elle avait appuyé sa vie, ces deux dernières années. Dorénavant, elle devrait se tenir debout seule et se cramponner bien fort en attendant de pouvoir voler à nouveau de ses propres ailes, comme autrefois, avant qu'il n'apparaisse dans sa vie et ne la manipule comme une marionnette. Maintenant, la marionnette devait s'inventer une autonomie ou découvrir un autre filon, une autre source d'énergie, un autre univers où évoluer. Un autre rayon de soleil où se réchauffer. Tiens! qui donc avait parlé de soleil aujourd'hui?

Peu importe! Mireille se trouvait désormais seule,

vraiment seule au monde. Envolés les beaux rêves d'avenir avec une petite famille aux enfants joyeux les entourant, elle et Pierre. Seule, seule avec sa peine, seule avec son cœur déchiré, seule avec l'affront qu'elle venait de subir. « Je ne t'aime pas assez ! »

— Eh bien, soit ! Pierre, va-t'en, si tu ne m'aimes pas assez ! Va-t'en en aimer une autre. Va-t'en en exploiter une autre, devrais-je dire, et tâche de te montrer un peu plus généreux avec elle que tu ne l'as été avec moi, sinon, tu la rendras malheureuse toute sa vie, comme cela a failli m'arriver.

Mireille regarda l'auto de Pierre franchir en trombe la sortie du stationnement. « Adieu, mon amour, je t'aurai aimé plus que tout. »

Effondrée sur son banc de parc, Mireille se sentit soudain lourde, appesantie de tout le chagrin de l'univers. Était-ce la tristesse qui la paralysait ainsi ? Elle demeura immobile pendant un temps indéfini. Figée, vidée, muette, désœuvrée. Elle ne pleurait même plus. Elle ne pensait même plus. Le monde, son monde s'écroulait, engouffré dans le néant. Plus rien d'autre ne pouvait lui arriver.

Les derniers promeneurs s'étaient dispersés hors des sentiers du lac depuis longtemps lorsqu'elle réalisa que la nuit paraissait largement entamée et qu'elle ferait mieux de rentrer.

Cette nuit-là, même sa flûte demeura silencieuse.

Chapitre 2

Adagio cantabile (chantant)

Quelques jours après sa séparation d'avec Pierre, Mireille se retrouva, sans trop savoir comment, dans le studio de Paul Lacerte, avec la vague impression qu'on l'avait manipulée.

— Monsieur Lacerte vient de téléphoner et demande si tu peux monter ses photocopies à son studio, dès ton arrivée, lui avait dit madame Deschamps.

Sans réfléchir, la jeune fille s'était empressée de grimper au septième étage avec sa pile de feuilles. Un Paul rayonnant l'attendait et l'accueillit d'une solide et chaude poignée de main.

— Bonjour, Mireille! Je me préparais justement un petit café, en prendriez-vous un avec moi?

Trop intimidée pour refuser, Mireille s'assit sur le bout de la chaise qu'on lui offrait. Tout en sirotant à petites gorgées le liquide bouillant lui brûlant la gorge, elle biglait de temps à autre sur le désordre de la pièce. Deux pianos à queue disposés côte à côte occupaient la plus grande partie du studio, laissant peu de place pour un divan de cuir noir et une table de travail croulant sous des montagnes de paperasses. En rentrant, deux vastes fenêtres attiraient le regard, offrant par temps clair une vue saisissante de la ville jusqu'aux premiers vallonnements des Laurentides.

Paul semblait parfaitement à l'aise dans tout ce fouillis et circulait entre les monceaux de livres, de cahiers et de dossiers, tout en bavardant simplement. Un vrai moulin à paroles! En une demi-heure, tout y passa : la

politique, la jeunesse, la musique, sa charge d'enseignement, l'administration du département, et même la
météo! Mireille n'avait qu'à balbutier quelques « bien
sûr! » ici et là, ou à manifester son approbation par de
petits signes de tête. Jamais elle n'aurait osé s'engager
dans une véritable discussion avec l'illustre professeur.
D'ailleurs qu'aurait-elle pu dire d'intéressant? Elle se
contentait d'écouter et d'acquiescer aimablement.

Il finit par s'asseoir sur le rebord du bureau en face
de Mireille. À contre-jour, elle ne put s'empêcher de
remarquer la beauté virile de cet homme, ses traits ré-
guliers, sa chevelure abondante, sa barbe bien taillée et
ses grands yeux bruns pétillants derrière ses lunettes.
Ce col roulé lui seyait réellement bien! Elle en demeura
troublée.

— En bon profiteur, j'ai pensé vous demander ou
plutôt *te* demander de me livrer toi-même mes copies
dans le but de faire plus ample connaissance avec toi
autour d'un café. Astucieux, n'est-ce pas? Alors, parle-
moi de toi!

Mireille se sentit encore plus confuse et ne sut que
répondre. En général assez à l'aise avec les gens, elle
supportait mal cette sensation de gêne et d'inconfort
qui la paralysait soudain et la rendait muette. Elle prit le
parti d'en rire.

— Si je vous racontais ma vie, vous tomberiez endormi! Mais vous y échapperez puisque je dois redescendre à la bibliothèque dès maintenant. Vous oubliez
que j'empiète sur mes heures de travail.

— Mireille, dis-moi *tu*, je t'en prie! Et appelle-moi
Paul!

— Mais, monsieur Lacerte, je ne pourrais jamais!

— Allons, allons, jeune fille! Rien de plus ordinaire :
toutes mes étudiantes me tutoient, alors tu as la permission, toi aussi!

— Dites-moi... Oups! Dis-moi, monsieur Lacerte,

pourquoi a-t-on installé deux pianos dans ton studio? Vous... tu ne peux tout de même pas jouer sur les deux à la fois! Paul éclata de rire, d'un rire puissant et sonore se répercutant en cascades dans toute la pièce. Mireille sentit qu'elle s'enfonçait encore plus profondément dans sa chaise.

— Quelle question pertinente! Vois-tu, plusieurs de mes élèves apprennent des concertos. Ils jouent leurs solos sur l'un des pianos et moi, je remplace l'orchestre sur l'autre. Il existe des versions écrites spécialement pour cela.

Question pertinente, question pertinente... Mireille se sentit stupide. Quatre ans de bac en musique et elle avait oublié que tous les concertos s'accompagnaient d'un piano au lieu d'un orchestre, lors des répétitions. On procédait évidemment de la même manière pour les concertos de piano, elle savait cela depuis toujours. Monsieur Lacerte la prendrait sûrement pour la reine des idiotes!

— Bon! je retourne au travail! Je vous remercie pour le café.

— Une petite minute, j'ai quelque chose pour toi. Tiens! À vrai dire, je t'ai fait venir pour te remettre ce laissez-passer pour la collation des grades de la semaine prochaine. L'autre jour, tu semblais très intéressée par l'allocution que je vais prononcer à l'ouverture, et j'ai pensé te faire plaisir en t'offrant une carte d'invitation. La remise des diplômes sera mortellement ennuyeuse et nous ne pourrons probablement pas nous rencontrer. Mais à la fin, je jouerai une sonate de Beethoven, l'opus 28, tu connais? Elle s'intitule la « *Pastorale* » et je la préfère entre toutes. J'espère qu'elle te plaira. Alors tu es la bienvenue, mardi soir prochain, à l'auditorium.

Mireille marmonna quelques maladroites paroles de remerciement, à la fois contente et étonnée de cette délicate attention. La main sur la porte, elle s'apprêtait à quitter la pièce lorsque Paul s'approcha d'elle et lui entoura les épaules de son bras dans un geste anodin de bienveillance ou de sympathie. Déconcertée, elle ressentit cette discrète étreinte comme un immense serrement lui bloquant la respiration. « Je suis en train de rêver, que m'arrive-t-il donc? »

— Au revoir, jeune fille. Et à bientôt! Je n'oublie pas les duos dont je t'ai parlé l'autre matin, à la bibliothèque.

— Au revoir, monsieur Lac... euh!... Paul!

En quittant le studio, Mireille se cogna le nez sur une étudiante survenant à la hâte pour son cours de piano. « La chanceuse! songea-t-elle, elle passe plus d'une heure par semaine avec cet homme extraordinaire, ce grand génie de la musique. » De toute façon, cet homme ne se trouvait pas libre, elle connaissait sa situation de père de famille. « Tout de même, quel être merveilleux! » Elle se demanda s'il manifestait autant de charme avec chacune de ses élèves et ne douta pas un instant du caractère naturel et spontané de sa gentillesse. Pierre l'avait si peu habituée à cela.

Pierre avait plaqué Mireille depuis déjà quelque temps. Le lendemain de la rupture, elle n'avait même pas espéré un appel de sa part pour lui annoncer qu'il revenait sur sa décision de la quitter. Au fond d'elle-même, elle savait bien que la fin de cette relation constituait la seule solution au malaise en train de la détruire. Plus elle y songeait, plus la rétrospective de leurs fréquentations lui laissait un goût amer. Pierre ne l'avait jamais aimée.

Cette constatation ravageait son orgueil et son estime de soi. Qu'elle avait été naïve! Et qu'elle se sentait peu contente d'elle! Comment avait-elle pu endurer cela pendant si longtemps? Mal aimée, non désirée, rejetée, abandonnée, ne valant pas la peine que l'être adoré s'abaisse jusqu'à elle. Alors Mireille se levait le matin et, se regardant dans le miroir selon son habitude, elle questionnait sa propre déroute. « Pourquoi? En quoi ai-je manqué? Est-ce que je ne vaux pas la peine d'être aimée?» Elle ne se reconnaissait plus, ne savait plus qui elle était. Elle mettait en doute sa propre valeur, ne sachant plus à quoi se raccrocher pour combler le vide immense qui la creusait et lui donnait le vertige.

Comment avait-elle pu en venir jusque-là? Se pouvait-il qu'elle n'ait vécu que d'illusions pendant tout ce temps, amoureuse du produit de ses fabulations? Fallait-il qu'elle soit misérable ou carencée pour s'abaisser jusqu'à l'adulation d'un être qui n'existait pas en réalité! Pour idéaliser ce monstre d'indifférence. Fallait-il qu'elle manque d'affection et d'amour! Elle ne pouvait plus se leurrer : l'objet de son adulation, l'être supérieur et admirable quelle aimait en Pierre s'avérait un spectre, un triste fantasme issu de son imagination. Pour de pitoyables moments de tendresse, pour quelques rares bribes d'attention, pour de minables caresses sans âme, elle avait accepté les vexations et les brimades. Elle avait accepté l'indifférence. Elle avait accepté l'utopie et le mensonge. Elle avait accepté l'humiliation. Non, devant son miroir, Mireille ne se gonflait pas de fierté.

Mais cette prise de conscience, si douloureuse soit-elle, laissait percer sur le ciel d'encre une zone lumineuse, une promesse d'éclaircie. La souffrance, quand elle ne détruit pas, fait grandir. Elle commençait à comprendre, à se comprendre.

Un soir, n'en pouvant plus de solitude, elle alla trouver sa mère pour lui annoncer, tout en larmes, que Pierre l'avait laissée tomber.

— Maman, Pierre et moi, c'est fini depuis une semaine.

— Enfin! tant mieux! Bon débarras! Ce gars-là ne t'aurait jamais rendue heureuse.

Ce fut tout. Aucun geste de consolation, aucune parole de réconfort. Et Mireille, peu accoutumée aux manifestations d'affection au sein de sa famille, ne songea même pas à insister et à se jeter dans les bras de sa mère, pas plus que celle-ci n'eut l'instinct de bercer son enfant écrasée de douleur.

Mireille connaissait bien cette solitude façonnée de silence. Elle avait vécu toute sa vie dans cet univers où les êtres taisaient si bien leurs sentiments qu'on aurait pu les soupçonner de n'en ressentir aucun. Univers glacial alimenté par la routine familiale du quotidien. Univers du non dire, du faire semblant, du silence calculé. Pourtant, les rouages de la famille Ledoux paraissaient toujours baigner dans l'huile, la vie y semblait égale, au beau fixe, sans heurt, sans explosions, sans hauts et sans bas. Les petits drames personnels de chacun se vivaient au singulier et en catimini. Se vivaient seul. Infiniment seul. Les petits drames et autant les grands drames.

Cela expliquait peut-être l'attachement de Mireille pour Pierre. Pour une fois, quelqu'un s'intéressait à elle, lui faisait des confidences, lui exprimait des sentiments. Pendant un certain temps, elle était devenue « quelqu'un » pour quelqu'un. Malgré cette relation boiteuse, elle avait reçu les rares égards de Pierre comme une exquise eau de source sur son cœur assoiffé depuis l'enfance. Alors l'amour avait fleuri et envahi tout son jardin intérieur. Peu importait, au fond, l'objet de cet amour irraisonné. Mireille s'était toujours refusé de porter un jugement sur l'homme qui venait enfin combler son besoin d'aimer et d'être aimée. Elle adorait Pierre, mais à travers lui, c'est l'amour lui-même qu'elle appelait.

Comment se débarrasser de celui qui l'habitait toujours, continuellement présent en elle comme une toile de fond assombrissant sa joie de vivre, et sous laquelle elle s'était habituée à survivre? Non seulement Pierre avait meublé ses rêves mais sa souffrance quotidienne aussi. Quand il la négligeait, quand il ne s'intéressait pas à ce qu'elle vivait, quand il oubliait de l'appeler, il restait tout aussi présent à son esprit et à son cœur. Présent par le dépit, la frustration, l'amertume. Présent par l'absence. Présent par l'absurde. Même dans la négative, c'était toujours et encore lui, lui, lui... Et voilà que ce « lui » avait soudain disparu sans crier gare. Plus rien. Plus personne. L'absence pire que la mort. Le vide absolu. Ou plutôt le gouffre dans lequel Mireille avait bien envie de se précipiter. Le gouffre mortel qui l'avalerait tout entière et, en un instant, mettrait un terme à sa souffrance. « Au fond, si je disparaissais, personne ne pleurerait bien longtemps. »

Pour s'en sortir, elle se devait de retrouver son estime de soi, elle le sentait bien. Oublier Pierre serait chose facile. Il ne s'agissait que de le regarder en face et de plein front, tel qu'il était en réalité : un être arrogant, exclusivement centré sur son ego. Un être incapable d'aimer. Oui, pour l'oublier, elle devrait d'abord le détester. Pour ce qu'il était. Et pour ce qu'il avait fait d'elle : la femme brisée et humiliée qui la regardait le matin au fond des yeux à travers le miroir de sa salle de bain, recherchant désespérément dans son regard une petite lumière appelée goût de vivre.

Le lendemain de la rupture, madame Deschamps, la directrice de la bibliothèque, en voyant arriver Mireille avec les yeux rougis et cernés, avait compris que « la petite » vivait un grand chagrin. Elle semblait se tapir dans un coin, se mêlant très peu aux conversations, accomplissant sa tâche en solitaire et silencieusement, oubliant même de sourire aux étudiants qui défilaient devant son bureau.

Curieux comme madame Deschamps s'était attachée rapidement à cette jeune fille employée à cet endroit depuis un an à peine. Elle aimait son regard droit et direct, son sourire désarmant, et surtout sa façon d'éclater de rire qui trahissait une grande simplicité et même une certaine naïveté. « Cette jeune fille est saine. Elle a le cœur pur mais trop sensible, je le sens », se disait-elle souvent en travaillant à ses côtés. Elle appréciait son intelligence et l'ardeur qu'elle manifestait dans son travail, un zèle bien dosé, « pas trop, juste ce qu'il faut! ».

Mine de rien, elle avait un peu pris Mireille sous son aile, peut-être bien pour remplacer inconsciemment la fille que la vie lui avait refusée. Oh! ses trois grands fils lui apportaient beaucoup de bonheur, surtout depuis l'arrivée des petits-enfants. Son statut de veuve ne l'empêchait pas de se considérer comme une femme comblée, mis à part cette frustration de ne pouvoir partager avec une fille bien à elle tout un univers féminin constitué de toutes sortes d'émotions et d'activités propres aux femmes.

— Voyons! Voyons! Ça ne va pas, ma petite Mireille? Dis-moi ce qui t'arrive. Allons, viens me raconter tout ça.

Il n'en fallut pas plus pour que Mireille éclate et s'effondre dans ses bras. Assise sur l'un des fauteuils du bureau de la directrice, elle lui raconta longuement sa peine d'une voix entrecoupée de hoquets. Madame Deschamps l'écouta sans poser de questions. Mais elle la serra fort contre elle et, tout en lui caressant les cheveux, elle se mit à lui parler affectueusement. C'était non seulement une amie qui s'adressait à Mireille mais aussi une mère. Jamais Mireille n'avait ressenti une si grande douceur. L'espace d'une seconde, elle se dit que la vie valait la peine d'être vécue rien que pour de tels moments de tendresse. Cet abandon, cette confiance, ce laisser-aller entre les bras d'un être qui nous aime, ce sentiment d'être comprise et respectée, non, elle n'avait jamais connu cela.

— Allons, ma chouette! Pleure si cela te fait du bien. Tu as mal, je le sais, et pour toi l'univers vient de s'écrouler. Pourtant, Mireille, la fin du monde n'est pas arrivée. Mais non, la vie continue. Et un jour, tu la trouveras encore merveilleuse. Avec le temps, tu vas l'oublier, ton Pierre. D'ailleurs, entre toi et moi, vaut-il la peine de pleurer bien longtemps? Tu es jeune et belle, et toute la vie s'étale devant toi.

— Jeune et belle, c'est vous qui le dites!

— Mais oui! Cesse de te diminuer parce qu'un être qui ne te méritait pas t'a rejetée, voyons donc! Oui, tu es belle, et intelligente, et séduisante. Les garçons le savent, eux! Un moment viendra où tu connaîtras un grand amour et, cette fois, il sera partagé et te rendra heureuse. Depuis ton arrivée ici à la bibliothèque, je t'observe et constate combien tu sembles tourmentée et malheureuse. Il est temps de faire place nette, tu ne crois pas?

— Oui, je sais. Je m'en rends bien compte maintenant.

— Là, Mireille, tu dois sortir le plus possible avec tes amis, cela s'impose! Puis il faut que tu t'étourdisses et t'évapores, que tu accumules toutes les distractions possibles pour réussir à oublier. Le temps fera le reste. Dis-moi ce que tu aimes le plus au monde, Mireille, à part ton vilain amoureux?

— Mmm... j'adore jouer de la flûte!

— Mais c'est prodigieux! Pourquoi ne pas t'inscrire dans un petit ensemble, un trio ou un quatuor, par exemple? En plus de faire de la musique, tu pourrais rencontrer de nouveaux amis.

— Bof!... je ne suis qu'amateure et je manque totalement de confiance en moi. Je déteste me produire en public.

— Hum! J'ai des doutes sur ton incompétence! Il faudra me prouver cela, un de ces jours. En attendant, garde l'œil ouvert, regarde sur le babillard du corridor, près de la cafétéria, de nombreux étudiants se cherchent des partenaires et affichent leur numéro de téléphone. Tu devrais au moins essayer.

— Ouais... peut-être.

À partir de ce jour, madame Deschamps exerça une surveillance toute maternelle sur Mireille avec la discrétion et la délicatesse des êtres sensibles. Sans rien laisser paraître, elle scrutait le regard de la jeune fille, y cherchant la petite étincelle rassurante. « Allons! elle va finir par s'en sortir, l'ardeur de la jeunesse remportera bien la partie, au bout du compte. »

N'empêche qu'un matin en particulier, elle crut déceler une tristesse plus profonde qu'à l'accoutumée dans l'attitude de Mireille. C'est à peine si la jeune fille releva la tête lorsqu'elle la gratifia d'un gentil bonjour.

— Dis donc, ma chouette, si on allait au cinéma ce soir?

— Oh! c'est très gentil à vous, madame Deschamps, mais ce soir, je ne peux pas. C'est la collation des grades, le saviez-vous? Monsieur Lacerte m'a offert un laissez-passer pour que j'aille entendre son allocution et surtout l'écouter jouer du piano. Je connais sa réputation de grand pianiste, mais je ne l'ai jamais entendu en récital. Je crois que je vais y aller.

Madame Deschamps, un peu déconcertée, ne manifesta pas sa surprise. La collation des grades s'avérait la plus assommante des cérémonies, particulièrement pour les gens non concernés, avec son interminable défilé de diplômés venant chercher sur la scène le précieux objet enrubanné, payé au prix de longues et dures années de labeur. Pour rien au monde, elle ne se taperait ce fastidieux spectacle, même pas pour entendre Paul Lacerte s'exécuter à la fin.

— Tu ferais mieux d'aller l'entendre lors d'un vrai concert. Justement, la semaine prochaine, il sera le soliste invité de l'Orchestre métropolitain à la salle Pierre-Mercure. Si on y allait ensemble?

— Oh! oui, j'aimerais beaucoup! Mais j'assisterai tout de même à la remise des diplômes, ce soir.

L'arrivée d'une horde d'étudiants vint interrompre leur conversation. Mireille se dit qu'elle travaillait à l'inverse des professeurs puisque la bibliothèque ne dérougissait pas dès la fin des cours sur les étages. Puis la pause ou l'heure du repas passée, la plupart des étudiants réintégraient les salles de cours et quittaient la bibliothèque, laissant derrière eux un désordre indescriptible et un grand calme aussi subit qu'appréciable. Mireille se demanda quel jour Paul Lacerte donnait ses séminaires.

Ce soir-là, elle se rendit à la collation des grades mais, troublée, quitta la salle avant la performance du pianiste. Piètre soirée, en réalité, où elle rentra chez elle avec le sentiment de n'avoir qu'élargi la démesure de son désarroi.

— Combien vous dois-je pour le billet? s'enquit Mireille en stationnant la voiture rue Maisonneuve.

— C'est gratuit! répondit madame Deschamps.

— Comment cela, gratuit?

— Eh bien! nos billets sont une gracieuseté de monsieur Paul Lacerte lui-même. Oui, ma chère, nous sommes ses invitées! Il est descendu à la bibliothèque l'autre jour juste comme tu venais de partir. Quand je lui ai manifesté notre intention d'assister au concert de ce soir, il a insisté pour nous offrir des billets, ajoutant même qu'il lui ferait plaisir de nous rencontrer dans les coulisses après le concert. On servira, paraît-il, un cocktail aux membres de l'orchestre et à quelques invités dans le petit salon du théâtre, et nous y sommes officiellement conviées, toi et moi. Que penses-tu de cela, ma très chère demoiselle Ledoux?

Madame Deschamps prit faussement un air snob et hautain en feignant de replacer sa coiffure d'un geste prétentieux. Très élégante dans sa robe de soie marron, elle se réjouissait sincèrement de cette invitation à côtoyer les musiciens qu'elle considérait comme les grands de ce monde. En apprenant cette nouvelle, Mireille avait senti une bouffée de chaleur lui monter au visage et souhaita que sa compagne ne s'en aperçoive pas. Ainsi, Paul serait au courant de sa présence dans l'auditoire...

Elle se rappelait très bien qu'à la collation des grades, durant le discours du doyen, il l'avait nettement cherchée des yeux du haut de la scène. Puis leurs regards s'étant croisés, il l'avait fixée longuement. Mireille s'était sentie fondre sur son siège. Alors il lui avait souri imperceptiblement et le cœur affolé de la jeune fille s'était mis à battre très fort. Elle n'avait pas apprécié cette agitation. L'homme lui paraissait le plus séduisant du monde, mais son âge dépassait largement le sien. Et c'était un père de famille par surcroît. Il n'était pas question de flirter avec lui et encore moins de se lancer dans une aventure qui ne la mènerait nulle part ailleurs que dans un lit. D'autant plus que leurs situations sociales se trouvant diamétralement opposées, elle doutait qu'un maître de réputation internationale puisse s'intéresser sérieusement à une obscure petite employée de bibliothèque dont la vie ne présentait vraiment rien de palpitant.

Mais le soir de la graduation, en le regardant sur la scène, vêtu de sa longue toge noire en train de remettre en souriant leur diplôme à chacun des lauréats, elle avait dû s'avouer que cet homme l'attirait. Oh! il s'agissait d'un simple petit penchant, un attrait de rien du tout se manifestant par un malaise indéfinissable ressenti dès qu'elle se trouvait en sa présence, rien de plus. Celui qu'elle pleurait chaque soir sur son oreiller, c'était Pierre. Ce Pierre perdu qui ne reviendrait probablement jamais. Mais au fond, elle savait qu'elle pleurait davantage sur elle-même, ou sur son désenchantement et ses désillusions. Pour le moment, un nouvel amour ne lui disait rien qui vaille.

Pourtant à son âge, on pouvait tout se permettre, autant les beaux rêves que les aventures, et même les mésaventures! Mais Mireille ne ressemblait en rien à une aventurière. Plutôt sérieuse, la tête sur les épaules et les pieds bien à terre, elle savait ce qu'elle voulait et où elle allait. Ses priorités paraissaient bien établies et ses principes fermement ancrés : jamais elle ne sortirait avec un homme marié, ça non, jamais! À ses yeux, les hommes mariés s'avéraient intouchables et leurs petites attentions, irrecevables. « Qu'ils s'occupent donc de leur famille! » Et qu'ils laissent donc les jeunes filles tranquilles au lieu de semer la confusion dans leur cœur par simple jeu, comme ce Paul Lacerte s'était amusé à jouer avec elle, le fameux soir de la collation des grades. Se levant alors d'un bond, elle l'avait fusillé du regard et avait quitté la salle avant même qu'il ne joue sa sonate sur le grand piano à queue. Tant pis pour Beethoven! « Non! Tu ne m'auras pas, Paul Lacerte, tu ne m'auras pas! »

Dieu merci! On n'avait pas revu le professeur à la bibliothèque durant les jours suivants, et Mireille lui en sut gré. Probablement était-il parti à l'extérieur de la ville. « C'est cela! qu'il vive sa vie et moi la mienne! » Pour la première fois depuis longtemps et malgré sa peine d'amour s'estompant doucement, Mireille avait le sentiment de respirer enfin un peu d'air libre. Elle n'attendait ni le téléphone de Pierre ni l'arrivée impromptue de Paul. Chassé de son esprit, le vilain Pierre. Et chassé de son esprit, le beau Paul Lacerte. Mireille se sentait soudain libre comme le vent. Libre et jeune. Et belle, ainsi que lui avait dit son amie. Avec tout un avenir devant elle. Un avenir à bâtir. Un avenir tout neuf ne lui appartenant qu'à elle, et à elle seule. Enfin, elle se reconnaissait dans le reflet de son miroir et se jurait à elle-même que plus jamais elle ne laisserait qui que ce soit la faire souffrir.

Les prétendants ne manquaient pas. Plusieurs garçons, apprenant sa séparation d'avec Pierre, l'avaient invitée à sortir. Même le bel étudiant en violon avait tenté sa chance. Elle appréciait la frivolité et la jeunesse de ces garçons mais aucun d'eux ne l'intéressait vraiment. En réalité, le souvenir de sa relation avec Pierre restait douloureux et la méfiance régnait : Mireille avait peur de l'amour et ne se sentait pas prête à s'engager à nouveau dans cette aventure. Mais cela n'avait pas d'importance pour l'instant, son seul souci était de s'amuser. Les chansonniers des *Deux Pierrots* aussi bien que le vacarme du *Peel Pub* et l'envoûtement de la foule sautillant sur des rocks endiablés faisaient du bien à Mireille. C'était de son âge, c'était bon. Elle riait, dansait, s'étourdissait et, pendant quelques heures, elle oubliait son ennui et son sentiment d'abandon malgré les copains autour d'elle. Se dandinant avec frénésie au milieu d'une piste de danse, dans une salle bondée et enfumée, anonyme, elle évacuait la pression et se libérait petit à petit. De s'évaporer et de ne rechercher que le plaisir et la futilité la satisfaisaient entièrement pour le moment. Elle appréciait son autonomie retrouvée et surtout le fait de ne plus attendre, ni de rien ni de personne.

Et voilà qu'en ce soir de sortie avec madame Deschamps, Paul Lacerte refaisait surface sans qu'elle s'y attende vraiment. Concert, billets de faveur, invitation, cocktail. Elle n'aurait jamais dû accepter cette proposition de son amie pour assister à ce concert. Il était trop tard maintenant pour reculer. Madame Deschamps ne se doutait sûrement pas du malaise de la jeune fille. De la collation des grades, Mireille ne lui avait rien raconté, pas plus qu'elle ne lui avait confié le trouble qui s'emparait d'elle en présence de Paul Lacerte. Heureusement, le concert allait débuter dans quelques minutes. Le grand piano, trônant au milieu de la scène parmi la cinquantaine de musiciens en train d'accorder leurs instruments, impressionna Mireille. Ainsi, Paul allait se lancer sur la corde raide, au beau milieu de la foule. Quelle audace tout de même! Et quels nerfs d'acier! Il devait non seulement faire bonne figure, mais aussi offrir une performance à la mesure de sa réputation, c'est-à-dire hautement élevée. L'auditoire s'attendait à « monts et merveilles », il n'avait pas le choix de leur offrir « monts et merveilles ». Malgré elle, Mireille s'énerva pour lui. « Oh! mon Dieu! faites que tout aille bien!»

Dès son apparition sur la scène, vêtu de son smoking, le pianiste se montra d'un grand calme. Cette fois, il ne chercha pas à loucher à la recherche de Mireille. Il salua machinalement l'assistance, le regard illuminé et déjà tourné vers l'œuvre musicale dans laquelle il allait bientôt s'immerger tout entier. *Concerto no 3* de Rachmaninoff, l'une des œuvres pianistiques les plus ardues à exécuter. Mais dès les premières mesures, on sentit la main du maître. Les embûches et les passages difficiles n'existaient plus, ne subsistait que la musique parfaite et pure, dans toute sa beauté sauvage.

Curieusement, Mireille arrivait difficilement à se concentrer sur la musique elle-même. C'était plus fort qu'elle, elle dévorait des yeux cet homme fascinant qui dégageait à la fois une si grande force et une si délicate sensibilité. Cela se voyait même dans son attitude face à l'instrument. La passion, la rage, la quasi-violence de ses gestes quand il martelait le piano ou descendait ses arpèges en des fortissimos à couper le souffle témoignaient d'une puissance intérieure prodigieuse. Puis soudain la douceur, la finesse, la subtilité, l'infinie tendresse se dégageaient des passages nostalgiques. Il soulevait alors la tête et portait son regard vers le haut comme s'il voulait transcender les lois physiques et s'élever jusqu'à l'absolu. Alors sa musique flottait, éthérée, suspendue, irréelle...

Émerveillée, Mireille se laissa emporter sur les belles lignes musicales écrites par Rachmaninoff. Le thème du premier mouvement l'amena vers les steppes désertiques recouvertes de neige, au fond de la Russie, comme elle en avait vu dans *Le Docteur Jivago*, ce vieux film d'une autre génération visionné durant son adolescence et qu'elle avait adoré. Elle se rappelait qu'au milieu d'un immense champ de glace, dans une masure ensevelie sous la neige, le docteur Jivago vivait un grand amour avec sa maîtresse. Pendant un temps, il avait mené une double vie, mais la guerre l'ayant séparé de sa femme enceinte, il s'était tourné tout entier vers sa maîtresse et s'en donnait à cœur joie avec elle derrière les vitres givrées complètement fermées sur le monde. À l'époque, Mireille l'avait blâmé pour son infidélité. Comment pouvait-il vivre deux amours en même temps? Même séparé d'elle, comment le docteur Jivago pouvait-il tromper sa femme, celle qui l'aimait plus que tout au monde, celle qui lui avait consacré sa vie, celle qui portait son enfant en elle?

En regardant Paul Lacerte parcourir les grands espaces de Russie sur les touches de son piano, Mireille se dit que jamais elle ne pourrait vivre une telle aventure avec lui. Elle aurait trop l'impression de tromper non seulement une femme et des enfants, mais bien davantage elle-même. Elle tricherait sur ses principes de droiture et d'intégrité et sur ses principes de justice également, convaincue profondément que des enfants ont droit à leur père tout entier, et une épouse, à l'amour exclusif de son mari. C'était dans l'ordre normal des choses. Et Mireille possédait un sens inné et un respect inconditionnel des valeurs morales.

Pourtant ce soir-là, en se laissant aller un tout petit peu à la rêverie, elle aurait pu s'imaginer posant doucement la tête sur l'épaule de cet homme sur la scène, en ressentant sur sa peau la douceur et la chaleur de son cou. Peut-être caresserait-elle délicatement l'abondante chevelure bouclée et laisserait-elle glisser légèrement son doigt sur chacun des traits de ce beau visage, les sourcils broussailleux, le nez droit et masculin, les joues tièdes se perdant sous la barbe drue. Quant à la bouche...

Un tonnerre d'applaudissements fit sursauter Mireille. Elle n'avait pratiquement rien entendu du concerto. C'était la première fois de sa vie qu'une telle chose lui arrivait. Habituellement, elle écoutait et appréciait la musique avec une oreille de professionnelle. Rien ne lui échappait, autant l'écriture que l'interprétation de ce qu'elle entendait. Mais cette fois, le rêve l'avait emportée hors de cette salle de concert, dans un univers aux limites de l'interdit. Mireille s'en trouvait confuse et peu fière.

— Que penses-tu du dernier mouvement, Mireille?

— Euh!... formidable! C'était tout simplement... formidable!

— L'intermission dure vingt minutes. Si on allait au bar prendre un verre? Espérons que la file d'attente ne s'allonge pas trop!

— Bonne idée!

Dans son for intérieur, Mireille se demanda si un seul verre de vin suffirait à la détendre.

La deuxième partie du concert fut tout autant passionnée et passionnante. Mais Mireille se garda bien cette fois de se laisser emporter hors des frontières de la salle et se concentra totalement sur la musique elle-même. Alors la musicienne put savourer, dans toute sa splendeur, la virtuosité du pianiste s'exécutant devant elle. Elle apprécia sa maîtrise parfaite du jeu pianistique et surtout l'âme qu'il y mettait, sans pudeur et sans retenue. Seuls les êtres d'une grande profondeur et d'une grande pureté parvenaient ainsi à se mettre à nu devant un auditoire, au risque de subir l'incompréhension et même la méprise. Mais Mireille, elle, comprenait. Oh! que oui!

À la fin du concert, madame Deschamps l'entraîna vers les coulisses. La jeune fille se sentait réticente mais elle ne le montra guère. Elle n'avait pas vraiment le choix d'accepter l'invitation au cocktail. Bien sûr, elle aurait préféré s'esquiver loin de cette atmosphère pullulante d'émotions excessives, à la limite du supportable, afin de retrouver au plus vite la sécurité de sa chambre et tenter par tous les moyens de se remettre au point neutre. Chasser de son esprit la conscience vive de son vide intérieur, et encore plus impérieuse, cette attirance folle pour Paul qu'elle se découvrait soudain et qui la faisait frémir. Éteindre cette musique ensorcelante qui s'était emparée d'elle et l'avait conduite vers des paysages imaginaires, sur les plages d'un bonheur aussi violent que défendu. Ce lieu où tous les chemins semblaient sans issue. Oui, oublier tout cela et dormir, dormir enfin.

— Tiens! voilà mes deux grandes amies de la faculté!

De loin, Paul se mit à sourire en voyant entrer Mireille et madame Deschamps dans le petit salon ultramoderne bondé de monde. Plusieurs personnes faisaient cercle autour de lui, surtout des musiciens de l'orchestre que Mireille reconnaissait, et aussi quelques femmes.

— Venez, je vais vous présenter. Voici Alain Hébert, clarinettiste, François Colin, altiste, et Victor Taylor, le premier violon que vous avez sans doute reconnu. À ses côtés, voici Danielle Lafrance, secrétaire de l'orchestre, et enfin mon épouse, Marie-Laure Lacerte.

Madame Deschamps et Mireille saluèrent chacun poliment en inclinant de la tête mais sans offrir de poignées de main. En entendant le nom de Marie-Laure Lacerte, le cœur de Mireille bondit dans sa poitrine. Pendant une seconde, leurs regards se croisèrent. Si Mireille la dévora des yeux, Marie-Laure, quant à elle, ne la gratifia que d'un regard distrait et sans intérêt. Elle paraissait très belle, grande, blonde, aux abords de la quarantaine. Son maintien et son élégance témoignaient d'une grande aisance parmi les gens de classe. La belle Suissesse avait ses entrées dans le monde de la haute société et elle y évoluait avec aise, consciente de sa propre valeur, cela crevait les yeux. Quelqu'un lui demanda si elle était musicienne.

— Hélas, non! Je touche à peine au piano. On considère mon mari comme un grand professeur, mais je peux vous assurer qu'il n'est jamais venu à bout de sa femme!

Tout le monde se mit à rire. Mireille s'esclaffa et se dit que son rire devait sonner faux. Devant cette femme à la fleur de l'âge et au visage ouvert, elle éprouvait soudain une sensation pénible de grand ridicule. Comment avait-elle pu croire, à peine quelques minutes auparavant, que Paul manifesterait de l'intérêt pour une banale petite jeune fille de vingt-cinq ans, sans nom, sans classe, sans rang social. Devant Marie-Laure Lacerte, Mireille se sentait moins que rien. S'imaginer qu'un tel homme s'intéresserait à elle alors qu'il vivait auprès d'une femme de cette beauté et de cette qualité, et qu'en plus, cette femme était la mère de ses enfants, relevait de la pure utopie.

Mireille s'estimait stupide de s'être laissée aller à ce mirage, même pour un court instant. D'ailleurs, Paul ne lui avait jamais fait d'avances, en aucune manière. Il ne se montrait que gentil et poli, voilà tout! Sottement, elle avait interprété ses gentillesses comme une ébauche de rapprochement. Oh! il avait bien mis son bras autour d'elle l'autre jour dans son bureau, mais ce geste n'exprimait qu'un simple sentiment de camaraderie, sans plus. Il l'accomplissait probablement pour toutes ses étudiantes. Du reste, il ne l'avait plus jamais répété.

Elle se dit qu'elle ferait mieux de remettre les deux pieds sur terre et de cesser de fabuler. Mieux valait fréquenter des garçons de son âge et de son niveau, libres et pleins d'avenir. Partir à la conquête d'un autre Pierre plus aimable pour la chérir véritablement, cette fois, et sans complications. Un amoureux pour la rendre heureuse enfin. Un amoureux pour envisager l'avenir avec plus de sérénité.

Ce soir-là, avant de quitter le petit salon, Mireille salua froidement Paul Lacerte et sa femme, considérant celle-ci non plus comme une rivale mais comme une femme ayant de la chance.

Une fois de plus Paul Lacerte resta plusieurs jours sans se présenter à la faculté, au grand soulagement de Mireille. Sa rencontre avec Marie-Laure Lacerte, au terme du concert de l'autre soir, l'aida grandement à tourner la page et à mettre un terme à ses illusions sur une idylle chimérique et irréalisable avec l'artiste. « Cet homme est bien trop grand pour se pencher sur moi. » D'ailleurs, elle ne le voulait pas.

Le temps s'écoulait rapidement à la bibliothèque. Les examens de mi-session arrivaient à grands pas, il y avait de l'électricité dans l'air et les étudiants devenaient de plus en plus sollicitants et exigeants. Mireille ne voyait pas le temps passer.

Un bon matin, elle découvrit sur son bureau une grande enveloppe brune scellée et adressée à son nom. Ah?... Curieuse, elle s'empressa de l'ouvrir pour en sortir une pile de partitions de musique accompagnées d'une petite note.

Ma petite Mireille,
Je t'écris entre deux avions et je suis venu à la hâte à la bibliothèque afin de déposer cette enveloppe pour toi. Il s'agit d'une sonate pour piano et flûte que j'ai dénichée, pensant que tu aimerais peut-être l'apprendre et la jouer avec moi. Elle est très belle, tu verras. Je repars pour Toronto dès ce soir, mais je reviendrai pour une longue période à partir de la semaine prochaine. Je pense à toi.
Paul.

Le premier sentiment de surprise passé, Mireille sentit monter en elle la colère, une colère muette qui se gonfla et la rendit furieuse. De quel droit revenait-il à la charge, celui-là? Qu'il se mêle donc de ses affaires et qu'il cesse donc de la harceler! Elle ne lui avait rien demandé! Il ne l'avait même pas entendu jouer, il ne connaissait même pas sa valeur comme musicienne! Quoi qu'il en soit, elle savait que jamais elle n'oserait s'exécuter devant ce maître. Elle ne le pourrait jamais! Pour mille raisons dont la première était son peu d'estime d'elle-même en tant que flûtiste. « Voir si je vais accepter de jouer avec ce grand pro, allons donc! »

Pourquoi lui avait-il proposé ces partitions? Quand joueraient-ils ensemble? Et pour quelles raisons d'ailleurs? Qu'il organise ses propres concerts à lui avec des musiciens de son calibre et qu'il lui fiche la paix! Et surtout, qu'il s'occupe donc de sa femme et de ses enfants au lieu de faire des guili-guili aux jeunes filles naïves! Il n'était pas question de flirter avec cet homme, ah! ça, non!

« *Je pense à toi, Paul* »... Soudain, Mireille perdit pied. Il pensait à elle! Ainsi, elle ne s'était pas trompée. Tout ce qu'elle avait pu s'imaginer se révélait véridique. Il pensait vraiment à elle! Ouf!... Ce qu'elle avait pris pour des avances s'avérait sans doute une réelle manifestation d'intérêt, elle n'en revenait pas. « Non! il ne m'aura pas! Il est marié. Qu'ai-je à gagner d'une telle relation? De la peine encore? Le chagrin et le désespoir? Non, c'est sans issue! Il possède une belle femme et trois enfants, que pourrait-il chercher d'autre? Allez vous faire foutre, monsieur Lacerte! »

Elle ne toucha pas aux partitions pendant plusieurs jours et elles restèrent dans leur enveloppe soigneusement dissimulée au fond d'un tiroir. L'envie ne lui manquait pas cependant de les regarder à nouveau, et surtout de relire l'écriture fine et régulière de Paul Lacerte. « *Je pense à toi* »... Cent fois elle évoqua cette courte phrase. Elle ne doutait pas que celui-ci lui tendait un piège, tentant de l'amadouer dans un but qu'elle préférait ignorer. Elle refusait de mordre à l'hameçon, paniquée à l'idée d'aller s'empêtrer dans une autre histoire compliquée dont elle se sortirait blessée une fois de plus.

Lorsque se pointa le week-end, Mireille apporta l'enveloppe chez elle sans trop savoir pourquoi. « Seulement pour jeter un coup d'œil sur les partitions et voir comment ça sonne, une sonate de Reinecke. » Elle ne connaissait pas ce compositeur allemand de la période romantique et avait bien envie de le découvrir. Le titre surtout éveilla sa curiosité : sonate *Ondine*. Qui était cette Ondine, l'inspiratrice de cette sonate? Une déesse, une reine? Ou peut-être une bergère? Ne pouvant plus résister, Mireille sortit sa flûte.

Elle se trouva aussitôt séduite à la fois par le charme des lignes mélodiques et surtout l'audace rythmique la conduisant au-delà du réel, d'abord dans un univers joyeux et serein puis, plus tard, vers un monde triste et mélancolique. Elle ne s'était approchée de cette musique que par curiosité et voilà qu'elle se laissait conquérir, écoulant de nombreuses heures à en travailler les partitions. À vrai dire, elle traversa la fin de semaine au complet sur sa flûte, défrichant avec un plaisir immense cette musique envoûtante, originale et très articulée. Elle se refusait cependant à établir un lien entre Paul et l'enchantement qu'elle éprouvait. Elle lui devait pourtant cette découverte. Et sur les partitions, au-dessous de la ligne de jeu de la flûte, se trouvaient les deux portées plus lourdes de notes consacrées au piano : cette sonate ne consistait pas en un solo de flûte mais bien un duo pour flûte et piano. Et cela lui faisait peur. De toute évidence, il s'agissait d'un dialogue où les deux instruments se frôlaient, se faisaient des confidences, se répondaient, se murmuraient des secrets tout en vibrant parfois à l'unisson. Plus que tout, Mireille désirait découvrir la relation entre les deux instruments, mais cet intérêt l'inquiétait.

Paul Lacerte tentait-il de l'apprivoiser? Pourquoi lui avait-il remis ces pages? Avait-il réellement l'idée insensée de jouer ce duo avec elle? Non! Mireille s'y refuserait, elle ne se laisserait pas traquer. Cet homme la troublait trop, elle ne voyait aucune raison d'accepter de faire de la musique avec lui, mis à part le plaisir de connaître la beauté réelle d'une sonate de Reinecke telle qu'il l'avait composée : pour deux instruments. Cette semaine, elle trouverait différentes interprétations de cette œuvre à la bibliothèque et les écouterait attentivement. Ou mieux, elle l'exécuterait elle-même avec n'importe lequel de ses amis musiciens dont plusieurs s'avéraient d'excellents pianistes. Il arrivait assez souvent, du reste, que ses amis se réunissent chez l'un ou chez l'autre pour le simple plaisir de jouer ensemble. Un jour, elle leur apporterait ces partitions. De toute façon, ce n'était qu'auprès d'eux et avec eux seuls qu'elle se sentait parfaitement à l'aise sur sa flûte. Pas avec Paul Lacerte!

Toutefois, pendant toute la durée du week-end, Mireille s'acharna avec obstination à fignoler les séquences difficiles afin de les maîtriser davantage. Dans son for intérieur, elle se disait que si un jour, « par hasard », elle avait à jouer ce duo avec Paul, elle ne devrait pas buter sur les motifs compliqués, ni interrompre ses élans à cause des figures rythmiques particulièrement endiablées. « Si jamais... se disait-elle, mais ce sera *jamais*. Je veux que ce soit *jamais!* »

Elle ne se rendit pas compte que sa flûte, son métronome et les partitions de Reinecke constituèrent les compagnons exclusifs de sa fin de semaine avec, comme toile de fond, une présence secrète et mystérieuse imprégnant l'atmosphère comme un brouillard : l'ombre de Paul Lacerte. Elle ne réalisa pas, non plus, qu'elle se sentait soudainement heureuse. Et que la solitude ne lui pesait plus.

Pierre fut le premier, cependant, à déclencher la sonnerie du téléphone de la bibliothèque, le lundi matin suivant. Mireille ne s'y attendait guère, et dès les premiers mots, elle se mit instinctivement sur ses gardes.

— Rouquette? Comment vas-tu?

— Mais... je vais bien! Quel bon vent t'amène?

— Eh bien! je pense très souvent à toi, tu sais. Même que je m'ennuie un peu de toi, je t'avoue. L'autre soir, je me suis laissé emporter trop loin, j'ai exagéré ma réaction. Euh... Mireille, je crois que tu me manques. Que dirais-tu si on allait souper ensemble au restaurant, un soir, cette semaine?

C'était la dernière chose à laquelle Mireille se serait attendue. Un rebondissement de Pierre! Et même une invitation à le rencontrer! Il prétendait ne pas l'aimer assez, voilà à peine quelques semaines, et soudain, il resurgissait dans le décor, tout mielleux. Et même qu'il semblait filer doux et s'ennuyer d'elle! Quelle chimère! À vrai dire, elle n'y croyait plus. Lorsqu'ils s'étaient quittés, elle avait envisagé la rupture comme définitive. Le temps passait et cicatrisait les blessures petit à petit. À la longue, elle s'habituait tranquillement à son absence hors de sa vie et hors de son cœur. Elle se rebâtissait un présent et, bien qu'il se trouvât encore meublé de longs moments de solitude, elle y intégrait tout doucement de nouveaux centres d'intérêt, de nouvelles sphères d'activités et même de nouveaux amis. Elle surnageait quoi! La seule éventualité non prévue sérieusement s'avérait un retour possible de Pierre. Pendant une seconde, elle eut envie de répondre : « Mais oui, Pierre, reviens quand tu voudras.» Mais la simple vue de l'appareil téléphonique de la bibliothèque ravivait le pénible souvenir des longues journées d'attente où elle se morfondait à espérer que la sonnerie retentisse pour elle. Non! elle ne revivrait pas cela, non, non!

Elle aussi s'ennuyait un peu de Pierre mais pas de la sécheresse de ses comportements. De cela elle se sentait pleinement libérée et ne faisait que commencer à apprécier son indépendance émotive. Sortie meurtrie de leur relation, elle voyait maintenant les plaies en bonne voie de guérison. Avait-elle vraiment le goût d'interrompre ce dur processus vers la libération au risque d'envenimer à nouveau les blessures? Hors de tout doute, elle savait qu'une seule rencontre suffirait à la ramener dans le même contexte qu'autrefois. Il avait beau prétendre s'ennuyer d'elle, elle le croyait incapable d'aimer sans posséder et sans tirer profit de l'objet de son amour. C'était sa nature et il ne changerait jamais. Elle l'avait compris enfin et non sans souffrance. Elle avait tant réfléchi, tant médité là-dessus, après leur séparation, et cela l'avait aidée à faire son deuil de Pierre. Maintenant, elle avait la certitude qu'elle et lui, ce n'était plus réalisable.

— Désolée, Pierre, mais on ne pourra pas se voir prochainement. Je suis trop occupée! En réalité, j'aimerais que l'on se donne plus de temps pour prendre une décision définitive sur nos fréquentations. Mais en toute franchise, je ne vois pas beaucoup d'espoir pour nous deux.

Mireille décela un peu de dépit dans la voix de Pierre.

— Ah! bon... Si c'est ce que tu veux. Mais dis-moi ce qui te tient si occupée?

— Oh! Je prépare des duos pour flûte et piano avec un de mes amis.

Finalement, il revint un jour. De son bureau, Mireille le vit arriver. Depuis quelque temps, elle guettait du coin de l'œil, et bien malgré elle, les allées et venues de toutes les personnes pénétrant dans la bibliothèque. Paul lui parut plus grand et plus séduisant que dans ses rêves. Elle espéra que les battements de cœur lui martelant la poitrine demeurent imperceptibles à celui qui l'approchait. Il venait à elle, le sourire plus radieux que jamais, plongeant son regard de feu dans celui de Mireille qui n'osait baisser les yeux.

— Alors, mademoiselle Mireille, toujours au poste? As-tu sorti ta flûte? As-tu passé quelque temps avec Reinecke?

— Oui... un peu.

— Allons-nous enfin essayer de jouer cela ensemble?

— Oh! monsieur Lacerte, je ne pourrais jamais jouer avec vous! Je suis une flûtiste très moyenne, vous savez, tandis que vous... vous m'intimideriez! Et puis, non! Je crains que cela ne s'avère impossible.

Si elle ne s'était pas retenue, elle aurait pu lui avouer qu'elle le trouvait adorable et fort attachant, mais qu'elle refusait de se lancer dans une amourette sans issue avec un homme marié. Mieux valait laisser tomber et ne rien commencer. Mais elle resta silencieuse, trop impressionnée par celui qui se tenait debout derrière le comptoir, exerçant déjà sur elle un pouvoir de domination en puissance sous lequel elle refusait de tomber. Car Dieu sait où la mènerait ce pouvoir. D'une part, il pourrait éventuellement l'emporter vers les sphères heureuses de l'amour, de l'amour fou, de l'amour insensé, de l'amour absolu, mais d'autre part, il risquait aussi de la conduire au-delà des frontières morales qu'elle s'était toujours fixées, dans l'univers de la clandestinité et du regret. Aimer un homme marié, l'arracher à sa femme et à ses enfants, briser sa famille pour se l'approprier tout entier, Mireille ne le pourrait jamais sans tourmenter sa conscience. Oh! le divorce se présentait comme une chose de plus en plus courante dans notre société actuelle, mais, pour rien au monde, elle ne voudrait en devenir l'instigatrice ou l'élément déclencheur.

À son âge, elle pouvait encore se permettre de rêver à un homme tout neuf et sans passé, lui appartenant à elle seule et en toute exclusivité. Un homme libre, non absorbé en grande partie par sa propre famille lui réclamant bien légitimement du temps, de l'attention et de l'affection. Un homme sans autre femme dans sa vie, sans liens avec une épouse tout tissés de souvenirs passés autant que de vieilles habitudes présentes dans un quotidien encore partagé. Regarder un film assis côte à côte sur le même divan, préparer du café pour deux, se côtoyer tous les jours dans la même cuisine, discuter des horaires des enfants et assister ensemble à leurs activités, mille choses, un million de détails routiniers unissent un homme et une femme même si l'amour n'existe plus entre eux. C'était cela, la vie! Et bien plus, c'était partager le même lit! Quelle place restait-il alors pour une tierce personne survenant dans cette vie-là et se mettant à réclamer une part du gâteau? Elle ne pouvait que se contenter de parcelles et de restes.

Mireille imaginait facilement le pattern : « Je t'aime, mon amour, mais mon fils a un tournoi de hockey à Saint-Lointain. Je t'appellerai au retour s'il n'est pas trop tard. » Quelle vie invivable! À moins que l'homme en question ne soit un père indifférent ignorant sa famille et négligeant ses enfants pour profiter égoïstement de sa maîtresse. Ou encore un homme tricheur et menteur, trompant continuellement sa femme en se fichant d'elle autant que des conséquences de ses actes. Alors cet homme ne ressemblerait en rien à l'homme de rêve de Mireille. Car elle ne pourrait pas s'attacher à un être aussi faux et hypocrite, pas plus qu'à un homme irresponsable, incapable de sentiments paternels très forts, cela, elle le savait depuis toujours. D'ailleurs ses doutes sérieux au sujet des qualités paternelles de Pierre l'avaient aidée à renoncer à lui. De toute évidence, cet être égocentrique n'aurait jamais pu renoncer à lui-même pour consacrer ses énergies à des tout-petits. L'idée de fonder un foyer ne l'avait probablement jamais effleuré.

Et Paul Lacerte, lui, était-il animé de sentiments paternels? Chose certaine, ceux-ci ne l'empêchaient pas de conter fleurette aux jeunes filles! Quelle sorte de père était-il, elle l'ignorait complètement. Elle savait encore moins à quelle sorte d'époux il ressemblait. Une fois de plus, elle se posa la question : ce qu'elle interprétait comme un flirt pouvait-il ne s'avérer qu'une forme de gentillesse spontanée, sans plus? Alors pourquoi elle? Pourquoi n'avait-il pas offert des billets de faveur pour son concert à d'autres employés de la bibliothèque? Et pourquoi ce café à son studio, l'autre jour? Et ce laissez-passer pour la collation des grades? Et pourquoi ces partitions et ce désir insistant de jouer en duo avec elle? Ce « *Je pense à toi* » avait semé la confusion dans son esprit. Paul Lacerte ne semblait pas un mari fidèle, certainement pas dans la plénitude de son engagement envers son épouse. Sinon, il ne trouverait pas de place dans sa vie et dans son cœur pour quelqu'un d'autre, surtout pas une jeune fille fragile et vulnérable comme Mireille, en ce moment, après le désœuvrement où l'avait plongée sa rupture avec Pierre.

— Non, monsieur Lacerte, je ne ferai pas ces duos avec vous. Je ne vois pas quel plaisir vous éprouveriez à jouer avec moi, vous qui avez le loisir de côtoyer les plus grands musiciens de ce monde. Demandez plutôt à Lise Daoust ou Timothy Hutchins, ou tout autre artiste plus performant, de jouer avec vous, vous en retirerez davantage de satisfaction. Moi, je ne suis qu'une simple amateure.

— Mais moi, c'est avec toi que je veux jouer, Mireille! Ne crains rien, cela restera sans conséquence. Je ne vais pas te violer à la fin de notre séance de musique! J'ai tout simplement envie d'essayer cela avec toi, c'est tout, sans arrière-pensée, je te le jure. Rien que pour le plaisir! La musique, au fond, ça existe pour s'exprimer et pour s'amuser. Pour les amateurs aussi bien que pour les professionnels. Avec les simples moyens que chacun possède.

— Oui, je le sais, monsieur Lacerte, mais mes moyens à moi...

— Je me fiche de la grandeur de tes talents, cela n'a pas d'importance pour moi. Tu as dû le réaliser pendant tes études musicales ici, Mireille : quand on se met à deux ou à plusieurs pour jouer de la musique, le mariage des sons produit toujours un effet extraordinaire. Et l'espace d'un moment, on connaît une grande joie, celle de l'éblouissement devant la beauté des sonorités s'alliant selon l'inspiration du compositeur mais aussi l'émotion des interprètes. Et cela me paraît sublime comme un rayon de soleil. As-tu déjà vécu cela?

— Oui, à de rares occasions avec mes amis musiciens.

— N'as-tu pas le goût de l'essayer encore une fois? Rien que pour le plaisir? Demain, je ne reçois plus d'élèves à partir de cinq heures. Je t'attendrai dans mon studio au septième étage. Porte soixante-dix-sept. J'espère que tu viendras.

Mireille ne répondit pas, sidérée par ce qu'elle venait d'entendre. Monsieur Lacerte avait presque réussi à la convaincre : la musique demeurerait le seul et unique lien entre eux, « rien que pour le plaisir », avait-il répété à maintes reprises.

Ce soir-là, au fond de son grenier, elle ressortit sa flûte et retravailla ses partitions jusque tard dans la nuit. Elle ne se sentait pas heureuse pourtant, déchirée entre les appels de sa conscience et le rêve fou de passer un long moment seule avec Paul Lacerte. « Je ne devrais pas y aller, je n'irai pas... » se disait-elle à tout instant. Mais elle répétait de plus belle, s'acharnant sur les trilles et augmentant de plus en plus le tempo du *Molto Vivace*. Allons! ce qu'elle accomplissait musicalement s'avérait potable et même présentable, compte tenu du peu de temps qu'elle y avait consacré. Tant pis pour les hésitations et même les accrochages, le pianiste devrait s'en contenter. De toute manière, cela n'avait pas d'importance, c'est lui-même qui l'avait dit. On verrait bien ce que cela donnerait le lendemain. Si elle y allait! Rien de moins sûr!

Le lendemain matin, elle aurait aimé en parler avec sa mère, au petit déjeuner. Savoir ce qu'elle pensait de tout cela, lui demander au moins un conseil. Mais la mère s'intéressait si peu à la vie de sa fille. Pas une seule fois, depuis sa peine d'amour, elle n'avait décelé dans le regard de sa mère la moindre bienveillance, la moindre inquiétude quant à cette épreuve, pas plus que le plus minime intérêt pour tout ce qu'elle vivait. Ne devinait-elle pas son désarroi? N'entendait-elle pas pleurer sa fille, le soir sur son oreiller, éperdue de cafard? Pierre ne l'avait pas aimée assez, et sa mère non plus ne l'aimait pas assez! Ni son père ni personne d'ailleurs. Pas assez pour la deviner, pas assez pour la comprendre, encore moins pour la consoler. Alors, la conseiller, hein... elle pouvait mettre une croix là-dessus!

Et voilà qu'un nouvel amour se présentait à elle. Elle sentait qu'elle pourrait s'y jeter corps et âme, si elle ne se retenait pas. Mais cet amour lui paraissait aléatoire et si peu prometteur. Il la mènerait peut-être au paradis, mais il pourrait tout aussi bien la précipiter dans un autre feu destructeur, celui des peines d'amour dont elle commençait à connaître un peu trop les affreuses brûlures.

— Je ne viendrai pas souper ce soir, maman.

— C'est bien! bonne journée, ma fille!

La mère remarqua que sa fille, en partant, emportait sa flûte, mais elle ne posa aucune question. « Au secours, maman! » pensa Mireille, en sortant de la maison. Mais les mots restèrent dans sa gorge. Elle savait que, dorénavant, cette femme ne représenterait rien d'autre pour elle qu'une mère biologique. Entre elles, les barrières de silence et d'incompréhension, déjà trop hautes, semblaient se fixer définitivement. À moins qu'une tragédie ou un événement extrêmement grave ne se produise, et encore!... Mireille se dit qu'aux yeux de sa mère, une peine d'amour ne semblait pas suffisamment dramatique pour mobiliser ses sentiments maternels, s'il lui en restait!

Elle se demanda de quelle façon Paul Lacerte avait quitté sa femme, ce matin. L'avait-il gratifiée, elle aussi, d'un simple « Bonne journée »? Lui avait-il annoncé que ce soir, il rentrerait plus tard parce qu'en fin d'après-midi, il avait rendez-vous avec une jeune fille? Oh! « sans arrière-pensée », avait-il assuré, selon son propre discours. Mais derrière le plaisir anodin et ce goût de partager, Mireille devinait bien l'élan secret du cœur. Paul n'en avait peut-être pas encore conscience mais elle, elle le savait. Elle avait trop d'intuition et de sensibilité pour ne pas le percevoir. Pire, elle en avait la certitude.

Madame Deschamps accueillit Mireille avec une amabilité toute particulière, ce matin-là, comme si elle avait deviné d'instinct qu'un simple témoignage d'amitié adoucirait la journée de Mireille, silencieusement anxieuse.

— On dirait que tu as passé la nuit sur la corde à linge, ma petite Mireille! Allons, allons! ne me dis pas que tu verses encore des larmes sur cet abruti de Pierre!

— Non, non, pas du tout! Je ne pleure plus ma peine d'amour. C'est bel et bien fini, quoique je me sente très seule. C'est juste que... j'ai mal dormi, je ne sais trop pourquoi.

Comment Mireille aurait-elle pu confier ses tourments à sa seule véritable amie? Comment lui expliquer froidement qu'elle allait passer la soirée avec Paul Lacerte? Madame Deschamps connaissait personnellement le pianiste de même que chacun des membres de sa famille, car elle allait, à l'occasion, garder ses enfants. Comment lui laisser entendre qu'une aventure semblait sur le point de naître entre eux et qu'elle ressentait une envie folle de s'y laisser couler? Comment lui expliquer sa peur et son hésitation? Et les tourments de sa conscience?

Il était certain que madame Deschamps ne comprendrait pas et la jugerait très mal. Et elle jugerait encore plus mal le grand Paul, l'instigateur qui avait fait les premiers pas et ne cessait de revenir à la charge. Madame Deschamps dont les principes semblaient si stricts... Pourrait-elle approuver Paul de vouloir tricher? Et d'entraîner une jeune fille innocente sur les sentiers périlleux d'une liaison interdite qui ne les mènerait, ni l'un ni l'autre, nulle part ailleurs que vers le chagrin, eux et toute la famille de Paul? Cette femme estimait Paul Lacerte plus que tout au monde et elle le croyait un parfait époux et un excellent père de famille. Pour quelles raisons obscures se lancerait-il dans une histoire aussi absurde et farfelue, lui, l'homme parfait, l'artiste accompli, l'un des professeurs les plus estimés et respectés de la faculté. On le considérait comme un homme simple, sans prétention malgré sa popularité. L'intégrité et la droiture caractérisaient l'image qu'il projetait de lui-même et toute son attitude, à la faculté comme dans la société, reflétait sa franchise et son honnêteté. Non, il ne pouvait devenir un tricheur, madame Deschamps ne le comprendrait jamais.

Mireille décida de se taire, craignant que ses confidences à son amie ne prennent les couleurs de la médisance et ne nuisent à la bonne réputation de Paul. Ce jour-là, pour protéger son nouvel ami, elle garda le silence, approfondissant par le fait même sa propre solitude.

Se taire ainsi fut son premier véritable geste d'amour envers Paul Lacerte. Et sans le savoir, sa première souffrance.

Le cœur battant, Mireille frappa trois petits coups à la porte soixante-dix-sept. Elle paraissait très élégante dans son costume-pantalon marine dont la teinte sombre se rehaussait du jaune flamboyant de la blouse, mettant en évidence son teint couleur de son. Paul n'avait-il pas mentionné, l'autre jour, que le jaune lui allait à ravir? Un simple nœud retenant, à l'arrière, son abondante chevelure fauve, deux petits anneaux d'or aux oreilles et un maquillage léger laissaient éclater la beauté toute naturelle de la jeune fille.

Elle aurait voulu quitter en douce la bibliothèque vers cinq heures, souhaitant une bonne soirée à madame Deschamps, mais celle-ci n'en finissait plus de se préparer à partir. Finalement, elles étaient sorties ensemble de l'université et Mireille avait fait le tour du quadrilatère au moins trois fois avec sa voiture afin de s'assurer que son amie était définitivement partie. Puis, revenant dans le stationnement, elle avait garé sa voiture dans un autre coin, histoire de ne pas attirer l'attention. Le gardien la re-salua avec curiosité mais elle prétexta l'obligation de retourner à la faculté pour la soirée, sans plus. À vrai dire, elle se demanda pourquoi elle prenait tant de précautions. Que pouvait-elle donc se reprocher? Jouer des duos avec un autre musicien ne comportait rien de bien original ou de suspect dans une faculté de musique, que diable!

Paul l'accueillit avec sa courtoisie habituelle. Mireille ne réalisait pas avec quelle crispation elle pressait sa flûte et ses partitions sur sa poitrine.

— Détends-toi, ma petite Mireille, tu me parais toute contractée! Prendrais-tu un café ou un petit jus? Il ne faut pas t'énerver comme cela, voyons! Il s'agit tout simplement de faire de la musique, après tout.

Mireille répondit par un timide sourire. « C'est pire que je pensais! Il est déjà en train de m'appeler sa petite Mireille. Zut! » Elle ressentit soudain une envie folle de s'enfuir à toutes jambes. Paul devina-t-il la confusion de la jeune fille? Il changea aussitôt de sujet.

— Bon! Passons plutôt aux choses sérieuses. Parle-moi de toi. D'où viens-tu? Où vis-tu? Que fais-tu dans la vie à part de travailler à la bibliothèque? Es-tu en amour? Quels sont tes projets? Et la musique?

Submergée de tant de questions, Mireille ne savait par où commencer. Alors, elle éclata de rire, à sa façon habituelle de réagir quand elle se sentait mal à l'aise ou prise au dépourvu.

— Oh là là! Mais c'est un questionnaire en règle que vous me posez là! Je me sens attaquée, moi!

Paul rapprocha sa chaise et se mit à rire lui aussi.

— Mais non! mais non! Je suis simplement curieux de savoir qui tu es, petite Mireille.

Alors Mireille lui parla de sa famille installée sur le Plateau Mont-Royal depuis sa naissance, de son père propriétaire d'une quincaillerie, de sa mère « ménagère » comme on écrivait autrefois sur les listes électorales à côté du nom des femmes se consacrant à l'éducation de leurs enfants. Elle décrivit ses deux jeunes frères, petits monstres à la fois adorables et détestables. Elle raconta sa prime enfance sans histoire, ses études chez les bonnes sœurs au couvent situé à deux coins de rue de chez elle. Elle lui parla aussi de ses leçons de flûte au Conservatoire offertes par sa marraine pendant des années, à titre de loisir, jusqu'à son orientation définitive vers la musique, à l'étape du collège puis de l'université.

Paul l'écoutait sans l'interrompre. Alors Mireille poursuivit.

— Mais j'ai regretté ce choix par la suite. Tout alla bien aussi longtemps que j'ai joué pour m'amuser. Mais quand il s'est agi d'être évaluée par des juges et d'exceller aux examens à la fin de chaque session, ça s'est gâché royalement. J'ai réussi toutes les épreuves d'interprétation mais toujours avec des notes très basses, à cause de ma nervosité excessive. Invariablement. À la longue, cela détruit la motivation et éteint complètement la confiance en soi. À la fin du baccalauréat, découragée, j'ai abandonné et me suis convertie en bibliothécaire. Cela ne m'empêche pas de continuer à faire de la musique seulement pour m'amuser, comme autrefois. Jouer de la flûte est comme une seconde nature, j'en ai besoin pour survivre. Alors je joue le soir, seule chez moi.

— Et ton emploi à la bibliothèque?

— J'adore mon travail, les livres et les disques me fascinent. Avez-vous réalisé, monsieur Lacerte, que dans l'espace restreint de la bibliothèque de la faculté, se trouve à peu près tout ce qui s'est écrit en musique depuis le commencement de l'histoire de l'humanité? N'est-ce pas fantastique? Cela me bouleverse rien que d'y songer! Oui, je me sens privilégiée de travailler dans ce milieu de la connaissance auprès des étudiants dont je me sens solidaire.

Soudain, Mireille demeura interdite. Elle parlait si peu en général, et encore plus rarement d'elle-même. Voilà qu'elle se surprenait à confier à cet étranger des réflexions qu'elle avait toujours gardées pour elle seule. Ses déceptions aux examens de musique et son abattement au terme de ses études, elle n'en avait jamais fait part à personne. Seul son professeur de flûte avait pressenti son profond désarroi. Conscient de son talent paralysé par la frayeur, il avait tenté de l'inciter à continuer. Naturellement, ce n'était pas un Pierre qui y aurait compris grand-chose et l'aurait encouragée à poursuivre, ni ses parents d'ailleurs. Quant aux amis, Mireille avait sa fierté et n'était pas prête à porter comme un étendard ses propres sentiments d'échec. Pour eux, elle avait prétexté un changement d'orientation à cause de problèmes financiers, sans plus d'explications.

Et voilà que ce soir, sans trop s'en rendre compte, elle soulevait le voile et laissait entrevoir son monde intérieur. Que se passait-il donc? Elle était venue pour jouer de la flûte, et voilà qu'elle se retrouvait assise sur un divan, en train de parler de ses déboires et de ses passions à un étranger qu'elle connaissait à peine.

L'attention extraordinaire que lui vouait l'homme devant elle l'appelait inconsciemment à s'ouvrir. Peut-être que lui seul pouvait réellement la comprendre, lui le dévoué professeur dont le travail le confrontait quotidiennement avec ce fameux stress paralysant bon nombre de ses meilleurs élèves. Peut-être même ce célèbre musicien se produisant très souvent en concert avait-il à surmonter lui-même les affres de la pression? Peut-être Mireille se laissait-elle fasciner par l'artiste capable de concevoir qu'on puisse vivre de grands moments en musique sans nécessairement aller briller sur la place publique? À vrai dire, c'était tout cela à la fois et encore plus, la bonté émanant de l'homme et la douceur de son regard, qui portaient Mireille à la confidence.

Paul la dévorait des yeux. Parfois, il marquait d'un signe affirmatif de la tête son assentiment ou sa compréhension, sans plus. Et Mireille parlait, parlait comme emportée par un flot qui ne s'arrêterait plus. Elle lui raconta même sa relation difficile avec Pierre, leur récente rupture, son désœuvrement actuel.

— Pour l'instant, je me cherche, je suis « entre deux », en période d'incubation dans l'attente d'une rencontre. Je rêve d'un garçon auprès de qui je me sentirais bien. Me sentirais moi-même enfin! Un jour, j'espère avoir des enfants. J'adore les enfants! Je manquerais ma vie si je n'avais jamais d'enfant. C'est plus qu'un rêve mais un projet précis. Oh! j'ai tout mon temps, rien ne presse. Il faudrait bien que je commence par rencontrer un père en puissance et « potable », n'est-ce pas?

Une fois de plus, Mireille éclata de rire. Dire qu'elle s'était imaginé que Paul deviendrait un prétendant éventuel, quelle folie! Voilà qu'elle trouvait en lui un ami. Un simple ami et le plus remarquable des interlocuteurs. Un ami plus âgé qu'elle, mais capable de l'écouter et de la comprendre plus que personne, à part madame Deschamps. Un ami empathique, auprès de qui s'établissait d'emblée et dès ce premier contact un climat de complicité hors du commun. Alors Mireille, naturellement discrète et plutôt sur la défensive, avait donné sa confiance sans retenue, laissant s'épanouir secrètement la fine fleur de l'amitié.

Elle réalisait bien maintenant que son rêve ridicule d'une aventure amoureuse avec Paul Lacerte n'avait été qu'un fantasme, une illusion stupide qui ne franchirait jamais les limites de son imagination. Rêve de conte de fées, rêve de petite fille esseulée en mal d'amour, rêve absurde. Si Paul savait! Ce Paul respectueux, chaleureux, qui maintenait tout de même ses distances comme tout homme marié respectable sachant se tenir. Comment avait-elle pu imaginer une liaison amoureuse avec lui? Elle en riait presque, dans son for intérieur, se moquant un peu d'elle-même. Dire qu'elle avait contourné le pâté de maisons plusieurs fois avant de monter au studio de monsieur Lacerte pour n'être repérée de personne! Quelle naïveté! Cette pensée la rendit joyeuse et acheva de la mettre à l'aise.

— Et vous? C'est à votre tour! Parlez-moi de vous, de votre musique, de votre vie, de... de votre famille.

— Ma petite Mireille, quand donc te décideras-tu à me tutoyer?

Ce « ma petite Mireille » la troubla une fois de plus. Pourquoi l'appelait-il ainsi? Cela lui paraissait trop affectueux, trop personnel, trop... possessif! Elle se remit soudain sur ses gardes. Il lui semblait que cette familiarité dépassait les frontières d'une amitié naissante et elle se voyait mal doter le grand Paul Lacerte d'un tendre petit sobriquet tout sucré. Le tutoyer s'avérait déjà bien assez difficile pour elle. « Sans doute interpelle-t-il de cette manière et sans arrière-pensée toutes les jeunes filles qu'il côtoie quotidiennement. Allons! tu te montres pointilleuse, ma vieille! Tu sais très bien que tu ne deviendras jamais autre chose que la bonne amie de cet homme, rien de plus.» Cette relation n'irait pas plus loin, Mireille s'en trouvait maintenant convaincue. Dans son esprit, l'idée d'une idylle amoureuse paraissait définitivement repoussée, et le feu de paille tout à fait éteint.

— Alors, Paul, parle-moi de toi.

— Oh! moi, je crois bien que je suis né dans un piano! Ma mère ne me l'a jamais avoué mais j'en suis certain!

Mireille sourit à l'image d'un petit bébé enveloppé de langes, couché sous le couvercle à demi soulevé d'un piano à queue.

— C'est vrai! D'aussi loin que remontent mes souvenirs, je me vois en train de taper sur le clavier d'un piano. Mon enfance s'est écoulée dans les Cantons de l'Est, heureuse et sans histoire, entourée de mes nombreux frères et sœurs, de mes parents bons et affectueux. Nous faisions tous de la musique à la maison, mon père jouait du violon, mes frères de l'accordéon, ma mère et ma sœur aînées chantaient tandis que ma plus jeune sœur et moi prenions des leçons de piano chez les religieuses. Ça n'a pas été long, on a détecté très tôt le talent dont la nature m'avait doté. On m'a donc envoyé étudier au Conservatoire de Sherbrooke, puis à Montréal où j'ai terminé une maîtrise puis mon doctorat en interprétation. Puis je suis allé à la *Juillard School of Music* à New York, pour un post-doctorat. Là, j'ai eu la chance d'étudier pendant quelques années avec des grands maîtres dont Leon Fleicher et plusieurs autres. Et me voilà pianiste jusqu'au fond de l'âme. C'est ce que je suis et rien d'autre!

— Rien d'autre? Allons donc!

Mireille protesta avec conviction. Paul Lacerte, rien d'autre qu'un musicien? Elle ne pouvait le croire! Mais elle préféra ne pas insister, encore émue par l'évocation du petit garçon qu'il avait été, pratiquant sagement et fidèlement son piano dans le salon familial. Paul enchaîna :

— Parfois, je t'avoue regretter obscurément mon orientation. Non pas que je sois malheureux dans ma profession, bien au contraire! Mais il m'arrive, certains jours, de croire que je passe à côté de l'essentiel. Toutes ces heures de ma vie écoulées devant un piano, c'est incroyable! Quand je ne joue pas, ce sont mes élèves qui jouent devant moi! Impossible de m'en sortir! Tu sais, les sons s'évanouissent au fur et à mesure qu'on les joue. Que reste-t-il, au bout de l'expressivité? Un don? Une libération? Et après? Est-ce bien cela, vivre? La vraie vie peut-elle se résumer à une simple forme d'art? Les voyages en touriste, le sport, les sorties avec des amis, le cinéma, les parties de sucre ou la cueillette des pommes, peu importe, je n'ai jamais rien connu de tout cela. Je suis resté rivé à ce maudit piano, pris dans un engrenage infernal dont je peux difficilement me sortir. Mon univers est constitué d'horaires et d'échéances. De stress et de responsabilités aussi. D'engagements de toutes sortes un peu partout dans le monde et qui n'en finissent plus. Avec tous les déplacements qu'ils engendrent. J'ai parfois l'impression que je vis dans mes valises. Ou plutôt, que je ne vis pas.

Mireille se sentait navrée. Un tel témoignage la déroutait. Le spectateur ne voit toujours qu'une seule facette, un seul côté de la personne qu'il admire. Le reste ne l'intéresse guère, et de le découvrir peut lui ménager des étonnements. Ainsi, en ce moment, le grand Paul Lacerte laissait deviner, derrière l'illustre musicien, un être profond et sensible, amoureux de la vie, mais torturé et frustré par les renoncements auxquels l'obligeaient son art et surtout son métier. Un être solitaire dont le seul véritable ami prenait la forme d'un clavier.

Elle ne put s'empêcher de dresser mentalement un

parallèle entre sa propre vie et celle de Paul, réalisant qu'elles se situaient aux antipodes l'une de l'autre. Elle-même se laissait bercer par la vie et en profitait au maximum, entourée de ses copains. Contrairement à Paul, elle jouait maintenant de la flûte par simple goût de s'exprimer, sans obligation et sans aucun souci de la performance. Cette soudaine prise de conscience la dérouta, et elle ne sut que répondre à Paul, surtout lorsqu'il ajouta, le plus sérieusement du monde :

— Parfois, je me surprends à envier des gens comme toi s'adonnant à la musique exclusivement par plaisir. C'est la raison pour laquelle je t'ai demandé de venir ici afin de jouer des duos seulement pour s'amuser. *Pour s'amuser*, Mireille.

Elle crut déceler dans le regard de Paul une véritable supplication, et se sentit troublée par le rôle imprévu que le pianiste malheureux la suppliait silencieusement de jouer : amusement, distraction, plaisir, diversion, amitié. Pourquoi pas? Elle s'attendait si peu à cela qu'elle en demeura muette.

Pendant un moment, le calme envahit le studio, chacun semblant perdu dans ses propres réflexions, son propre drame. Une photographie suspendue sur le mur derrière le pupitre attira l'attention de Mireille. Elle ne l'avait pas remarquée l'autre jour, en venant porter les photocopies. Il faut dire qu'à ce moment-là, le studio croulait sous un tel fouillis que rien ne semblait potentiellement remarquable. Tandis qu'aujourd'hui, Paul avait manifestement déployé un grand effort de rangement avant de la recevoir, car tout paraissait à peu près à sa place.

— Ce sont vos enfants?

— Oui, mes trois « mousses » et mes trois raisons de vivre. À gauche, on voit Mélanie, quatorze ans, déjà pianiste à ses heures, puis Olivier, onze ans, futur violoniste de l'Orchestre symphonique de

Montréal, et finalement Philippe, huit ans, champion bagarreur de notre rue!

— Ce qu'ils sont mignons! Ils vous... ils te ressemblent beaucoup, le petit dernier surtout. On dirait son père en miniature! Mélanie prend plutôt les allures de sa mère, cependant.

— Tu connais ma femme? Comment cela?

— Lors de ton concert à la salle Pierre-Mercure, l'autre soir, je l'ai rencontrée au cocktail.

— Ah! oui, c'est vrai! Je ne m'en rappelais plus.

Paul devint songeur et baissa la tête pensivement. L'ombre de la belle Marie-Laure Lacerte venait de pénétrer dans le studio, ramenant un silence épais, écrasant. Mireille n'osait bouger, ni prononcer une parole, elle qui avait tant pensé à cette femme dernièrement. Plus le temps avait passé, plus la femme chanceuse s'était métamorphosée à nouveau en rivale. Une belle et magnifique rivale, invincible. Et dont le sourire venait maintenant narguer la jeune fille à travers celui des trois enfants de la photo. Une rivale dont elle n'arrivait pas à la cheville, et qui remporterait toutes les victoires. Une rivale déjà en place et qu'elle devrait bousculer, vaincre, chasser, déplacer, éliminer du chemin menant jusqu'au cœur de Paul, advenant une relation amoureuse éventuelle avec lui. Quel mirage! Il fallait avoir vingt-cinq ans pour fabuler de la sorte, Mireille s'en rendait tellement compte maintenant.

— Et si on faisait de la musique? demanda Paul, retrouvant son sourire. As-tu un peu travaillé la sonate de Reinecke?

— Oui! j'ai adoré ça! J'ai hâte de l'entendre en duo.

Ils ne virent pas, sous les fenêtres, les petites lumières de la ville s'allumer une à une.

Le moment tant redouté de jouer avec Paul Lacerte arrivait. Sonate opus 167 de Reinecke dite sonate *Ondine*.

— Connais-tu la vieille légende d'Ondine, Mireille? Elle date du dix-neuvième siècle et a inspiré cette sonate.

— Ondine, n'était-ce pas une divinité de l'eau?

— Oui. Cette ravissante naïade du Danube ne pouvait acquérir l'immortalité qu'en obtenant la fidélité d'un homme. Son père décida de la cacher et de la remplacer par Berthalda, la fille d'un pêcheur, qu'il hébergea dans son château. Un jour, le preux chevalier Huldebrand vint au château et entreprit de lui conter fleurette, la croyant une princesse. Afin de les séparer, le père d'Ondine provoqua une effroyable tempête pour éloigner le chevalier et le mener plutôt à la rivière auprès d'Ondine dont il tomba finalement amoureux. Après l'avoir épousée, le chevalier ramena la petite nymphe au château de son père où se trouvait toujours la fille du pêcheur. Hélas! Huldebrand recommença à courtiser Berthalda et dénigra les origines aquatiques d'Ondine. Faisant fi des avertissements et des supplications de la pauvre naïade, il la délaissa finalement et demanda la fille du pêcheur en mariage. Trompée et bafouée, Ondine disparut sous les flots. Or, obéissant à la loi du peuple sous-marin, elle dut revenir par un puits, la nuit de noces, serrer son ancien époux dans une affectueuse étreinte jusqu'à ce qu'il étouffe et meure. On dit que de la terre recouvrant la tombe de Huldebrand a jailli une source inépuisable alimentée par les larmes d'Ondine.

Un lourd silence imprégna les lieux, une fois de plus. Mireille ne se trouvait plus là mais sur le bord du fleuve, en train de pleurer avec Ondine sur la tombe de son amour perdu. Un léger toussotement de Paul la ramena à la réalité.

— Quelle effroyable histoire! Il m'avait semblé déceler la profonde tristesse se dégageant de toute la sonate. Le jeu de la flûte, à la fin surtout, ressemble davantage à une lamentation qu'à un chant d'exaltation. Et puis la révolte et la fureur grondent souvent. Et toujours cette présence féminine dès le premier *Allegro*, tu sais, Paul, dans ces motifs du thème pleins de délicatesse et de charme revenant à répétition. Je crois y reconnaître les mouvements graciles de la petite nymphe dans les eaux tumultueuses de la rivière.

— Formidable, Mireille, c'est exactement cela! Je ne me suis pas trompé, je savais que tu pouvais sentir les choses. Allons! vite! sors ta flûte, qu'on goûte enfin cette belle musique!

Mireille ne l'aurait pas cru : elle ne ressentit aucune nervosité en s'emparant de son instrument. Elle n'aurait pu expliquer pourquoi. Sans doute la bienveillance de Paul lui conférait-elle quelque hardiesse... Ils s'installèrent rapidement et sans manières, dans la plus formidable complicité qui soit, celle que les musiciens partagent entre eux devant des partitions. Alors la musique exerça son effet magique et balaya tout : confidences, regrets, faux espoirs, fantasmes, craintes, appréhensions, barrières. Ensemble, ils se laissèrent emporter par les courants sonores hors de leur propre univers.

Tout en jouant au piano, Paul parlait beaucoup, tel un chef d'orchestre lors d'une répétition, certainement par déformation professionnelle, en excellent enseignant qu'il était.

— Allez, montre-moi sur ta flûte toute la tendresse unissant Ondine et Huldebrand. Toute la joie aussi...

Alors Mireille se mit à chanter et à danser sur sa flûte. Elle devint enjouée, euphorique même, dialoguant avec le piano qui lui donnait la réplique avec autant d'engouement. Le rythme devint effréné, mais la flûtiste le supportait parfaitement. Ses craintes des passages difficiles et surtout sa frayeur de jouer avec Paul Lacerte avaient tout à fait disparu. Elle n'avait plus le temps d'y penser, la musique monopolisait toutes ses énergies.

Elle mit dans son interprétation tant de douceur, tant de volupté, tant de sensualité, qu'elle en resta déconcertée elle-même et en ressentit une certaine gêne face à Paul. « Huldebrand, mon amour... » Mais Paul se contentait de répliquer sur son piano en des *pianissimos* veloutés enrobant et caressant le jeu de la flûte. On aurait dit que les deux instruments, tels des amants, se fusionnaient en une seule entité, un seul amour.

La fin du premier mouvement ramena le silence troublant dans le studio, comme pour prolonger un état d'âme que Mireille refusait de voir s'étioler. De toute sa vie, elle n'avait connu un moment d'une telle intensité. L'impression d'avoir manqué de pudeur et d'être allée trop loin dans l'expression de ses sentiments la rendait immobile et sans voix. Paul avait-il compris qu'elle était devenue Ondine lui témoignant son amour sur sa flûte? Huldebrand, c'était Paul... Elle en avait soudainement la certitude : elle aimait cet homme. Au-delà des frontières sociales et morales, au-delà de tout ce qu'elle avait pu croire et imaginer, peu importe ses sentiments à lui et peu importe ce que l'univers entier en penserait, elle aimait Paul Lacerte d'amour. Cela lui était venu comme une évidence en ce moment de grâce où une flûte et un piano se firent des confidences bien avant le cœur même des humains. Elle n'osait regarder Paul de peur qu'il ne devine son secret.

Mais il demeura impassible et lointain et ne fit aucun commentaire sur l'exécution de Mireille, à part un faible « C'était bien! » qui brisa enfin le silence sur un ton neutre et indéfini. Elle se rassura, il n'avait pas compris son message d'amour.

— Passons maintenant au *Molto agitato*. Là, il y a de la colère. Ton homme te triche et veut épouser Berthalda, ton ennemie. Alors, révolte-toi, démonte-toi, enrage-toi! Il y a la tempête, Mireille, pas seulement sur l'eau mais en ton âme. Montre-le-moi!

Il n'y eut pas que la flûte qui lança des vociférations et des cris, mais le piano aussi gronda et exprima sa rage en accords vifs et obsédants. Paul serrait les dents, le visage transfiguré. On aurait dit tout son être possédé par une immense agitation. Il martelait le clavier en gestes brusques et saccadés, pleins de rage. Mireille lui jeta un regard furtif, ahurie par une telle violence. Alors elle comprit que lui aussi, par-delà son instrument, vivait réellement le drame de la légende d'Ondine.

Puis tout doucement, le calme revint, laissant la voix à la flûte qui s'entêtait à répéter le même motif lancinant.

— Que dit ta flûte, Mireille, quand elle s'obstine sur ce petit air plaintif et répétitif?

— Je crois qu'elle pleure et supplie Huldebrand. Elle lui dit : « Mais non! Mais non! » Elle lui dit : « Reviens! Reviens! » Elle le répète sans fin comme une imploration parce qu'Ondine veut sauver la vie de son mari qui devra périr avec elle s'il la trompe.

Les émouvantes supplications d'Ondine retentirent longtemps dans le studio de Paul et débordèrent à travers les murs jusqu'au fin fond des corridors de l'université. Elles s'imprimèrent à jamais dans le cœur de Mireille, complètement bouleversée d'avoir vécu une telle expérience. Elle en avait les larmes aux yeux, pleurant réellement la mort d'un amour. Un amour qu'en réalité, elle n'avait jamais vécu. Ou peut-être qu'elle ne pourrait jamais connaître, elle ne savait plus. Un amour interdit. Jamais elle n'avait imaginé qu'on pouvait à ce point épouser les sentiments de quelqu'un d'autre. Jusqu'à la douleur. Mais était-ce bien les sentiments de quelqu'un d'autre? Qui était Ondine? La femme qui aime? La femme rejetée? La femme qui tue? La femme qui pleure? La femme qui a tout perdu? La femme qui a mal? Mireille, confuse, ne savait plus où elle en était. Chose certaine, elle détestait Berthalda plus que tout, la voleuse de mari, la traître, la bâtarde. C'est elle qu'Ondine aurait dû tuer! « Huldebrand, mon amour... »

— Tu es merveilleuse, Mireille! s'écria Paul. Tu ne m'avais pas dit que tu jouais si bien de la flûte!

— Euh... C'est que je joue de cette manière pour la première fois de ma vie. Grâce à vous, Paul. Je crois que vous êtes un professeur extraordinaire. On aurait dit qu'il n'existait plus de partitions, seulement de la musique. Seulement Ondine... Monsieur Lacerte, je vous dois cette expérience extraordinaire, cette nouvelle conception, cette nouvelle manière d'aborder la musique. C'est-à-dire, Paul, c'est à toi que je la dois.

Paul resta pensif et sans voix, se contentant de respirer bruyamment. Si elle ne s'était pas retenue, elle se serait jetée dans ses bras sans arrière-pensée, seulement pour lui manifester la joie de sa découverte sur l'interprétation de la musique. Mais elle s'en garda bien, d'autant plus que lui continuait à éviter tout rapprochement. Alors elle n'insista pas sur ce grand bouleversement émotif qu'elle venait de vivre et qui transformerait à jamais sa façon de jouer de son instrument. Quant à l'amour qui avait inspiré son jeu, elle le garda prisonnier de son silence, se promettant de ne jamais le dévoiler au pianiste. Mieux valait taire ses sentiments. Paul Lacerte ne deviendrait jamais Huldebrand. D'ailleurs, la vue des trois enfants souriant sur la photo au-dessus du bureau acheva de refroidir ses esprits et lui enleva tout élan de confidences. Mireille préféra déguerpir au plus vite et s'en aller dans son grenier décanter seule ce trop-plein d'émotions.

— Ciel! il est presque neuf heures! Comme le temps

a passé! Et je ne t'ai même pas offert quelque chose à te mettre sous la dent! Aimerais-tu que je fasse venir du poulet ou de la pizza, mademoiselle la flûtiste en forme de soleil? Ou peut-être préférerais-tu que nous allions au restaurant?

— Oh! non, merci, merci! Je me sauve! Je suppose que l'on doit t'attendre chez toi, Paul.

Il ne répondit pas et ne fit aucun geste pour la retenir. Mais Mireille ne put tout de même résister à l'envie de le remercier encore.

— Avant de partir, je voudrais te dire combien j'ai apprécié ce bon moment. Je te l'avoue, j'appréhendais plus que tout ce duo que tu me proposais, mais je pars d'ici contente et fière de moi. La glace est dorénavant brisée, je pars d'ici transformée. Bien plus qu'un professeur de piano, tu es un fantastique professeur de musique, Paul, peu importe l'instrument sur lequel on la joue. Tu viens de m'apprendre à la considérer pour elle-même en soi, à écouter avec le cœur ce qu'elle nous dit sans en avoir peur. Les difficultés et les problèmes techniques ne restent jamais insurmontables et on peut toujours les régler par des répétitions sérieuses. Mais quand il s'agit d'interprétation, il faut franchir ces barrières et c'est un palier que je n'arrivais pas vraiment à dépasser. Vivre la musique, la sentir, la souffrir même, je n'avais jamais vécu cela. Et ce soir, sans t'en rendre compte, tu me l'as fait découvrir. J'ai vraiment épousé les sentiments d'Ondine, Paul, et j'ai trouvé cette expérience extraordinaire.

— Oh! tu sais, tout cela provenait de mon imagination, nous aurions pu interpréter cette musique différemment. Exprimer la haine plutôt que l'amour et interpréter la peur plutôt que la colère. Ou remplacer les « Reviens! » que tu disais avec ta flûte par des « Va-t'en! » exécutés avec plus d'agressivité. Là se trouvent tout le fantastique et toute la magie de la musique : elle porte en elle toutes les émotions de l'univers. C'est à nous de nous les approprier et de les vivre pour pouvoir mieux les exprimer.

La lumière brillait dans les yeux de Paul quand il parlait ainsi. À vrai dire, Mireille n'avait aucunement le goût de le quitter, mais il ne bougea pas lorsqu'elle ramassa ses affaires. Une solide poignée de main fut le seul geste d'au revoir dont il la gratifia. Nul bras autour de ses épaules, cette fois, encore moins un baiser amical sur la joue. Rien. Cela eut l'effet d'une douche froide sur le cœur en chamade de Mireille. Elle se dit que c'était mieux ainsi.

Cette nuit-là, elle fit un cauchemar et rêva qu'Ondine avait pris le visage de Marie-Laure Lacerte.

L'automne s'installa enfin définitivement sur la ville, avec son somptueux cortège de couleurs et sa petite brise mordante qui allumait des rougeurs sur les joues des enfants.

Mireille revint plusieurs fois par semaine dans le studio de Paul pour jouer de la flûte mais toujours à la dérobée, presque secrètement. Elle préférait soustraire aux curieux l'existence de ces espaces de temps en compagnie du pianiste. C'était également la volonté de ce dernier de garder leurs rencontres discrètes. Ces moments passés l'un près de l'autre s'avéraient pourtant irréprochables à la vérité, ressemblant davantage à des leçons de musique qu'à des rencontres amicales. Mais le lien se créant insidieusement entre Mireille et le pianiste prenait une intensité qui ébranlait sa conscience. Elle sentait confusément qu'elle ne pourrait plus se passer de ses visites au studio de Paul Lacerte.

Toutefois, Paul continuait de maintenir la distance établie dès le premier jour où ils avaient travaillé la sonate de Reinecke, et Mireille lui en savait gré. Il se montrait correct, chaleureux, jovial, et son comportement envers elle demeurait toujours impeccable. « La même attitude qu'il doit adopter avec ses autres élèves », se disait Mireille. Elle tentait de chasser définitivement de son esprit ses rêves d'une aventure amoureuse avec lui, ce qui ne l'empêchait pas de l'admirer plus que tout au monde et de lui vouer une affection de plus en plus vive.

Musicalement, elle accomplissait des progrès inouïs. De plus en plus à l'aise sur sa flûte, elle prenait un vif plaisir à exécuter des duos, se découvrant un potentiel de musicalité et d'expressivité qu'elle ne soupçonnait guère. La nervosité, la peur n'existaient plus quand elle s'exécutait avec Paul. Même si celui-ci ne jouait pas de flûte, il influençait, à sa manière de musicien chevronné, la façon de la jeune fille d'interpréter les œuvres. Le jeu du pianiste se faisait alors discret, s'effaçant devant les rondes sonorités de la flûte traversière.

Ils s'entendaient à merveille, ponctuant leur jeu de regards complices et exprimant, chacun sur son instrument, les mêmes émotions. Reinecke fit place à Jadassohn et Fauré, et même Jacques Hétu avec ses pièces pour piano et flûte. Mireille connaissait plus ou moins ce répertoire. Elle avait vaguement entendu ces œuvres, mais jamais elle n'aurait osé s'y attaquer avec les maigres moyens dont elle croyait disposer autrefois. Et voilà que le manque de confiance surmonté, elle réalisait pouvoir s'en tirer assez bien, prenant un réel plaisir à découvrir et surtout exécuter ces compositions dans toute la plénitude de leur beauté.

Elle avait beau prétendre ne monter au septième étage que pour travailler sa flûte, elle ne pouvait renier la place de plus en plus grande occupée par Paul dans ses moindres pensées. Les camarades de son âge ne supportaient pas la comparaison, bien sûr, avec leur insouciance et leur témérité, et elle s'ennuyait auprès d'eux. Au fond d'elle-même, elle se rendait compte que tout revenait à Paul : Paul aurait dit ceci, Paul aurait fait cela, si Paul était là... Elle passait des heures à travailler sa flûte. Son ancien professeur de flûte à la faculté avait accepté, à la demande de Paul, de la reprendre une heure par semaine, à titre d'étudiante libre, histoire de parfaire sa technique. Le soir, lorsqu'elle jouait dans le calme et la solitude de son grenier, Paul se trouvait indéniablement auprès d'elle, d'une présence toute spirituelle mais immense.

Elle savait pourtant que jamais cet homme ne lui appartiendrait, son attitude réservée le lui confirmait à chacune de leurs rencontres. Mais quand ils se mettaient à parler de tout et de rien, bavardant innocemment comme les meilleurs amis du monde, l'univers aurait pu s'écrouler autour d'eux et ils ne s'en seraient guère aperçus.

Néanmoins, la photographie des trois enfants de Paul ne manquait jamais de ramener Mireille à la réalité. Quoique ne rencontrant jamais Paul durant les fins de semaine, elle éprouvait la pénible impression de voler ces enfants-là et de s'approprier un bien sur lequel ils avaient le plus légitime des droits : leur père. Elle présumait ne pas s'être emparé du cœur du pianiste, mais elle croyait tout de même leur dérober du temps, du temps précieux que Paul aurait pu passer auprès d'eux, au lieu de jouer des duos avec une pure étrangère dont le nom ne figurait même pas sur la liste officielle de ses élèves. Elle appréciait qu'il joue avec elle « seulement pour le plaisir », mais il aurait pu jouer tout autant avec sa fille pianiste en herbe ou son petit Olivier qui prenait des leçons de violon. De la musique en duo ou en trio, dans son propre foyer et avec ses propres enfants, cela ne l'intéressait-il donc pas ? Il partait bien assez souvent en tournée ou en voyage hors du pays, il aurait dû au moins consacrer tous ses temps libres aux siens quand il se trouvait en ville. Mais il ne parlait jamais de sa famille. Un soir, n'y tenant plus, Mireille effleura la question.

— Non, je ne reviendrai pas demain. Je pense aux gens de chez toi, ta femme et tes enfants, qui apprécieraient peut-être de te voir davantage présent pour eux.

Paul resta interdit. De toute évidence, il ne s'attendait pas à ce discours. Il répondit brusquement, presque avec rudesse.

— Ce qui se passe chez moi ne te concerne pas, Mireille. Tu n'as pas à me dicter ma conduite, ni toi ni personne. Est-ce bien clair ? Prends de moi ce que je t'offre de moi, un point c'est tout. Le reste ne te regarde pas.

— Excuse-moi, je suis désolée. Je ne pensais qu'à eux.

Refoulant ses larmes, Mireille s'enfuit à toute vitesse. La froideur de Paul en lui disant au revoir jeta un courant glacé sur ses dernières illusions. Elle accourut à sa chambre et se jeta sur son lit, désemparée. « Ce qu'il peut être bête quand il veut ! Après tout... qu'il aille donc se faire foutre ! » Elle délaissa sa flûte et son grenier pour un certain temps, et s'en fut s'étourdir avec ses amis. Cela lui fit du bien et lui permit de se libérer de la lourdeur pesant sur tout son être depuis quelque temps. Elle ne s'était pas rendu compte qu'à cause de ses rencontres trop fréquentes avec le pianiste, elle se trouvait en train de couper les ponts avec son groupe d'amis. À bien y penser, elle ne se sentait pas si mal avec les jeunes de son âge. Pendant plusieurs jours, elle se découvrit un goût soudain pour sortir et s'amuser, rire, danser. Tant pis pour lui ! Il n'avait qu'à être plus jeune et plus libre !

Elle décida alors d'abandonner complètement ses excursions au septième étage.

Un matin de novembre, une pluie verglaçante rendit les rues de la ville impraticables et dangereuses. Une vraie patinoire! Plus ou moins expérimentée, Mireille aurait dû user de plus de prudence et ralentir de moitié la vitesse à laquelle elle roulait normalement. Mais elle fut téméraire. Avec horreur, elle réalisa, à un moment donné, qu'elle ne pouvait pas immobiliser complètement son véhicule, à l'instant où le feu de circulation vira au rouge à un carrefour important de la ville. L'inévitable se produisit : une voiture qui roulait en sens inverse la frappa de plein fouet. Les dommages aux deux voitures se révélèrent importants, mais personne ne fut blessé gravement. Mireille se fit toutefois engueuler vertement par le type l'ayant frappée.

— Espèce d'imbécile! Quand on ne sait pas conduire, on reste chez soi!

— Je suis désolée, excusez-moi...

Sous le choc, c'est tout ce qu'elle trouvait à répondre. Elle ressentait un violent mal de dos, et elle n'arrivait pas à sortir son permis de conduire de son sac, tant ses mains tremblaient. Le jeune policier appelé sur les lieux de l'accident la trouva au bord des larmes. Il somma le propriétaire de l'autre automobile de laisser la jeune fille tranquille et de retourner sagement attendre dans sa voiture. Quant à Mireille, il tenta de la rassurer, et la pria de s'installer sur le siège arrière de l'auto-patrouille pendant qu'il rédigeait son rapport.

— Calmez-vous, ma petite demoiselle. Il arrive à tout le monde de commettre des erreurs. Cet homme me semble un personnage grossier et mal élevé. Ne vous préoccupez pas de ce qu'il dit. Voulez-vous qu'on appelle l'ambulance à cause de votre dos?

— Non, non! Je n'ai rien de grave, j'en suis sûre.

Une fois les formulaires remplis et les voitures remorquées, le policier offrit à Mireille de la reconduire chez elle en passant.

— Cela me fait plaisir, ce n'est même pas un détour!

Dès son arrivée à la maison, Mireille appela madame Deschamps pour la prévenir de son absence au travail, à cause d'un petit accident de voiture l'ayant légèrement blessée au dos.

— Rien de grave, j'espère, ma petite Mireille! Monsieur Lacerte est passé à la bibliothèque ce matin pour te voir. Il reviendra cet après-midi, je ne sais trop pour quelle raison. À part de cela, tout est au beau fixe ici. Repose-toi bien et oublie-nous pour aujourd'hui, on se débrouillera bien sans toi.

Mireille passa la journée étendue sur son lit, des compresses chaudes bien installées contre son dos endolori. Elle n'en revenait pas du dévouement de sa mère, qui ne cessait de lui changer ses bouillottes, survenait à tout moment pour tapoter ses oreillers, lui apporter de l'aspirine, lui offrir un sandwich ou un jus. Elle croyait sa mère depuis longtemps désintéressée à elle, et voilà qu'elle décelait soudainement dans son regard un soupçon d'inquiétude et même une lueur de tendresse. À croire qu'une banale collision de voitures sans gravité s'avérait plus importante qu'une peine d'amour!

Pour une minute, elle eut envie de lui confier son état actuel de confusion et de lui décrire la place occupée par un certain Paul dans sa vie. Mais au bout du compte, elle ne parla de rien. Tout comme elle garda le silence, l'autre jour, lorsque sa mère, intriguée, fit la remarque qu'elle ne l'entendait plus répéter sa flûte depuis quelque temps, sans toutefois poser de questions. Le tremplin était là et Mireille n'aurait eu qu'à plonger dans la confidence. Mais là aussi, elle s'en garda bien, craignant que sa mère ne la blâme et ne lui reproche sa fréquentation d'un homme marié, toute platonique fût-elle.

Durant l'après-midi, elle réussit à s'assoupir enfin. À son réveil, sa mère lui apprit qu'un homme avait téléphoné et demandé des nouvelles de son état physique et moral. Il n'avait pas laissé son nom mais avait promis de rappeler vers quatre heures. Mireille crut qu'il s'agissait de Paul. Il avait dû redescendre à la bibliothèque à sa recherche et madame Deschamps lui avait probablement raconté l'incident. Son dépit lui avait sans doute donné l'audace de l'appeler à la maison. Mireille se sentait à la fois ravie et anxieuse.

Elle avait sincèrement tenté, pour un temps, de noyer le souvenir du pianiste dans le plaisir auprès de ses amis. Depuis plus de deux semaines, elle n'était pas retournée au studio. Mais à la longue, Paul remontait invariablement à la surface de sa pensée, plus attirant et plus attachant que jamais. Malgré elle et au plus profond d'elle-même, elle l'attendait. En ce moment même, la seule idée de sa venue à la bibliothèque pour la rencontrer la réjouissait, reléguant aux oubliettes la froideur de leur dernière rencontre.

Vers quatre heures trente, en décrochant le téléphone, elle s'attendait à entendre la belle voix douce de Paul. Au lieu de cela, stupéfaite, elle crut reconnaître le jeune policier rencontré sur les lieux de l'accident.

— Comment allez-vous, mademoiselle? Je vous ai appelée plus tôt mais vous dormiez. Je me demandais si vous vous sentiez aussi énervée que ce matin.

— Non! non! tout va mieux maintenant.

— Euh... Puis-je me permettre de vous inviter au restaurant demain soir? Si vous êtes libre, naturellement!

— Mais oui, pourquoi pas?

Paul n'appela pas ce soir-là et Mireille en resta fort déçue. Elle avait beau essayer de se convaincre que cela n'avait pas d'importance, elle aurait apprécié un peu d'intérêt de sa part. Il aurait pu au moins s'informer de son accident. Peut-être n'était-il pas revenu à la bibliothèque, et n'avait-il pas été mis au courant des mésaventures de Mireille? Peut-être aussi ne voulait-il plus jamais entendre parler d'elle, accident ou pas. Il avait paru si fâché, l'autre soir, quand elle lui avait suggéré de passer plus de temps avec les siens. Elle ne l'avait plus revu depuis, et cela la tourmentait.

Le cœur serré, elle acheva péniblement sa journée et réussit enfin à s'endormir aux petites heures du matin, gavée de médicaments anti-inflammatoires et entourée de parents dévoués et de deux petits frères ayant fourni un réel effort pour rester sages et ne pas la déranger.

Le lendemain matin n'apporta pas un grand soulagement à sa douleur, et Mireille dut à nouveau garder le lit. Sa mère, affolée, aurait bien voulu la mener à la clinique pour des radiographies, mais Mireille s'y opposa avec fermeté.

— Mais non, maman! Je n'ai rien de grave! Encore une journée de repos et il n'y paraîtra plus. D'ailleurs ce soir, si je me sens un peu remise, je vais sortir avec un nouvel ami qui m'a invitée à souper. Il s'agit d'un policier très gentil que j'ai rencontré lors de mon accident. Je ne veux pas manquer cela! Je me sens déjà mieux!

En début d'après-midi, un livreur vint porter à Mireille un splendide cyclamen foisonnant de magnifiques fleurs roses. Une petite carte accompagnait l'envoi dont le court message comportait uniquement ces mots : « *Guéris vite! Paul.* »

— Mon Dieu! Quel galant, ce policier!

— Non, maman, cela ne provient pas du policier.

Ce Paul est une autre personne, quelqu'un avec qui je travaille des duos à l'université. On a dû lui raconter ma petite collision, voilà pourquoi il m'envoie ces fleurs. Le policier s'appelle Robert.

— Ah!...

Paul téléphona finalement en fin de journée, juste au moment où Mireille s'apprêtait à partir avec son policier.

— Comment vas-tu, Mireille? Je suis très inquiet, tu sais, et je n'ai pas pu résister à l'envie de t'appeler chez toi.

— Ça va mieux maintenant, Paul. Je crois bien pouvoir retourner au travail demain. Merci pour tes fleurs, elles sont superbes.

— Dis donc! Si j'allais te chercher avec ma voiture, pourrais-tu venir dans mon studio pour quelques heures? J'ai des choses importantes à discuter avec toi.

— Je ne peux pas ce soir, Paul, je pars dans quelques minutes pour souper au restaurant avec un nouvel ami. Crois-le ou non, il s'agit du policier chargé du rapport de l'accident d'hier. Il m'a rappelée pour m'inviter à sortir.

— Comment cela, tu sors avec un policier! Mais ces gens-là sont tous des violents! Et ils conduisent comme des fous, en plus!

— Mais voyons, Paul...

— Je n'en reviens pas que tu aies accepté cette invitation! Je suppose qu'il a des idées derrière la tête, ce blanc-bec, et qu'il espère se retrouver dans ton lit à la fin de la soirée!

— Hé! là... C'est gratuit ce que tu dis!

— Ce doit être un petit jeunot, je présume. Un de la dernière couvée qui profite du désarroi de toutes les filles subissant un accrochage avec leur voiture pour les exploiter. Ces gars-là n'ont pas de classe! Encore moins de culture! Qu'est-ce qu'un policier et une musicienne ont en commun, veux-tu me dire? Tu prends des risques, Mireille, en acceptant de sortir avec ce type-là, je t'avertis. Es-tu bien certaine de ne pas préférer que j'aille te chercher pour passer un petit bout de soirée avec moi?

— Bien certaine, Paul. Je regrette de te décevoir. Mais on peut se voir demain à cinq heures, si tu veux.

— Impossible, je prends l'avion demain matin pour Toronto. J'y ai des engagements pour le reste de la semaine. Bon... Soit! Passe une bonne soirée avec ton policier, si c'est cela que tu veux. Salut!

Mireille resta bouche bée tant cette attitude la surprit désagréablement.

Dieu merci, le policier se montra distingué, respectueux et de très aimable compagnie. Fort joli garçon d'une stature athlétique impressionnante, son regard clair et direct ne manquait pas de charme. Malgré ses allures de géant, Mireille crut déceler en lui une certaine délicatesse et une générosité évidente. À l'encontre des caractéristiques dont l'avait doté le pianiste, Robert parut à Mireille un jeune homme réfléchi et consciencieux, consacrant la majeure partie de sa vie à l'étude de la criminologie en plus de son travail au sein du corps policier. Il semblait un sportif invétéré et réussissait, malgré la lourdeur de ses tâches, à passer quelques heures de temps à autre sur les pistes de ski. Il promit à Mireille de l'amener avec lui, un de ces dimanches, dès que la neige s'installerait pour de bon.

Elle apprécia par-dessus tout son sens de l'humour qui transforma la soirée en une partie de fou rire. Il y avait une éternité que Mireille ne s'était pas amusée autant. Auprès de lui, elle se sentit soudain détendue et en sécurité, comme si les heures écoulées en sa présence l'avaient isolée en une bulle de joie de vivre au milieu de l'atmosphère brumeuse où elle essayait de survivre depuis quelque temps.

Elle revint à la maison joyeuse et enchantée, ayant oublié pour quelques heures l'étrange comportement de Paul qu'elle interpréta comme une puissante crise de jalousie.

Chère Mireille,

*Lorsque tu liras ces lignes, je serai déjà rendu à Toronto. Je t'annonce que nous jouerons en duo, toi et moi, le dimanche quatre décembre, à onze heures, à la chapelle historique du Bon Pasteur de Québec, à la « Messe des Artistes ». J'ai officiellement engagé nos deux noms. Voici trois romances de Schumann, de même que les partitions de l'*Ave Maria *de Schubert et le traditionnel* Venez, divin Messie. *C'est le programme que nous allons présenter, il est facile, tu verras. J'ai pris cet engagement sans te consulter puisque je n'ai pu te rencontrer hier soir. À bientôt.* Paul

Dès son retour à la bibliothèque, à la suite de l'accident, Mireille avait trouvé le message et les partitions glissés dans une enveloppe à son nom parmi le courrier du matin. Elle n'en revenait pas! Il s'agissait sûrement de la chose importante dont Paul avait fait mention la veille au téléphone. Jouer officiellement ensemble à Québec! Quelle aberration! Elle ne pouvait pas jouer en public, il le savait pourtant. Mais avec lui... Oui, peut-être avec lui. Il la sécurisait, la rassurait, la mettait en confiance. Avec Paul, tout était possible, elle n'en doutait pas.

Cependant, avait-il songé qu'en jouant ensemble publiquement, ils mettraient à découvert leur relation cachée? Sinon, comment expliquer l'association de ce pianiste de renom avec une flûtiste inconnue et de piètre calibre? Au fond, ils n'avaient rien à dissimuler ni à se reprocher. Si elle avait développé des sentiments de culpabilité, tant pis pour elle! Paul ne la prenait même pas par la main, de quoi aurait-elle pu avoir honte? D'être montée dans un studio presque à tous les jours pour répéter de la musique avec un pianiste? Où se trouvait le mal? Tous les musiciens jouant en duo, en trio, en quatuor ne vivaient pas nécessairement une idylle amoureuse avec leur partenaire! Tous ces tracas n'existaient que dans sa tête, uniquement et strictement dans sa tête et se basaient sur absolument rien du tout.

Pourquoi alors se sentait-elle si mal à l'aise en grimpant en douce au septième étage avec sa flûte? À la vérité, Mireille réalisait au fond d'elle-même qu'elle devenait de plus en plus amoureuse de Paul. Oh! elle ne le lui avouerait jamais, bien sûr! Cela s'avérait si facile de se barricader derrière le prétexte des répétitions pour le voir et le chérir, même silencieusement.

Mais lui, pourquoi s'intéressait-il tant à elle? L'étrangeté de leur relation inquiétait Mireille. Le grand pianiste Paul Lacerte se suffisait à lui-même comme artiste. Il se produisait toujours seul en récital ou en concerto comme soliste invité par différents orchestres. En duo... jamais! Il menait rondement sa carrière, débordé de travail et d'engagements. De toute évidence, il n'avait ni le temps ni le besoin professionnel de se taper des heures de répétition supplémentaire avec une flûtiste de rien du tout. « Pour le plaisir, tout simplement », s'obstinait-il à répéter. Mais selon Mireille, il existait mille autres plaisirs à partager avec quelqu'un d'autre. Avec les siens, chez lui. Or, elle n'aborderait plus jamais ce sujet-là avec lui. Il l'avait virée une fois, c'était suffisant! Elle avait appris sa leçon. Un jour, mine de rien, elle s'informerait auprès de madame Deschamps et tenterait d'en apprendre plus long sur les hauts et les bas de la famille Lacerte.

En attendant, après une longue réflexion sur l'énigme, Mireille s'imagina trouver une certaine réponse à ses questionnements. Elle supposa que Paul, plutôt malheureux avec sa femme, avait vraisemblablement convenu d'un pacte de liberté avec elle. Leur couple survivait peut-être sans amour, chacun vivant librement de son côté mais habitant encore ensemble, sous le même toit, à cause des enfants. Ces enfants dont il parlait si rarement, quelle place tenaient-ils donc dans la vie de leur père? Le réclamaient-ils parfois, vers six ou sept heures du soir, au moment précis où ce dernier répétait des duos avec une certaine Mireille Ledoux, « rien que pour le plaisir »?

Oui, cette relation méritait d'être cachée, en réalité, car la musique constituait la façade dissimulant bien un attachement et un plaisir dépassant largement les limites de la banalité et du simple partenariat. Sinon, Paul ne se montrerait pas aussi empressé et disponible pour elle.

Qu'allait-elle raconter à ses parents au sujet du concert de Québec? Eux, passe encore, elle pourrait facilement les manipuler avec des demi-vérités, en leur parlant d'un certain concert avec un certain pianiste. Ils ne demanderaient probablement pas de précisions. Mais madame Deschamps, elle, et tous les gens de la faculté, que penseraient-ils de ce concert en le voyant annoncé publiquement dans les journaux et dans les corridors de l'université? Personne ne protesterait si Mireille avait possédé la réputation bien établie d'une excellente flûtiste. Après tout, il pouvait arriver qu'un soliste désire, à l'occasion, se produire en duo ou en trio. Mais pas avec une bibliothécaire ayant réussi de justesse son bac en interprétation, avec la note minimale de passage! Non, l'annonce de ce concert susciterait des interrogations et déclencherait assurément de nombreux commentaires voilés. Dans quelle galère Paul l'avait-il embarquée?

Même en s'efforçant de jouer le mieux possible, elle ne pourrait se montrer à la hauteur de son jeu, pas plus qu'à la hauteur des aspirations du public. Certes, elle avait accompli de véritables progrès ces derniers temps, mais de là à se présenter sous les feux de la rampe, il y avait un pas qu'elle ne se sentait pas prête à franchir. Ce concert aboutirait à un fiasco! Quelle bévue que cette initiative de Paul, sans l'avoir consultée! Dès son retour de Toronto, elle lui suggérerait fortement d'embaucher quelqu'un d'autre.

Toutefois, elle s'attaqua avec ardeur aux trois romances de Schumann. Elle apprit, dans l'entrefilet au début des partitions, que Schumann avait offert ces romances à sa femme Clara en guise de cadeau de Noël. D'abord jouées dans l'intimité de leur foyer au piano et au violon, on les transposa ultérieurement pour la flûte. Mireille ne put s'empêcher de songer au fils de Paul. Vraisemblablement, cette musique ne paraissait pas trop difficile, du moins en partie, pour un jeune étudiant en violon. Mais elle chassa vite cette idée de son esprit, ce qui se passait chez les Lacerte ne la regardait définitivement pas, Paul ne le lui dirait pas deux fois. Puis elle travailla l'*Ave Maria*, si beau et facile à jouer, de même que le *Venez, divin Messie* assez ennuyeux mais de circonstance, d'après la date du concert offert dans une église.

Lorsque Paul, enfin de retour, l'invita à monter à son studio, il lui expliqua que l'organisatrice des messes-concerts du dimanche à la chapelle du Bon Pasteur l'avait supplié de remplacer le pianiste André Laplante dont le séjour en Europe se prolongeait de manière imprévue. Il s'agissait d'un concert gratuit intégré à la messe du dimanche, dans une chapelle historique. Cette messe-concert se donnait traditionnellement à toutes les semaines, organisée par les sœurs du Bon Pasteur depuis plusieurs années. Les artistes invités se produisaient généreusement et la quête volontaire à la fin de la messe était remise aux religieuses pour leurs bonnes œuvres.

— C'est un peu du bénévolat, Mireille, et on n'attribue pas une publicité monstre à ce genre de concert. Personne, ici à Montréal, n'en entendra parler. Le public est habituellement constitué des gens du quartier, des quelques habitués et de très rares spécialistes. J'ai pensé te causer une surprise en t'invitant à y participer avec moi. D'ailleurs, la religieuse a paru enchantée par ma suggestion de jouer en duo.

— Pour une surprise, ç'en fut toute une!

— Bien quoi? Tu n'es pas contente?

— Bof...

— Ne t'inquiète pas, c'est sans conséquence. Ce petit concert de rien du tout n'attirera ni les critiques ni les caméras. Et pour toi, cela cassera la glace. Il en est plus que temps!

— Comment cela, casser la glace?

— Parce que tu joues merveilleusement bien de la flûte, belle enfant, et que tu ne le sais même pas! Il est temps que tu te réveilles. Ou que je te réveille! Car seule, tu ne bougeras jamais, petit soleil endormi derrière les nuages. Il est temps de t'exécuter en public.

Le sourire de Paul paraissait si bienveillant que Mireille en oublia la sécheresse qu'il démontrait parfois et dont elle avait tant souffert dernièrement. Elle se sentit soudain rassurée et sereine. Il était là enfin! Et il souriait! Plus rien de mal ne pouvait lui arriver, Paul, son Paul se trouvait là, auprès d'elle. Mais dans son for intérieur, elle prenait conscience subitement qu'elle se trouvait à sa merci et qu'il pouvait la manipuler à sa guise. Curieusement, cela lui plaisait. Il voulait qu'elle aille avec lui? Elle irait avec lui! Il voulait qu'elle joue en public? Elle jouerait en public! Il voulait qu'elle revienne dans son studio? Elle reviendrait dans son studio! Il voulait que tout le monde les entende jouer ensemble? Eh bien, tout le monde les entendrait jouer ensemble!

Elle aurait mangé dans sa main si cet homme le lui avait demandé, tant il l'attirait et la captivait. Que représentait un pauvre petit policier ou n'importe qui d'autre en comparaison de cet être inestimable, riche de culture et de vie tout intérieure? Cet être dégageant une telle force, une telle grandeur d'âme. À chacune de leurs rencontres, leurs longues conversations les rapprochaient l'un de l'autre. Ils ne se consacraient pas exclusivement à la musique, ils se parlaient également pendant des heures, apprenant à se connaître et peut-être bien à s'aimer en silence. C'était deux générations différentes qui s'exprimaient, certes, mais aussi deux générations qui se découvraient, se respectaient, se comprenaient, se complétaient même. Elle apportait la jeunesse et l'insouciance, il prêtait la maturité et la raison. Deux univers différents, lui, issu du monde universitaire et du milieu artistique et fréquentant les grandes vedettes de ce monde, elle, provenant du milieu ouvrier mais arborant la transparence des gens simples et sans histoire.

— Ainsi, ma petite Mireille, on va à Québec ensemble?

— Possiblement, oui...

— Ne t'en fais pas, les bonnes sœurs s'occupent des réservations et des frais encourus. J'ai demandé des chambres d'hôtel pour le samedi, cela évitera de nous lever aux petites heures du matin le dimanche pour nous taper trois cents kilomètres avant le concert.

— Et... et madame Deschamps? Il faut le lui dire, elle est mon amie et elle te connaît bien toi aussi. Je ne voudrais pas qu'elle apprenne par quelqu'un d'autre que nous allons jouer en concert. Elle ne se doute même pas que nous jouons ensemble très souvent. Elle restera si surprise quand elle apprendra que nous partons tous les deux pour Québec.

— Mmm... ouais! Laisse-moi y penser, je trouverai bien une solution.

— Je vais lui dire la vérité, tout bonnement, je crois.

— Quelle vérité, Mireille? Existe-t-il entre nous une vérité à cacher? Je ne t'ai jamais violée, que je sache!

Mireille éclata de rire, mais le timbre en résonna bizarrement. La vérité, c'est qu'elle aimait cet homme plus que tout au monde sans jamais le lui démontrer. Elle le suivrait n'importe où, bien plus loin qu'à Québec! Mais lui, l'aimait-il? Il se montrait attentionné et correct, sans plus. Il n'était pas impossible que toute cette histoire d'amour ne soit que sottises et sornettes issues directement de son imagination. La vérité, l'authentique vérité, elle ne la connaissait pas, ignorant les véritables sentiments de Paul. Une seule facette de cette vérité se révélait à elle : la sienne, et cela la troublait et l'inquiétait en même temps.

La vérité... Lucidement, Mireille n'entrevoyait pas d'autre dénouement à cette histoire obscure que la souffrance. Elle se disait qu'il vaudrait mieux qu'ils en restent là, à distance. Elle devrait refuser d'aller à Québec pendant qu'il en était encore temps. « Si je ne signifie rien pour lui, je serai la seule à souffrir. Mais s'il m'aime, ce sera pire car nous souffrirons tous les deux. Inutilement. Pour rien. Puisqu'il n'est pas libre. »

Elle eut un moment d'hésitation, mais ce fut plus fort qu'elle, elle s'exclama :

— Tu as raison, Paul, je vais lui dire la vérité. La simple et vraie vérité : tu es en difficulté, tu as besoin d'une flûtiste à la dernière minute et tu as pensé à moi. Voilà!

— Hum!... Ta vérité me paraît un peu maquillée! Disons qu'il s'agit d'un mensonge pieux! Au fait, comment va ton policier?

— Oh! mais il va très bien! Je dois même le rencontrer ce soir en sortant d'ici.

— Ah oui? Ah bon! Eh bien... bonne soirée, ma petite Mireille! On se voit demain?

— Non, Paul, je ne peux pas. Dans quelques jours, d'accord? J'aimerais bien travailler les romances avec toi, l'une d'elles m'embête un peu. En attendant, bonne nuit, monsieur le grand pianiste.

Paul ne s'aperçut pas que Mireille avait indéniablement détecté l'ombre lui abîmant le regard, l'espace d'une seconde, précisément au moment de son refus à le revoir le lendemain. Et aussi la crispation de la main qu'il lui tendit à sa sortie du studio.

$$\textnormal{\large 𝄞}$$

L'autoroute 20, entre Montréal et Québec, semblait l'une des plus monotones de la province, s'allongeant platement en bande rectiligne parmi des champs dénudés et de mornes boisés. Mais ce jour-là, le soleil allumait mille éclats sur les surfaces gelées recouvertes de neige, et cela lui conférait un air de fête. La voiture allait bon train.

Mireille et Paul se sentaient eux aussi le cœur en fête, secrètement heureux de l'obligation de passer ces deux journées ensemble. Ils ne se le disaient pas, mais la joie qu'ils éprouvaient se reflétait dans leur joyeux bavardage et les éclats de rire qui le ponctuaient.

— J'ai apporté deux cassettes de musique de Noël. Je les trouve sensationnelles, peut-être les connais-tu, Paul? L'une est de Zamphir et l'Orchestre symphonique de Montréal, l'autre provient de la série « Solitude » et s'agrémente de chants d'oiseaux.

— Tu as apporté de la musique de Noël! Tu as apporté de la musique de Noël! Je n'en reviens pas! Mais c'est formidable!

— Bien quoi? Pourquoi dis-tu cela? Noël arrive dans trois semaines, je ne vois pas ce qu'il y a d'extraordinaire à écouter de la musique de Noël!

— Je n'en ai pas écouté depuis des années! Vois-tu, quand tu as quatre ou cinq élèves inscrits aux examens de doctorat juste avant Noël et trois autres se préparant à un concours international en janvier, tu écoutes bien autre chose que *Sainte Nuit* et *Jingle Bells!*

Mireille ne répondit pas. Elle avait une envie folle de lui demander de quelle manière il passerait Noël en compagnie de sa famille. Avec une femme et des enfants, la maison devait sûrement se remplir de décorations, de paquets mystérieux mettant de l'électricité dans l'air. Et la musique? Comment expliquer qu'il n'ait pas écouté de musique de Noël depuis si longtemps?

Chez elle, chacun préparait un petit cadeau pour chacun. Le réveillon n'avait rien de somptueux, mais on le préparait ensemble. Et on le dégustait ensemble au retour de la messe de minuit, non sans avoir déposé, en quittant l'église, un petit pécule dans la boîte tenue par l'ange de plâtre montant la garde devant la crèche de l'église, pour qu'il dise merci de la tête. Même à son âge, Mireille n'aurait renoncé à ces traditions pour rien au monde. C'est fou, mais offrir des sous à l'ange l'excitait encore.

À bien y penser, elle réalisait que, malgré tout, la vie de sa famille ne manquait pas de charme. En dépit du peu de communication, les Ledoux réussissaient à leur manière à maintenir des liens affectifs intenses grâce à leurs coutumes, leurs rites, leurs habitudes devenus des phares précieux dans le déroulement monotone de leur quotidien.

Dès la fin de novembre, la mère sortait ses vieilles décorations rangées dans des boîtes, au fond d'un placard. On suspendait toujours la même couronne vétuste et les mêmes pendeloques mais qu'importe! c'était Noël, c'était féerique! Inconsciemment, des petites lumières s'allumaient dans les yeux de chacun. Alors Mireille installait la pile de disques de Noël ébréchés, complètement usés et abîmés de grincements et de chuchotements. Pendant trois ou quatre semaines, on les changeait de côté à longueur de journée, et ils tournaient jusqu'à l'écœurement. La maison se remplissait alors de ces airs connus de tous par cœur, du premier jusqu'au dernier. Le lendemain de Noël, dégoûtés de les entendre, on les mettait au rancart jusqu'à l'année suivante. D'ailleurs, on conservait l'antique tourne-disque désuet et inutile pour l'unique plaisir d'écouter, un mois par année, ces fameux vieux disques de Noël, gages d'éternité et reliques d'un passé qu'on désirait voir se renouveler à chaque Noël. Cette année, dans un effort magnanime de modernisation, Mireille avait acheté deux nouvelles cassettes de Noël pour le magnétophone.

— Écoute celle-là, Paul, je trouve les arrangements géniaux.

Alors les clochettes, les grelots, les carillons, les violons, les piccolos envahirent la voiture tout entière, ainsi que de nombreux chants d'oiseaux se mêlant aux airs de Noël. Paul souriait à chaque cri d'oiseau. Et Mireille captait du coin de l'œil ce sourire qu'elle adorait.

Que faisait-elle là, en ce petit matin blanc, perdue sur une autoroute, en compagnie d'un homme sur lequel elle pouvait difficilement placer une étiquette. Ami? Professeur? Partenaire? Copain? Amoureux? Compagnon? Jamais, de toute sa vie, elle ne s'était sentie aussi heureuse. Elle aurait tout donné pour que cette route mène au bout du monde, au-delà des frontières de l'espace et du temps. Pour que cette route ne se termine jamais. Pour que dure à l'infini ce moment d'exaltation incomparable. Une présence... une simple présence et tout était inventé! Paul se trouvait là, à côté d'elle, il lui parlait, il lui souriait, il riait avec elle. Il était tout à elle.

Pour un instant, il n'existait que pour elle, il n'appartenait qu'à elle seule. Oh! Paul, Paul...

Mais elle garda le silence. Parce que lui ne disait rien. Pas une seule fois, depuis le début de l'automne, il n'avait commis le moindre geste trahissant un sentiment quelconque envers elle. Encore moins un désir. Toujours gentil, toujours poli, toujours irréprochable, toujours amical même, mais jamais rien de plus. Jamais tendre, affectueux, câlin, amoureux. Et rarement taquin. Alors Mireille refrénait ses élans et se taisait, se contentant de profiter seulement de sa présence. D'ailleurs, elle se refusait de songer à l'avenir et de rêver qu'un jour, elle pourrait vivre un grand amour avec lui. « C'est sans issue et je le sais. Tant pis pour moi si je pleure, j'aurai couru après! » Avec la flûte de pan de Zamphir, elle se mit à chanter *Mon beau sapin* à tue-tête afin d'étouffer la vague de mélancolie qu'elle sentait sourdre, tout à coup.

L'auberge de la Terrasse donnait sur la terrasse Dufferin, juste à côté du Château Frontenac. Le large escalier intérieur en colimaçon, les lourdes draperies de brocart, les lampes et fauteuils de style conféraient au petit hôtel un cachet tout à fait européen. Par temps froid et clair comme ce jour-là, la vue sur le fleuve devenait grandiose, s'ouvrant au-delà de l'île d'Orléans et se découpant en silhouette par les montagnes de Charlevoix. Mireille, éblouie, aurait voulu s'attarder et contempler le paysage plus longuement, mais Paul devait la rencontrer dans le hall d'entrée quelques minutes plus tard, une fois leurs bagages montés dans leurs chambres respectives.

— Si on allait marcher dans le vieux Québec? La religieuse nous a offert d'aller répéter dans la chapelle cet après-midi, si on le désire. Je n'en vois pas la nécessité, mais peut-être en sens-tu le besoin?

Mireille s'estimait musicalement prête pour le concert du lendemain, mais nerveusement, c'était une autre histoire. Elle avait tant et tant répété, ces deux dernières semaines, afin de se montrer à la hauteur de la confiance que Paul lui avait témoignée. Cependant, elle était morte de peur à la seule pensée de se produire en public, toute gratuite que fût la représentation.

— J'aimerais bien y aller, Paul. Une petite heure suffirait peut-être à me rassurer et me familiariser avec les lieux. À me sécuriser, quoi! Jouer devant un auditoire me stresse au plus haut point, tu comprends?

Mais oui, Paul comprenait. Il comprenait toujours tout. Ils y allèrent à pied, non sans se perdre délibérément dans mille détours et s'arrêter mille fois aux vitrines des magasins de la rue Saint-Jean. Mireille se pâmait pour tout, s'exclamait devant les décorations de Noël, trouvait tout ce qu'elle voyait joli et alléchant. Une vraie petite fille s'émerveillant!

— Regarde, Paul, ces petites boîtes à musique en forme de toutous. Comme c'est mignon! Crois-tu que cela plairait à ta fille pour Noël? Moi, à son âge, j'adorais les toutous, et tout autant les boîtes à musique.

Elle lut tant d'étonnement et de malaise dans le regard de Paul qu'elle regretta aussitôt sa gaucherie. De quoi se mêlait-elle encore une fois? Pourquoi évoquer maladroitement les enfants de Paul? Leur spectre ne s'interposait-il pas de lui-même suffisamment entre eux deux? Fallait-il vraiment qu'il vienne assombrir leur seul et unique après-midi ensemble?

— Tu as raison, Mireille, entrons!

Ils choisirent une foule de jouets, toutous et babioles pour chacun des trois petits Lacerte. Mireille n'aurait jamais cru y prendre autant de plaisir. On eût dit qu'elle choyait ses propres neveux et nièces. Paul montra un intérêt exagéré pour le choix d'un ourson destiné au petit Philippe. Ils quittèrent le magasin les bras remplis de paquets et la mine réjouie.

— Tu magasines, toi, quand tu magasines! lança Paul en riant. Heureusement que je n'ai pas dix enfants!

— Oui, heureusement...

Ils convinrent de rapporter leurs colis à la voiture et retournèrent à nouveau vers le centre de la ville. Dans un élargissement de la rue, place d'Youville, et presque au beau milieu du trottoir, s'étendait une petite patinoire artificielle fort achalandée.

— Et si on patinait? On annonce *Location de patins* sur une pancarte, juste en face.

— Mais tu es folle! Je n'ai pas patiné depuis un siècle, je vais me casser la gueule! Ne doit-on pas se rendre à la chapelle pour répéter nos duos?

— Mais oui! Mais oui! Mais on ira plus tard! Et puis le patinage va nous mettre en forme. Ne t'en fais pas, mon petit Paul, le patin ça ne s'oublie pas, ce n'est pas comme la musique! Viens! On va s'amuser!

Ils s'amusèrent en effet comme des enfants. Paul aurait désiré volontairement se comporter en clown qu'il n'aurait pas mieux réussi. Il se tenait tout raide et patinait comme un somnambule, bras tendus devant, incapable de contourner le moindre obstacle se présentant devant lui. Mireille, plus souple, le tirait, le poussait, le soutenait du mieux qu'elle pouvait. Ils riaient tellement qu'ils s'écroulèrent tous les deux sur la glace à maintes reprises, étouffant dans le rire, l'émotion grandissante de cet innocent contact physique.

— Ouille! Veux-tu me faire mourir, jeune fille? C'est que je n'ai plus vingt ans, moi!

Ils patinèrent fort longtemps et l'après-midi s'achevait lorsqu'ils déambulèrent à la hâte sur Grande-Allée jusqu'à la petite rue de la Chevrotière, en route vers la chapelle du Bon Pasteur. Le soleil avait déjà basculé derrière l'horizon et rougeoyait les jardins de neige devant les cafés. Les petites lumières de Noël s'allumaient ici et là, répandant sur la ville une allure de fête paisible. Paul expliqua à la portière du couvent qu'ils étaient les artistes invités pour la messe du lendemain. S'excusant de l'heure tardive, il demanda la permission d'aller répéter dans la chapelle pendant une heure ou deux, « si cela ne dérange pas trop ».

— Mais non, avec plaisir! s'empressa de répondre la religieuse, suivez-moi.

Ils traversèrent le couvent dans un interminable dédale de corridors jusqu'à la chapelle. « Un vrai labyrinthe! songea Mireille, on ne sortira jamais d'ici vivants! » Et cette pensée lui donna le fou rire. Rire quelque peu nerveux qui lui permit d'évacuer l'affolement remontant à la surface, au contact de ce lieu où elle devrait se lancer sur la corde raide, le lendemain.

— Nous y voici! Quand vous aurez terminé, vous pourrez quitter par l'arrière de la chapelle donnant directement sur la rue. À cette heure-ci, la porte est fermée à clé de l'extérieur. Mais pour sortir, vous n'avez qu'à pousser la barre. Le commutateur pour l'éclairage du chœur se trouve à l'avant, sur le mur de gauche. Je vous laisse. Bonne répétition!

— Merci beaucoup, ma sœur, et à demain!

La chapelle du couvent se trouvait plongée dans l'obscurité totale, mis à part l'énorme lampe à huile suspendue au centre de l'allée et une foule de lampions brûlant devant la crèche, à l'avant de l'église. D'instinct, Mireille et Paul se dirigèrent lentement vers les petites veilleuses, et l'écho répercuta à l'infini le bruit de leurs pas hésitants jusque sous les voûtes. Puis ils s'arrêtèrent devant la crèche et restèrent là, debout, muets, aussi figés que les personnages de l'étable sur lesquels leurs yeux demeuraient accrochés.

Alors le silence descendit sur eux, plus grand, plus plein, plus oppressant que l'air qu'ils respiraient, plus fort que la vie elle-même. Mireille connaissait bien cet état de grâce, celui du silence et de la pénombre, qui appelle à la méditation, à la réflexion, à la prière même. À la descente à l'intérieur de soi. Souvent, dans son grenier, elle allumait une bougie et se laissait aller à la rêverie, seule avec elle-même. Mais ce soir, Paul se trouvait là, tout près d'elle. Alors tout paraissait différent, tout prenait une autre dimension. Pour rien au monde elle n'aurait voulu que se rompe ce silence, et son seul désir était de prolonger à jamais ce moment de paix hors de la réalité. Soudain, elle comprenait ces amants légendaires choisissant de perpétuer, dans le mystère de la mort, des liens qu'ils voulaient éternels. Roméo et Juliette, Tristan et Yseult...

Imperceptiblement, elle se rapprocha de Paul. Il mit alors son bras autour de son épaule sans prononcer une parole, simplement, de la même manière qu'il l'avait fait lors de leur première rencontre dans son studio. Alors Mireille perçut dans ce geste tout l'amour du monde. Tout s'éclairait brusquement, la vérité, elle la connaissait maintenant, hors de tout doute. Doucement, elle appuya sa tête contre lui. Ils demeurèrent ainsi, silencieux, immobiles, le regard fixe, serrés l'un contre l'autre, au beau milieu d'une allée de la chapelle envahie par les ténèbres. Moment d'extase, moment de fusion des âmes, moment de plénitude. Moment d'éternité. Dans la crèche, le petit enfant dormait entre son père et sa mère.

Mireille ne put évaluer combien de temps ils restèrent là, rivés, sans se parler. Peut-être bien une minute, peut-être bien une heure, ou peut-être bien pas du tout. Peut-être avait-elle rêvé? Peut-être dormait-elle et qu'une sonnerie la rappellerait bientôt à la réalité? Pourtant les larmes chaudes ruisselant sur ses joues semblaient bien réelles. Un reniflement de Paul brisa l'intensité du moment et la ramena sur terre.

— Viens, Mamie, allons faire de la musique.

Il ne se trouvait nul besoin de parler. L'essence même

des choses profondes s'exprime parfois mieux dans le geste muet que dans le langage.

Ils pénétrèrent alors dans le chœur et y firent enfin de la lumière. Un magnifique piano à queue se dressait devant l'autel. Pendant que Mireille réchauffait sa flûte, Paul s'installa au piano et se mit à jouer en sourdine les arpèges de l'*Ave Maria*. L'écho les prolongea longtemps sous les arches comme la plus ardente des prières.

Ils jouèrent peu de temps, constatant que tout allait rondement et paraissait prêt pour le lendemain. Mireille se sentait rassurée : tant que Paul se trouverait à ses côtés, tout irait bien.

Néanmoins, ils abandonnèrent à regret ce lieu consacré où le silence s'était montré plus éloquent que les mots, et où un infime rapprochement de leurs êtres avait révélé plus d'intensité que tout autre geste d'amour. Ils s'aimaient, de toute évidence, et la force, la grandeur, la noblesse, la profondeur de cet amour, ils venaient d'en prendre conscience ensemble, là, devant cette petite crèche dont l'enfant rappelait aux hommes de bonne volonté que la paix pouvait exister sur cette terre. De la bonne volonté, ils n'en manquaient pas ni l'un ni l'autre et ils méritaient la paix. Mais comment trouver la paix et le bonheur quand on ne possède pas la liberté?

— Si on allait manger dans le vieux Québec? Je pense que nous avons des choses à nous dire, n'est-ce pas, Mamie?

Avant de quitter la chapelle, Mireille, au comble de l'émotion, déposa quelques sous dans le panier de l'ange gardien de la crèche et lui demanda furtivement de les protéger. Le oui qu'il prononça, d'un signe de tête, la rassura quelque peu.

Jamais Québec n'avait paru plus romantique, avec ses flocons de neige tombant tout doucement dans les rues exceptionnellement désertes, ce soir-là. À cette heure, la plupart des boutiques avaient fermé leurs portes, mais les lumières des arbres de Noël se reflétaient en touches de couleurs vives sur les vieilles pierres des bâtiments ancestraux. Seuls les restaurants laissaient deviner un peu d'animation et de chaleur à travers leurs fenêtres givrées. Bras dessus, bras dessous, Mireille et Paul auraient voulu étirer le temps et marcher encore des heures, perdus dans leurs rêveries, n'eût été la faim commençant à les tenailler. La fatigue aussi, au terme de cette journée bien remplie, avait ralenti leurs pas aussi bien que l'appréhension de ce qu'ils allaient se dire.

Ils s'arrêtèrent au *Lapin Sauté*, remarquant à peine les mansardes, le feu crépitant dans la cheminée et tout le charme vieillot des rideaux de dentelle, des bouquets de fleurs séchées et des bougies sur les tables. Le lapin fut exquis et le vin excellent, mais ils ne l'apprécièrent guère, trop accaparés par leur conversation prononcée à mi-voix et yeux dans les yeux.

— Je t'aime, Mamie. Je t'ai aimée dès le premier jour où je t'ai vue à la bibliothèque. Depuis ce temps, plus je te découvre, plus je te connais et plus je t'aime. Et plus je lutte! Tu me rends fou, je ne cesse de penser à toi. Dans mon cœur, je t'appelle Mamie Soleil depuis des mois. Mon amie, ma Mireille, Mamie... chaude et bienfaisante comme un rayon de soleil.

— Moi aussi, je t'aime, Paul, je t'aime tant!

— Qu'allons-nous devenir, Mamie? Je ne suis pas libre, tu le sais. J'ai essayé de résister, de me raisonner, de me comporter envers toi comme un ami correct et ordinaire. J'aurais voulu me contenter de ta présence occasionnelle dans mon environnement, t'aimer de loin et en silence, te regarder vivre ta vie tout simplement. Et veiller secrètement. J'ai essayé, j'ai essayé très fort, je te le jure. Avoue que j'ai réussi pendant un certain temps.

Mireille sentit monter des larmes en songeant à la froideur blessante de Paul, certains jours, qui l'avait précipitée dans une déroute épouvantable sans l'avoir méritée.

— Mais le soir où tu es sortie avec ce fameux policier, enchaîna Paul, j'ai réalisé que je n'y arriverais plus. Je me découvrais jaloux, Mireille, jaloux à la folie. Tu ne peux pas savoir à quel point j'ai envié ce type-là. Lui, un pur étranger que tu connaissais depuis à peine quelques heures, allait probablement te toucher, t'embrasser, te prendre dans ses bras alors que moi qui t'aime plus que tout, je ne me permettais même pas un baiser sur ta joue. Ce que j'ai pu être malheureux!

— Oh! Paul...

— Et je le suis encore en ce moment, Mamie, car je n'ai rien à te proposer. Rien d'autre qu'une place de maîtresse, dans la marginalité et le secret. La deuxième place... Et je ne veux pas de cela pour toi, tu mérites mieux, ma petite Mireille, tu mérites infiniment mieux que cela, mon petit soleil, ma joie de vivre. Avant de te connaître, ma vie se déroulait en tristes platitudes s'étalant d'un récital à l'autre, d'un élève à l'autre, d'une partition de musique à l'autre. Certes, il existe là de magnifiques défis à relever, je ne prétends pas le contraire. Mais...

— Mais voyons, Paul! Ta vie me paraît excitante, passionnante même! Tous les musiciens envient ton succès et ta renommée!

— Tu as un peu raison, Mireille. Mais la vie, la vraie vie, c'est bien autre chose! Par exemple, ces cassettes de Noël, cette frénésie du magasinage, puis notre heure de patinage cet après-midi, tout cela a représenté un réel événement pour moi, tu sais. Je ne vis à peu près jamais ce genre de choses, tu comprends? Et j'arrive de plus en plus difficilement à me convaincre de renoncer à toi et à tout ce que tu m'apportes de jeunesse et d'enthousiasme. Tu me fais découvrir un côté inconnu de la vie, Mamie Soleil, croirais-tu cela?

« Chaque fois que tu es montée dans mon studio, je t'ai attendue avec fébrilité et jamais je n'ai été déçu. Ta fraîcheur, ton authenticité, ta sensibilité, ta poésie... Tu es merveilleuse, Mamie, et tu ne le sais même pas! Et c'est pour cela que je t'aime tant. Mon attirance pour toi ne se situe pas au niveau de l'épiderme, je te l'ai prouvé, mais au niveau du cœur. En profondeur. Une affaire d'âme, pas une affaire de peau.

« À mes yeux, tu représentes une femme sans artifice, aussi belle à l'intérieur qu'au-dehors. Une femme pure, qui ne joue pas de rôle et ne porte pas de masque. Tu restes toi-même, jusqu'au bout des doigts, dans toute ton attitude et ton comportement. Et dans ma vie, cela constitue une denrée rare. Dans mon milieu, la performance se nourrit d'adulation et de flatterie. Et les femmes sont féroces, crois-moi. Certes, on reconnaît le talent et on le porte bien haut, mais combien de femmes douées se sont rapidement transformées en artistes prétentieuses et présomptueuses, aux limites du supportable. Tandis que toi, Mireille, tu pousses l'ingénuité jusqu'à ignorer tes propres habiletés, renonçant même à les développer par humilité. Pourtant, Dieu sait que le talent et la facilité ne te manquent pas!

« Quand tu viens dans ma salle de travail, tu me reposes de toutes ces étudiantes, si brillantes soient-elles, ne cherchant qu'à obtenir la plus haute évaluation qui leur ouvrira la porte sur une carrière de concertiste. Elles visent haut, bien sûr, et cela s'avère normal et légitime, louable même. Mais d'accueillir ma petite Mamie Soleil, toute modeste et sans prétention, s'amenant avec sa flûte pour l'unique plaisir de jouer, me bouleverse toujours. Et de te regarder t'envoler sur ta musique, plus loin et plus haut que le temps présent, apporte un véritable rayon de soleil dans ma vie. Et j'en ai grand besoin, ne survivant contre vents et marées qu'à grand-peine, ces dernières années. Je t'aime, Mireille Ledoux, mais je n'ai rien à t'offrir. C'est affreux!»

Sur la nappe blanche, la main de Paul serrait celle de Mireille avec une telle insistance qu'elle en avait mal jusqu'au fond de son être. Elle resta silencieuse, déconcertée par ce qu'elle entendait et trop émue pour prononcer les mots lui brûlant la gorge. Tant de questions montaient à la surface, toutes à la fois. D'ailleurs, de quel droit pouvait-elle exiger des réponses de la part de Paul et des explications sur sa vie familiale? Sa vie privée ne regardait que lui et ne concernait que lui. Il le lui avait bien précisé.

Et puis, non! non! Cela la concernait elle aussi! Ce « rien à t'offrir » la laissait perplexe. Paul ne se trouvait pas libre, elle le savait, mais pourquoi pas « libérable »? Elle avait le droit de savoir. Elle souffrait assez pour avoir le droit de savoir. Tant de couples divorçaient de nos jours, tant de familles éclataient au grand jour. Paul ne détonnerait pas dans la société s'il se séparait de sa femme. Et puis, elle se sentait prête à aimer ses enfants et à leur donner une place dans sa vie. Alors quoi? Marie-Laure Lacerte se transformerait-elle en Ondine pour assassiner son mari s'il la quittait? Mireille n'y croyait guère. Elle ne croyait pas que les murs se révèlent aussi infranchissables que Paul semblait le prétendre.

— Oh! Paul, dis-moi pourquoi tu n'as rien à m'offrir.

Paul lui affirma se sentir lié à sa femme pour de multiples raisons, dont la principale était son statut de mère de ses trois enfants.

— Notre famille ne ressemble certainement pas à la famille idéale, mais aussi longtemps que les enfants resteront en bas âge, je me refuserai de la briser. Ces enfants-là n'ont pas demandé à naître. Mon premier devoir envers eux consiste à respecter les liens familiaux auxquels ils ont droit. Pour leur sécurité, leur sérénité, leur équilibre affectif. Ma femme et moi ne nous aimons plus d'amour depuis longtemps, mais nous ne vivons pas en état de guerre non plus. Tu comprends, Mamie? C'est encore vivable dans la maison et j'estime que les enfants ont besoin à la fois de leur mère et de leur père. Je ne me considère pas comme un père parfait, tu as pu le constater, et mes obligations professionnelles m'éloignent trop souvent des miens. C'est pourquoi je tiens tant à passer mes fins de semaine avec eux le plus souvent possible.

— Et... ta femme?

— On ne peut qualifier ma femme de mère-poule, bien au contraire! Ses activités mondaines l'emportent largement sur ses sentiments maternels et c'est dommage. Elle fait partie d'une multitude de comités, d'organismes et de conseils d'administration. Cela la sert bien de se présenter comme l'épouse de l'illustre pianiste Paul Lacerte, crois-moi! Il lui reste si peu de temps à consacrer aux enfants qu'elle a décidé de les inscrire comme pensionnaires dans un collège durant la semaine. Je peux difficilement protester, quittant moi-même la ville si souvent. Trop souvent... Alors, Mamie, tes visites dans mon studio les soirs de semaine n'enlèvent rien à personne puisque nul ne m'attend à la maison.

Mireille poussa un imperceptible soupir de soulagement et se demanda si Paul avait deviné les remords ayant tant de fois torturé sa conscience, le soir, en rentrant chez elle. Mais il poursuivit :

— Quand les enfants reviennent pour la fin de semaine, je tiens à ce qu'ils retrouvent un semblant de vie familiale. Ce week-end-ci est un cadeau que je nous offre à tous les deux, Mireille. Je crains que cela ne puisse plus se reproduire car, à la vérité, je ne m'appartiens pas.

Effondrée, Mireille se retenait d'éclater en sanglots. Elle ne savait si c'était la révolte ou le chagrin qui l'anéantissait de la sorte. Pourquoi le destin la menait-il à nouveau sur le sentier tortueux de la déception et de la douleur? Elle ne méritait pas cette nouvelle peine d'amour. Elle adorait cet homme. Plutôt que d'y renoncer, elle se sentait prête à l'attendre toute sa vie. Mais lui, l'accepterait-il?

La serveuse revint chercher leurs assiettes. Mireille n'avait pas touché à la sienne. Perdu dans ses pensées, Paul enchaîna sans remarquer la détresse de la jeune fille.

— Ma femme et moi ne vibrons pas sur les mêmes cordes car aucun sentiment artistique ne l'anime. Nous nous sommes mariés très jeunes et les premières années de notre mariage m'ont paru à peu près heureuses. J'étais pauvre comme un itinérant mais elle, elle avait des sous. Fortune de famille. Grâce à cela, j'ai pu poursuivre mes études musicales à New York afin de me perfectionner. Je le dois à Marie-Laure, et honnêtement, je me sens moralement en dette envers elle. Elle a contribué à sa manière à ce que je devienne le pianiste que je suis. Notre relation s'est détériorée ces dernières années, et je lui reproche son indifférence envers les enfants et la pauvreté de notre vie familiale. Je compense du mieux que je peux, je te le jure, Mireille!

— Pourquoi ne la quittes-tu pas, alors?

— Oh! j'y ai pensé maintes fois, avant même de te connaître. Mais elle me menace de partir avec les enfants vivre en Suisse, son pays d'origine, si jamais je décide de la quitter. Toute sa famille habite là-bas. Elle prétend qu'advenant un règlement de divorce à la cour, n'importe quel juge lui confierait la garde des enfants après avoir pris connaissance de mes obligations professionnelles. Elle a raison, je crois. J'ai donc les mains liées, Mamie, pour de nombreuses années encore, tu comprends?

Oui, Mireille comprenait. Elle comprenait trop. Elle comprenait l'évidence : Paul ne pourrait jamais lui appartenir. Pâle et la figure défaite, elle se mit à trembler. Paul la dévorait des yeux, ne trouvant pas de mots de consolation.

— Je t'attendrai, Paul, le temps nécessaire. Cinq ans, dix ans s'il le faut! Je suis jeune, la vie m'appartient, j'ai plein de temps devant moi.

— Non, Mamie, je t'aime trop pour accepter ce sacrifice. Tu mérites mieux que la seconde place dans la vie d'un vieux bonhomme ne t'offrant que des parcelles de bonheur. Comme toutes les jeunes filles de ton âge, tu as le droit d'aspirer à vivre un grand amour et, si tu en éprouves le désir, à fonder un foyer avec l'homme de ta vie. Avec moi, cela s'avère impossible. Nos enfants vivraient au sein d'une famille morcelée, partagée, incomplète, anormale. Une moitié de famille, quoi! boiteuse comme la mienne, en ce moment. Un pis-aller. Pourquoi accepterais-je pour les enfants que j'aurais de toi ce que je refuse présentement pour les miens? D'un autre côté, si tu m'attendais comme tu le dis, n'oublie pas qu'au moment où mon plus jeune enfant atteindra l'autonomie et où je pourrai enfin envisager le divorce, j'en serai, moi, rendu à l'âge de devenir grand-père et non de recommencer une nouvelle famille avec toi. Tu comprends, Mamie? »

Pourquoi lui disait-il toujours « tu comprends »? Comme si le désespoir pouvait se comprendre! Comme si la noirceur pouvait s'expliquer! Comme si un mur de roc insurmontable pouvait se décrire quand on a le front appuyé dessus. Quand on y est buté, bloqué, arrêté, stoppé. L'impasse... la terrible impasse! Le bout du chemin ne menant nulle part. La fin du monde... la fin de son monde à elle. Et à elle seule. La fin d'un rêve qui n'a jamais commencé.

Comprendre quoi? Comprendre que la belle Ondine réussirait sans aucun doute à étouffer et tuer le cœur de son chevalier en lui arrachant ses enfants si jamais il la délaissait? Comprendre que l'amour n'existait pas pour elle, jamais pour elle, Mireille Ledoux? Comprendre qu'elle devrait renoncer à cet homme assis en face d'elle, l'être qu'elle aimait plus que tout au monde? L'être pour qui elle donnerait sa vie? De l'aimer autant ne lui conférait-il pas certains droits? Hélas! Du don d'elle-même et du don de sa vie, personne ne voulait. Paul n'avait que faire de son offre ridicule. Et le pire, c'est qu'elle comprenait! Elle comprenait que l'homme de devoir en lui l'emportait sur l'amoureux. Elle comprenait que le père vaincrait toujours l'amant. Elle comprenait que le premier et véritable amour de Paul était voué à ses trois enfants. En pensée, elle revit les trois adorables frimousses du portrait. C'était eux, les rayons de soleil, pas elle!

Elle... elle n'avait jamais réussi à réchauffer qui que ce soit. Ni Pierre ni Paul. L'un de glace, l'autre inaccessible. Mamie Soleil... quelle farce! Mamie Seule serait plus exact. Plus juste. Plus conforme à la réalité. « Si seulement sa femme pouvait mourir, songea-t-elle méchamment, l'espace d'un instant. N'est-ce pas vers la quarantaine que l'incidence des cancers commence à augmenter? Mais l'autre soir, elle paraissait débordante de santé, la vache! » Elle se reprocha aussitôt ces pensées maléfiques. « Allons, Mireille, admets qu'Ondine n'avait rien de méchant dans la légende. Cette Marie-Laure a le droit de vivre. Elle est ce qu'elle est et elle vit sa vie, un point c'est tout! Quand je pense qu'elle vit auprès de Paul à chaque jour, qu'elle dort dans le même lit que lui. Ah! mon Dieu... »

Mireille se taisait depuis un bon moment, le regard hypnotisé par la flamme de la bougie dansant sur la table au rythme de ses respirations. Qu'aurait-elle pu dire? La bête traquée ne demeure-t-elle pas immobile et silencieuse? Ravagée, abattue, vaincue, Mireille n'avait plus la force de tenir de discours.

— Mamie? Comme tu deviens songeuse tout à coup!

— Oh! Paul, je t'aime...

— Viens-t'en. Que cette nuit au moins nous appartienne.

Cette nuit-là, Mireille ne monta pas à sa chambre. Pour la première fois de sa vie, elle comprit ce que signifiaient les mots « se donner ». Paul reçut cette offrande comme on cueille le plus précieux des fruits : avec un respect et une délicatesse infinis.

♪♪♪

Le lendemain, la messe-concert se révéla une réussite, les deux musiciens ayant interprété les romances de Schumann de façon magistrale. Mireille se montra sûre d'elle et très à l'aise, en harmonie parfaite avec son instrument et surtout son partenaire. Lorsqu'elle avait pénétré dans la chapelle, elle ne portait pas à terre. Elle n'avait même pas remarqué la foule entassée sur les bancs, avide de belle musique. Elle n'avait d'yeux que pour Paul, lui seul au monde existait pour elle, ce matin-là, et ce n'est que pour lui qu'elle joua. Avec lui, pour lui et par lui.

D'avoir fait l'amour avec le pianiste l'avait menée vers une autre dimension de l'existence, dans une sphère infiniment plus élevée que les futiles préoccupations de trac et d'énervement au seuil d'un concert. Elle avait effectivement « cassé la glace », mais ce succès ne constitua pas une victoire musicale significative pour elle et ne la réconcilia pas avec l'idée de se produire en public. Elle ne se sentait pas plus en mesure d'affronter seule n'importe quel auditoire, bien consciente que le récital de ce matin constituait davantage une expérience d'amour, hors de l'espace et hors du temps, qu'un essai musical. Leurs duos furent appréciés et la chapelle croula sous les applaudissements. À la fin de la messe, un homme se présenta dans le chœur en tenant une carte de visite dans sa main.

— Je suis David Bluebird, directeur adjoint de la maison de disques *Sonata*. Je connaissais votre grand talent, monsieur Lacerte, mais je viens d'entendre votre consœur pour la première fois. Quelle incroyable artiste! L'idée de duos pour piano et flûte avec vous deux comme interprètes me séduit beaucoup. Si jamais il vous vient à l'idée d'enregistrer ces duos, faites-le-moi savoir, cela m'intéresse au plus haut point.

Paul glissa la petite carte dans sa poche en se disant que le soleil avait toujours le dernier mot et finissait invariablement par s'infiltrer quelque part.

♪♪♪

Quelques jours avant Noël, Mireille reçut par le courrier un colis contenant une petite crèche avec des figurines en forme d'enfants fabriquées par « Les Artisans du Bon Pasteur » de Québec. Une enveloppe accompagnait l'envoi. Mireille y trouva une carte sur laquelle étaient écrits ces mots : « *Merci pour le plus merveilleux souvenir de ma vie. Paul.* » Accompagnant la carte, un billet d'avion.

Chapitre 3

Rondo teneramente (avec tendresse)

Acapulco! Ils s'y trouvaient enfin, dans cet éden du bout du monde où rêvent de s'évader tous les amoureux. Pour eux, en cette glaciale fin de janvier, le paradis prenait les apparences de l'hôtel Las Flores, sur les bords d'une magnifique baie enchâssée dans une côte escarpée sur fond d'azur.

— Pince-moi, Paul, je dois rêver!

Mais non, elle ne rêvait pas! Ils résideraient bien là tous les deux, pour cinq jours. Cinq petits jours bien à eux, cinq jours de farniente, cinq jours d'amour. Oh! organiser ce voyage s'était avéré assez compliqué. Ils avaient dû payer de manigances et de combines cette liberté précaire que l'intensité de leur amour leur donnait l'impression de mériter. Pourtant, ils n'y avaient pas droit, ils trichaient et ils le savaient. À la suite de longues discussions, ils avaient décidé en toute connaissance de cause d'assumer les risques d'un voyage ensemble hors de la marginalité. Pour un certain temps, pour ces cinq jours du moins, ils se montreraient en plein jour tout en souhaitant ne rencontrer personne de leur connaissance. Tant pis si quelque importun découvrait le pot aux roses! Ils n'avaient pas le choix, à vrai dire. C'était cela et le mensonge auprès des leurs, ou pas de voyage du tout. Ils s'aimaient trop et ne pouvaient plus supporter de longues séparations. Ce voyage libérerait les tensions générées par une union secrète morcelée et plutôt frustrante.

Mireille avait cru Paul quand il l'avait honnêtement

prévenue qu'il ne divorcerait jamais. Elle savait qu'il tiendrait parole, mais au fond d'elle-même, elle cultivait l'illogique espoir qu'un jour il lui appartiendrait tout entier. En réalité, elle ne se dupait pas tout à fait avec ce rêve fou et insensé, mais elle s'y accrochait désespérément lorsque, séparée de Paul depuis trop longtemps, elle se languissait d'ennui. Alors elle avait développé sans s'en rendre compte l'art de vivre intensément l'instant présent et d'en profiter au maximum, chassant de son esprit toute préoccupation d'avenir. Elle ne vivait plus qu'un jour à la fois. Au diable le reste! Le temps finirait bien par arranger les choses!

Il avait été facile de faire taire sa conscience en préparant ce court séjour à Acapulco à coups de tromperies. Ses parents l'imaginaient partie avec une nouvelle copine, tandis que ses amis et madame Deschamps croyaient qu'elle prenait une semaine de vacances à ses frais pour accompagner une quelconque cousine. En réalité, elle prenait l'avion seule pour aller rejoindre Paul au Mexique. Baptême de l'air en solitaire mais tout de même excitant. Le pianiste l'avait précédée d'une semaine afin de remplir la fonction de juge dans un festival de piano organisé par la ville de Mexico. Lui aussi, aux yeux des siens, avait mensongèrement prolongé la durée du festival. Si Mireille avait rapidement développé le sens aigu de l'instant présent, Paul, quant à lui, assimila facilement l'usage de la lunette d'approche, éliminant de son objectif tout ce qu'il refusait de voir.

♪♪♪

— *Bonita, bonita!* Ils n'ont que ce mot-là à la bouche! Qu'est-ce que cela veut dire, *bonita?*

Paul se mit à rire et couvrit Mireille d'un regard amoureux. Comme ils avaient raison, les Mexicains, d'honorer la jeune fille de *bonita* et de *mui linda!* De toutes les femmes déambulant sur la plage, Mireille se révélait sûrement la plus mignonne et la plus séduisante.

— Cela veut dire « jolie », ma belle douce. Ne vois-tu pas que tous les Mexicains sont en amour avec toi? Allongés sur des chaises longues sous un parasol de paille, ils sirotaient une bière sur la plage enchanteresse de l'hôtel. Ils se trouvaient au paradis, en effet, vivant l'un pour l'autre dans cet endroit de rêve baigné de soleil, parmi les fleurs, la végétation luxuriante et le bruit de la mer. L'atmosphère était au plaisir et à l'amour.

Hors de leurs milieux de vie habituels, Mireille et Paul se découvraient au naturel, loin des contraintes d'horaire et du monotone et sempiternel décor du studio. Sans les affres de la dissimulation surtout. Paul se montrait un homme admirable. À l'inverse de Pierre, sa principale préoccupation visait le bien-être de sa Mamie chérie. Il la comblait de mille petits soins, prévenant ses moindres désirs. Mireille, pour qui un tel traitement était peu familier, croyait flotter sur un nuage. Elle n'en revenait pas de l'intérêt avec lequel il l'écoutait, comme la personne la plus importante au monde. Pour une fois dans sa vie, quelqu'un s'intéressait à ce qu'elle ressentait et considérait sérieusement ses idées, ses opinions et ses impressions. Et cela lui donnait confiance en elle et flattait sa propre estime de soi.

Paul s'emballait de la perspicacité de la jeune fille tout autant que de sa culture et de son intérêt évident pour tout ce qu'elle découvrait. Il appréciait par-dessus tout sa maturité et la sagesse émanant de sa personne, malgré son jeune âge et son manque d'expérience. Entre eux, la barrière de l'âge ne se manifestait que dans l'apparence physique, ne démarquant aucune distance psychologique. L'image du « sugar daddy » grisonnant et bedonnant, affichant son démon du midi auprès d'une pétillante donzelle en bikini ne pouvait se révéler plus fausse, d'autant plus que la sobriété et la distinction caractérisaient tout le maintien et le comportement de Mireille. Néanmoins, Paul décelait chez elle une immense soif d'amour, résultat d'une carence affective évidente, et cela le faisait frémir quand il y songeait sérieusement. « Dans quelle galère me suis-je embarqué? Vais-je la faire souffrir un jour? »

Alors, il réajustait ses lunettes d'approche... et redoublait de tendresse comme s'il avait voulu, en quelques jours, compenser ce manifeste besoin d'affection. De prodiguer ainsi son amour contribuait à calmer sa conscience, car il savait bien que cette lune de miel prendrait fin avant longtemps. Malgré le bonheur qu'il savourait présentement avec Mireille, il ne reviendrait pas sur sa décision de ne pas quitter sa famille. Il aimait la jeune fille plus que tout au monde, mais ce « tout » n'incluait pas ses enfants. Il n'accepterait jamais de les laisser partir vivre en Suisse avec Marie-Laure, conséquence inéluctable d'un divorce. Ça non, jamais! Il ne pourrait pas vivre sans ses enfants, il en avait la certitude absolue. Il s'agissait d'une question de vie ou de mort sur laquelle il n'avait aucun pouvoir. Il ne vivrait pas sans eux. Pour le moment, il préférait ne pas y penser. Mieux valait se laisser couler avec Mireille dans l'euphorie de ces douceureuses journées.

Chaque matin, en allant déjeuner à un restaurant situé près de leur hôtel, ils rencontraient des petits vendeurs mexicains d'à peine six ou sept ans offrant de la gomme à mâcher dans une boîte à chaussures suspendue à leur cou. Pour deux sous, on pouvait leur acheter un minuscule petit paquet de gomme *Chicklet.* Ils paraissaient adorables avec leurs yeux noirs brillants de vie et leurs grands sourires naïfs. Pour s'amuser, Mireille réclamait *un beso* avant de leur acheter un paquet. Ils comprirent vite l'astuce et, à chaque fois que le couple passait à ce coin de rue, ils accouraient se jeter dans les bras de la jeune fille dès qu'ils l'apercevaient. Alors elle éclatait de rire et s'accroupissait à leur niveau en leur baragouinant les rares mots d'espagnol qu'elle connaissait.

Paul supportait péniblement le charme cruel de ce tableau. Mireille ne se rendait pas compte de la tristesse du pianiste devant ces scènes gracieuses lui torturant le cœur. Entourée d'enfants, il la trouvait plus belle que jamais. Oui, elle pourrait devenir une excellente mère, il le voyait bien. Et c'était son droit le plus légitime. Mais s'il persistait à la fréquenter et à accaparer son cœur, il constituerait une entrave à une destinée plus normale et plus heureuse avec un homme libre. Hors de tout doute, il ne voulait pas procréer d'enfant avec cette femme adorée. Il n'était pas question d'entreprendre étourdiment la fondation d'une autre famille alors qu'il n'arrivait même pas à composer avec la sienne. L'idée de mener une double vie lui faisait horreur. C'était pourtant ce qu'il était en train de vivre en ce moment même. En se mettant en travers de son chemin, il nuisait à la jeune fille, et la vue de Mireille se penchant sur des enfants lui faisait prendre conscience de l'urgence de réagir. Mais son amour pour elle, plus fort que tout, l'amenait à repousser égoïstement, toujours plus loin, l'éventualité d'une décision à prendre.

Mireille laisserait aller les choses, il le savait, et elle ne le quitterait jamais de sa propre initiative malgré l'ombre où leur liaison la confinait. Il lui incombait d'amorcer lui-même leur chute. N'avait-il pas tout déclenché avec cette sonate *Ondine* et puis le concert à Québec? Ce rôle d'instigateur le remplissait de remords. Mais aimait-il suffisamment Mireille pour trouver le courage de la quitter? L'aimait-il vraiment plus que lui-même?

Ils avaient convenu d'un commun accord de ne pas discuter d'avenir, ni des obligations familiales de Paul, durant leur court séjour à Acapulco.

— Que ces quelques jours n'appartiennent qu'à nous

deux uniquement. N'allons pas les gâcher en les assombrissant avec des problèmes auxquels nous ferons face plus tard. Pour l'instant, faisons fi de tout cela et vivons au soleil, toi et moi, tout seuls au monde, ma petite Mamie, nous le méritons bien.

Paul avait prononcé ces mots en couvrant Mireille de baisers. Elle ne demandait pas mieux que de se laisser dorloter sans penser à autre chose, refusant d'admettre que toute cette belle aventure tournerait au vinaigre tôt ou tard.

Pour l'instant, l'heure était à l'enchantement, et la petite fille, loin de sa ville, se laissait éblouir par tout ce qu'elle découvrait du Mexique, l'un des pays les plus colorés au monde. Tout la fascinait, autant la musique des *Mariachis* que l'artisanat qu'elle dénichait dans les marchés, ou la cuisine piquante dégustée dans les petits restaurants romantiques, tard le soir, en face d'un Paul débordant de tendresse. Ivres de soleil et de *tequila*, ils retournaient à leur chambre enlacés, liés, serrés l'un contre l'autre, comme pour défier le temps, ce temps qui inexorablement poursuivait sa marche vers le dénouement et la fin du voyage, grugeant heure par heure le peu de jours qu'il leur restait. Ils s'endormaient tard dans la nuit, nus, leur peau chaude et cuivrée encore frémissante des brûlantes caresses de l'amour. Le matin les trouvait reposés et détendus. Paul n'en revenait pas de voir Mireille s'empiffrer de *huevos a la rancheros*, après avoir dévoré deux ou trois petits pains, quelques croissants et au moins deux platées de fruits frais. « Petite gourmande, va! » Gourmande d'amour, gourmande d'exotisme, gourmande de la vie.

Le dernier après-midi, ils s'apprêtaient à lire à l'ombre des *palapas*, tout près de la piscine, lorsque Paul offrit à Mireille d'aller au bar chercher des *pina coladas*, boissons fraîches à base de rhum et servies dans des ananas évidés. Il mit un certain temps à revenir et elle commençait à s'inquiéter lorsqu'il survint avec ses ananas, le visage défait.

— Viens, Mamie, changeons d'endroit, veux-tu? On pourrait aller s'étendre sur la plage de l'hôtel voisin. On y serait plus tranquilles qu'ici.

— Mais c'est parfait ici! Et on vient tout juste de s'installer! Que se passe-t-il, Paul?

— Viens! Je t'expliquerai plus tard.

Sur la plage voisine, il ne restait aucune place à l'ombre des palmiers ou des parasols. Paul insista quand même pour y rester.

— Mais on va cuire comme des homards en plein soleil, mon amour! J'ai déjà le dos brûlé, tu le sais.

— Eh bien, tu mettras ta blouse, c'est tout!

Mireille ne comprenait rien à ce revirement soudain. Elle se plia de bonne grâce mais, curieuse, se mit à le harceler de questions.

— Dis-moi au moins ce qui arrive!

Paul hésita quelque peu à lui dire la vérité, craignant sa réaction.

— Au bar, j'ai rencontré Gerry O'Hara, professeur de piano à l'Université McGill. Il connaît personnellement ma femme et mes enfants et, pour rien au monde, je ne voudrais qu'il sache que je suis venu ici avec une fille... euh... avec toi. J'ai toujours soupçonné cet homme de posséder une mauvaise langue, et je veux éviter qu'il répande des racontars, tu comprends.

Et voilà! Adieu, lune de miel! Terminée la belle fête et envolé le beau rêve! Et vive les « tu comprends » de Paul Lacerte! C'était le retour brutal à la réalité un jour à l'avance, voilà tout! Comme s'il y avait quelque chose de honteux à leur amour! Quelque chose de sale à cacher à tout prix! Comme si Mireille avait été une pute, une méchante fille à camoufler! Ils avaient pourtant accepté à l'avance l'éventualité d'être reconnus, il fallait maintenant avoir le courage de l'assumer. C'était un risque qu'ils avaient délibérément choisi de prendre tous les deux. Elle sentit la colère l'envahir.

Et la vie hypocrite auprès d'une femme qu'on n'aime plus, est-ce que cela ne mérite pas quelques racontars? Et une famille à demi disloquée à cause d'une mère sans-cœur et d'un père absent, songe-t-on à en dissimuler l'ignominie, sur la place publique? Et une femme qui ne retient son mari que par la menace et le chantage, est-ce qu'on la montre du doigt, elle, quand elle se dandine auprès de lui sur une plage? Ah! non! dans toute cette histoire, Mireille ne s'avérait certainement pas la plus sale et la plus méprisable. C'est elle, pourtant, que l'on voulait cacher et dissimuler aux regards de la belle société. Qui, dans la légende d'Ondine, se trouvait le grand coupable de tous les maux, sinon, Huldebrand lui-même, le preux chevalier prenant égoïstement les bouchées doubles? « Preux mon œil! songea Mireille. Traître, déloyal, tricheur, menteur, égoïste, coureur de jupons paraîtrait plus juste! Ondine a bien fait de le tuer, il a reçu le châtiment qu'il méritait! Et qui nous dit que les larmes d'Ondine sur sa tombe n'étaient pas des larmes de joie? »

Non! Mireille ne se laisserait pas étouffer. Au nom de quoi nourrirait-elle de cachotteries et de frustrations un amour aussi pur et aussi grand que le sien? Elle estimait que ce don d'elle-même méritait un minimum de respect et certainement une place au soleil, et elle n'accepterait jamais que Paul lui préfère la sauvegarde de sa réputation. La vie entre parenthèses, elle en avait déjà assez. Ah! elle se montrait prête à tout lui consacrer, à l'attendre pendant des années, et lui, il avait honte de sa présence? Et il ne voulait pas que son petit copain le professeur la rencontre? Eh bien! il ne la rencontrerait pas! Elle se leva d'un bond.

— Donne-moi la clé de la chambre, Paul, je dois aller à la toilette.

Mireille s'en fut à la chambre d'hôtel, prit une douche, revêtit une tunique de cotonnade et s'en revint à la plage pour rapporter la clé à Paul qui l'attendait d'un air penaud.

— Bonne fin de journée, Paul! Ne t'inquiète pas, ton ami ne nous verra pas ensemble.

— Mais, Mireille, où vas-tu? C'est notre dernier jour!

— Justement, il me faut réfléchir à mon avenir! Salut, Paul, bonne fin de journée! Ne t'inquiète pas, je vais rentrer tard.

Elle traversa le hall de l'hôtel à la hâte et héla un taxi. Mais où aller? La rage bien plus que le chagrin lui donnait le courage de partir. À Montréal, elle se conformait de bonne grâce aux consignes de la discrétion autant à cause de son entourage à elle que celui de Paul, mais ici, à l'autre bout du monde, en vacances, non! Peut-être s'était-elle imaginée posséder, dans un autre pays, des droits qu'elle ne pouvait revendiquer chez elle. Hélas! même au bout du monde, elle demeurait la deuxième, elle le voyait bien. Et ce soir, elle avait bien envie de chambarder la légende et d'assassiner elle-même Huldebrand afin de dissoudre l'horizon de souffrance s'étalant devant elle. Un horizon sans bornes et sans issues. Un horizon reculant devant soi au même rythme que l'on avance. Un horizon sans fin. « Même pas cinq jours! Je n'aurai même pas eu cinq jours de bonheur! » Mireille retenait les sanglots lui serrant la gorge.

— *Donde vas, signorita?*[1]

— *Cocoa Beach, por favor.*

— *Que bonita! Quieres a baïlar esta noche?*

---

1. — Où vas-tu, mademoiselle?

— Plage Cocoa, s'il vous plaît.

— Que tu es jolie! Veux-tu aller danser ce soir?

Mireille regarda le chauffeur de taxi d'un air abruti. Qu'est-ce qu'il me veut, celui-là ? « Ce soir, il n'y a pas un homme sur la terre qui va m'approcher! Ce soir, mon cher chauffeur de taxi, je hais tous les hommes du monde entier. Tu m'entends? Tous les hommes de l'univers! » Lorsqu'elle quitta le taxi, elle lui dit de garder la monnaie. Le pauvre garçon ne sut jamais pourquoi la jeune fille lui avait parlé sur ce ton, lui bredouillant des phrases inintelligibles et agressives auxquelles il ne comprit absolument rien. Chose certaine, la *bonita signorita* avait du caractère et il n'insista pas sur le *baïlar*.

Malgré la chaleur suffocante, Mireille décida de marcher sur la plage, pieds nus dans l'eau. L'exercice lui fit du bien et, au bout de quelques heures, elle retrouva le calme et la sérénité. Affalée sous le parasol d'un bar-terrasse et écrasée de fatigue, elle se commanda un *pina colada*. « Je n'ai pas besoin de lui pour me commander une boisson tropicale, je suis capable toute seule. » Elle sentit soudain la rancœur remonter à la surface. « Qu'il s'en aille donc avec sa Marie-Ondine et qu'il me fiche la paix! »

Ondine... Au fond, Paul voulait camoufler leur liaison afin de protéger Marie-Laure. Elle ne se doutait de rien, la pauvre. Soudain, Mireille se mit à songer au soir où elle avait joué la sonate de Reinecke avec Paul. À ce moment, elle avait naïvement épousé la cause d'Ondine, suppliant son amoureux de ne pas la quitter en lui criant sur sa flûte : « Mais non! Reviens! Je t'aime! » Comment réagirait Marie-Laure si elle apprenait que son mari avait une maîtresse? Le supplierait-elle de revenir? Lui donnerait-elle une chance de pardon avant de s'enfuir en Suisse avec les enfants? Pour une fois, Mireille la prit en pitié. Pauvre femme prête au chantage pour sauver sa famille. « Moi aussi, si je possédais une famille, je ferais tout pour la sauvegarder. Non, je ne peux la juger pour ses manipulations, et encore moins la blâmer d'exister.

Cette femme a ses droits... Mais moi, moi Mireille Ledoux, j'ai mon présent à vivre! Je suis là, moi aussi! J'existe moi aussi! Où se trouve donc ma place?» Elle commanda un autre *pina colada*. Les derniers touristes quittaient la plage en traînant nonchalamment leurs savates. La plupart des vendeurs pliaient bagage, enfouissant dans de larges sacs de paille les trésors qui éventuellement rendraient heureux quelque ami ou être cher.

— *Eh! Signora!*

Une Mexicaine d'origine indienne s'approcha de Mireille, entourée de ses trois petits garçons. « Les enfants les plus adorables du monde », pensa Mireille. Elle ne put s'empêcher de se demander s'ils avaient un père. La femme paraissait très belle avec ses longues tresses noires et sa robe toute brodée. Elle sortit des *ponchos* de son sac. Mireille les trouva magnifiques avec leurs couleurs vives et leurs fibres naturelles tissées à la main. Une vraie merveille! Elle en choisit plusieurs de dimensions différentes et les paya sans marchander.

Un peu assommée par l'alcool, elle décida de retourner à pied à l'hôtel Las Flores. Il se faisait tard, mais, après tout, rien ne pressait. Elle se refusait de songer à Paul. Tant mieux s'il n'était pas rentré lorsqu'elle arriverait. S'expliquer lui semblait la dernière chose dont elle avait envie pour ce soir. Alors elle marcha lentement, les jambes molles mais le cœur allégé par les achats qu'elle venait d'effectuer.

L'horloge derrière le comptoir de service à la clientèle de l'hôtel marquait plus de dix heures lorsqu'elle demanda au commis la clé de sa chambre. On lui apprit que monsieur n'avait pas quitté les lieux, ce soir-là. Effectivement, Paul l'attendait en faisant les cent pas dans la chambre.

— Mamie! enfin te voici! Où étais-tu passée? Je me sentais si inquiet! Je m'excuse pour cet après-midi. Je me suis montré gauche et égoïste, je n'ai pensé qu'à moi. Pardonne-moi, Mamie. C'étaient tes vacances, c'étaient nos vacances. Nous avions convenu d'un pacte mais j'espérais ne pas avoir à endosser la responsabilité de cette décision. Si je tenais tellement à garder notre union secrète, je n'avais qu'à ne pas t'amener ici. Maintenant, j'ai compris, je te le jure! Cela ne se reproduira plus.

— Non, c'est de ma faute. Pardonne-moi de t'avoir quitté de cette façon.

Le silence tomba entre eux et le malaise s'approfondissait, chacun sachant bien que les excuses et les pardons ne changeraient rien à leur situation devenue intenable. Mireille pressait son sac de magasinage contre elle et restait debout, immobile, devant l'homme de sa vie.

— Que contient ton sac, Mamie?

— Oh! Des petits cadeaux pour tes enfants. Il faudrait bien que tu leur rapportes un souvenir du Mexique, non?

— Oh! Mireille, mon amour...

Elle se jeta dans ses bras en hoquetant de sanglots et il eut l'impression de tenir tout le chagrin du monde. Alors, il pleura avec elle.

Ils rentrèrent au Canada le lendemain, se disant au revoir avant de quitter leurs sièges d'avion et traversant l'aéroport comme de parfaits inconnus. Mireille ne chercha même pas à savoir si quelqu'un attendait Paul, à la sortie des voyageurs.

Au lendemain de leur voyage d'amour teinté d'amertume, Paul et Mireille discutèrent froidement et gravement de leur situation. Le temps était venu de prendre une décision. Assis côte à côte sur le vieux divan du studio, ils ne songèrent même pas à allumer la lampe lorsque la pénombre s'infiltra petit à petit dans la pièce. Paul tournait constamment son regard pensif vers les fenêtres et Mireille voyait scintiller dans ses yeux les milliers de petites lumières de la ville. Ils avaient ouvert une bouteille de vin, non seulement parce qu'ils appréciaient le goût velouté du Clos Sainte-Odile, mais surtout parce qu'ils reconnaissaient à l'alcool le pouvoir magique de soulever les digues retenant le flot qui remue le véritable fond des choses.

Mireille admit qu'elle surnageait en eaux troubles, oscillant entre l'indignation et la peur d'une rupture qu'elle entrevoyait comme le plus grand des malheurs.

— Paul, cela ne me fait rien de t'aimer à l'ombre durant toute ma vie. Je n'aurai pas d'enfant ni de famille, c'est tout. Toi seul comptes pour moi et je t'attendrai le temps qu'il faudra. La seule chose que je ne peux pas accepter, c'est de t'aimer en catimini. Cela me révolte de devoir toujours me cacher, peux-tu comprendre cela?

— Mon amour, mon amour, regarde ce qui est arrivé le dernier jour à Acapulco. Visiblement, tu ne pourras pas supporter de telles situations pendant une grande partie de ton existence. Et tu sais que je suis tenu au secret absolu, sinon c'est l'éclatement de ma famille. Tu comprends, Mireille?

— Je ne sais pas. Je ne sais plus si je comprends. Je me sens tellement confuse.

— Non, Mireille, à la longue, tu ne pourrais pas supporter la marginalité. Et je n'accepterai jamais que tu m'attendes pendant une grande partie de ta vie. C'est mal me connaître que de me croire capable de tolérer une telle abnégation de ta part. Je ne veux ni ne peux m'approprier les plus belles années de ta jeunesse sans rien te donner en retour. Je te le répète encore une fois :

tu mérites mieux que cela. On ne peut bâtir un bonheur sur un tel compromis, ni de ton côté ni du mien, Mamie. D'autre part, si je fais de toi ma maîtresse officielle, Marie-Laure aura beau jeu pour déménager mes enfants en Europe et cela... Cela, Mireille, je n'y survivrai pas!

— Tu n'as pas à m'expliquer. Tu ne veux pas perdre tes enfants, rien de plus normal. Mais moi non plus, je ne veux pas te perdre.

— Tôt ou tard, il le faudra, Mamie. Et mieux vaut tôt que tard, crois-moi!

Paul plongea ses yeux de braise dans ceux de Mireille et elle ressentit une vive sensation de brûlure. Cette fois, il la dominait et ses arguments gagneraient la bataille. Elle n'avait pas le choix de se soumettre.

— Il faut nous quitter, Mamie. Il faut au moins essayer. Essayer très fort et ensemble. Toi et moi, ensemble. Dis-moi que tu vas essayer, Mamie, dis-moi que tu *veux* essayer.

— Je ne le veux pas. Mais puisqu'il le faut...

Elle savait qu'elle aurait pu l'attendre durant toute sa vie et se sentait prête à tous les sacrifices. Encore eût-il fallu qu'il accepte et collabore. L'alpiniste ne part jamais seul à la conquête des grands sommets, on doit faire équipe pour surmonter les difficultés. Paul semblait refuser de se lancer dans l'escapade. Alors, elle promit.

Ils décidèrent finalement de prendre congé l'un de l'autre pour un court laps de temps bien déterminé. Oh! quelques jours seulement, à titre d'essai, mais cela s'avérerait déjà une amorce et une manifestation évidente de bonne volonté. « Un congé temporaire, précisa Paul peu convaincu. Il s'agit d'établir des distances bien précises pour le moment, ce qui nous permettra plus tard de nous voir en amis. »

Mireille n'y croyait guère, elle non plus. Abattue,

elle s'arracha du pianiste et le quitta avec une pointe de désespoir sur le cœur. Elle savait pourtant au fond d'elle-même qu'il avait raison. Et le fait de participer à la décision éliminait tout sentiment de rejet. Non, elle ne se sentait pas rejetée, elle partait d'elle-même. Elle avait pris sa résolution sans conviction et fortement influencée par son amant, mais c'était son choix. C'était *leur* choix. Après, on verrait. Elle sortit néanmoins du studio la tête basse, éplorée, et traversa le corridor en sanglotant.

Elle interrompit donc ses visites au septième étage, tel qu'entendu. Reprenant le chemin de la liberté, elle tenta de retrouver un certain intérêt dans son travail et surtout auprès de ses amis. On la vit plus souvent à la maison, mais personne de la famille n'en fit la remarque. Elle sortit même plusieurs fois avec Robert et d'autres copains, mais toujours sur une base de stricte camaraderie, sans plus. C'était à Paul qu'elle pensait sans arrêt, effrayée à l'idée que ces quelques jours d'abstinence ne se transforment en absence définitive. Elle entendait déjà le pianiste lui dire ou lui écrire : « Les premiers pas sont déjà faits, ce sont les plus difficiles, pourquoi ne pas continuer et cesser complètement de nous voir? » Alors elle s'endormait le soir, à la fois remplie de terreur et d'un fol espoir de retour.

Rangée dans son étui, sa flûte n'en ressortit pas une seule fois.

Les soupes à l'oignon fumantes qu'on déposa devant eux exhalaient une odeur épicée et enivrante. Mireille en saliva de plaisir. Les lumières tamisées du restaurant et le reflet des bougies faisaient briller ses yeux. Elle avait les joues en feu et arborait un teint basané magnifique, souvenir du Mexique ravivé aujourd'hui par une longue journée de plein air. Robert lui souriait béatement.

Trente kilomètres de pistes de ski de fond en pleine montagne, ce n'était pas rien! Elle se sentait fourbue, vidée, harassée mais contente. Il y avait si longtemps qu'elle n'avait pas pratiqué d'exercices en plein air. Elle avait suivi Robert sans regimber, lui dont les grandes jambes entraînées le propulsaient si facilement jusqu'au sommet des pentes. Elle ne possédait pas sa forme physique, le sport de la flûte développant fort peu les muscles des cuisses et les grands fessiers! Mais elle avait suivi son copain fidèlement au prix d'une grande peine, et elle s'en trouvait très fière. Depuis l'été dernier, à vrai dire depuis qu'elle fréquentait Paul, elle avait oublié la satisfaction que procure l'exercice, le dépassement qui accélère le pouls et la respiration, et inonde le corps d'une sueur chaude et collante.

Elle s'était mise à grimper les côtes avec une agressivité qu'elle s'expliquait mal et qui la dérouta au début. « Eh! ma vieille, à ce rythme-là, tu n'iras pas loin! » Elle plantait ses bâtons avec rage et poussait ses skis en avant à un tempo effréné et avec une détermination qui dépassait largement l'ampleur du défi à relever. « Je vais t'avoir, ma maudite! » Mais avoir quoi? avoir qui? La pente, la montagne, la difficulté de la montée? Et puis après? D'où lui venait cette envie de se battre et de vaincre à tout prix?

Il n'était pas question d'impressionner Robert, elle se fichait complètement de son opinion sur elle. D'ailleurs, il se montrait prodigue de gentillesse et l'attendait patiemment lorsque ses membres de géant le portaient trop loin, et qu'elle se mettait à traîner derrière, malgré ses efforts. Il accueillait d'un sourire avenant la jeune fille silencieuse, concentrée, perdue dans son propre univers intérieur dont il ne soupçonnait même pas le drame. Souvent, il la gratifiait d'un rapide baiser du bout des lèvres et cela suffisait pour la ramener à la réalité, comme si elle redécouvrait, à chaque arrêt, qu'elle se trouvait avec Robert Breton, au beau milieu d'une montagne.

— Eh! Mireille! Tu es dans la lune! À quoi penses-tu donc?

— Oh! pas grand-chose... Je n'ai pas le temps de penser, au rythme où nous allons!

Alors Robert, plein de bonne volonté, repartait plus lentement. Mais il suffisait de quelques minutes pour qu'il reprenne inconsciemment sa cadence naturelle. Et Mireille se remettait à souffler comme un engin et à lutter contre les aspérités de la nature. Pour se libérer. Pour sublimer physiquement ce qu'elle ne pouvait supporter mentalement. Pour se vider de sa peine, de son ennui de Paul, de sa révolte contre Dieu, contre la vie, contre le destin, contre la fatalité, contre le mauvais sort qui l'avaient attachée à un homme qui ne se trouvait pas libre. « Pourquoi, mon Dieu, cette souffrance inutile? N'ai-je pas droit au bonheur, moi aussi?»

Il existait des chemins sans issue ne menant nulle part, sinon de rejoindre l'autre extrémité de la boucle, comme ce « Sentier de l'Écureuil » la ramènerait à son point de départ, plus tard dans la journée, à l'entrée du parc. Chemins d'agrément, sans plus. Le bout de route qu'elle avait parcouru avec Paul avait peut-être bouclé la boucle lui aussi. Chemin sur lequel elle avait rencontré bien plus que le plaisir, mais il ne menait pas ailleurs que dans un studio de musique, à l'instar de ces petits trains-jouets qui tournent sempiternellement en rond, passant et repassant inlassablement sous le même tunnel. Chemins sans but, illogiques, sans débouché. Devait-elle se contenter de rentrer au bercail et de réintégrer son existence d'autrefois, rassasiée d'agréables souvenirs, et rien de plus? Paul ne lui avait-il pas mille fois répété « pour le plaisir seulement »? Pour l'instant, le souvenir n'avait rien d'agréable, et Mireille, s'acharnant à grimper les côtes, avait le sentiment d'exhaler sa douleur intérieure à chacune de ses respirations.

— Eh! Mireille, as-tu soif? Viens, j'ai apporté une collation.

— Ce n'est pas de refus. Ouf...!

— Tiens! On pourrait s'asseoir sur ce tronc d'arbre couché par terre, à l'abri du vent. Le grand luxe, ma chère! Jus d'orange, chocolat, biscuits à la farine d'avoine. Le grand Robert avait tout prévu.

— Pas trop fatiguée? Ça a l'air de chauffer là-dedans, on dirait que la boucane va te sortir par les oreilles!

Mireille éclata de rire. Quelle fraîcheur que ce grand garçon avec son air de ne jamais s'en faire. « La joie de vivre... On dirait que le chagrin ne peut jamais l'atteindre, il est trop grand et trop fort. » Soudain, elle sentit des bras la saisir doucement et des lèvres humides s'emparer de sa bouche. « Non, non, je ne peux pas, j'appartiens à Paul, ma bouche n'est qu'à lui. » Elle aurait voulu crier, reculer, s'enfuir, subitement ne plus être là. Se trouver ailleurs pour ne pas tricher. Mais où? Mais quel ailleurs? Sa relation avec Paul Lacerte paraissait sur le point de finir. Le seul « ailleurs » qu'elle connaissait restait sa solitude, son effroyable solitude au fond de son grenier. Non, non, n'importe quoi, n'importe qui plutôt que cela. Mais Robert n'était pas n'importe qui, il représentait tout de même un bon ami pour Mireille. Le meilleur des amis. Ah! Si seulement son cœur ne se trouvait pas ailleurs... Alors, Mireille avait entrouvert les lèvres en espérant que son compagnon n'y voit pas une promesse.

Rien que d'y penser, Mireille en rougissait encore. L'odeur de l'oignon la ramena dans le restaurant. Ils durent attendre un petit moment avant de déguster leur soupe gratinée, bouillonnante dans les bols de terre cuite.

    — Quelle belle journée, Robert! Je me sens totalement à plat, et demain, j'aurai mal partout, mais je suis ravie et je te remercie de m'avoir amenée avec toi.

    — Ma chère, tout le plaisir a été pour moi. On recommencera un de ces jours. Ah! si seulement je disposais de plus de temps libre. Avec mes études, je dois toujours prendre les bouchées doubles.

    — Ton bac en criminologie, c'est pour bientôt, je crois?

    — Il me reste deux sessions. Après seulement, je pourrai respirer et abandonner mon travail de policier.

Les crêpes au poulet, sauce béchamel, succédèrent à la soupe. Le vin blanc coulait à flots dans les verres. Bien au chaud, Mireille se sentait envahie d'une torpeur bienfaisante. Elle ne bougeait plus, ne pensait plus, n'était plus qu'un enchevêtrement de muscles détendus, relaxés, un être repu et comblé qui se satisfaisait de seulement respirer. Le repos du guerrier. Un peu plus et elle allait s'endormir là, en face de Robert, au beau milieu du restaurant.

    — Si ça continue, je vais perdre connaissance avant la fin de ce repas!

    — Écoute, Mireille, j'ai une idée! Si on demeurait dans le nord pour la nuit? Peut-être reste-t-il une chambre de libre dans cette auberge? Sinon, Sainte-Adèle ne manque pas d'endroits pour coucher, on pourrait trouver facilement.

La douche d'eau froide. La gifle qui réveille. Coucher avec Robert? Faire l'amour avec un autre homme que Paul? Se donner à un autre corps, s'offrir à d'autres désirs? Se laisser pétrir, fouiller, avaler, posséder par un autre que Paul, fût-il le plus gentil des Robert? « Ah! ça non, jamais! Je suis à Paul! » Mireille se mordit les lèvres. Elle n'avait pas reçu de nouvelles du musicien depuis presque trois semaines, et cela la rendait folle. Elle se disait qu'il devait probablement se trouver à l'extérieur de la ville, sinon il n'aurait pas tenu le coup, et l'aurait certainement appelée. Et pourtant... il semblait si décidé à rompre, l'autre jour. Elle avait promis le silence et l'absence, et elle avait tenu sa promesse. Au nom de quoi lui ménagerait-elle sa fidélité? Il n'y avait plus d'avenir, Paul Lacerte le lui avait bien dit. Il n'avait que faire de la fidélité de Mireille. « Quand donc vas-tu admettre cela, Mireille Ledoux? C'est fini, f-i-n-i, FINI! Tourne la page, grands dieux! » Elle regarda Robert qui lui souriait gentiment. Peut-être n'avait-il pas d'arrière-pensée et prévoyait-il louer deux chambres. « Ce serait plutôt surprenant », pensa Mireille, se rappelant le baiser de l'après-midi.

— Non, Robert, je ne suis pas prête à... à dormir avec toi! Pas pour le moment...

Elle ne termina pas sa phrase et il ne posa pas de question. S'il l'avait interrogée sur ses raisons, elle lui aurait peut-être raconté son idylle avec Paul dont il ignorait l'existence. Mais puisqu'il ne demandait rien, elle préféra se taire. Pourquoi raviver un état de chose en train de se consumer et dont elle parlerait au passé avant longtemps? Mieux valait laisser le temps accomplir son œuvre, calmer la douleur, réinventer la joie de vivre. Et le désir. Et une nouvelle disponibilité d'âme et de corps. Mais « pour le moment », elle ne se sentait pas prête à quelque aventure que ce soit. C'était définitivement « non »!

La conversation tomba. Ou plutôt se maintint au niveau des banalités. Une sorte de malaise tacite s'était infiltré entre les deux amis. Déception? Incompréhension? Frustration? Au fond, Mireille s'en foutait, elle ne songeait plus maintenant qu'à rentrer. Le café fut rapidement expédié et, n'eût été de la voix chaude de Jacques Languirand à la radio, on aurait pu couper au couteau le silence remplissant la voiture, sur le chemin du retour.

Devant la demeure de Mireille, Robert déposa un rapide baiser sur la joue de la jeune fille. Elle le gratifia d'un simple merci, et pénétra chez elle à toute vitesse en se demandant pourquoi cette journée merveilleuse lui laissait soudainement un goût amer.

Robert mit plusieurs semaines à la rappeler et ne lui parla plus jamais de coucher avec elle.

Le directeur de la compagnie de disques *Sonata* revint à la charge à plusieurs reprises auprès de Paul au sujet de l'enregistrement de duos avec Mireille.

— Il y a tout de même un risque, vous savez, monsieur Bluebird. Mireille possède énormément de potentiel, mais elle reste une inconnue sans expérience. Elle se produit rarement en public et n'a jamais fait de disque. Va-t-elle passer la rampe?

— Ne vous inquiétez pas, monsieur Lacerte, son talent me paraît indéniable. Avec une publicité bien menée, la réussite semble garantie. Je vous fais confiance à tous les deux. D'ailleurs, votre nom accolé au sien suffira à la populariser.

Paul hésita beaucoup, non qu'il doutât du talent de Mireille, bien au contraire, mais il appréhendait le travail préparatoire et les répétitions qui le rapprocheraient à nouveau de la jeune fille dont lui-même tolérait mal l'absence de ces derniers jours. Ce dur cheminement vers la séparation n'aurait servi à rien et tout serait à recommencer plus tard. Par contre, il restait convaincu qu'il suffisait d'une simple poussée pour lancer Mireille dans une carrière musicale. « Si je l'aide, au moins je ne serai pas passé pour rien dans sa vie. » Il se laissa finalement gagner par l'idée du disque et appela Mireille pour l'informer du sérieux de la proposition. Ils se parlaient pour la première fois depuis presque un mois.

— Voici une chance unique pour toi, Mamie. Je ne pouvais pas laisser passer cela.

Mireille aurait cru déborder de joie en recevant des nouvelles de Paul, mais étonnamment elle se sentit plutôt tiède au son de sa voix. Elle réalisa alors qu'un véritable pas venait d'être franchi sur le chemin de la libération : la vie loin de Paul ne se révélait pas aussi intenable qu'elle l'aurait pensé, après tout. Malgré son ennui, malgré son attente, elle avait tout de même apprécié sa liberté nouvelle. Déconcertée, elle accepta néanmoins de reprendre ses répétitions avec le pianiste « sur une base uniquement professionnelle », tel qu'ils en convinrent et pour l'unique raison de produire l'enregistrement de ce disque.

Mais dès la première rencontre, l'amour l'emporta sur la sagesse et balaya comme une tornade les intentions d'éloignement et de vertu qu'ils avaient si péniblement élaborées au retour du Mexique. Paul n'avait eu qu'à ouvrir les bras en accueillant Mireille, à son arrivée au studio, pour que dégringolent toutes leurs belles résolutions.

— Mamie, ma petite Mamie...

— Paul, Paul...

Ils se mangèrent des yeux, de la bouche, des mains, de leur chair, de tout leur être. Et ils roulèrent l'un contre l'autre, l'un dans l'autre, jusqu'à la fusion totale de leurs corps et de leurs âmes. Jusqu'à la liquéfaction de leurs deux existences. Ce moment d'extase laissa Mireille exaltée et quelque peu abasourdie. Elle reprit sa flûte avec difficulté.

Ils se mirent finalement au travail, emballés par le

défi à relever et surtout heureux de cette excuse valable pour se rapprocher à nouveau, le temps de préparer un disque, « le disque qui mettra Mireille sur la carte », comme disait Paul.

Il ne mentionna pas tout de suite qu'il avait aussi usé de son influence pour l'inscrire à quelques récitals en solo, aux concerts-midi de la faculté. Productions sans importance et sans conséquence à vrai dire, et dont l'audience habituellement fort peu nombreuse se constituait d'étudiants exclusivement, à part quelques curieux ou de rares professeurs en quête d'élèves talentueux.

Mireille y participa de bonne grâce. Cela lui permettait de dissiper la gêne et de surmonter sa phobie de l'auditoire. La première fois, elle ne put s'empêcher de retrouver, presque intacte, la pénible sensation éprouvée lors de son dernier examen de baccalauréat. Elle se sentait les jambes « comme de la guenille » et ses mains tremblaient à tel point qu'elle éprouvait de la difficulté à tenir sa flûte. Mais elle se rappela les enseignements du maître : « Tu te places dans un état de néant, de vide total. Oublie tout. Tu me comprends bien: il n'y a plus de scène, plus de spectateurs, plus rien. Il ne reste que toi, Mireille. Toi et ta flûte. TOI ET LA MUSIQUE. Uniquement. Exclusivement. Fais-la belle, cette musique, parce que tu l'aimes et laisse-toi emporter par elle. Ne pense plus à ton instrument, aux difficultés techniques, à rien de tout cela. Ne songe qu'à la musique que tu veux donner. » Alors, pendant quelques secondes, Mireille fermait les yeux, se recueillait, se concentrait à faire le vide. Et soudain, la magie se réalisait, elle retrouvait son sang-froid, sa confiance. Elle n'avait plus peur. Alors elle se lançait, comme si elle se retrouvait seule dans son grenier, avec sa flûte.

Les premières fois, Paul venait assister et s'assoyait discrètement derrière la salle à moitié remplie d'auditeurs. Il suffisait d'un simple regard de sa part pour que

Mireille retrouve son assurance. Puis il avait volontairement cessé de venir. « Il faut que tu te débrouilles seule maintenant, petite Mamie Soleil. » Elle protesta un peu mais savait qu'il avait raison.

Petit à petit, la confiance faisait surface plus facilement. D'une expérience à l'autre, elle réussissait plus aisément à faire abstraction du public pour se concentrer uniquement sur la musique. Le moment le plus difficile consistait à arriver sur la scène et à regarder l'audience de plein front. Mais dès qu'elle s'emparait de sa flûte, elle réussissait maintenant à oublier complètement la présence des gens dans la salle. La tension énorme disparaissait et elle retrouvait la parfaite maîtrise de tous ses moyens. Et Dieu sait comme elle en avait! Les exercices de visualisation enseignés par Paul l'avaient énormément aidée dans ce sens-là. Même en travaillant seule dans son grenier, elle arrivait maintenant à s'imaginer en train de jouer en face d'une foule et réussissait de mieux en mieux à en contrôler le stress.

Elle s'exécutait alors avec tout le talent qui la caractérisait. Car Paul avait raison : derrière les gaucheries et les maladresses générées par la peur, se cachaient l'âme et le talent réel d'une grande artiste. Oh! il y avait encore place pour certaines améliorations techniques, mais Mireille y voyait minutieusement avec son professeur de flûte. Celui-ci, d'ailleurs, manifestait souvent sa satisfaction et ne cessait de l'encourager. « Continue, persévère, ma fille, tu iras loin! »

À la faculté, on savait maintenant que monsieur Lacerte préparait un disque de duos avec la bibliothécaire. Au début, cela étonna un peu, mais on se fit vite à l'idée. Il se trouva bien quelques étudiants pour taquiner Mireille. « Petite cachottière, tu ne te vantais pas de tes talents, hein? » Seule madame Deschamps, intriguée, se demanda posément s'il ne se trouvait pas quelque idylle cachée entre les deux musiciens. Elle considéra comme singulier le risque que prenait Paul Lacerte de produire un disque avec une partenaire sans renommée comme Mireille. D'ailleurs, ces dernières semaines, celle-ci lui paraissait plutôt distante et avare de confidences. En effet, elle cachait si bien ses sentiments et feignait une telle indifférence envers Paul, que son attitude finit par convaincre son amie que ses rapports avec monsieur Lacerte restaient de nature exclusivement professionnelle. Elle s'interrogea tout de même sur le peu d'enthousiasme manifesté par la jeune fille au sujet du disque.

Si elle avait su, la pauvre madame Deschamps, que le studio de Paul servait autant pour l'amour que pour la musique, et que le septième étage avait repris, pour Mireille, des ambiances de septième ciel! C'était là qu'ils s'aimaient en fin de journée, elle et Paul, sur le divan de cuir installé près des fenêtres, sous le décor unique de la ville scintillante de lumières.

Quand elle jouait avec lui, Mireille connaissait des moments de plénitude quasi parfaite. Et cela la réconfortait et lui donnait du courage. Elle avait la certitude qu'en aucune façon, malgré le temps parcimonieux passé ensemble, Paul ne pourrait vivre un tel rapprochement et une telle complicité avec une autre femme. Avec *sa* femme. C'était trop beau, trop intense, trop unique, trop grand.

Ils peaufinèrent les romances de Schumann et la sonate *Ondine* puis s'attaquèrent à des lieders de Schubert minutieusement choisis par Paul. Il avait élaboré l'idée inédite et audacieuse de prêter la voix de ces merveilleuses chansons vocales à la flûte traversière. Leur musique s'avérait un poème en soi et Mireille savait si bien faire chanter sa flûte, exprimant par ses accents et ses nuances les mots des poètes ayant inspiré le compositeur. Quand elle jouait sur sa flûte, elle devenait elle-même la truite avide de liberté au fond d'un ruisseau ou le cygne blanc glissant avec mélancolie sur la surface lisse d'un lac. En évoquant la Belle Meunière pleurant ses amours, la flûtiste se surpassait.

L'accompagnant au piano, Paul en restait bouche bée tant l'expressivité de Mireille lui semblait bouleversante. Il n'avait plus à la guider, ni à l'inspirer comme au tout début avec la sonate de Reinecke. Elle pouvait maintenant se laisser aller et témoigner d'elle-même, par sa musicalité, la richesse fabuleuse de son univers intérieur. Au-delà des thèmes et des rythmes, la musique de Mireille portait en elle toute la profondeur de ses états d'âme et plongeait l'auditeur aux limites de la gamme des émotions humaines. Un jour que Paul la félicitait chaleureusement, la jeune fille resta songeuse.

— Ce disque deviendra un chef-d'œuvre d'une grande originalité, Mamie.

— Peut-être faut-il souffrir beaucoup pour mieux exprimer les choses...

Paul bondit sur ses pieds et la prit dans ses bras.

— Si ce disque marche bien, Mamie, ta carrière est lancée. Je ne t'aurai peut-être pas donné une vie d'amour, mais au moins, grâce à mon aide, tu vivras une vraie vie de musicienne. Et cela vaut la peine, crois-moi! En tout cas, nous ne nous serons pas connus inutilement.

♪♪♪

L'enregistrement du disque, aux studios de la *Sonata,* à Québec, dura trois longs jours. Paul et Mireille retournèrent à l'auberge de la Terrasse et tentèrent de se replonger avec délices dans le même bonheur qu'ils avaient connu à Noël. Là aussi, ils prirent garde, en public, de maintenir entre eux des distances raisonnables.

Une fois de plus, Mireille se sentit frustrée de ne pouvoir étaler au grand jour l'amour de sa vie, et elle respecta difficilement la consigne du silence exigée par

Paul. Elle se rendit compte que Paul avait raison : cette situation ne pourrait pas durer éternellement. Comment faire valoir des droits qu'elle ne possédait pas? Comment revendiquer une place au grand jour qui ne lui appartenait pas et ne lui appartiendrait jamais?

Elle réalisait bien maintenant ce que Paul voulait signifier en lui répétant si souvent: « Tu mérites mieux que cela.» En tentant, au cours de ce séjour, de retrouver entre les vieux murs de Québec la douceur perdue d'un souvenir, Mireille saisit soudainement tout le pathétique de son drame et toute l'horreur du cul-de-sac. Alors, le désespoir de naguère refit surface et vint assombrir ses pensées les plus rassurantes. Même Québec lui parut terne et glacial, inhospitalier même.

Un soir, à la sortie du studio d'enregistrement, ils descendirent prendre un verre dans un petit bistrot de la basse-ville. Paul but plus de vin qu'à l'accoutumée.

— Va-t'en! Pars, Mamie! Mon vœu le plus cher est de te voir auprès d'un garçon chaleureux qui t'aimera et te rendra heureuse. Moi, je n'ai qu'un disque à t'offrir. Je ne veux plus te nuire, Mamie, je n'en peux plus. Pars, pars...

Et il se mit à pleurer.

— Mais, Paul, tu ne me nuis pas! Je ne veux pas vivre sans toi!

Bouleversée, elle se dit qu'elle n'arriverait jamais à partir malgré son désespoir. C'était Paul qu'elle aimait, qu'elle voulait. Lui seul. Plus que tout au monde. Il méritait tous les sacrifices. Même l'insupportable et l'intolérable, comme maintenant. Comme souvent. Comme trop souvent...

On prit de nombreuses photos afin d'illustrer la couverture du disque : Mireille et Paul l'un près de l'autre, souriant derrière un immense bouquet de roses blanches, lui appuyé sur un piano, elle tenant sa flûte serrée sur son cœur. Le photographe se doutait-il qu'il allait fixer sur la pellicule une liaison illicite que l'on montrerait au grand jour sous des apparences de relation professionnelle? Quelle ironie du destin! Dire que Mireille et Paul se cachaient constamment et que leur photo côte à côte ferait bientôt le tour du monde! Cela les fit sourire, c'est pourquoi ils apparurent radieux sur la pochette de leur disque.

♪♪♪

Le disque sortit sur le marché à la fin de l'hiver et devint immédiatement un succès. Même Claude Gingras, dans sa rubrique du disque, en fit une critique positive. « *La démarche musicale de mademoiselle Ledoux sur sa flûte n'a guère de mal à prendre la relève du chanteur dans les lieders de Schubert, car elle fait chanter son instrument dans une superbe et riche palette de couleurs. Cette jeune musicienne a décidément beaucoup d'avenir.* »

— Ça y est! On a gagné! C'est parti, Mamie, c'est parti! Dorénavant, on va te solliciter de toutes parts, tu verras. Ta carrière de flûtiste vient d'être lancée, ma petite Mamie Soleil. Tu n'as pas idée à quel point je suis heureux! Justement, le directeur de l'Orchestre harmonique m'a téléphoné hier et il a des propositions pour toi. Ah! comme je suis content, comme je suis content!

Mireille, quant à elle, demeura plus réservée. La profession de concertiste la séduisait, bien sûr, mais elle ne se sentait plus certaine qu'il s'agissait bien là de son désir. À la vérité, elle ne savait plus ce qu'elle voulait et où elle en était. Ni dans sa vie ni dans ses projets, et certains jours, ni même dans ses sentiments.

L'hiver s'étira jusqu'en avril, mais finit par demander grâce au soleil qui transportait sur ses rayons des milliers d'oiseaux. Effrontément, les hirondelles exécutaient sur les fils électriques ce que les amants de la terre effectuaient dans le secret de leur alcôve.

Après la publication du disque, Mireille refusa de partir, comme Paul l'en avait suppliée dans le bistrot de Québec, et persista à revenir visiter son amant, autant par habitude que par amour. Par faiblesse surtout. Elle n'avait pas le courage de le quitter, ni la sagesse. Mais plus le temps passait et plus elle se sentait désemparée, sa vie pétrie d'ennui s'écoulant invariablement entre la bibliothèque, son grenier et le studio de Paul. Elle y montait presque tous les soirs, se contentant du cadre secret d'une salle de musique en désordre pour abriter des amours qui ne duraient jamais jusqu'au matin.

— Ne pourrions-nous pas aller au restaurant ensemble de temps en temps, à l'autre bout de la ville ou en banlieue?

— Non, Mireille, je suis désolé.

— Et si on allait voir les pommiers en fleurs à Rougemont? Dans la voiture, personne ne pourrait nous voir.

— Non, je t'en prie, n'insiste pas.

Paul demeurait inflexible. Il n'était pas question d'étaler leur relation sur la place publique, pas plus à la campagne qu'à la ville, ne serait-ce qu'une seule fois. C'était la condition posée s'ils voulaient continuer à s'aimer. Il l'avait avertie : c'était à prendre ou à laisser.

Souvent Paul sortait avec sa voiture pour aller chercher des sandwiches ou du pâté et du vin, et remontait en douce à son bureau en espérant ne rencontrer personne sur son chemin. Au demeurant, ils quittaient l'université l'un après l'autre, jamais en même temps. Et à moins d'absolue nécessité, on les voyait très rarement ensemble dans les lieux publics afin d'éviter les qu'en-dira-t-on. Une seule trahison aurait suffi à anéantir la vie familiale de Paul et il refusait de prendre le moindre risque.

À vrai dire, mis à part les courts moments partagés avec Paul dans le studio, Mireille sombrait dans la morosité, étouffée par le carcan de la clandestinité. Mais l'accueil joyeux du pianiste et la chaleur de ses bras compensaient pour les innombrables frustrations amenuisant petit à petit sa joie de vivre. Le pianiste représentait à la fois sa force et sa douceur, sa folie et sa raison, sa sécurité et son péril, sa joie et sa souffrance, son rêve et son désespoir, sa musique et son silence. Et dans ce sens, il constituait son réel compagnon de vie mais d'une manière tout intérieure et abstraite. Dans le concret du quotidien, il se trouvait absent la plupart du temps, et Mireille se sentait frustrée de ne pas partager ses activités avec lui. Oh! ils faisaient encore de la musique ensemble, beaucoup de musique. Il lui restait tant de choses à apprendre de lui! Mais le partage s'arrêtait là, outre les relations sexuelles, bien sûr, toujours exaltantes, toujours satisfaisantes. Et les confidences, ces dialogues qui auraient pu s'étirer à l'infini, n'eût été l'harassante obligation d'écourter leurs rencontres en fin de soirée.

Mireille supportait de moins en moins les nuits qu'elle passait seule, chez ses parents. Et encore moins les week-ends de désolation mortelle en tête-à-tête avec elle-même et s'échelonnant l'un après l'autre au fil des mois depuis longtemps, trop longtemps, pendant que Paul se consacrait à sa famille. Elle n'en pouvait plus de tourner en rond en attendant ses appels.

Avec le temps, elle s'isola, devenant taciturne et solitaire à force de se cacher et de restreindre ses occupations aux seules rencontres avec le pianiste. Elle réalisait qu'à la longue, son brin de folie s'éteignait tout doucement, ses centres d'intérêt d'autrefois n'existant plus. Elle avait perdu le goût pour les activités qu'elle adorait naguère et qui alimentaient son enthousiasme et sa gaieté. À part son unique randonnée en skis de fond avec Robert et la mémorable séance de patinage avec Paul à Québec, elle n'avait pratiqué aucun sport cet hiver, pas plus qu'elle n'était retournée dans les discothèques, ni au cinéma ni dans les bistrots où l'on prend plaisir à allonger les cafés en bavardant avec les copains. Et malgré le beau temps maintenant revenu, son vélo et sa raquette de tennis demeuraient au rancart. À vrai dire, elle voyait sa jeunesse s'étioler et épouser petit à petit la mentalité et le comportement des « vieux » de quarante-cinq ans!

Il arrivait qu'elle remette en question son genre de vie. « Est-ce bien là ce que tu veux vraiment, Mireille Ledoux?» Invariablement, la même réponse lui revenait à l'esprit : « Non, ce n'est pas cela que je veux, pas du tout! Mais j'aime trop Paul pour me passer de lui. »

L'été se pointerait bientôt à l'horizon et, avec lui, la fin de la session et le temps des vacances. La foule déserterait les corridors, car la faculté de musique offrait peu de cours d'été. La bibliothèque, par contre, demeurerait ouverte tout l'été, car le personnel en profitait pour refaire la classification des livres et des disques et pour réparer les volumes abîmés, bref pour mettre de l'ordre sur toutes les tablettes. Travail ennuyeux et peu captivant pour une jeune fille en mal de s'éclater!

Mireille ignorait comment elle passerait ses deux semaines de vacances. Elle n'avait pas l'intention d'étouffer de chaleur et de se languir seule à la maison dans l'attente du bon vouloir et des disponibilités de Paul. De coutume, son père louait un chalet à la campagne pour l'été et elle pensait peut-être se joindre à sa famille pendant quelques jours. Mais à vingt-cinq ans, la perspective de passer son congé entre papa, maman et les petits frères ne lui seyait guère. Et Paul n'avait pas prononcé un seul mot sur ses projets d'été. « Ce serait formidable s'il pouvait se libérer quelques jours et partir quelque part en randonnée avec moi, songeait-elle. Quelques jours seulement, il me semble que je n'en réclame pas beaucoup. » Robert lui avait suggéré des vacances en camping avec des amis, sur le bord de la mer, en Gaspésie. Elle se plaisait toujours en présence du policier. Ces derniers temps, il s'était mis à l'appeler régulièrement et ils étaient sortis ensemble à plusieurs reprises. Elle le trouvait fort séduisant, cultivé et intéressant, sans prétention. Bien sûr, son manque de maturité le laissait loin derrière Paul, mais il avait pour lui la jeunesse, la frivolité, la liberté surtout. Et tout l'avenir. Son regard bleu charmait Mireille et elle avait bien envie d'accepter son invitation.

Elle réalisait que chacune de leurs rencontres constituait un atoll de bien-être dans la mer de déprime en train de la submerger. Elle se gardait bien cependant de lui démontrer trop de marques d'affection afin de ne pas créer en lui de faux espoirs. Mais son plaisir auprès de lui la surprenait et la déconcertait à chaque fois. Elle en oubliait Paul presque complètement et redevenait la jeune fille gaie et joyeuse de jadis. Le policier la voyait de plus en plus assidûment et redoublait de gentillesse, ne soupçonnant guère l'importance de Paul Lacerte dans la vie de Mireille, à part son rôle dans la réalisation du fameux disque chez *Sonata*. Elle se demandait parfois comment Paul réagirait s'il apprenait ses rendez-vous fréquents avec « son » policier.

Au fond, elle laissait aller les choses, repoussant à plus tard une décision définitive qu'elle aurait à prendre de toute évidence. Elle regrettait parfois son manque de persévérance dans leur résolution de rompre, au retour du Mexique. Mais le cœur l'avait emporté sur la raison. Et, bien sûr, il y avait eu ce disque, véritable tremplin pour la lancer dans une carrière de musicienne. Mais cela justifiait-il le malaise dans lequel elle baignait depuis des mois? Certes, Paul l'habitait profondément, au cœur de sa vie et de ses pensées. Mais la perspective d'une séparation définitive se précisait de plus en plus. Paul s'était montré honnête. Il l'avait prévenue. Il lui laissait même la porte toute grande ouverte. Elle pouvait venir, mais elle restait libre de partir aussi. Et pour cela, elle ne l'en appréciait que davantage. Il l'aimait sans la posséder et cela lui paraissait admirable.

Mais elle... Pouvait-elle l'aimer sans le posséder, sans se l'approprier tout entier? Elle en avait plus que marre de ne recevoir qu'une partie de lui-même, le musicien entre deux récitals ou l'homme entre elle et sa famille. Malgré les efforts sincères de Paul pour la dorloter, elle pressentait ne pas recevoir la meilleure part du gâteau. Et cela la remplissait d'amertume. Elle n'en pouvait plus.

Assurément, une carrière de flûtiste de concert semblait démarrer pour elle grâce à Paul qui lui en avait donné l'essor. Toute sa vie, elle lui en serait redevable. Déjà une ébauche de contrat se tramait avec l'Orchestre harmonique qui se cherchait une flûtiste à plein temps. Et deux étudiants en piano au doctorat, deux étudiants de Paul naturellement, l'avaient approchée pour participer avec eux à des concours de musique de chambre. Cela représentait plus qu'elle n'avait jamais rêvé. D'ailleurs, si tout cela se réalisait, elle devrait quitter son emploi à la bibliothèque pour se consacrer à la musique exclusivement. Elle volerait de ses propres ailes, prendrait de l'assurance, se ferait connaître et deviendrait peut-être une artiste appréciée et sollicitée.

Mais la tristesse qui l'écrasait atténuait son envie de relever des défis et refrénait son ardeur à travailler sa flûte. La motivation du début se dissipait petit à petit, affaiblissant son intérêt et sa détermination. Parce que la vie, pour Mireille, celle à laquelle elle rêvait et avait toujours rêvé, ne ressemblait en rien à une carrière professionnelle réussie. Ah non! loin de là! Du moins pas en exclusivité. Pas plus qu'en des excursions au septième étage, à tous les soirs durant la semaine. Son rêve se concrétiserait bien davantage en une vie d'amour en profondeur, partagée avec un être auprès de qui se réaliser pleinement, dans la grande aventure de la vie à deux. Une vie à deux pour le meilleur et pour le pire. Avec des joies et des peines. Avec des hauts et des bas. Avec des projets. Avec des désirs qu'on peut partager. Et sûrement avec des enfants.

Auprès de Paul, Mireille ne vivait rien de tout cela. Ou si peu. Et ne vivrait jamais rien de tout cela, elle ne pouvait même plus se permettre d'en rêver. En aucun temps, elle ne réaliserait cet idéal avec lui, il ne fallait plus se leurrer. Alors la profession de flûtiste sans amour resterait toujours une solution de compromis, la profession d'une femme brimée et frustrée dans ses aspirations profondes. La profession d'une femme malheureuse. Et le malheur ne garantissait en rien le succès d'une carrière musicale, bien au contraire.

En ce petit dimanche gris et sombre de la fin de mai, la pluie martelait les vitres des fenêtres au même rythme que l'ennui. Étendue sur son lit et le cœur brumeux, Mireille n'entendit pas la sonnerie du téléphone retentir en bas, dans la cuisine.

— Mireille, c'est pour toi!

Enfin un appel, un événement, une diversion, quelqu'un, quelque chose qui arrivait!

— Mamie? C'est moi! Je t'appelle pour t'avertir qu'on ne pourra pas se voir au début de la prochaine semaine. Ma mère vient de mourir subitement. Mireille, je suis effondré, j'ai perdu ma mère...

— Ta mère! Oh! Paul, je suis désolée. Je t'offre toute

ma sympathie. Puis-je faire quelque chose pour toi?
— Non, seulement de savoir que tu existes me réconfortera.

Sa mère... Mireille connaissait l'attachement de Paul pour sa mère. Il en avait parlé à plusieurs reprises. La mort se montre plus effroyable envers ceux qui restent que pour ceux qui partent. La vie crée des liens que l'on croit indestructibles, si profondément enracinés au fond de nous-mêmes que de les arracher nous fait mourir un peu. La faucheuse ne tue pas qu'une seule créature à la fois, elle détruit en même temps une partie de ceux qui la portent dans leur cœur. Pendant des années, des êtres se rapprochent jusqu'à se fusionner et se reconnaître l'un dans l'autre. Puis un bon matin, bien souvent sans avertir, la mort s'empare de l'un et l'anéantit dans le silence et l'absence. On se console avec l'idée que l'être aimé continue d'exister à l'intérieur de soi, mais au fond, on sait bien qu'il ne reviendra pas de là où il est allé et ne répondra plus jamais concrètement à nos confidences et à nos prières. Le vide s'installe alors et n'a d'égal que l'horreur du désespoir.

Madame Lacerte avait laissé sur son fils des marques indélébiles. Il avait hérité de son amour pour la musique et tous les arts en général. Grâce à son appui et à ses encouragements, ses longues études de piano l'avaient mené jusqu'au succès. En bonne mère, elle avait réussi à canaliser les énergies de cet enfant turbulent et de l'adolescent rebelle qu'il avait été, paraît-il. C'est d'elle aussi qu'il tenait sa soif d'authenticité et son grand cœur. Non seulement madame Lacerte fut une mère hors pair, mais Paul affirmait que toute la famille adorait cette grand-mère incomparable, toujours vive et débordante d'humour. Et voilà que, sans crier gare, elle les quittait tous pour l'univers mystérieux de l'absence et des jours sans lendemains.

Mireille souhaita à cette femme de trouver le repos

éternel et la paix. Elle n'avait jamais été confrontée avec la disparition d'un proche, mais pouvait s'imaginer facilement le déchirement généré par le deuil. Elle se demanda si la perte d'un être encore vivant dont la vie nous sépare cruellement s'avère aussi douloureuse que la mort de quelqu'un que l'on aime.

Le lendemain matin, dès son arrivée à la bibliothèque, madame Deschamps apprit à Mireille que monsieur Lacerte avait perdu sa mère.

— Dis donc, Mireille, si on allait au salon funéraire ensemble, ce soir?

— Pourquoi pas?

En réalité, Mireille n'avait nullement l'intention de se rendre au salon mortuaire pour serrer la main à toute la famille Lacerte, surtout pas à la femme de Paul. Non, cela, elle ne le pourrait jamais. Pour rien au monde, elle ne voulait se trouver devant Marie-Laure. Elle avait peut-être développé certaines habilités dans la tromperie, mais l'hypocrisie de son comportement lui rongeait la conscience et lui enlevait toute audace pour aller se pavaner devant celle qu'elle bernait indirectement, presque à chaque jour. Jamais elle n'aurait le courage de regarder cette femme en pleine face pour lui offrir ses condoléances.

Que dire à madame Deschamps, comment se désister ce soir sans semer le doute chez sa grande amie? Elle aurait pu profiter de l'occasion pour lui apprendre sa liaison avec le pianiste. Elle n'en pouvait plus de garder pour elle seule ce lourd secret qui l'enfermait dans un isolement intolérable. Elle ne doutait pas de l'amitié de madame Deschamps, ni de sa compréhension et de son respect. Bien sûr, elle se montrerait d'abord scandalisée par une telle révélation. La jeune fille l'entendait déjà vociférer : « Un père de famille! et Paul Lacerte en plus! Mais qu'as-tu pensé, Mireille? » Puis après un temps, elle comprendrait.

La crainte de ternir la réputation du pianiste, toute faite d'intégrité et de rigueur, empêchait Mireille de se confier. On prend toute une vie à se bâtir un honneur, et il suffit du plus petit écart ou de la moindre erreur de parcours pour tout jeter par terre. Mireille savait que sa liaison avec Paul représentait bien plus qu'un simple incident de parcours, et doutait que ses confidences ne passent la galerie des jugements téméraires. Non pas qu'elle manquât de confiance en madame Deschamps, mais elle avait la certitude que Paul baisserait dans l'estime de la directrice dès la première évocation de son aventure avec la jeune fille. À vrai dire, Mireille ne se sentait pas prête à s'ouvrir. Pas encore! Les choses s'arrangeraient bien toutes seules à la longue sinon, elle se promettait d'en glisser un mot à son amie. Pour le moment, elle décida de garder le silence, prisonnière de sa solitude. C'était le tribut à payer pour son secret et elle le payait royalement à chaque jour.

En fin de journée, elle feignit des douleurs menstruelles. Un mensonge de plus ou de moins! De toute façon, elle se trouvait proche de la vérité puisque ses menstruations devaient démarrer d'un moment à l'autre.

— Excusez-moi, madame Deschamps, je ne pourrai pas vous accompagner ce soir au salon mortuaire. Je ne me sens pas bien et j'ai très mal au ventre. Je vais aller me coucher. J'assisterai plutôt au service religieux demain matin.

À l'église, elle s'arrangerait pour rester à l'écart et éviter tout contact avec la famille. De loin, elle tenterait de manifester sa présence à Paul afin qu'il sache qu'elle se trouvait là, à proximité, et qu'elle compatissait à son chagrin.

Comme pour témoigner de la douleur écrasant la famille Lacerte, la pluie perdurait depuis trois jours. Mireille se pointa à l'église à peine quelques minutes avant le début du service. L'église Saint-Germain d'Outremont était bondée de monde. Effarée, Mireille se dit que Paul connaissait probablement toutes ces personnes et que chacune d'elles avait un rôle à jouer dans sa vie. Ses frères, ses sœurs, ses collègues, ses voisins, ses amis... Elle prenait soudainement conscience d'un univers dont elle ne soupçonnait même pas l'existence. Un univers n'appartenant qu'à Paul et dans lequel elle ne pénétrerait jamais. Se doutaient-ils, chacun de ceux-là, que Mireille tenait une place importante dans la vie de Paul Lacerte? Savaient-ils que le cœur de cet homme lui appartenait à elle, à elle d'abord, à elle avant tout? Que parmi eux tous, elle avait la première place? Mais l'avait-elle vraiment, la première place, au fond de cette église, réfugiée derrière une colonne et espérant n'être remarquée de personne?

La vue de la petite famille pénétrant dans l'église à la suite du corbillard la plongea dans un profond désarroi. Paul et Marie-Laure se tenaient serrés l'un contre l'autre, manifestement unis par l'énormité de leur chagrin. Le visage défait, les yeux cernés, Paul avait passé son bras autour de sa femme éplorée, toute vêtue de noir. On aurait dit qu'il voulait la protéger, la soulager un peu de sa peine. Devant eux, leurs trois enfants marchaient en se tenant par la main. Malgré la douleur allongeant leurs visages, Mireille les trouva encore plus mignons que sur la photo. Mélanie, aussi jolie que sa mère, semblait déjà une grande fille, et les deux petits garçons lui parurent adorables, le plus jeune surtout, se tenant bien droit, bravement, chagriné mais tout aussi curieux de voir comment la cérémonie se déroulerait.

Quelle belle petite famille! Quelle belle image de solidarité, d'affection, de partage! Rapprochés, resserrés les uns contre les autres. Mireille se demanda soudain ce qu'elle faisait là, dans la pénombre d'une église. En quoi Paul pouvait-il avoir besoin d'elle, ainsi entouré des siens? Sa famille semblait unie et conciliante, pourquoi en parlait-il si peu souvent?

Où iraient-ils tous, après le service funèbre? Une fois de plus, Mireille se sentait bannie, proscrite, piégée dans l'embuscade. Il n'y avait pas de place pour elle dans la vie de Paul Lacerte. Quand donc allait-elle l'admettre? Tous ces gens présents dans l'église y avaient droit mais pas elle. Elle, la marginale, la clandestine, la tenue à l'écart, la maîtresse, la poule...

En examinant la petite famille de Paul, depuis son repaire, Mireille se demanda comment ils passaient leurs dimanches, ces jours interminables où elle-même se roulait d'ennui pendant qu'eux accaparaient sa seule raison de vivre. Que faisaient-ils de ce jour de loisir? Arrivait-il qu'ils mangent tous ensemble? Qu'ils sortent tous ensemble? Qu'ils s'amusent tous ensemble?

Et Paul, couchait-il dans le lit de sa femme? Lui faisait-il l'amour? Ah! cela, Mireille ne le voulait pas. Elle se refusait à imaginer Paul en train d'embrasser sa femme avec la même douceur et la même tendresse qu'elle lui connaissait. Cela, non, non! Y penser la répugnait. Plusieurs fois elle était venue sur le point de questionner Paul à ce sujet. Pire, d'exiger de lui l'exclusivité sexuelle. « Jure-moi que tu n'appartiens qu'à moi toute seule. » Mais les mots n'étaient jamais sortis de sa bouche, car elle craignait une rebuffade ou une réponse négative. « Je ne peux pas te jurer cela, je regrette. » Elle avait préféré le silence alimentant le doute plutôt que la vérité générant la jalousie. Une jalousie folle, furieuse, meurtrière, qui gruge le cœur et ronge mortellement le bonheur de vivre. Ce matin-là, au sein de cette magnifique église, en voyant ce couple lié par le deuil et le bras de Paul entourant sa femme, Mireille réalisa formellement qu'elle n'avait pas la prérogative de la tendresse de Paul, pas plus que de ses caresses.

Au fond, elle savait peu de chose de Marie-Laure

Lacerte. Dans son esprit, elle l'avait étrangement associée à Ondine, la petite divinité des eaux, menaçante pour son chevalier. Aujourd'hui, elle voyait en elle une belle femme, mondaine peut-être, comme avait dit Paul, mais plutôt sympathique à première vue. Elle aurait voulu la détester et souhaiter sa perte, mais elle n'y arrivait pas.

Marie-Laure se doutait-elle de l'existence d'une autre femme dans la vie de son mari? Quand il rentrait tard, le soir, prétextant avoir travaillé dans son studio, ne respirait-elle pas l'odeur de Mireille dont il se trouvait tout imprégné? Ne décelait-elle pas le mensonge dans son regard, dans ses paroles, dans toute son attitude? À cause d'elle, cette femme devait se morfondre de jalousie, brimée dans ses droits légitimes d'épouse et de mère. Ondine souffrait peut-être immensément. « À cause de toi, Mireille. Oui, à cause de toi! Tu es une garce! »

Ne pouvant plus supporter ses propres pensées, Mireille se leva d'un bond et quitta l'église en s'enfuyant à toutes jambes. Sa place ne se trouvait pas là, dans ce temple, sa place ne se trouvait nulle part. Elle se jeta sur la banquette de sa voiture stationnée tout près de l'église, et se mit à pleurer, laissant pour une fois libre cours à sa conscience.

« Mireille, Mireille, tu apaises tes remords parce que Paul ne t'a pas installée dans un appartement payé par lui pour abriter vos ébats. Tu prétends ne pas enlever cet homme aux siens et pourtant, toi, tu t'es emparée de son cœur, la plus belle et la plus noble partie de lui-même. La partie essentielle à laquelle sa femme et ses enfants ont droit. Oui mais le cœur de Paul est assez grand pour contenir tous les siens et... sa maîtresse! À cause de toi, Mireille, il les trompe. Il est devenu un tricheur et un menteur. À cause de toi, la voleuse de cœur... »

Tapie au fond de son automobile, Mireille regarda

le cortège sortir lentement de l'église et se disperser sur le parvis. La pluie avait cessé. On s'attarda longuement autour de la famille de Paul avant de se répartir dans les limousines et les voitures. Un à un et comme au ralenti, disparurent les pions de l'univers méconnu de Paul Lacerte. Celui-ci réalisa-t-il seulement l'absence de Mireille?

Déconfite, elle retourna à sa solitude, plus déprimée que jamais. À partir de ce jour, elle continua de se regarder au fond des yeux dans son miroir, comme à tous les matins, mais au-delà des questionnements, elle se mit à se blâmer et à se détester. Certains jours, après une nuit blanche, elle se traitait encore de garce. Mais elle continua néanmoins à se rendre presque tous les soirs dans le studio de Paul qui l'attendait à bras ouverts. Elle ne savait plus pourquoi...

Cette journée de juin était bien la plus belle et la plus ensoleillée depuis le début de l'été. Aucun nuage à l'horizon, un ciel pur tel une promesse d'un temps plus heureux à venir. Mireille devait rencontrer un représentant de l'Orchestre harmonique le même jour que son rendez-vous au CLSC du quartier, avec une infirmière de l'Unité de médecine familiale. Voilà plus de dix jours qu'elle avait la certitude d'être enceinte. Les symptômes étaient là, évidents. Nausées, immense fatigue, seins gonflés. Et ces satanées menstruations qui ne déclenchaient pas!

Plus le temps passait, plus la panique s'emparait d'elle. « Je ne peux y croire! J'ai oublié de prendre ma pilule un seul matin. Un seul... Une seule fois! Oh! ce n'est pas vrai! Je ne veux pas! Je ne veux pas! »

Mais c'était vrai, les tests de laboratoire s'avéraient positifs, l'infirmière assise en face d'elle venait de le lui confirmer. Alors Mireille éclata en sanglots, abattue.

— Je ne veux pas garder cet enfant. Je n'ai rien à lui donner. Aucune famille. À peine une moitié de père, et encore, je n'en suis pas certaine! Dites-moi comment procéder pour me faire avorter. J'y pense depuis dix jours. C'est tout décidé.

La femme plongea son regard dans celui de Mireille. Plus professionnelle qu'amicale, elle s'appliqua toutefois à bien peser ses mots, fort consciente de la portée de son intervention auprès des jeunes filles et même des femmes désemparées qu'elle rencontrait quotidiennement.

— Vous avez encore le temps d'y penser, rien ne presse. Il faut beaucoup réfléchir. Vous prétendez n'avoir rien à offrir à cet enfant, mais avez-vous songé que lui laisser la vie constitue le plus grand acte d'amour que vous puissiez poser envers lui, ce petit être n'ayant pas demandé à exister? Reste à considérer que de mettre un enfant au monde représente un engagement pour toute une vie. Aimez-vous les enfants, Mireille? Votre générosité peut-elle supporter la responsabilité d'aimer un petit être et de prendre en charge son éducation pendant de nombreuses années? Là se trouve toute la question. Il s'agirait d'être débrouillarde aussi, compte tenu de l'absence du père, d'après ce que vous me dites. Votre propre famille ne pourrait-elle pas vous soutenir? Vous savez, on croit que nos parents vont nous condamner et nous mettre à la porte, mais en général, une fois le premier choc passé, ils se montrent prêts à nous aider.

— Je ne veux l'aide de personne. C'est tout réfléchi.

— Prenez votre temps, mademoiselle. Il faut doser, jauger, évaluer tout cela avant de prendre une décision définitive. On ne se fait pas avorter sur une première impulsion, ce geste grave et irréversible mérite un temps de mûre réflexion. Et ce « demi-père » dont vous me parlez me semble tout de même sérieusement concerné par cette grossesse. Après tout, vous ne l'avez pas fabriqué toute seule, ce bébé-là! L'avez-vous mis au courant? Il a son mot à dire dans cette décision. Peut-être accepterait-il de prendre ses responsabilités? Je vous dis cela, mais vous le savez plus que moi.

En parler à sa mère? En parler à Paul? Mireille n'avait même pas envisagé ces possibilités, convaincue que, de toute façon, il n'existait de place nulle part pour un bébé dont personne ne voudrait. Ses parents ignoraient totalement sa relation avec Paul et ils seraient estomaqués en apprenant que leur fille couchait avec un homme marié depuis des mois. Leur fierté en prendrait un coup, ils ne méritaient pas la honte qui s'emparerait d'eux. Certes, en cette fin de siècle, avec la libération sexuelle et le divorce pleinement intégré dans les mœurs, la plupart des filles-mères gardaient leur bébé, et les familles monoparentales se répandaient largement. Mais les parents de Mireille appartenaient à la vieille école et à une autre génération, et leurs valeurs traditionnelles avaient peu évolué. Apprendre que leur fille attendait un enfant hors mariage susciterait chez eux une impression de déchéance que Mireille voulait leur épargner à tout prix. À son âge, et même si elle vivait encore dans leur maison, elle se devait d'assumer elle-même les conséquences de ses actes et de régler ses problèmes sans leur assistance.

Quant à Paul, elle appréhendait sa réaction plus que tout. Il serait éberlué et furieux, elle n'en doutait pas. Elle l'imaginait, faisant les cent pas dans le studio, fou de rage.

— Mais tu es folle! Tu m'avais juré de prendre des moyens anticonceptionnels. On s'était bien entendus là-dessus, il me semble! Mais qu'est-ce que tu as pensé, Mireille, qu'est-ce que tu as donc pensé!

Une fois la colère apaisée, il se ramollirait, elle n'en doutait pas. Il s'assoirait sur son banc de piano, tournant le dos au clavier et la tête entre les mains, selon son habitude. Elle l'entendait déjà lui proférer des paroles réconfortantes.

— Cet enfant est le nôtre, Mamie. Il nous incombe de l'accepter et d'apprendre à l'aimer. Nous en sommes responsables, il faut lui préparer un nid. Nous allons te louer un logement. Cet enfant doit vivre dans un endroit décent, dans un vrai foyer. C'est son droit le plus légitime. Je ne t'abandonnerai pas, ma petite Mamie. Je me sens aussi coupable que toi de ce qui nous arrive. Je... je me partagerai entre vous deux et mon autre famille. J'aurai officiellement deux familles, c'est tout.

C'est précisément ce que Mireille refusait : une moitié de famille, et pire, une demi-vie de couple, la sienne vouée à jamais au second rang. Elle voulait bien consacrer à Paul ses soirées de liberté durant la semaine, comme cela se produisait depuis l'automne dernier, mais de là à se confiner pour le reste de ses jours dans le rôle de deuxième épouse officielle, fidèle et solitaire, attendant que son homme lui fasse la bonne grâce de sa présence, non! Même pas pour l'amour d'un enfant! Elle avait évolué depuis tous ces mois, et ses élans de générosité envers Paul s'amenuisaient de plus en plus. Pourquoi accepterait-elle, pour elle et son petit, ce que Paul refusait pour les trois siens? Non, décidément, elle ne voulait pas de cette demi-vie. Ce serait tout ou rien. Elle supportait déjà difficilement la situation actuelle, elle n'allait certainement pas la laisser s'envenimer et s'y enfoncer pendant des années à cause d'un bébé. Non, c'était tout décidé, elle se ferait avorter sans que Paul en sache rien.

— Prenez encore quelques jours et même quelques semaines avant de vous engager dans un choix définitif. Promettez-moi de réfléchir encore.

— Oui, je vous promets de tout reconsidérer sérieusement. Mais je ne crois pas changer d'avis. Si je persiste dans ma décision, que dois-je faire?

— Celle qui pratique ici des avortements sur demande est une femme médecin. Vous prendrez rendez-vous avec elle. Je vous recommande d'être accompagnée par quelqu'un, au moment de l'avortement, votre mère ou votre meilleure amie, même si vous désirez que personne ne soit au courant. Tout se passe discrètement et selon les normes de sécurité et d'éthique médicale. On vous injecte d'abord un sédatif à travers un soluté, histoire de vous calmer les nerfs. Puis on vous installe dans une petite salle d'opération dans la même position requise pour un examen gynécologique. Le médecin introduit dans votre vagin une pompe aspirante qui évacue le contenu de votre utérus. Tout cela est pratiqué à froid et dure quelques minutes à peine. Rassurez-vous, ce n'est pas très douloureux et les risques de complications sont minimes. De plus, c'est gratuit.

Gratuit! Gratuit! Comme si cela interférait dans la décision! Qu'est-ce qu'elle s'en foutait, Mireille, que ce soit gratuit! Franchement! Pour racheter sa liberté, il n'y avait pas de prix! Elle restait là, silencieuse devant l'infirmière, écrasée par le poids de la décision à prendre. Un aspirateur la vidangerait du fruit de son amour pour Paul, et mènerait jusqu'au fond d'une poubelle, à travers un tube de caoutchouc, l'enfant qu'elle portait. Son enfant, leur enfant... dans la poubelle de la mort. Quelle horreur!

— Vous savez, ajouta l'infirmière, au stade où vous en êtes, le fœtus n'a que la grosseur d'une fève. Honnêtement, je dois vous dire que certaines personnes croient qu'il ne constitue pas encore véritablement un être humain.

Là se trouvait le hic! Aux yeux et dans le cœur de Mireille, cette fève représentait déjà un enfant, un petit être silencieux au creux de son ventre. Un petit être à aimer, fragile, innocent. L'enfant de Paul... Peut-être lui ressemblerait-il? Peut-être hériterait-il des mains de son père? Non seulement de ses mains puissantes de pianiste mais de ses mains chaudes, douces, caressantes. Et de cette fossette, juste là au coin de sa bouche, qui lui donnait une petite allure de gamin. Et de cette chevelure, cette peau...

Elle ne pouvait s'empêcher de penser que Paul étant libre, l'annonce de cette grossesse aurait provoqué une explosion de joie. Un enfant! Leur enfant! Une vie nouvelle sur laquelle, en y mettant tout son cœur, on pouvait imprimer des marques ineffaçables de bonheur. Un être à aimer, à façonner pour qu'il devienne une femme ou un homme équilibré et capable de vivre une vie heureuse. Un enfant dont on partage la vie et qui constitue le lien le plus prodigieux entre un homme et une femme. Entre Mireille et Paul.

Quelle utopie! Paul ne voulait pas de cet enfant avant même qu'il ne soit conçu. Mû par la colère et l'égoïsme, il désirerait sûrement chasser au plus vite cet obstacle menaçant de chavirer sa petite vie tranquille et quiète, petite vie que même une Mamie Soleil n'avait pas réussi à chambarder vraiment. Comment pourrait-il concéder à un enfant indésirable et existant à peine le pouvoir de perturber sa famille pour en fonder une autre, ce pouvoir qu'il avait toujours refusé à Mireille? Un enfant encore à l'état de fève! Il semblait tellement plus facile de l'éliminer du revers de la main. D'un coup de tube de caoutchouc. En autant que Mireille soit consentante.

L'était-elle? Elle ne le savait plus. Sa visite au CLSC la bouleversa tellement qu'elle en oublia presque son rendez-vous au bureau du directeur de l'un des plus grands orchestres de la ville.

— Je vous remercie, madame, je vous promets de

bien peser le pour et le contre. Je vous rappellerai pour vous informer de ma décision.

— Bonne chance, mademoiselle!

Mireille se dit qu'elle en avait rudement besoin.

Le directeur artistique de l'Orchestre harmonique possédait le physique de l'emploi : la cinquantaine avancée, une tête sympathique et l'allure déglinguée propre à certains artistes peu préoccupés par leur image. Il accueillit Mireille avec un sourire avenant et une ferme poignée de main, et lui offrit un siège en face de son bureau.

— À la suite de votre audition passée avec nous dernièrement, mademoiselle Ledoux, j'ai le plaisir de vous annoncer votre admission comme flûtiste au sein de notre équipe de musiciens. Voici un contrat en bonne et due forme vous engageant, pendant deux ans, à participer aux répétitions, concerts, enregistrements, tournées ou tout autre activité de l'orchestre.

Mireille se déclara froidement contente. En d'autres temps, elle aurait sauté de joie, mais pas ce jour-là. Pas celui-là précisément. Son rendez-vous du matin avec l'infirmière l'avait trop ébranlée pour qu'elle retrouve, en un instant et malgré cette bonne nouvelle, un semblant d'exubérance. Elle posa quelques questions pertinentes quant aux horaires et aux disponibilités qu'on exigeait d'elle, ainsi qu'aux modalités de payement de son salaire. Une folle interrogation lui vint soudainement à l'esprit.

— Advenant le cas d'une grossesse, qu'arriverait-il?

— Comme vous êtes syndiquée, vous auriez droit à vingt semaines de congé de maternité, mademoiselle.

Mireille eut la vague impression qu'il avait appuyé sur le « mademoiselle ». De toute façon, la saison ne débutait qu'en septembre et l'enfant ne naîtrait que l'hiver suivant. Si jamais il naissait... Rien ne paraissait moins certain. Il n'y avait donc pas lieu de s'alarmer pour l'instant.

Elle signa donc le contrat, assurant par le fait même sa survie pour les deux prochaines années. Son salaire s'ajouterait aux cachets déjà respectables qu'elle recevait au rythme des ventes de son disque de duos avec Paul. Mais c'était véritablement à partir de cette journée même qu'elle devenait officiellement une musicienne professionnelle. Jamais elle n'aurait pensé voir cela se produire un jour, elle qui jadis croyait si peu en elle-même. Il avait fallu qu'un Paul, avec sa baguette prestigieuse de musicien, vienne la transformer pour qu'éclatent au grand jour les trésors insoupçonnés d'expressivité et de musicalité qui l'habitaient. Alors, le talent avait jailli, explosé, grandi, gonflé, boursouflé jusqu'à la posséder tout entière. Et la musique qui émanait de sa flûte semblait une musique ensorcelée.

Mireille se sentait heureuse lorsqu'elle jouait. De plus en plus, la musique l'entraînait dans un univers clos, magique et envoûté comme le carrosse doré de Cendrillon. Son univers à elle... Elle s'y sentait assez bien pour se laisser bercer et emporter loin, très loin, au-delà de la réalité. Là où la musique n'existait qu'à l'état pur. Peut-être bien était-ce l'univers de l'âme?

Mais réussirait-elle aussi bien sans la présence de Paul? Pouvait-elle réellement s'émanciper du pianiste et surmonter seule ses phobies, ses craintes, son manque de confiance? Ses appréhensions d'autrefois ne reviendraient-elles pas la hanter, un jour, sans un Paul pour lui dire : « Vas-y, Mamie! C'est ça, tu l'as! Tu es capable! »? Se sentait-elle à ce point sous sa férule qu'elle redeviendrait une petite flûtiste de rien du tout comme autrefois sans son influence et sa domination? Sans son pouvoir de magicien? La petite Cendrillon de la flûte retrouverait-elle son instrument enchanté sans son parrain, le grand artiste?

Elle se désolait un peu de devoir quitter son emploi à la bibliothèque. La présence quotidienne de madame Deschamps lui manquerait. Mais les exercices obligatoires avec l'orchestre accapareraient une grande partie de son temps. Pour le reste, elle avait déjà pris des engagements avec l'un des étudiants de Paul pour travailler des duos avec lui, dans la perspective d'un concours national et, ensuite, d'un enregistrement. Le jeune homme s'avérait d'agréable compagnie et débordait d'un talent fort prometteur. Mireille reconnaissait, à travers ses interprétations pianistiques, les couleurs de son professeur. Tout comme Paul l'avait appris à la flûtiste, l'étudiant vivait intensément chacune de ses performances et exprimait sans pudeur la profondeur de ses émotions. Lui aussi projetait de se produire en public et de présenter des récitals de duos pour piano et flûte. D'ailleurs, il avait commencé à préparer avec Mireille une sonate de Mozart ainsi qu'une série de Variations de Schubert écrites spécifiquement pour les deux instruments. Mireille adorait cette musique et prenait un plaisir fou à dialoguer avec le piano. Elle considérait les répétitions comme des instants privilégiés et non des heures supplémentaires de travail. Il était question aussi du Concours du Canada pour l'été suivant, mais cela ne constituait qu'un projet lointain, de même que la poursuite de ses études pour l'obtention d'une maîtrise.

Paul Lacerte avait vu juste : Mireille possédait tous les éléments pour devenir une excellente musicienne. Le temps arrivait de se débrouiller seule sans son mécène et d'épouser en toute confiance la profession dont elle avait rêvé depuis toujours. Cet emploi avec l'Orchestre harmonique l'effrayait autant qu'il la réjouissait, mais il représentait un formidable défi à relever. Elle le relèverait, elle le savait. Elle en était sûre... et ravie! Musicienne, elle l'était, elle l'avait toujours été jusqu'au fond de l'âme. Et les sons qui montaient de son grenier, le soir, depuis sa plus tendre enfance, n'avaient jamais été autre chose que des chants du cœur.

En quittant les bureaux d'administration de l'Orchestre harmonique, Mireille pressait sur sa poitrine la grande enveloppe brune contenant son contrat. Ce n'est qu'une fois rendue sur le trottoir au pied du grand escalier et lorsque le soleil la frappa de plein fouet, qu'elle se rappela qu'elle était enceinte. L'espace d'un moment, elle l'avait complètement oublié.

Après la signature de son contrat avec l'Orchestre harmonique, Mireille ne se rendit pas dans le studio de Paul. Elle n'y alla pas le lendemain non plus. Le pianiste se remettait péniblement de la perte de sa mère et son moral paraissait au plus bas. À vrai dire, Mireille n'avait pas le courage de l'affronter. Elle sentait qu'elle ne pourrait pas lui cacher encore longtemps sa grossesse. Mais elle désirait prendre seule sa décision au sujet de l'avortement. Après tout, elle se sentait la première concernée, c'était elle qui portait l'enfant, c'est elle qui le mettrait au monde, l'allaiterait, le soignerait, l'élèverait, le garderait. Pas lui.

« Qu'il s'en aille avec ses trois enfants et qu'il me fiche donc la paix! » se surprenait-elle souvent à penser. Comme s'il se trouvait l'unique responsable de tous ses maux! Comme si elle ne lui pardonnait pas de vivre normalement sa vie sans souci alors qu'elle se morfondait depuis des jours! Comme si elle lui en voulait de n'être pas enceinte, lui aussi! Après tout, ils l'avaient fait ensemble, ce petit-là! Pourquoi devrait-elle en assumer seule toutes les conséquences? Et l'affreuse responsabilité de le tuer ou de le laisser vivre? Parce qu'elle était une femme? Parce qu'elle possédait un utérus? Merde! La révolte grondait dans son cœur et la rendait folle de haine envers tous les hommes de la terre, y inclus Paul Lacerte. Alors le soir, elle pleurait toutes les larmes de son corps, le nez enfoui dans son oreiller, seule dans le silence de son grenier. « Oh! je te demande pardon, Paul, je suis méchante. Tu n'as pas voulu cela. Et je sais que tu prendrais soin de moi et... de lui. »

Elle se décida finalement à monter au studio de Paul quelques jours plus tard, prête à lui ouvrir son cœur. Au fond, elle sentait qu'elle ne devait pas prendre sa décision seule, son amant lui en voudrait trop. Il l'accueillit à bras ouverts et si chaleureusement que, pour un instant, elle se sentit coupable d'avoir entretenu des pensées agressives envers lui. Pourtant, quand il l'embrassa sur la bouche avec fougue, elle sentit son corps tout entier se raidir. Non, cette fois, elle ne se soumettrait pas aux jeux de l'amour. Cette fois, il y avait autre chose, il y avait plus important.

— Où te trouvais-tu, ma petite Mamie Soleil? Je m'ennuyais de toi, moi, et je commençais à m'inquiéter. Voilà au moins trois jours que tu n'as pas donné de nouvelles. J'ai même essayé de t'appeler chez toi. Viens, j'ai des choses à te dire.

— Moi aussi, Paul, j'ai des choses à te dire.

— Alors, qui parle en premier? On tire au sort?

— Toi, Paul, toi, parle en premier.

Mireille lui trouvait un air étrange. Il l'avait accueillie avec le même empressement qu'à l'accoutumée et, cependant, elle détectait un indicible malaise dans son attitude, comme une gêne à peine perceptible qui l'embarrassa aussitôt. Peut-être avait-il perçu sa rigidité lors de leur premier baiser? Ou son manque d'ardeur pendant leur première étreinte qui d'ordinaire n'en finissait plus? Cette fois, Paul s'était rapidement détaché d'elle et, la tenant à bout de bras, il avait plongé son regard dans le sien en lui répétant : « Il faut que je te parle. »

— Mais vas-y, Paul, parle-moi.

— Eh bien!... Je ne veux pas que tu paniques, ma petite Mamie, mais je dois t'annoncer que nous serons presque trois mois sans nous voir. Tout d'abord, je pars en tournée au Japon, la semaine prochaine, tel que prévu. Cela, tu le savais. Ce que tu ignores, c'est que je vais passer le reste de l'été en Europe avec Marie-Laure et les enfants.

— Quoi! Tu pars pour tout l'été!

— Oui, ma famille viendra d'abord me rejoindre au Japon dès la fin des classes et nous y ferons un séjour en touristes. Puis nous volerons vers la Suisse où nous passerons un certain temps dans la famille de Marie-Laure. Tu comprends, les enfants ne connaissent même pas leurs grands-parents, ni leurs cousins et cousines de là-bas. Et il y en a des tonnes! Puis nous louerons une voiture et ferons le tour de la France avant de rentrer ici au début de septembre. Les enfants ont maintenant atteint l'âge d'apprécier un tel voyage, il faut profiter de l'occasion qui se présente, tu comprends?

Tu comprends, tu comprends! Il avait le front de lui dire « tu comprends »! Et comment! qu'elle comprenait! Mireille s'attendait à n'importe quoi, mais pas à cela. Elle resta sans voix, et son silence glacial devint plus éloquent que les paroles se bousculant dans son for intérieur et qui l'auraient tant libérée, si seulement elle avait pu les sortir de sa bouche : « Et toi, Paul, est-ce que tu comprends comment je me sens? Où en es-tu dans ta relation avec moi, pour ainsi m'abandonner? Comment pourras-tu apprécier un tel voyage? Quelle est donc cette « occasion qui se présente »? Serait-ce celle de me délaisser et de me pointer ma place réelle dans ta vie? Ton amour pour moi a-t-il dégénéré à ce point? Des occasions pour ne pas partir, je peux t'en fournir, moi! Et des fameuses! La belle petite famille, hein? Je pourrais t'en parler, moi, d'une belle petite famille que tu ne connais pas encore. Et avec ce que j'ai dans le ventre, je pourrais même anéantir la tienne! »

Elle les imaginait tous les cinq à la terrasse d'une petite auberge suisse ou à la porte de quelque château ou musée de France. « Vas-tu faire des photos pour me les montrer? Me montrer votre bonheur, Paul? Pour que je détecte bien comme il faut dans les sourires figés de ta femme et de tes enfants leur ignorance même de mon existence? Et dans le tien, Paul, ton indifférence? Pendant que moi, je serai en train de fabriquer ton quatrième enfant. Seule. Moi aussi, je me ferai photographier, tiens! Et je vous montrerai ma panse pour que vous sachiez que quelque part, ma très chère madame Lacerte, vous avez une rivale. Et que vous, mes chers enfants, en plus de vos cousins lointains à la tonne, vous possédez ici, tout près, un demi-frère ou une demi-sœur en train de grandir dans la bedaine de la rivale. Ah! oui! Vous le saurez! Ondine, tu ne gagneras pas sur toute la ligne, tu vas souffrir, toi aussi! Vous n'avez pas le droit d'être heureux alors que moi je souffre. C'est assez, le bonheur à sens unique, assez! assez! »

Mais Mireille demeura aphone et garda ses réflexions pour elle-même. Sa seule réaction fut d'éclater en sanglots. Elle qui venait trouver Paul en toute confiance pour lui parler calmement du problème de l'enfant. De leur problème. Elle qui espérait qu'ensemble ils trouveraient une solution. Et qu'au moins, s'ils se décidaient pour l'avortement, il l'accompagnerait au CLSC. Pour que le tube de caoutchouc ne fouette pas que son cœur à elle mais le sien aussi. Pour que cette souffrance affreuse soit au moins partagée. Au moins cela...

— Allons, Mamie, sèche tes larmes, la fin du monde n'arrive pas. Je ne pars que pour quelques mois. Je t'écrirai, je t'appellerai aussi souvent que possible. Je penserai à toi continuellement, car tu vas tant me manquer, tu le sais bien. Je vais t'emporter dans mon cœur. En septembre, rien n'aura changé entre nous. L'été sera ennuyeux pour toi, je le comprends, mais quelques mois, cela passe vite! Je le fais pour mes enfants, ils ont si peu de vie de famille. Pour une fois que je peux me libérer de mes obligations professionnelles.

— Ce voyage était-il planifié depuis longtemps?

— Oui, depuis très longtemps. J'ai voulu t'épargner et j'ai attendu à la dernière minute pour t'en parler. Ce que l'on ne sait pas ne peut pas nous faire mal. Mais peut-être n'aurais-je pas dû agir ainsi? Aurais-tu préféré que je te prévienne à l'avance?

Paul paraissait sincèrement malheureux et berça longuement Mireille qui sanglotait silencieusement sur sa poitrine. Il ne pouvait pas se douter de la profondeur de sa détresse, ni de son désespoir. Il ne pouvait pas se douter non plus que c'est là, en cet instant précis, blottie entre ses bras et contre son cœur, que Mireille prit une décision définitive et irrévocable. Son choix de vie.

Ah! il voulait la laisser seule pendant trois mois? Eh bien! elle se débrouillerait seule! Il ne saurait rien de ce qu'elle vivait. Rien de ce qui se trouvait dans son ventre. Rien! Ni maintenant ni jamais! C'en était assez de cette vie, de cette solitude la tuant à petit feu! De cette solitude qui allait bientôt assassiner un enfant ne demandant qu'à vivre et qui se trouvait déjà trop seul au creux de sa mère. Paul ne le savait pas encore mais il venait de la perdre. De perdre sa maîtresse. Et de perdre son quatrième enfant. À tout jamais. Il n'y aurait jamais plus de Mamie Soleil. C'était fini, bel et bien fini. Oh! elle ne le lui dirait pas tout de suite. Rien ne pressait. Septembre arriverait bien assez vite, il venait tout juste de le lui dire! Et puis, « *ce que l'on ne sait pas ne peut pas nous faire mal* », selon ses propres paroles. L'automne se pointerait sur un horizon épuré, il ne se trouverait plus d'amant, plus de bébé, plus d'amour. Mais il y aurait l'air libre. Et il y aurait encore la musique, sa musique à elle seule.

— Et toi, Mamie, que voulais-tu me raconter?

Mireille prit une longue inspiration. « Mon Dieu, donne-moi la force de garder mon secret. »

— Je voulais te dire que j'ai signé, avant-hier, mon contrat avec l'Orchestre harmonique. Je suis assurée d'un emploi pour deux ans. De plus, c'est à la fin de la semaine prochaine que nous enregistrerons nos duos chez *Sonata*, ton étudiant et moi.

— Mais, Mamie... Mais c'est formidable! Il faut fêter ça! Pourquoi as-tu tant tardé à me le dire? Vite, je vais chercher du champagne!

Mais Mireille ne répondit pas et enchaîna dans la même ligne de pensée.

— Si ce disque marche aussi bien que celui de nos lieders, je pourrai me prétendre « une artiste qui gagne honorablement sa vie ». Je suis contente. Et... je dois t'en remercier, Paul.

Elle ne put retenir un sourire à travers ses larmes. Ce même sourire qui, tel un rayon de soleil, avait séduit Paul et les avait menés tous les deux sur les pentes vertigineuses de la folie amoureuse. Et au bord du gouffre. Paul se mit à l'embrasser sur le front, les yeux, le nez, les joues, la bouche tout barbouillés de larmes. Il l'aurait dévorée d'amour, mais elle devint subitement réticente.

— Non, pas ce soir. Je n'en ai vraiment pas le goût. D'ailleurs, je dois te quitter à l'instant à cause d'un rendez-vous avec mon professeur de flûte. Des petites choses de dernière minute à fignoler sur mon instrument avant l'enregistrement, tu comprends. Il me faut donc te souhaiter un bon voyage dès maintenant, car, demain matin, je pars pour quelques jours au chalet de mes parents.

— Mais voyons! Je prends l'avion pour Tokyo la semaine prochaine seulement! J'espérais bien te voir à chaque jour d'ici là, moi! Et j'avais l'intention de prendre les bouchées doubles!

— Je suis désolée, Paul. On va se dire que notre congé commence une semaine plus tôt, voilà tout. Une semaine de plus ou de moins, ce sera vite passé, comme tu m'as si bien dit. De toute manière, à partir de lundi, je quitte mon emploi à la bibliothèque. Je serai donc en vacances, et je n'ai pas l'intention de rester en ville en attendant de retourner chez *Sonata* à Québec, la semaine prochaine.

— Que feras-tu de ton été?

Elle faillit lui répondre vertement : « Ah! cela t'intéresse tout à coup?» Mais elle ravala sa salive et demeura placide malgré la colère qu'elle sentait monter.

— D'abord et surtout continuer de travailler ma flûte. Puis me reposer et m'amuser. Robert, mon policier, m'a invitée à camper dans un parc de la Gaspésie pendant deux semaines. Je vais accepter.

— Ah! bon... Tu le vois encore?

Mireille enchaîna agressivement en serrant les dents.

— *Allons, Paul, la fin du monde n'arrive pas. Je ne pars avec lui que pour deux semaines. Je penserai à toi continuellement car tu vas me manquer, tu le sais bien. Je vais t'emporter dans mon cœur. Puis l'été sera vite passé.*

Se moquait-elle de lui? Paul se posa sérieusement la question en décelant un peu de cynisme dans les dernières paroles de Mireille, identiques aux siennes, exactement les mêmes qu'il venait de prononcer quelques instants auparavant, et maintenant lancées sur un ton insolent et provocant.

Ainsi, elle allait partir elle aussi avec un autre homme. L'idée que quelqu'un d'autre puisse la toucher et la ché-

rir le rendait fou de jalousie. Il aurait tant voulu la posséder, la garder tout entière pour lui seul. Il l'aimait à ce
point. Mais il lui était impossible de renoncer à sa vie de
famille pour l'amour d'elle. Homme de principe, ses
sentiments paternels primeraient toujours sur sa vie sentimentale, peu importe si cela le rendait malheureux ou
pas. Malheureux, il l'était déjà bien assez en ce moment
même où il sentait imperceptiblement qu'un fossé indéfinissable s'approfondissait entre lui et Mireille.

Elle le quitta assez rapidement, expédiant baisers et
recommandations. Il remarqua que son dernier regard
ne s'était pas dirigé vers lui mais vers la photo suspendue au-dessus de son bureau. Pour la première fois de
sa vie, il réalisa à quel point un rayon de soleil pouvait
se révéler insaisissable.

En sortant du studio de Paul, Mireille n'avait nullement rendez-vous avec son professeur de flûte. En réalité, elle venait de mentir à Paul pour la première fois
depuis qu'ils se connaissaient. Une seule idée l'obsédait :
fuir! Fuir sa peine, fuir sa désolation, fuir sa déception,
fuir sa solitude, fuir les sables mouvants où elle s'était
embourbée et risquait de périr. Fuir cet homme et fuir
aussi les prochains jours qu'elle aurait à vivre.

Sans trop s'en rendre compte, elle dirigea sa voiture
vers le lac des Castors, dans le parc du Mont-Royal, selon ses habitudes d'autrefois. Elle n'y était pas retournée depuis l'été précédent, le soir de sa rupture avec
Pierre. Comme elle se sentait loin de lui en cet instant!
Et comme on oublie vite! À ce moment-là, elle croyait
que la fin du monde survenait. Et pourtant, elle avait
rayé facilement de son existence l'indigne prétendant.

Mais Pierre n'arrivait pas à la cheville de Paul et ne valait pas la peine qu'elle pleure. Par contre, Paul... Au moins la présence du pianiste dans sa vie aurait eu cela de bon : il l'aura débarrassée de Pierre et lui aura fait prendre conscience de la nature d'un véritable amour. N'eût été de Paul, elle aurait pu retomber entre les pattes du triste individu au moment où il était revenu à la charge. En effet, il avait rappelé à la maison à plusieurs reprises au cours de l'hiver, selon sa mère, mais Mireille, absente à chaque fois, ne lui retourna jamais ses appels. Elle avait vaguement entendu dire dernièrement qu'il sortait sérieusement avec une fille de sa classe. Tant mieux! Ou plutôt, tant pis! Tant pis pour cette pauvre fille! Et bon débarras! Qu'il aille se faire foutre! Qu'ils aillent tous se faire foutre, tous les hommes de la terre et, tant qu'à faire, tous les êtres de la planète! Pierre, Paul, le policier, l'étudiant en piano, le directeur de l'orchestre, son père, sa mère, le bébé, l'infirmière, tous! Qu'ils aillent tous au diable!!!

Réfugiée au pied d'un arbre et bien à l'abri de la curiosité des promeneurs, Mireille, secouée de spasmes, braillait toutes les larmes de la terre. Dieu seul sait combien de temps elle passa ainsi à gémir sur son sort. Elle aurait voulu se rouler sur le sol tant la douleur devenue physique s'avérait insupportable, et rentrer à l'intérieur de la terre pour s'y tapir et ne plus exister. Mais d'instinct, elle se repliait en position fœtale, immobile, comme pour se protéger d'autres coups éventuels. Le chagrin montait en elle par vagues, jaillissant en torrents qui la faisaient hoqueter comme des vomissements. D'ailleurs, c'était un peu cela : Mireille vomissait sa souffrance, se vidant de son mal petit à petit. Jusqu'au néant. Jusqu'au vide absolu. Jusqu'au rien. Jusqu'à l'état de non-sentir et de non-être. Jusqu'à l'état de larve. De vie végétative. De fœtus. Vivant mais totalement parasitaire. Qui ne demande rien. Qui n'attend rien. Qui ne souffre rien. Qui vit, tout simplement. Jusqu'à l'état de fève... Et Mireille se demanda si cette fève grandissant en elle ne constituait pas le seul élément de vie qui l'habitait encore présentement. Peut-être vaudrait-il mieux mourir? Lorsqu'elle revint de sa torpeur, l'obscurité avait déjà envahi toute la montagne. Hébétée, elle se releva en secouant ses vêtements. Elle se sentait terriblement lasse et courbaturée. Avait-elle dormi? Une petite nausée lancinante lui donnait des haut-le-cœur, lui rappelant qu'elle se trouvait enceinte. Elle décida de marcher un peu autour du lac afin de se délier les jambes et de tenter de ramasser ses idées.

Elle marcha ainsi pendant plusieurs heures comme un automate, une ombre errante qui traîne son désespoir sur les sentiers obscurs de la nuit. Cet exercice la détendit, et les embruns du chagrin finirent par se dissiper. Mireille se sentait à la fois vidée et lavée, propre, neuve, clairvoyante. Et surtout lucide. Nul doute que la peine remonterait à la surface tôt ou tard et l'embrouillerait encore, mais en ce moment, l'émotion laissait toute la place à la raison. La raison pure et simple. Et froide. Il en était plus que temps! La raison qu'elle aurait dû écouter depuis fort longtemps.

Mireille se félicita de sa décision de quitter Paul, malgré la déchirure cruelle que lui causait cette rupture. Incontestablement, le genre de vie qu'elle menait avec lui ne lui convenait pas. Oh! les moments passés ensemble se révélaient toujours divins. Avec lui, elle avait connu le bonheur infini et un grand amour. Le plus grand des amours, le plus beau, le plus merveilleux, le plus vrai. Il semblait peu probable qu'elle revive jamais de sa vie des moments aussi parfaits que ceux vécus auprès du pianiste. Mais, hélas, il ne s'agissait que de moments. Et des moments qui lui coûtaient trop cher. Valaient-ils l'immense solitude dans laquelle

elle surnageait péniblement? Valaient-ils les frustrations et les renoncements qui demeureraient son lot pour le reste de ses jours? Si Paul ne l'aimait pas assez pour lui sacrifier sa famille, pourquoi elle, aurait-elle à lui sacrifier sa joie de vivre au quotidien? Elle n'avait pas à souffrir pour la famille Lacerte. Non! Et même la garde de l'enfant ne lui garantissait pas une meilleure place dans la vie de Paul. Elle refusait les concessions, les renoncements et les succédanés. Pour l'amour d'elle-même et de son enfant.

Son enfant... Pourquoi s'acharnait-elle à dire « son enfant » alors qu'il s'agissait d'une fève? Elle avait beau se conditionner à penser « fève », la notion d'enfant revenait d'emblée à la surface. Son enfant... Saurait-elle assumer seule l'éducation d'un enfant? Quelle lourde responsabilité sur les épaules d'une jeune célibataire! Elle savait maintenant qu'elle gagnerait bien sa vie, mais élever un enfant signifiait bien autre chose qu'une simple question d'argent.

Si elle décidait de le garder, on se poserait des questions quand on s'apercevrait de sa grossesse. Tout le monde l'interrogerait, à commencer par ses parents. « Qui est le père? » Et Paul, au retour, réclamerait certainement ses droits de paternité dès qu'il apprendrait sa grossesse. Quoique... Elle seule pouvait connaître le nom du véritable géniteur. C'était son privilège de femme. Piètre privilège en réalité, mais qui lui conférait le pouvoir de gérer le problème à sa manière. « Non, Paul ne saura jamais qu'il est le père de cet enfant. Il n'est pas le seul homme de la terre que je sache! Et il sera absent tout l'été. Ce que je ferai de mon été ne regarde que moi. » Non pas qu'il ne méritât pas de savoir. Mais il n'aurait jamais à offrir qu'une paternité à temps partiel, un « quart de père » pour ainsi dire, le reste appartenant en priorité à ses trois autres enfants. Et cela, Mireille ne l'accepterait pas.

Son enfant à elle, s'il vivait, aurait une vraie famille, ou rien du tout. Elle attendrait le temps qu'il faudrait, un an, deux ans, cinq ans si cela s'avérait nécessaire, mais elle donnerait à son petit un vrai père et un vrai foyer. Si elle décidait de poursuivre sa grossesse, elle raconterait tout à Robert et lui dirait la vérité. Il y avait de fortes chances pour qu'il la laisse tomber immédiatement et ne veuille plus la revoir. Mais peut-être se montrerait-il compréhensif et resterait-il le bon ami qu'elle avait toujours connu? Peut-être pourrait-il devenir son soutien et son protecteur? Un jour, elle en avait la certitude, lui ou un autre homme l'aimerait assez, elle, pour l'accepter avec son enfant et adopter celui-ci en lui donnant son nom, son temps, son amour. Et une vie familiale normale. Cela paraissait un grand risque à prendre, mais il valait mieux qu'une vie de compromis avec un Paul menaçant de repartir en vacances avec les siens à tous les étés. Elle ne voulait plus revivre les situations ténébreuses et mensongères qu'elle avait connues cette année. Non, cela était bel et bien fini.

Pour une fois, dans l'esprit de Mireille, l'idée d'un enfant bien réel faisait son chemin, creusait un sillon, se faisait un nid. Vivre une grossesse en fille-mère s'avérerait pénible et difficile, surtout au début d'une carrière de musicienne. Cette carrière commençait à peine et se trouvait déjà perturbée...

D'un autre côté, il valait probablement mieux se faire avorter. Carrément, simplement, proprement. Puis tourner la page. Se débarrasser de ce poids qui allait l'encombrer, non seulement pour les prochains mois, mais pour le reste de ses jours. Cela ne prenait que quelques minutes, avait dit l'infirmière. En quelques minutes, le problème serait réglé. Le problème d'une vie. Le problème de deux vies. Celle de l'enfant et surtout la sienne.

Comment donner l'élan à une carrière de musicienne avec un tel boulet accroché au ventre? Pour se faire connaître et apprécier dans le monde artistique et se bâtir un nom et une renommée, ne doit-on pas se produire le plus souvent possible dans des concours, des récitals, des concerts, sur des disques? Il serait toujours temps ensuite de fabriquer des marmots et de fonder un foyer parallèlement à sa vie artistique. Elle arriverait bien à concilier les deux mais pas maintenant. Le temps présent ne lui paraissait pas propice à la fondation d'une famille. Absolument pas! Pour le moment, elle devait consacrer toutes ses énergies à la musique si elle voulait vraiment percer. Un bébé, ça se réveille la nuit, ça braille, ça tète, ça fait ses dents, ça réclame sa mère continuellement. Comment pourrait-elle répéter? Et respecter ses engagements sans mari ni personne pour l'aider? Oui, la sagesse commandait d'envisager sérieusement l'avortement.

À moins que sa mère, que ses parents n'acceptent de l'aider et de la prendre en mains. Mireille savait qu'ils ne l'abandonneraient pas, l'orage qui l'assaillait paraissait trop grave, aussi grave que le pire des accidents. Mais n'était-ce pas trop leur demander que de créer une place dans leur vie pour un autre enfant? À leur âge, ils méritaient de se reposer, de respirer l'air libre, de vivre des jours sereins et paisibles en regardant leurs grands enfants s'installer dans la vie, chacun à leur tour. De quel droit Mireille leur imposerait-elle l'inverse en installant dans leur maison un petit être sans père réclamant à grands cris soins et attentions. Le rôle des grands-parents ne consistait pas à remplacer des parents, encore moins un père ou un mari, Mireille s'en trouvait fort consciente.

Mais se faire avorter lui demandait un tel courage...

Elle marcha jusqu'aux petites heures du matin, le long des sentiers déserts du parc. En d'autres temps, elle ne se serait jamais aventurée ainsi à la noirceur. Mais cette nuit, tout lui paraissait égal. Elle ne craignait ni les voleurs ni les violeurs. C'était d'elle-même qu'elle avait peur. Subir les affres du destin pouvait sembler pénible parfois, mais de le tenir soi-même entre ses mains et de réaliser que la décision à prendre pouvait changer le cours de toute une vie, et même de plusieurs vies, lui paraissait encore plus terrifiant. Instinctivement, elle porta les mains sur son ventre.

À quatre heures du matin, elle sonnait à la porte de madame Deschamps.

— Excusez-moi. Ou je venais ici, ou j'allais me pendre.

— Je t'attendais depuis longtemps.

Juillet, parc de Forillon. Les vacances en compagnie de Robert s'avéraient bénéfiques pour Mireille. Elle s'évadait du temps présent et laissait mollement porter son regard sur les champs étoilés de marguerites à perte de vue, s'accrochant tranquillement à la beauté des paysages qui l'emportait dans un autre univers, au-delà d'elle-même. Elle refusait de penser, de réfléchir à son inquiétante réalité. « Plus tard, au retour, je songerai à ce qui m'arrive. Maintenant, je ne veux que respirer. Respirer l'air libre, m'imprégner de lumière, de paix. Pour me rappeler que quelque part, sur cette planète, existe un monde moins étouffant que le mien. »

Elle se demandait si Robert la trouvait lointaine et taciturne depuis leur arrivée en Gaspésie. Il ne le manifestait nullement, se montrant plutôt plein d'égards envers elle. Plus elle le connaissait, plus elle appréciait ce grand garçon simple et généreux qui ignorait tant de choses sur elle. Jamais elle ne lui avait fait mention de sa liaison amoureuse avec Paul Lacerte et elle n'en avait pas vu la nécessité jusqu'à maintenant. « Nous ne sommes que des amis, pourquoi le troubler avec cela? » D'ailleurs, il ne posait jamais de questions et se contentait de vivre intensément le moment présent auprès d'elle.

Elle sentait se développer tout doucement entre eux, sinon un amour, du moins un attachement réel mais sans passion, de sa part à elle, en tout cas. Elle se trouvait encore trop hantée par l'ombre du pianiste pour s'engager dans une autre relation sérieuse avec un garçon. Se consolerait-elle jamais de la perte de l'amour de sa vie? Il lui semblait qu'aucun Robert au monde n'arriverait à remplacer un Paul Lacerte...

Elle imaginait ce dernier sur les routes de France avec son Ondine et leurs enfants. Sans doute pensait-il à elle très souvent et avait-il hâte de la retrouver. Il ne connaissait pas encore sa décision de le quitter, décision irrévocable qu'elle lui annoncerait dès son retour d'Europe. Cette fois, nul concert, nul enregistrement, nul voyage ne la ferait changer d'idée, pas même des supplications ou des promesses de la part de Paul. Pas même un revirement de celui-ci et la décision d'abandonner sa famille pour Mamie Soleil. Mamie Soleil était morte définitivement, elle n'existerait plus jamais. Plus jamais...

Mireille sentit les larmes lui monter aux yeux. Depuis quelques heures, elle marchait avec Robert, main dans la main, le long d'un petit sentier sur l'arête du cap Bon-Ami. Silencieux et perdus dans leurs pensées, ils s'attardèrent un moment au-dessus du promontoire afin de scruter l'horizon à la recherche de quelque nageoire de baleine ou de béluga sillonnant l'immensité grise et ondulante, cette mer mystérieuse qui les fascinait. Robert ne put résister à l'envie de la prendre dans ses bras et de l'embrasser avec fougue, éperdu de désir. Au lieu de lui rendre ses baisers, elle se mit à pleurer comme une petite fille.

— Robert, je suis enceinte de plus de deux mois.

— Quoi!?!

— Oui, tu as bien entendu. Je suis enceinte d'un autre homme. Du professeur Paul Lacerte. Il l'ignore et je ne le lui dirai jamais. Je ne veux plus revoir cet homme. C'est un père de famille et il n'a rien à m'offrir. Poursuivre cette liaison sans issue signifierait ma perte. Je préfère me tirer d'affaire seule avec l'enfant plutôt que de m'engager dans un cul-de-sac. Je suis désolée de t'apprendre cela.

— ...!!!

— Pardonne-moi de ne jamais t'avoir parlé de cette liaison avec lui. Auprès de toi, je me suis toujours sentie à l'aise et détendue. Libre. Sans que tu le saches, chacune de nos rencontres s'est avérée pour moi un havre de paix, un port de mer où me ressourcer et refaire le plein. Cela me permettait de repartir plus grande et plus forte pour affronter la confusion qu'était devenue ma vie. Je n'ai pas voulu entacher notre belle relation amicale par des confidences risquant de provoquer ta fuite. J'ai voulu te ménager et me ménager en même temps. Car je ne veux pas te perdre, tu comprends?

— Non, je ne comprends pas! Et tu as raison, je t'aurais quittée en courant si j'avais connu l'existence de cet amant parallèle. Je veux bien t'aimer, Mireille, mais je me respecte trop moi-même pour accepter de jouer le rôle de l'imbécile trompé effrontément. Très peu pour moi, la place officielle de second!

Robert se raidit et la colère lui empourpra la figure. Mireille s'aperçut qu'il crispait les mâchoires et serrait les poings.

— Tu as toutes les raisons de me haïr, Robert.

Elle aurait voulu protester de son honnêteté, lui dire qu'elle ne lui avait jamais laissé entendre qu'elle éprouvait pour lui un sentiment autre que l'amitié. Elle aurait voulu préciser qu'aucun pacte de fidélité n'avait été signé entre eux, et qu'elle s'était senti le droit de fréquenter qui elle voulait et de la manière qu'elle le voulait. Elle n'avait pas de compte à lui rendre. Et lui non plus d'ailleurs. L'inverse aurait très bien pu se produire et, ce jour-là, c'est lui qui aurait pu lui apprendre la présence d'une autre femme dans sa vie.

Au lieu de cela, Mireille ne dit rien et baissa la tête, anéantie. Pour la première fois, elle ressentait la honte, la honte des filles-mères. La honte de celle qui portait en elle le fruit du péché. La honte de celle qui n'avait pas su prévenir la conséquence de ses actes sexuels. Avec un homme marié en plus! La honte de celle qui avait triché, menti, trompé. Elle se mit à larmoyer. Non, ce n'était pas vrai! Elle n'avait pas péché, son amour pour Paul était sincère. Et elle avait le courage de garder son enfant, alors elle avait le droit de relever la tête et de regarder Robert droit dans les yeux, d'un regard franc et direct.

Mais ce dernier ne desserra plus les dents. Le silence entre eux devint lourd et intolérable, aussi palpable que le sentiment de solitude envahissant Mireille tout à coup, tel une énorme vague risquant de l'engloutir. « Seule, je suis seule comme jamais... » En ce moment précis, perchée sur la falaise au bord du néant, elle éprouva subitement un vertige, une attirance irrésistible pour le fond du gouffre, comme une envie folle de s'y précipiter, elle et l'enfant qu'elle portait. Pour s'y noyer. Pour s'enfoncer au plus insondable du vide et ne plus jamais remonter à la surface. Pour tout oublier. Pour ne plus souffrir. Pour ne plus exister.

Robert comprit-il le désarroi de Mireille? Toujours muet, il lui tendit le bras et elle s'y agrippa comme à une perche. Elle ne se rendait pas compte qu'elle lui enfonçait les ongles dans la chair jusqu'à le faire crier de douleur. Ils marchèrent ainsi d'un pas alerte jusqu'au terrain de camping.

— Robert, si tu me plaques, je comprendrai. Je ne protesterai même pas. Pardonne-moi de te faire vivre cela et de gâcher tes vacances. Demain, à la première heure, je prendrai l'autobus et reviendrai à Montréal. Tu pourras m'effacer de ton existence et m'oublier. Je crois que c'est mieux ainsi.

Robert ne broncha pas et ne prononça pas une parole. Leurs amis avaient déjà allumé le feu de camp entre les deux tentes et faisaient griller des saucisses sur la braise. Mireille prétexta un mal de cœur et une grande fatigue, ce qui s'avérait conforme à la vérité, pour annoncer qu'elle préférait se coucher immédiatement en se privant de souper. Elle alla vomir discrètement derrière la tente, puis se réfugia à la hâte au fond de son sac de couchage. Elle se mit alors à pleurer silencieusement, exhalant sa souffrance dans chaque sanglot. D'instinct, elle caressait son ventre encore plat et trouvait dans ce geste son unique réconfort. Là, dans le secret, grandissait un petit être bien à elle, un petit être qu'elle considérait comme le souvenir concret de Paul. Un petit être qu'elle protégerait. Un petit être à choyer et à aimer envers et contre tout. Envers et contre tous. Non, elle n'était pas seule, elle ne le serait plus jamais. La vie germait au creux d'elle-même, plus puissante et plus impérieuse que le chagrin, plus grandiose que l'amour. Et justement pour l'amour de cette petite vie à sa merci, elle se devait de continuer, brave et vaillante.

Lorsque Robert vint la rejoindre dans la tente plus tard dans la soirée, il se pencha au-dessus d'elle et, s'apercevant qu'elle ne dormait pas, il posa sa main chaude sur son épaule.

— Et... et l'enfant? Pourquoi le gardes-tu?

— Parce que je l'aime, Robert, parce que je l'aime déjà, tu comprends?

Alors il avait ouvert les bras et l'avait tendrement serrée contre lui sans prononcer un mot. Éplorée, elle s'était blottie dans sa chaleur et s'était remise à pleurer doucement jusqu'à ce que le sommeil l'emporte dans l'inconscient, aux petites heures du matin.

Montréal, 3 septembre
Mon cher Paul,
J'espère que tu as fait un bon voyage. Dès ton départ en juin, j'ai pris la décision de te quitter. Tel que tu me l'as souvent répété, je crois mériter mieux qu'une vie passée à t'attendre. Je te souhaite d'être heureux avec les tiens. Pour ma part, mes activités musicales vont bon train et c'est grâce à toi. Je t'en serai toujours reconnaissante.
Pour le reste, ça va bien. Je sors beaucoup avec mes amis, je vis ma jeunesse quoi! Et je me dis que le temps peut guérir toutes les blessures. « Le soleil finit toujours par se montrer après l'orage », comme disait ma mère.
Je te demanderais de ne pas chercher à me revoir. Ce sera facile car je ne travaille plus à l'université et de plus, j'ai changé d'adresse. Mes premiers pas sans toi furent très difficiles et chancelants, alors s'il te plaît, respecte mes efforts de libération. Gardons plutôt la distance et le silence, le souvenir de ce qui aura été une belle aventure n'en restera que meilleur.
Mireille.

Mireille ne scella l'enveloppe que devant le bureau de poste, comme si elle s'était gardé, jusqu'à la dernière seconde, une possibilité de changer d'idée ou d'inscrire, en post-scriptum au bas de la page : « Donne-moi quand même de tes nouvelles parce que sans toi, j'ai peur de mourir. »

Mais elle tint bon et n'ajouta rien. D'une main tremblante, elle glissa la lettre dans la fente de la boîte rouge.

Par ce geste, elle venait de clore le chapitre de Paul Lacerte. Il lui avait préféré sa famille, il payerait ce choix de la perte de sa petite Mamie Soleil et de son quatrième enfant.

Paul n'avait pu résister à l'envie de s'acheter un billet pour le concert, ce soir-là, à la salle Maisonneuve, malgré la tempête de neige qui sévissait depuis quelques heures. Décidément, cet hiver démarrait en trombe pour les Québécois! Dans le journal, on avait annoncé, en deuxième partie du concert, la sonate *Ondine* de Reinecke interprétée par la jeune et brillante flûtiste Mireille Ledoux, accompagnée par un pianiste de Détroit inconnu de Paul.

À son retour d'Europe, la lettre de Mireille l'avait déconcerté et accablé. Durant tout l'été, il avait pensé à elle continuellement et avait tenté à plusieurs reprises de l'appeler d'une cabine téléphonique, à l'insu des siens. Mais invariablement, il entendait la voix du père de Mireille répétant inlassablement à l'autre bout du fil, sur sa boîte vocale: « Nous sommes dans l'impossibilité de vous répondre présentement. Laissez-nous votre message... » À la bibliothèque, on lui avait répondu que mademoiselle Ledoux ne travaillait plus à cet endroit.

Il revint donc perplexe et impatient de revoir Mireille. Le voyage s'était pourtant révélé très positif pour lui et sa famille. Marie-Laure, loin de ses obligations sociales, était redevenue la femme simple et naturelle qu'il avait adorée autrefois. Elle se montra même empressée auprès de ses enfants et surtout fort contente de les présenter à sa famille européenne. Paul se dit que leur vie familiale restait en fin de compte bien acceptable, ni meilleure ni pire que bien d'autres.

Il savait que Mireille avait raison de ne plus le revoir. Il se sentait coupable envers elle. Il avait eu le temps cet été, avec le recul, de réfléchir à leur situation et comprenait mieux la souffrance et la solitude de Mireille. Il se considérait comme le responsable, l'unique responsable. C'était lui qui avait pris toutes les initiatives et l'avait attirée dans ce guet-apens, sur ce chemin sans issue. Cette sonate *Ondine*, ce concert à Québec, ce disque, ce voyage à Acapulco... Au fond, il s'était comporté en homme égoïste, donnant libre cours à un amour interdit et ne songeant qu'à son bonheur momentané, au risque de blesser à jamais une jeune fille naïve en quête de tendresse. La musique s'était révélée le prétexte idéal.

Et pourtant non! Paul aimait sincèrement Mireille. Il s'inquiétait pour elle, il souffrait de sa souffrance. Et la musique, bien plus qu'une excuse, s'avérait une réalité tangible. Mireille possédait réellement le potentiel d'une musicienne de carrière et Paul se sentait fier de son rôle de mentor. Et cela apaisait quelque peu les remords qui le tourmentaient. L'annonce de la rupture le soulagea en un sens. Il l'avait tant de fois souhaitée, mais n'en avait jamais trouvé l'audace. Mireille s'était montrée plus forte et plus réaliste et il lui en sut gré. Il respecta donc religieusement sa demande de ne pas reprendre contact avec elle.

Alors en ce soir de concert, il se contenterait de la regarder de loin et de l'écouter en silence, sans qu'elle soupçonne sa présence dans l'auditoire. Mais il sursauta et faillit lâcher un cri quand il vit venir sur la scène, non pas la petite Mamie Soleil de ses souvenirs, mais une ravissante femme enceinte de plusieurs mois, vêtue d'une somptueuse robe de maternité de velours noir ornée d'un col de soie blanche. Jamais Mireille n'avait paru aussi belle. Et jamais elle ne joua aussi admirablement.

À la fin du concert, malgré lui, bien malgré lui, il se précipita dans les coulisses de la Place-des-Arts pour retrouver celle qu'il aimait toujours. Trop de questions l'obsédaient. Trop de questions auxquelles il estimait avoir droit à une réponse. Ce ventre...

Il l'aperçut de loin, rayonnante, entourée de gens. Quelqu'un venait de lui remettre une gerbe de fleurs. Il s'approcha, le cœur serré. Elle parut très surprise de le voir apparaître mais ne perdit pas contenance.

— Je te félicite, Mireille, c'était magnifiquement interprété.

— Merci! répondit-elle. Permets-moi de te présenter mes parents, monsieur et madame Ledoux, puis madame Deschamps que tu connais bien. Et voici mon ami Robert. Robert, c'est le policier dont je t'ai déjà parlé, tu te rappelles? Voici Paul Lacerte, un ami pianiste que j'ai connu à l'université.

— Enchanté...

Les deux hommes se serrèrent la main en se dévisageant. L'un soupçonnait l'autre d'être le père de l'enfant, l'autre savait qu'il saluait le véritable géniteur. La conversation tomba abruptement, et un silence douloureux, insupportable, enveloppa tout le groupe. Mireille se ressaisit la première.

— Sans ton aide généreuse, Paul, je n'en serais pas là, aujourd'hui. Je ne te remercierai jamais assez.

Avec sa grâce habituelle, elle retira une fleur de sa gerbe et la remit à Paul. C'était un tournesol miniature en forme de soleil. Bouleversé, il s'empressa de saluer et de quitter bêtement, sans poser de questions.

Chapitre 4

Allegretto con delicatezza (avec délicatesse)

Mireille ne revit plus jamais Paul Lacerte. À part Robert et madame Deschamps, personne ne connaissait la vérité sur l'identité du père de l'enfant. Pour expliquer sa grossesse, elle prétexta une aventure passagère avec un homme qu'elle désirait oublier.

— Un accident... Je préfère voir mon enfant orphelin plutôt que dépendant de ce type-là.

On ne posa pas de questions. Même monsieur et madame Ledoux ne demandèrent pas de précisions et se contentèrent des explications approximatives de Mireille. Elle les assura que Robert, l'homme qui se trouvait parfois à ses côtés, ne constituait qu'un bon ami et n'avait rien à voir avec le bébé.

La première stupeur à l'annonce de cette grossesse imprévue et non désirée avait d'abord déclenché une période de bouderie insensée entre la mère et la fille, ce qui eut pour effet d'appesantir la détresse de Mireille. Elle n'eut pas le choix de se replier sur elle-même, submergée de solitude. Car la décision de quitter définitivement le pianiste et de lui taire la vérité pesait aussi lourd dans son chagrin que sa grossesse elle-même. L'enfant, elle y verrait plus tard. Mais la perte de Paul... Sa venue, l'autre soir, dans la coulisse de la salle Maisonneuve, avait ravivé son attachement pour lui et surtout son ennui. Elle aurait préféré ne jamais le revoir. Elle se demandait encore comment elle avait pu garder contenance et résister à l'envie de se jeter dans ses bras, au vu et au su de tout

211

le monde, et de tout lui dire. L'offrande d'une petite fleur avait tout sauvé...

Elle aurait tant souhaité s'expliquer à sa mère, se couler contre sa poitrine pour sentir, ne serait-ce qu'un moment, que quelqu'un se chargeait d'elle. « Maman, prends-moi, j'ai si mal. » Mais son appel demeura muet devant le mur de glace qu'affichait madame Ledoux. Cette dernière ne montra jamais ses sentiments réels face à la situation embarrassante de sa fille. Mireille aurait préféré la plus épouvantable crise de colère et les pires semonces à ce silence résigné. Ce qui aurait dû les rapprocher contribua à les séparer davantage.

D'où venait donc, chez sa mère, cette incapacité à exprimer ses sentiments, cette absence de gestes concrets pour témoigner d'un amour qui existait pourtant? Pourquoi cette répulsion à communiquer, à dire ce qu'elle pensait, à le démontrer simplement? Quelle pudeur malsaine empêchait donc une mère de parler à sa fille? Mireille n'arrivait pas à se l'expliquer. Ah! redevenir une petite fille et brailler tout son soûl dans les bras de sa mère... Mais même petite fille, elle ne gardait aucune souvenance d'avoir jamais été embrassée, dorlotée, entourée. Devenue adulte, elle acceptait encore moins la sécheresse de sa mère pourtant dévouée et fidèlement présente à sa manière, malgré son austérité. Se pouvait-il qu'autrefois, dans les familles trop nombreuses, on apprenait aux jeunes filles tout autant qu'aux garçons à refréner leurs effusions et à éviter toute manifestation de sentiments et d'émotions? Se pouvait-il que, trop occupé à survivre, on ne trouvait pas le temps de s'extérioriser et de soupirer, encore moins de caresser?

Le soir, quand l'ombre et le silence venaient aviver sa douleur, Mireille se jurait, blottie dans ses oreillers et les mains serrées sur son cœur, que jamais son enfant n'aurait à souffrir de sa froideur. Étrangement, ses premiers instincts maternels se manifestaient à contre-pied de l'attitude de sa mère : elle ressentait un besoin viscéral et profondément physique de prendre et d'embrasser ce petit être qui grandissait silencieusement à la fois dans son âme et dans son corps.

Un soir, en revenant d'une répétition particulièrement longue avec l'Orchestre harmonique, elle trouva ses parents attablés dans la cuisine, en train de siroter une deuxième tasse de thé. Elle aurait tout donné pour qu'on lui tire une chaise et un tabouret afin qu'elle étende ses jambes enflées. Pour qu'on lui prépare une tisane, lui offre un biscuit. Pour qu'on lui demande comment s'était passée sa journée. Rien! On la salua poliment, sans plus. Alors, elle éclata.

— Bien quoi! Je suis enceinte! Il va bien falloir vous faire à l'idée! Quand donc allez-vous cesser de l'ignorer hypocritement?

Elle s'enfuit vers son grenier et s'y enferma à double tour. « Oh! ma flûte... ne me reste-t-il que toi? » Elle songea à madame Deschamps qui l'avait sauvée du désespoir, au tout début de sa grossesse, alors qu'elle oscillait entre l'avortement, le suicide et le statu quo. Depuis longtemps, elle voyait la jeune fille se débattre secrètement dans une histoire d'amour sans issue avec le pianiste. Mireille s'était bien gardée de confier sa liaison à son amie, mais la directrice avait deviné l'amour insensé enflammant le regard de ces deux-là, lorsque le professeur descendait à la bibliothèque.

La nuit où la jeune fille enceinte avait sonné à sa porte, elle l'avait recueillie à bras ouverts et hébergée pendant quelques jours. Elle l'avait convaincue de garder l'enfant et d'implorer l'aide de ses parents, mais c'est en elle que Mireille avait trouvé l'appui moral, l'aide véritable. La dame attendait l'arrivée de l'enfant avec la même excitation que la venue de l'un de ses quatre petits-fils. Elle avait juré sur son âme de ne jamais divulguer à Paul Lacerte le secret de sa paternité. Mireille lui vouait toute sa confiance. Non, il ne lui restait pas que sa flûte...

À partir de ce moment, ses parents se ressaisirent et lui fournirent au moins le soutien matériel dont elle avait besoin. Ils la menèrent à ses rendez-vous à la clinique, insistant pour qu'elle se repose et prenne ses vitamines. Ils l'assistèrent dans la préparation d'une layette et l'achat de quelques meubles et accessoires pour bébé. Ils l'aidèrent même à dénicher un petit logement à quelques rues de chez eux. Mireille refusait de leur imposer, malgré leurs protestations, la présence dans leur maison d'un nourrisson qui ne ferait pas la différence entre le jour et la nuit.

Petit à petit, madame Ledoux se laissa attendrir par l'idée d'un petit trésor qui la consacrerait grand-mère. Elle se surprenait souvent à raconter à sa fille ses précédentes grossesses. « Moi, dans mon temps... » Mireille buvait ses paroles comme de l'eau de source, se sentant enfin acceptée et comprise. Vers le huitième mois de sa grossesse, elle reçut l'ordre du médecin de quitter son travail : « Vous souffrez d'anémie, mieux vaudrait vous reposer. » Alors madame Ledoux redoubla de zèle auprès de sa fille. Mireille se laissait dorloter, convaincue que la vie lui faisait soudain cadeau, non seulement d'un enfant à aimer, mais aussi d'une nouvelle complice en sa mère. Un jour, la regardant droit dans les yeux, madame Ledoux offrit à Mireille de l'accompagner dans la salle d'accouchement.

— J'irai avec toi, le moment venu. Tu ne vas tout de même pas mettre cet enfant-là au monde toute seule!

Mireille sentit que la main de sa mère, posée sur la sienne, tremblait imperceptiblement.

♪♪♪

Robert non plus n'abandonna pas Mireille. Bien au

contraire, il se montra dévoué, débordant d'amour pour la jeune femme devenue vulnérable. Il ressentait un pressant besoin de la protéger, de l'entourer. Mireille savait qu'elle ne pourrait plus jamais aimer un autre homme comme elle avait aimé Paul Lacerte. Cet amour fou et inconditionnel, ce don total d'elle-même l'avaient menée au bord du précipice. Comment pourrait-elle jamais revivre cela avec un autre? La rationalisation et surtout la méfiance refréneraient dorénavant ses élans amoureux envers qui que ce soit. Certes, elle aimait bien Robert, mais l'amitié profonde bien plus que l'amour ardent l'attirait vers le géant. Celui-ci ne demandait pas mieux que de lui donner la première place dans son existence. À vrai dire, elle ne se sentait pas prête à s'engager dans une autre relation amoureuse après avoir connu l'horreur du supplice auquel peut mener un amour déchu.

Toutefois, Robert maintint, pendant toute la grossesse de Mireille, les distances ayant toujours existé entre eux : de nombreuses marques d'affection mais aucune relation sexuelle. Il sentait pourtant Mireille se rapprocher peu à peu, devenant plus disponible, plus tendre, plus affectueuse et il décelait, derrière ses gestes doux, un désir de plus en plus tangible. Mais curieusement, il se privait de faire l'amour avec elle, paralysé par l'impression de s'introduire dans le territoire de quelqu'un d'autre. Tant et aussi longtemps que l'enfant habita le ventre de Mireille, il n'y vint pas, refusant de violer un temple sacré qui ne lui appartenait pas. Pas encore du moins. Mireille savait qu'elle lui serait reconnaissante de ce respect et cette délicatesse pour le reste de ses jours.

Pourtant, il espérait l'arrivée de cet enfant avec la fébrilité d'un vrai père, émerveillé par le miracle s'opérant dans le corps de Mireille. Il ne lui manquait que la fierté toute paternelle et normale d'avoir procréé un petit être à son image et à sa ressemblance. Il savait qu'il accueillerait la naissance du bébé avec joie mais aussi comme une libération et un soulagement. Mireille redeviendrait enfin elle-même, libre, libérée, vidée, débarrassée de toute trace de l'étranger. Enfin il pourrait l'aimer paisiblement et sans se confronter continuellement à cette barrière autant psychologique que physique, constituée par l'énormité de ce ventre.

Il offrit à Mireille de l'épouser et de devenir le père de cette petite famille. Elle refusa.

— Pas tout de suite, Robert. Un jour, peut-être... Laisse-moi le temps de décanter tout ce qui m'arrive depuis un an. Laisse-moi mettre de l'ordre dans mes idées et dans mes sentiments. Je n'y vois pas clair. C'est trop, tu comprends?

Pourquoi lui disait-elle toujours « tu comprends? » en terminant ses phrases? Quelle étrange habitude! Oui, il comprenait. Il comprenait qu'un trop-plein d'émotions l'avait bouleversée durant ces longs mois, sa rupture définitive avec cet homme, puis cette grossesse assumée seule et coïncidant avec le début fulgurant d'une carrière professionnelle dont l'évolution trop rapide risquait de lui échapper. Elle avait besoin de temps et de recul pour retrouver une certaine stabilité émotive et un minimum de paix intérieure. Pour reprendre confiance dans les êtres. Pour retrouver sa foi en l'amour. Oui, il comprenait cela, Robert, non seulement parce qu'il adorait Mireille, mais aussi parce qu'il était un homme bon et généreux.

— Mireille, je t'attendrai le temps qu'il faut.

— Tu sais, Robert, si jamais je te marie, je ne chercherai en toi ni un sauveur, ni un protecteur, ni un père adoptif pour mon enfant. Je t'épouserai simplement parce que je t'aime, toi l'homme accompli et l'inestimable compagnon que tu pourras devenir. L'homme de ma vie, quoi!

Alors il appuya sa tête sur le ventre de Mireille pour sentir vibrer le petit être qu'il savait aimer déjà.

♪♪♪

Élodie naquit le 29 février à midi, l'heure où le soleil brille tous azimuts et où les carillons chantent l'Angélus.

Mireille mit du temps à s'habituer, non pas à la présence d'Élodie, mais à l'émotion qui l'envahissait dès qu'elle s'approchait d'elle. C'était plus intense, plus violent que tout ce qu'elle avait jamais ressenti dans sa vie. Cette attirance, cet élan, cet amour fou et irrationnel pour ce petit paquet de quelques kilogrammes, elle n'arrivait pas à se l'expliquer. Jamais elle n'aurait cru que l'on puisse aimer autant, et cet amour n'avait rien de comparable avec ce qu'éprouvent les amoureux l'un pour l'autre. Cet amour pour Élodie était à sens unique, gratuit, généreux, sans retour, total. L'amour absolu, l'amour pur. Tant de douceur, tant d'innocence... Mireille aurait pu s'agenouiller et contempler sa fille pendant des heures. « Tu valais la peine que je souffre tout ce que j'ai souffert pour arriver jusqu'à toi, mon amour, ma toute petite, ma vie... »

La toute petite manifestait néanmoins ses états d'âme à grands cris et Mireille dut se débrouiller tant bien que mal, avec l'aide de ses parents et de Robert, pour répondre aux besoins insistants du bébé autant qu'aux exigences d'une carrière musicale naissante. Le rôle de grand-mère seyait bien à madame Ledoux. Elle ne manqua pas de s'exclamer maintes fois sur la beauté de sa petite-fille, et Mireille put l'observer à la dérobée en train d'étreindre l'enfant sur son cœur avec, dans le regard, une douceur qu'elle ne lui connaissait pas. Elle assista la jeune mère malhabile aux soins du bébé à sa sortie de l'hôpital, et se constitua bonne conseillère pour le bain et les premières tétées. Souvent, elle apportait des plats cuisinés à Mireille et s'offrit même pour prendre la relève, certaines nuits, afin qu'elle puisse dormir un peu.

Mireille avait repris le plus vite possible son poste de flûtiste à l'Orchestre harmonique, laissant l'enfant à sa mère durant les premiers mois, tant qu'Élodie ne serait pas en âge d'être confiée à une garderie. Elle partait travailler rassurée et l'esprit tranquille : madame Ledoux n'inonderait jamais sa petite-fille d'une profusion de minauderies et l'enfant ne croulerait pas sous les caresses, mais elle se trouvait certainement entre bonnes mains. Mireille vivait néanmoins ce rapprochement entre elle et sa mère avec une certaine circonspection, et elle établit dans sa tête une distance psychologique qui la protégerait d'une trop grande souffrance, si jamais sa mère redevenait, un jour, l'être taciturne et revêche qu'elle avait toujours connu.

♪♪♪

Robert s'était aussi attaché à l'enfant dès sa venue au monde. Durant les premiers mois de son existence, il venait presque tous les soirs retrouver Mireille dans son petit appartement de la rue Messier. Il pouvait passer des heures à regarder le bébé dormir dans son berceau, ébloui d'une telle perfection mais aussi d'une telle fragilité. Élodie était pourtant une enfant de l'amour, la fille d'un rival, la fille d'un autre homme ayant possédé Mireille bien avant lui. Mais comment en vouloir à ce petit être innocent ? Mireille avait vécu ce qu'elle avait à vivre, un point c'est tout. Et tout cela s'avérait une histoire du passé, finie, terminée, conclue. En bon philosophe et surtout en homme amoureux, Robert avait décidé que mieux valait vivre intensément le présent, et même de miser sur l'avenir. Et de laisser s'instaurer tout doucement dans sa vie et dans son cœur une place de plus en plus importante pour la mère et l'enfant.

Ils décidèrent finalement d'habiter ensemble et Robert déménagea ses pénates sur le Plateau Mont-Royal. Ils y demeurèrent presque trois ans, abritant dans un espace minuscule un bien-être paisible auprès de l'adorable petite fille débordante d'énergie. Ces trois ans de quiétude et de stabilité en présence de Robert achevèrent de réconcilier Mireille avec la vie. Elle s'était remise à croire au bonheur, et le temps s'écoulait sans qu'elle s'en rende compte.

Quelques mois après la naissance d'Élodie, elle s'était consacrée sérieusement à l'étude de la flûte jusqu'à la maîtrise en interprétation à l'Université McGill. Elle avait gagné plusieurs concours de haut calibre qui la lancèrent sur la scène internationale. Déjà embauchée par l'Orchestre harmonique de Montréal, elle avait vu ses contrats se multiplier, sollicitée de toutes parts pour son talent et sa musicalité incomparables. Plusieurs disques portaient déjà sa signature et présentaient maintenant ses interprétations à travers le monde. Mireille s'en montrait très fière et y trouvait une stimulation impérative pour aller de l'avant.

Le souvenir de Paul s'embrouillait de plus en plus dans son esprit, mais elle retrouvait, dans les yeux de sa fille, la même lumière, la même limpidité du regard qui l'avait tant séduite autrefois. Non seulement le pianiste l'avait-il aiguillonnée sur sa véritable ligne de vie, mais son influence imprégnait encore son jeu. Elle l'entendait encore la diriger sur sa flûte : « C'est ça, Mamie, montre-moi que tu es joyeuse... » Certains soirs de récital, elle se demandait si elle ne jouait pas encore pour lui, malgré elle, malgré elle... Elle en conclut qu'il en serait probablement toujours ainsi puisqu'elle avait appris de lui cette façon unique d'interpréter la musique. Il lui arrivait parfois de lire ou d'entendre prononcer le nom du pianiste dans les médias, preuve qu'il poursuivait toujours sa carrière. « C'est cela, qu'il fasse son chemin et moi le mien! » Elle n'était pas sans éprouver un certain contentement pour son autonomie professionnelle. « Qui aurait cru, à la fin de mon bac, que je me débrouillerais aussi bien sur la scène musicale? » Elle trouvait néanmoins pénible d'accorder sa vie professionnelle avec sa vie sentimentale et ses responsabilités parentales même si Élodie se comportait comme une enfant facile et sage.

Employé comme criminologue à la Gendarmerie royale du Canada, Robert consacrait à « ses deux femmes » tous ses temps libres. Combien de fois n'était-il pas parti avec la petite pour quelques heures ou même quelques jours afin que Mireille puisse travailler son instrument sans préoccupations et libre d'esprit. Il constituait le compagnon idéal, toujours compréhensif et coopérant. Mireille s'était mise à l'aimer ardemment.

Il était revenu à la charge plusieurs fois avec son projet d'épousailles. À vrai dire, Mireille s'accommodait fort bien de leur union libre et ne voyait nullement la nécessité d'un mariage. Mais lui réclamait bien haut ses droits à la paternité biologique et désirait, plus que tout, un autre enfant. Qu'avaient-ils donc, les hommes, à vouloir tant investir du côté de la famille? Voilà qu'à l'instar de Paul, Robert se mettait maintenant à brandir ce mot à tout propos, comme une obsession. « La famille, la famille, il n'y a pas que ça! » Le travail, la recherche, les affaires, les arts, les sports, la vie ne manquait pas d'offrir d'autres défis. Bien sûr, procréer correspondait à un besoin naturel et instinctif, et Mireille avait relevé ce défi-là. Par la naissance d'Élodie, elle éprouvait le sentiment du devoir accompli, elle avait participé à la prolongation de la race. Et elle adorait sa petite fille plus que tout. Mais pas loin derrière se trouvait la musique. Elle ne rêvait plus, comme autrefois, d'une nombreuse progéniture. Le temps présent la comblait, lui permettant d'allier sa vie de mère et de musicienne. Pourquoi provoquer des changements qui risqueraient de briser l'équilibre?

— Nous approchons la trentaine, Mireille, et Élodie aura bientôt trois ans. Il serait temps d'agrandir notre famille, tu ne crois pas?

Elle sentait la patience de Robert s'étioler et atteindre sa limite extrême : l'heure de l'ultimatum sonnerait bientôt. Ou Mireille acceptait de l'épouser et de fonder un foyer selon les normes, ou leur relation serait sérieusement remise en question. Oh! il ne la quitterait probablement pas, mais elle craignait que son refus ne ravine ses sentiments.

— Nous pourrions fabriquer un petit frère ou deux pour Élodie, puis nous acheter une jolie maison avec nos économies.

— Robert, tu as des lubies! J'arrive à peine à m'organiser entre ma musique et mon unique enfant. Pour l'instant, je n'ai pas vraiment envie de renoncer à ma flûte pour m'enfermer dans une maison de banlieue afin de soigner une ribambelle de marmots et un mari qui rentre le soir en se demandant ce qui mijote sur la cuisinière, tu comprends? Et je n'ai pas envie non plus de reproduire la vie de ma mère sacrifiée au beau milieu de ses armoires de cuisine. Cette existence de servante et de subordonnée ne mène qu'à la solitude à la fin. Un bon matin, les enfants ont grandi et s'en vont vivre leur destin loin de leur mère. Encore chanceuse s'ils reviennent la voir de temps en temps! Que reste-t-il à cette pauvre femme? De beaux souvenirs de poupons roses qu'elle a vu s'éloigner d'elle au fil des années. J'ai une profession que j'adore, Robert, et je ne me sens pas du tout prête à mettre une croix là-dessus. Mère, je le suis déjà et cela me satisfait pleinement, crois-moi.

— Mais voyons, Mireille! Il faut envisager les choses sous un autre angle. Tu peux sûrement accorder tes fonctions de mère et de musicienne et y trouver un certain équilibre. D'autres le font, pourquoi pas toi? Bien sûr, pour un certain laps de temps, celui de la petite enfance de notre progéniture, il te faudrait investir un peu moins dans la musique. Mais je serais là pour les enfants, moi, lorsque tu partirais en tournée. Et puis l'argent n'est pas un véritable problème. Avec les droits que rapportent tes disques et mon salaire, nous pourrions facilement nous offrir les services d'une bonne ou d'une dame seule qui pourrait même habiter chez nous et s'occuper des enfants.

— DES enfants! Au fait, combien en imagines-tu, dans ton beau rêve, Robert?

À vrai dire, elle ne voulait pas perdre Robert, car elle s'était profondément attachée à lui. À ses côtés, elle se sentait en sécurité. Elle se sentait aimée. Elle se sentait bien.

♪♪♪

À la longue, mine de rien, l'idée d'avoir un autre enfant fit son chemin et la perspective d'agrandir la famille finit par gagner Mireille. Elle avait porté Élodie avec tristesse. Peut-être pourrait-elle, cette fois, vivre une grossesse heureuse et sereine?

Un autre enfant à chérir, pourquoi pas? Un enfant à partager avec un père, un vrai père. Fonder une grande famille, cela n'avait-il pas été l'aspiration de toute sa jeunesse? Vivre une vie différente au lieu de s'illusionner à chercher le bonheur ailleurs, d'une salle de concert à l'autre, à travers un monde anonyme, transportant dans une valise, en même temps que ses partitions, ses illusions et ses fantasmes de gloire. La musique, c'était beau, c'était passionnant, mais ce n'était pas que ça, la vie, la vraie vie. Accorder ses activités de mère de famille avec celles de sa carrière musicale, oui... cela s'avérerait possible, avec un sens aigu de l'organisation et en y mettant toute la bonne volonté du monde. Tout l'amour du monde.

Un dimanche après-midi, ils allèrent marcher au parc Lafontaine, tirant sur son traîneau la petite Élodie bien emmitouflée dans des couvertures de laine. L'hiver tirait de l'aile. Avant longtemps, toute cette neige sale disparaîtrait et la nature ferait elle-même son nettoyage du printemps à coups de verdure et de fleurs. Malgré la glace ramollie par le temps doux, les patinoires restaient ouvertes pour les éliminatoires de hockey. Mireille et Robert s'attardèrent pour surveiller une partie entre deux équipes de catégorie « Atomes ». Les joueurs n'avaient pas plus de six ans. C'était loufoque de les voir se déplacer sur la glace, ces petits bouts de chou chancelants et trébuchants, empêtrés dans leur lourd équipement. En quête de la rondelle, tous les joueurs des deux équipes se déplaçaient en même temps, vers la même direction, tel un essaim d'abeilles, et cela faisait rire Robert.

— Regarde, Mireille, le numéro huit des « rouges » : il se démarque des autres. Regarde comme il manipule bien la rondelle. Ce petit gars-là ira loin!

Il se mit à gesticuler, à crier, à encourager les équipiers du numéro huit. « C'est ça! Vas-y! Lance! » Mireille n'en revenait pas de l'excitation qui animait soudain Robert pour des joueurs qu'il ne connaissait même pas. Elle se rapprocha de lui et glissa son bras sous le sien.

— Robert, regarde-moi... Tu aimerais avoir un fils comme celui-là, n'est-ce pas?

Il se retourna abruptement, surpris, et se contenta d'un signe de tête.

— Moi aussi, mon amour. Voilà longtemps que j'y pense. Maintenant, je suis prête. Je ne te promets pas un numéro huit aux yeux bleus comme celui-ci, mais celui que nous fabriquerons ensemble sera le plus merveilleux du monde, je te le jure. Quand est-ce qu'on se marie?

♪♪♪

Ils s'épousèrent en toute intimité, par un beau samedi de mai. Le père et le frère de Robert, de même que la famille immédiate de Mireille et son amie madame Deschamps assistèrent, seuls, à la cérémonie. Vêtue d'une simple robe de crêpe champagne ornée de fleurs, la mariée resplendissante fit son entrée dans l'église Saint-Pierre et déambula dans l'allée centrale au bras d'un Robert radieux. La marche nuptiale de Mendelssohn fut leur unique concession à la tradition, de même que la présence d'une adorable petite bouquetière de trois ans marchant devant eux en semant des pétales de roses.

— Je m'appelle maintenant Élodie Ledoux-Breton, s'amusait-elle à répéter à qui voulait l'entendre, lors du repas servi ensuite dans un restaurant. L'enfant ne comprenait pas la portée de ce nouveau nom, ignorant que Robert avait signé, la semaine précédente, l'acte de son adoption officielle.

Jamais le sourire de Mireille n'avait tant ressemblé à un éclat de soleil.

II

Sonatine pour un ange

Chapitre 1

Allegro con anima (joyeux et animé)

Du vieux chalet, on devinait à peine les barques ballottées pêle-mêle par la mer à l'intérieur de l'estacade. En cette fin du jour, la brume déroulait sur leurs couleurs effacées de longs écheveaux de voile vaporeux, les brouillant d'une opalescence mystérieuse. Seuls les goélands, insensibles à cette beauté, dessinaient de gracieuses arabesques au-dessus de la mer et répondaient par leurs criailleries aux appels déchirants du phare de brume.

Pelotonnée sur les coussins de l'une des imposantes berceuses qui montaient la garde sur la galerie du chalet, Mireille sirotait tranquillement un scotch-soda. On aurait pu croire qu'elle savourait le charme du paysage et la sérénité de l'heure. Pourtant, son regard ne s'attardait que distraitement sur le vol des grands oiseaux blancs et le balancement des herbes folles sur les dunes. À travers le brouillard, on pouvait voir les petits bateaux rentrer de la pêche et pénétrer l'un après l'autre dans la rade de Rockport. Habituellement, Mireille adorait ce spectacle et laissait son imagination voguer au gré du va-et-vient continuel autour du port, tableau mobile se renouvelant sans cesse. Mais ce soir-là, son esprit se trouvait ailleurs, à des kilomètres de ce lieu, et rien, pas même le passage d'une gigantesque volée d'eiders le long de la côte, ne réussissait à la distraire.

Emmitouflée dans un vieux châle, elle serrait le lainage contre elle à la manière d'une étreinte, les bras croisés sur sa poitrine. Elle avait froid. Froid dans son corps et froid dans son âme. Peut-être le vent des réminiscences l'avait-il entraînée trop profondément dans l'abîme d'un passé difficile dont elle n'avait jamais réussi à dissiper complètement les relents de mélancolie. Il suffisait d'une déception, d'un revers ou d'une extrême lassitude comme ce soir pour que surgissent à nouveau des souvenirs encore douloureux. Son enfance à l'eau froide, sa difficulté à obtenir son baccalauréat, sa relation boiteuse avec Pierre, son amour déchu pour Paul, sa grossesse assumée seule... Cinq ans déjà! Les cicatrices, même guéries, laissent néanmoins sur le cœur des empreintes qui ne manquent pas de suinter l'amertume, certains soirs de solitude. Peut-être aussi le désenchantement d'un présent qu'elle tentait de bâtir, et qui semblait sans cesse se défiler entre ses doigts, la rendait-il amère. Elle le désirait tellement, ce deuxième enfant! Peut-être n'était-ce que l'immense fatigue qui l'écrasait au fond de sa chaise et l'empêchait de trouver le calme qu'elle était venue chercher pour quelques jours, seule, dans ce petit chalet qu'elle et Robert possédaient dans le Maine.

« Eh! tu ne vas pas laisser les bleus t'envahir de la sorte! Ressaisis-toi, ma vieille! » Mireille alla quérir une nouvelle rasade de scotch. Non, concilier les rôles de mère, d'épouse et de musicienne ne s'avérait pas facile dans cet univers conçu pour et par des hommes. Ses confrères de l'orchestre ne subissaient certainement pas les mêmes déchirements qu'elle lorsqu'il s'agissait d'établir leurs priorités. Certes, les femmes connaissaient les joies de l'enfantement, mais elles devaient aussi en endosser les responsabilités quotidiennes.

Après des années d'un régime draconien, elle se retrouvait ce soir complètement exténuée. Ainsi, cette semaine d'enregistrement qu'elle venait justement de terminer à Boston l'avait laissée fourbue et sans énergie. Toutes ces heures dans un studio à la ventilation déficiente en compagnie d'un chef pédant et imbu de lui-même, laissant peu de latitude d'interprétation aux solistes et imposant sa propre version de la musique, l'avaient épuisée. Elle n'aurait jamais dû accepter d'enregistrer l'intégrale des concertos pour flûte de Vivaldi avec cet orchestre. C'est eux pourtant qui en avaient pris l'initiative et fait appel à ses services de soliste. Elle s'était laissé séduire par leur proposition. Un coffret de deux disques avec un chef réputé et un orchestre de renom, c'était le succès assuré. Mais comment réaliser un chef-d'œuvre sans la chimie essentielle entre les musiciens? Tout cela l'avait quelque peu dégoûtée. Ce premier enregistrement de la série ne constituerait certainement pas sa meilleure performance et risquerait plutôt d'entacher sa bonne réputation d'interprète. Elle se demanda ce que Paul Lacerte penserait de ce disque.

Depuis le soir où il était venu la féliciter après un concert, alors qu'elle se trouvait enceinte d'Élodie, elle n'avait plus entendu parler de lui, ainsi qu'elle l'en avait prié. D'un commun accord avec madame Deschamps, elles avaient évité de prononcer son nom lors de leurs nombreuses rencontres. À l'époque, Mireille savait que son amie, directrice de la bibliothèque de la faculté de musique, aurait pu constituer un trait d'union entre les deux anciens amants, et lui donner des nouvelles du pianiste toujours enseignant à l'université. À l'inverse, Paul connaissait bien le lien d'amitié qui unissait les deux femmes et aurait pu, de loin, veiller sur Mireille et se tenir au courant de ses allées et venues. Madame Deschamps refusa de jouer le rôle d'agent double. D'ailleurs, Mireille ne l'aurait pas voulu.

À présent, elle pouvait songer froidement à Paul sans sombrer dans la morosité. Même ce soir, même en ce temps de brouillard où émergeait la nostalgie du passé, elle ne ressentait plus cette vaine douleur qui l'avait brûlée pendant si longtemps à la seule évocation du pianiste. La pensée de Paul Lacerte, d'ailleurs, éveillait en elle le souvenir d'une souffrance insupportable bien plus que celui d'un bonheur qui s'était avéré, somme toute, pitoyable.

Chancelante, elle rentra se préparer un autre scotch-soda et ressortit sur la galerie en traînant derrière elle l'édredon qui servait de couvre-lit. Elle n'avait pas l'habitude de boire mais, ce soir, l'alcool la baignait dans un espace imprécis et flou, suspendu entre les limites du présent et du passé, là où les souvenirs d'autrefois et les émotions du présent devenaient miscibles et indissociables.

« Allons! Cesse de broyer du noir, ma vieille, et regarde l'avenir auprès de l'homme de ta vie. » L'homme de sa vie! Cette entité existait-elle réellement pour certaines femmes? Robert Breton se trouvait-il l'homme de sa vie? Mireille regardait le fond de son verre comme si la réponse pouvait s'y trouver. Elle n'y vit que de la glace fondante et un liquide dégageant une infecte odeur d'alcool. En ce soir de mai cafardeux, ramassée en petit paquet grelottant, les jambes repliées sous elle-même et les yeux rivés, à travers le chambranle du balcon, sur une mer s'évanouissant dans la pénombre, elle se posa sérieusement la question.

Mais bien sûr que Robert Breton, son mari, était l'homme de sa vie! Comment pouvait-elle seulement en douter? Il n'avait et n'aurait jamais le romantisme et la sensibilité d'un artiste. Puis après? Et de toute évidence, il ne vibrait pas aux mêmes cordes que Mireille. La poésie et la musique le laissaient plutôt indifférent, elle le savait bien. Elle avait beau lui expliquer les sentiments qu'elle exprimait sur sa flûte, elle sentait que cela n'éveillait rien en lui. Il l'écoutait jouer d'une oreille attentive mais en surface, davantage captivé par les sons eux-mêmes que par les états d'âme qu'ils portaient. Il assistait fidèlement à la plupart de ses concerts et récitals en s'exclamant très haut sur la qualité de ses performances, mais elle ne doutait pas qu'il s'y intéressât au prix de grands efforts. Parce qu'il l'aimait, tout simplement.

Mais pour la fidélité, pour l'affection, pour l'écoute, il était là, ce grand sportif, autant amateur de chasse que de mécanique, mais qui ne détestait pas, tout de même, se fourrer le nez dans les livres ou encore discuter histoire et politique. Il était là, le grand Robert, pour l'amitié, le respect surtout. Pour le meilleur et pour le pire. Auprès de lui, Mireille pouvait se sentir elle-même, au naturel et sans contrainte. « L'homme de ma vie? Ah oui! Il l'est en vérité, de mille manières!»

Pendant ces dernières années, sa présence lui était devenue indispensable. Vitale même. Elle ne pouvait plus se passer de sa grandeur d'âme, de son éternelle bonne humeur, de sa philosophie de l'existence, de sa façon simple d'interpréter les choses. De son énergie, aussi, d'où émanait une force incroyable sur laquelle elle s'appuyait inconditionnellement. Non seulement il l'avait soutenue pendant sa grossesse, mais ses encouragements et sa sollicitude durant ses études de maîtrise s'étaient avérés d'une importance capitale. Paul Lacerte lui avait peut-être ouvert la porte sur l'univers musical, mais sa carrière, elle la devait tout autant à Robert.

Dans quelques jours, ils allaient célébrer leur deuxième anniversaire de mariage. Deux ans de bonheur et de parfaite harmonie, mise à part la déception démesurée qui s'abattait sur eux à chaque mois, au retour des menstruations. Mireille prenait les bouchées doubles au travail en attendant que se déclenche une prochaine grossesse. En réalité, elle appréhendait secrètement qu'une nouvelle maternité n'entrave sérieusement l'évolution de sa carrière, malgré les dires de Robert. Sa profession lui collait à l'os comme une seconde nature et elle savait que malgré tout ce que le sort pouvait lui apporter de richesses autant affectives que sociales et culturelles, elle ne pourrait se passer de sa musique.

Mais voilà que ce soir, écrasée de fatigue, elle remettait en question son existence exagérément remplie, attribuant peu de place pour la détente et les petits bonheurs tout simples en famille. Ses obligations multiples lui laissaient une impression d'étouffement et de frustration. Manquait-elle l'essentiel à vouloir tout accorder et ne renoncer à rien? À trente ans, elle se sentait déjà lasse et épuisée. Se pouvait-il que ce harassement constitue la cause directe de son incapacité à concevoir un enfant avec Robert? Elle se le demandait parfois.

Et puis, tous ces jours et toutes ces heures vécues loin de sa fille, sans la regarder grandir... On ne peut reculer à la case départ, tel un film, la joie quotidienne de découvrir la vie à travers le regard émerveillé d'un enfant. Ce qui est manqué ne reviendra plus. Comment avait-elle pu, ces dernières années, se pâmer sur des airs de flûte en laissant à d'autres la veine de s'attendrir sur le charme et l'épanouissement de sa propre fille. Oh! elle ne la confiait pas à la garderie sans remords. Mais elle calmait bien vite sa conscience en mettant le blâme sur la fatalité : elle n'avait pas le choix. Une carrière musicale ressemble à un jardin et on doit sans cesse l'entretenir si on veut en assurer la survie. Pourtant, il existait un autre jardin davantage important, une terre vierge dans laquelle implanter des valeurs, des comportements, des principes fondamentaux à une existence décente et heureuse. Ce jardin-là, elle n'avait pas le droit de le négliger, ni de le confier à des gardiennes de tout acabit. Sa fille de cinq ans avait besoin d'elle à tous les jours.

Fallait-il qu'elle vienne s'isoler ici, ce soir, à l'autre bout du monde, pour réaliser qu'elle bâtissait sa destinée sur une magistrale erreur? Qu'elle ne donnait pas la priorité aux bons éléments? Fallait-il que sa fille lui manque soudainement à ce point pour se rendre compte enfin que la petite enfance ne dure qu'une courte période, un temps privilégié pour la mère autant que pour l'enfant, un temps non seulement d'émerveillement mais de parfaite symbiose.

Quelle idée saugrenue de venir se reposer ici dans ce chalet, à des centaines de kilomètres de ses deux raisons de vivre! Elle ne les avait pas vus depuis six jours. « Un lieu où se régénérer et faire provision de paix », s'étaient-ils dit, Robert et elle, en s'offrant cette maison au bord de la mer en guise de cadeau de noces. « Une vraie folie », avaient-ils convenu et qu'heureusement une agence efficace réussissait à sous-louer à la semaine aux touristes de passage, ce qui en amortissait suffisamment le coût. Eh bien! ce soir, la provision de paix virait à l'amertume. Et à un grand questionnement.

Se balançant mollement sur sa chaise, Mireille avait froid et mal au ventre. De ce fichu mal de ventre qui revenait à chaque mois depuis deux ans jeter tous ses projets par terre. Comment réagirait Robert lorsqu'elle lui apprendrait dans quelques jours, à son retour à Montréal, que cette grossesse tant voulue, désirée, planifiée, attendue depuis leur mariage n'était pas encore pour ce mois-ci? Oh! Il se montrerait positif et optimiste, comme à l'accoutumée, mais elle le connaissait assez pour deviner l'intensité de sa déception.

Elle remonta la couverture jusqu'à son cou, pénétrée par l'humidité glaciale jusqu'au creux de son être. La nuit avait rapproché l'horizon en une large bande noire et opaque. Seuls quelques derniers bateaux illuminés longeaient les quais en revenant bien sagement de la pêche. « Je ferais mieux de rentrer et de me mettre au café! »

Ce fut la sonnerie du téléphone qui l'accueillit, déchirant le silence au beau milieu de la salle de séjour. Robert! Perdue dans ses pensées, elle avait oublié qu'il devait l'appeler de Montréal aux alentours de neuf heures.

— Maman? C'est moi! On arrive, on est presque rendus!

— C'est toi, Élodie? Comment cela, presque rendus? Mon ange, passe-moi papa une minute.

— Surprise, surprise, ma petite Mireille! C'est vrai que nous sommes presque rendus. Nous t'appelons d'un garage de Rockport, à environ trois kilomètres du chalet. J'ai réussi à me libérer du bureau pour quelques jours. Alors Élodie et moi avons préparé nos bagages et... nous voilà! Y a-t-il une petite place pour nous dans ton wigwam?

— Oh! quelle belle surprise! Je suis tellement contente!... Robert?

— Oui, mon amour?

— Je t'aime!

Mireille poussa un soupir de ravissement. Voilà que surgissait une miraculeuse trêve à son cafard! En quelques minutes, elle remit le chalet en ordre, brancha le percolateur et trouva même le temps de subdiviser le bouquet de lavande du salon afin qu'il parfume les deux chambres.

Les pêcheurs perspicaces, en rentrant au bercail, remarquèrent-ils à travers les bans de brume que le vieux chalet, tantôt endormi sur la rive gauche du petit port, venait soudain de s'illuminer d'une clarté nouvelle, allumée à la chaleur de l'amour qui arrange tout? Et que les effluves humides d'algues et de varech emportées par la brise avaient soudain pris l'odeur d'une étrange saline. Le sel de la vie...

Allongée sur sa serviette de plage et tenant distraitement dans ses mains un livre qu'elle ne lisait pas, Mireille regardait son mari et Élodie folâtrer dans les vagues de l'Atlantique. Existait-il au monde une vision plus délectable que celle de ses deux amours riant aux éclats, partageant un plaisir anodin, isolés dans leur bulle de connivence et de complicité? Cet univers dont elle pourrait à la rigueur se sentir exclue, à force d'absences et d'éloignements répétés à outrance.

Inconsciemment, Robert ne lui permit même pas de se poser la question et l'appela de toute la force de ses poumons, à travers le vacarme des lames se brisant sur le sable.

— Eh! Mireille, viens te baigner avec nous!

— Non! L'eau est trop froide. Je préfère vous regarder de loin.

Les regarder vivre de loin! C'est bien ce qu'elle avait fait ces dernières années! Elle s'en passait justement la remarque, ce matin-là, en regardant les jambes allongées de sa fille. L'avait-elle vue grandir? Cinq ans déjà... Grande et élancée pour son âge. Ressemblant de plus en plus à sa mère pour l'allure et le maintien. Quant aux traits du visage et à la couleur des cheveux, on y retrouvait « du Paul Lacerte » à l'état pur. Les yeux surtout. Et féminine jusqu'au bout des doigts, par surcroît! Elle portait divinement les robes à fleurs et à dentelle que Mireille s'amusait à lui rapporter de ses voyages. Une vraie petite fille romantique! Elle se demandait parfois ce qu'elle aurait fait d'un fils sportif, aux gestes brusques et aux intérêts exclusivement masculins. Le destin lui ménagerait peut-être cette douce embûche lors d'une prochaine grossesse, qui sait? Un petit bonhomme rieur, solide et bâti comme son père, elle en rêvait de plus en plus.

En réalité, ce qu'Élodie avait davantage hérité de son père était sa sensibilité remarquable et un attrait prononcé pour l'expression artistique. Elle adorait danser, dessiner, inventer des histoires. Et au grand bonheur de sa mère, elle se montrait attirée spontanément par la musique. Dès son tout jeune âge, elle avait appris à identifier les instruments de l'orchestre et différenciait facilement les sonorités du violon, de la contrebasse, de la flûte, du hautbois. Quand elle en avait l'occasion, Mireille, en compagnie de Robert, bon prince, l'amenait aux petits concerts du dimanche matin, « Sons et brioches », où parents et enfants s'installaient par terre sur des coussins autour des musiciens au Piano Nobile de la Place-des-Arts. Contrairement aux autres enfants qui se mettaient à batifoler et à déranger l'auditoire au bout de quelques minutes après le début du concert, Élodie vouait à la musique une attention soutenue et surprenante pour son âge. Mireille la voyait avec plaisir se dandiner ou balancer la tête au rythme des mélodies, accroupie devant un livre à colorier qu'elle oubliait de barbouiller.

Déjà elle avait remporté le premier prix au cours d'Initiation musicale offert par les loisirs de son quartier. À la maison, elle ne cessait de pianoter et trouvait d'emblée sur le clavier les airs de toutes les comptines de son répertoire. Car elle adorait turluter et chantait fort juste. Mireille connaissait bien quelques rudiments de piano et pourrait bientôt lui enseigner les notions de base de cet instrument, mais elle craignait que ses obligations à l'extérieur ne l'empêchent d'établir la continuité nécessaire à l'étude de la musique. « Je devrai plutôt l'inscrire à une bonne école de musique. Au fond, rien ne presse encore. »

— Maman, viens avec nous!

— Ne bougez pas, je vais prendre votre photo!

Robert s'empara de l'enfant et la souleva au bout de ses bras. Elle lança des cris de protestation et de joie. Ah!... enregistrer cela et l'emporter pour les heures de déprime comme hier soir, sur la galerie du chalet. Arrêter le temps, enfermer le présent dans un écrin pour le revivre inlassablement et à volonté comme on écoute à nouveau un disque ou un film. Et le conserver comme une ressource précieuse sans cesse disponible pour les moments d'ombre et de déroute...

— Attendez, j'en prends une autre!

Cette fois, Élodie entoura le torse de Robert de ses jambes et se blottit dans ses bras comme une amoureuse. « Les voici confondus, tous les deux, comme un seul être. Le père et la fille... et le bonheur sur leur visage. » L'œil de Mireille cilla derrière le viseur de l'appareil. « Ils sont heureux, ces deux-là. Ont-ils seulement besoin de moi? »

C'est fou ce qu'ils constituaient une redoutable paire de complices! Non seulement ils étaient capables de manigancer les plus belles surprises telles que leur arrivée impromptue de la veille à Rockport, mais ils pouvaient également ménager des coups pendables comme d'avoir sacrifié un arbre dans la cour arrière de leur maison afin d'y installer un module de jeu sans avoir consulté la « maîtresse » des lieux. Ou encore de s'être procuré un petit chat, un lapin et même une tortue sans demander l'approbation de la « reine du foyer »! Ah! oui, Élodie manipulait Robert honteusement, il le savait et il se laissait faire volontiers.

— À ton tour maintenant, Mireille. Viens!

— Oui, oui, j'arrive!

Un passant prit la photo de famille. Le bonheur immortalisé, fixé à jamais sur un bout de pellicule...

— Moi aussi, je veux prendre une photo, moi aussi!

Mireille et Robert se resserrèrent l'un contre l'autre. « Mon amour... » Et Élodie prit elle-même la photo. Encore chanceux si elle ne leur avait pas coupé la tête ou les pieds! Mais ce qu'Élodie voulait, Mireille et Robert le voulaient.

Mireille retourna à sa serviette de plage. Oui... Robert et elle couleraient le parfait bonheur si ce n'était de l'infertilité de leur couple. Comment cela se pouvait-il? Dire qu'elle avait conçu Élodie à son insu, en oubliant de prendre sa pilule contraceptive une seule fois. Et voilà qu'avec Robert, ses projets étaient virés d'un mois à l'autre depuis deux ans.

— Ce n'est pas grave, l'encourageait toujours son mari. Il nous reste encore de nombreuses années pour nous reprendre. Le docteur a dit d'attendre encore quelques mois avant de procéder à une investigation.

Au fond, elle savait qu'il se sentait aussi dépité qu'elle. La veille, peu de temps après leur arrivée au chalet et non sans qu'Élodie ait raconté à sa mère en long et en large toutes les péripéties de la semaine et mouillé à n'en plus finir ses parents de mille baisers, Mireille l'avait finalement mise au lit dans la petite chambre d'amis à l'arrière du chalet. Puis elle était retournée rejoindre Robert sur le balcon pour goûter la fraîcheur de la nuit et se blottir contre lui dans l'énorme berceuse suffisamment grande et moelleuse pour contenir deux amoureux. Elle s'en était voulu de gâcher un tel moment par l'annonce d'un autre échec, mais d'en parler à Robert la libérait d'un poids énorme. Non pas qu'elle se sentît nécessairement responsable de son infécondité, mais de partager la fébrilité de ses attentes et la douleur de ses déceptions l'aidait à se relever et à persévérer.

Maintenant convertie à l'idée d'avoir un autre bébé, l'imminence d'une grossesse était devenue pour elle une obsession. Autant le désir d'un autre enfant n'avait germé que peu à peu dans son cœur, autant paraissait-il maintenant impérieux et oppressant. À tel point que Mireille ne savait plus si elle faisait l'amour avec Robert pour exprimer un sentiment ou pour procréer absolument.

À vrai dire, elle voyait s'élargir avec appréhension l'écart d'âge entre Élodie et un éventuel petit frère ou une petite sœur. Tant qu'à agrandir la famille, aussi bien le faire tout de suite afin d'élever les marmots tous ensemble. Tout cela n'était pas sans l'effrayer, bien sûr, mais une fois la décision prise, mieux valait plonger immédiatement. On ne peut demeurer indéfiniment debout sur le bord d'un tremplin placé à une hauteur vertigineuse sans que la peur surgisse et vienne paralyser les meilleures volontés du monde. Il était plus que temps de sauter, Mireille se sentait prête.

— Robert, je suis encore menstruée. Depuis ce matin.

Robert avait retenu sa respiration et gardé quelques secondes d'immobilité avant de réagir et tenter de la consoler. Mireille savait que ces quelques secondes représentaient le laps de temps alloué au lutteur pour se relever dans le ring, le temps du répit, le court espace où se ressaisir et ramasser ses forces afin de montrer à sa bien-aimée la vaillance et le courage sur lesquels elle pouvait s'appuyer. Mireille avait compris le désarroi de Robert malgré son regard impassible et ses tentatives pour masquer sa déconvenue. Il avait pris gentiment le visage de Mireille dans ses mains et l'avait regardé intensément.

— Allons, ma douce. Il ne faut pas pleurer. Je sens que le mois prochain sera le bon.

Il aurait pu ajouter « en autant que tu restes sur place pendant ta période fertile », mais il se garda bien d'exprimer le fond de sa pensée. Il avait trop de respect envers sa femme pour protester de ses absences trop fréquentes à cause des engagements de sa carrière. Il en souffrait pourtant mais n'en parlait jamais. Contrairement à Mireille qui craignait une raison d'ordre médical, il mettait secrètement sur le compte de ces éloignements l'infertilité de leur couple. « Il suffit qu'elle ovule le jour où elle se trouve à New York, aux « îles Mouc-Mouc » ou au diable vauvert... On ne fabrique pas un bébé par téléphone, que je sache! »

— Robert, cette fois, il faut envisager le problème de plein front. Dès notre retour à Montréal, je vais contacter le docteur Lachesne et prendre un rendez-vous pour nous deux dans sa clinique de fertilité.

Robert n'avait pas répondu, mais il avait resserré son étreinte. Ce geste avait suffi pour confirmer son assentiment.

Ce matin, en le regardant courir sur le sable à la poursuite du ballon maladroitement lancé par Élodie et emporté par le vent, Mireille ne pouvait croire que ce beau grand corps d'homme, lisse et svelte, puisse dissimuler une déficience biologique sournoise l'empêchant de féconder une femme. Robert resplendissait de santé et reflétait la force et la robustesse. Elle chassait tant bien que mal de son esprit l'éventualité qu'il soit impuissant à procréer et entièrement responsable de l'infécondité de leur couple. Mais elle ne pouvait nier la réalité : elle avait déjà enfanté et l'existence d'Élodie la rassurait sur sa propre condition. Quoique, les années passant, sa situation avait pu changer.

— Hé! là! maman, tu viens te baigner avec nous! On ne te donne pas le choix!

Ce n'était pas Élodie qui avait prononcé le mot « maman » mais bien Robert qui se plaisait souvent à l'interpeller de la sorte, confirmant à sa manière qu'il voyait en Mireille non seulement sa femme et sa maîtresse, mais la mère de ses enfants à venir.

En ce joli matin de mai, la maman lança néanmoins des cris de petite fille en pénétrant dans les eaux glaciales de l'océan, tirée d'un côté et de l'autre par les deux êtres qu'elle chérissait le plus au monde.

♪♪♪

Les jours trop courts s'écoulaient, enchanteurs et transparents comme l'air embaumé imprégnant les ravissants petits villages de la Nouvelle-Angleterre. Les rhododendrons fleurissaient autour de chaque perron et la nature, en avance sur le climat nordique du Québec, éclatait de beauté dans un somptueux cortège de couleurs et d'odeurs. Mireille coulait des heures de bonheur. Elle avait tout oublié de son épuisement, de sa nostalgie du premier soir, de sa déception due au flot menstruel. Avec Robert et Élodie, elle faisait de longues promenades sur les plages désertes ou fouinait dans les rues vides de touristes, à la recherche de quelque trésor caché au fin fond d'une boutique. Elle se laissait bercer par la douceur de vivre, aspirant l'air salin à pleins poumons et s'enivrant de mille petites joies anodines. L'atmosphère était à la sérénité et à la paix, et elle en faisait largement provision.

— Merci, Robert, merci d'être venu me rejoindre.

Le dernier matin, ils marchèrent jusqu'au phare de Cape Ann. Mireille partagea l'excitation d'Élodie lorsque Robert lui promit de l'amener jusqu'en haut du phare si le gardien lui en donnait la permission.

— Jusqu'en haut, papa? On va presque toucher au ciel!

Ils y montèrent tous les trois par l'escalier en spirale de plus de deux cents marches. Mireille y perdit le souffle, mais à voir la mine réjouie de ses deux acolytes rendus au sommet bien avant elle, elle trouva le courage de les suivre jusqu'à la plate-forme supérieure. La vue sur toute la région était superbe et en valait l'effort. Effectivement, Mireille ressentait une impression de puissance et de septième ciel. « Je possède l'univers, je suis la femme la plus riche du monde. » Elle déposa spontanément un baiser sonore sur la joue fraîche d'Élodie et celle de Robert, piquante et un peu humide de sueur.

— Regarde, maman, le bel oiseau blanc!

Un goéland en plein vol, apercevant des touristes sur l'étroit balcon encerclant le haut de la tour, s'en était approché sensiblement et attirait leur attention par des cris stridents, dans l'expectative qu'ils lui lancent quelques croustilles.

— Il est magnifique! Ce doit être formidable de voler ainsi au-dessus de l'univers, en toute liberté.

— Crois-tu, maman, qu'il pourrait se rendre jusque chez nous?

— Pourquoi pas?

— Alors, il pourrait voir notre chat dans le jardin, derrière la maison.

— Tiens! j'ai une idée! si on lui donnait une mission? Il pourrait aller à Saint-Eustache et donner de nos nouvelles à Gris-Gris. Lui dire que nous allons bien et que nous rentrerons demain. Entre animaux, ils peuvent certainement se comprendre, tu sais. Je suis sûre qu'ils possèdent un langage secret. Notre minet serait content.

— Oh! oui, oui, vas-y, bel oiseau blanc. Et dis à Gris-Gris que j'arrive bientôt!

L'enfant suivit longtemps, les yeux pleins de rêve, les larges courbes que le grand oiseau dessinait dans le ciel. Mireille s'en trouva si émue qu'elle se mit à croire elle-même au fantasme de l'oiseau. Jamais sa fille ne lui avait paru aussi belle, non seulement parce que le soleil, ces derniers jours, avait allumé sur son visage des couleurs de feu, mais parce que son regard reflétait toute la candeur, toute l'innocence du monde.

♪♪♪

— Ce soir, mes amours, je vous invite à souper au restaurant. C'est moi qui offre le repas en guise de remerciement pour votre affectueuse présence et ces jours paradisiaques que vous m'avez fait passer. Je connais un joli petit bistrot situé directement dans le port où l'on sert les plus délicieux fruits de mer du patelin.

— Dans ce cas-là, Mireille, il nous faudra acheter du vin dans la ville voisine, car Rockport est un « dry town », c'est-à-dire que l'on n'y vend pas d'alcool, ni dans les restaurants, ni dans les magasins. Cela découle d'une vieille tradition datant du tournant du siècle, instituée par les épouses des travailleurs du village qui revenaient du travail ivres et encore assoiffés d'alcool. Aujourd'hui, certains endroits acceptent de servir le vin aux touristes, si ceux-ci en apportent.

— Ah, oui! je le savais, mais l'avais complètement oublié. Quelle mémoire prodigieuse tu as, Robert! Quel homme! Quel cerveau! Quelle matière grise! Quel génie que mon mari!

Mireille pouffa de rire et en fut quitte pour recevoir une petite tape sur le derrière, histoire de prouver que Robert n'était pas qu'un cerveau ambulant.

En fin de journée, ils se rendirent donc au « Liquor Store » pour se procurer une bonne bouteille de « petit blanc sec ». Élodie, fatiguée de sa journée, préféra attendre dans la voiture en compagnie de sa mère. C'est alors qu'elle repéra une crémerie juste en face du stationnement.

— Oh! maman, je veux un cornet de crème glacée!

— Mais non, Élodie, nous allons souper dans moins d'une demi-heure! Il n'est pas question de bouffer des sucreries avant un repas.

— J'en veux, bon!

— J'ai dit non, et c'est non! Je t'en prie, n'insiste pas!

Élodie, assise sur le siège arrière, se mit à hurler et à donner des coups de pied dans le dossier de la banquette avant. Mais Mireille tint son bout.

— Ma gardienne, elle, elle m'en donnerait un tout de suite! Et puis moi, je n'aime pas ça, des fruits de mer. Je veux de la crème glacée tout de suite, na!

Elle se remit à crier et à trépigner. Robert, de retour à la voiture, s'étonna devant la bousculade :

— Mais que se passe-t-il ici? Une tornade? Un ouragan?

— Non, Robert, c'est juste que notre charmante petite fille se comporte en enfant gâtée. Je pense qu'il est plus que temps d'y voir. De toute urgence, je devrai prendre des résolutions et établir, de façon précise et dès maintenant, mes véritables priorités. Enceinte ou pas, musicienne ou non, je vais m'occuper davantage et moi-même de l'éducation de la délicieuse demoiselle ici présente. Qu'elle se le tienne pour dit! Qu'en penses-tu, papa?

Quelques instants plus tard, attablés tout près d'une fenêtre donnant sur les quais de Rockport, Mireille et Robert frappèrent leur coupe de vin l'une contre l'autre à la réussite du projet leur tenant le plus à cœur. Ce court séjour sur la côte s'était avéré bénéfique. Ils avaient fait le point et se sentaient maintenant prêts à tous les examens, à tous les tests de laboratoire et à toutes les ressources actuelles de la science pour contrer leur stérilité. Ils voulaient un autre enfant et feraient tout pour y arriver. Ignorant la nature et l'existence même de ce projet, Élodie cogna tout de même allègrement son grand verre de lait sur ceux de ses parents en criant « chin! chin! » de sa petite voix zézayante.

Tout près de la fenêtre du restaurant, perché sur le bout d'un pilotis, immobile et l'œil torve, un grand oiseau blanc montait la garde.

L'été tirait à sa fin et prolongeait ses derniers jours dans un souffle chaud, plongeant la nature et ses habitants dans une insupportable touffeur. Tout de même, la nuit avait de plus en plus raison sur le jour, baignant les soirées d'une fraîcheur délicieuse et glaçant les petits matins jusque tard dans l'avant-midi. Jamais, de toute son existence, la résidence des Breton n'avait paru aussi resplendissante. Récemment vernis, les volets de bois naturel et la colonnade de chêne en enfilade autour du balcon cernant la maison sur trois faces lui conféraient une prestance digne des plus nobles demeures. Robert et son frère y étaient nés et y avaient coulé une enfance heureuse. Après le décès de sa femme survenu quelques mois avant le mariage de Robert et de Mireille, monsieur Breton père avait revendu à son fils, pour un prix dérisoire et « pour la forme », cette maison familiale devenue trop grande pour lui. Son frère aîné se montrant peu intéressé, Robert n'hésita pas très longtemps. En ce temps-là, il vivait avec Mireille et la petite entassés dans leur minuscule appartement du Plateau Mont-Royal. « Près de tout », prétendait Mireille. « Surtout de la pollution et du bruit », renchérissait invariablement Robert.

Mireille accepta d'emblée de déménager à Saint-Eustache après leur mariage, d'autant plus que ses répétitions de flûte lui occasionnaient un problème majeur, les voisins trop proches ayant protesté avec raison que « même belle, la musique de madame, aux heures tardives, causait préjudice à leur tranquillité ».

Mireille se laissa séduire par le charme ancestral de la vieille demeure de pierres se dressant majestueusement sur le bord de la rivière des Mille Îles. Éblouie par les magnifiques boiseries, les fenêtres à lucarnes et les énormes poutres traversant le salon et la salle à dîner, elle prétendit qu'une telle habitation possédait certainement une âme... et peut-être même un fantôme!

— Un fantôme, je ne le crois pas, mais je reste convaincu, lui répondit Robert, qu'une merveilleuse fée pourrait facilement occuper le grenier et y jouer une musique ensorcelante sur sa flûte traversière.

Il avait donc aménagé un immense studio de musique « avec vue sur la rivière, ma chère », répétait-il tout fier, pour taquiner Mireille sur un ton affectueux et avec le petit doigt en l'air. Rien n'y manquait : lutrins, table de travail, appareils d'enregistrement, micros, haut-parleurs, bibliothèque et énorme fauteuil trônant dans un coin. Il offrit même d'y monter le vieux piano du salon sur lequel sa mère et surtout sa grand-mère avaient pianoté jadis, mais Mireille refusa. L'âme de la maison, si elle existait, habitait sûrement l'intérieur du piano et l'on se devait de lui conserver la place d'honneur, au beau milieu du salon. D'ailleurs, avant longtemps, Élodie prendrait des cours de piano et saurait faire vibrer respectueusement le vénérable instrument.

Se rappelant ses longues nuits sur sa flûte, autrefois, dans le grenier de ses parents, Mireille s'amusait à répéter que, décidément, son destin l'appelait à jouer sans cesse dans les hauteurs et que c'est de haut qu'elle devait maintenant regarder le monde!

En ce début de septembre, les hydrangers foisonnaient de panicules aux teintes d'ivoire et les rosiers rustiques descendant jusque sur la rive persistaient à fleurir de mille fleurs parfumées. Mais l'érable gigantesque frémissant à l'angle du jardin ne se trompait pas de saison et affichait déjà, tel un étendard, quelques branches aux couleurs d'une blessure. L'automne et son cortège de froidures s'en venait à grands pas.

Cet après-midi-là, la petite fille vêtue de bleu qui s'élançait, cheveux au vent, sur la balançoire suspendue au grand arbre, n'enlevait rien au charme du décor, bien au contraire. Du coin de la fenêtre de la cuisine, tout en préparant le repas, Mireille surveillait Élodie et se disait que si elle avait possédé des talents de peintre, elle aurait fixé sur la toile l'enchantement d'une telle vision. Sa fille, sa douce petite fille...

Tout au long de l'été, elle lui avait consacré la majeure partie de son temps et ne regrettait rien. Jardinage, pique-niques, excursions, baignades avec les amis. L'Orchestre harmonique ayant interrompu ses activités pendant plusieurs semaines, Mireille n'avait donné qu'un seul concert comme soliste invitée, dans le cadre d'un festival de musique semi-classique. Cela lui avait permis de s'occuper de sa fille et de la reprendre en mains. Au fond, elle avait réalisé que ses sautes d'humeur et ses petits caprices ne représentaient rien d'autre qu'une façon détournée d'attirer l'attention. Avant les vacances, la petite passait ses journées à la garderie du quartier en compagnie d'autres enfants de son âge. En fin de journée, Mireille ou Robert venait la chercher selon leur disponibilité. Mais il arrivait très souvent, trop souvent, que Mireille travaille à l'étranger et que Robert soit retenu à son travail au moment de la fermeture de la garderie. La voisine ou de jeunes gardiennes prenaient alors la relève et se chargeaient de garder l'enfant jusqu'au retour des parents. Ces gardiennes imposaient leurs propres règles et manières souvent permissives à l'excès. Au retour de chacune de ses tournées, Mireille devait établir à nouveau les principes de base d'une éducation qu'elle voulait affectueuse mais ferme. Se sentant coupable de devoir la quitter fréquemment, elle-même n'échappait pas facilement à la tendance à se plier aux quatre volontés de l'enfant afin de calmer sa propre conscience.

À la longue, Élodie avait développé l'art de manipuler les gens et d'obtenir tout ce qu'elle voulait par des câlins et des mignardises. Si la victime ne se laissait pas amadouer sur-le-champ, elle usait alors de bouderies et de mauvaise humeur. En dernier recours, la crise intarissable de larmes, voire la roulade par terre, venaient à bout de la résistance la plus coriace.

Dieu merci, depuis leur court séjour à Rockport au printemps, Mireille en avait pris davantage conscience, saisissant bien qu'un peu de fermeté ne rendrait pas Élodie malheureuse. Il était plus que temps de s'atteler à mâter le caractère de sa fille. Les enfants ressentent instinctivement le besoin qu'on leur impose un encadrement et des limites, cela les sécurise, ils se sentent pris en mains et supervisés. Mais trop de personnes différentes détenant l'autorité mène au chaos. L'enfant devient confus et développe l'art subtil de manipuler chacun selon les limites de sa patience et de sa tolérance.

Il arrivait aussi que madame Ledoux, la mère de Mireille, vienne garder les fins de semaine lorsque les deux parents devaient s'absenter. Elle avait au moins le mérite d'exercer une certaine discipline. L'enfant s'était attachée à sa grand-mère. La proximité des logements, les premières années, favorisa cette belle relation qui diminua quelque peu d'intensité après le déménagement de Mireille dans la banlieue éloignée. Madame Ledoux ne conduisait pas de voiture et dépendait entièrement de son mari pour venir visiter sa petite-fille, ce qui réduisit sensiblement la fréquence de leurs rencontres. Élodie lui restait toutefois très liée et la réclamait souvent. C'était donc une grande joie pour toutes les deux lorsque madame Ledoux venait la garder pour toute la durée d'un week-end, accompagnée d'un monsieur Ledoux encore plus taciturne que sa femme. Tous deux choyaient l'enfant, mais ne la gâtaient pas en se pliant à tous ses caprices de petite fille.

Le plus « gâteau » de tous était certainement Robert qui manquait totalement de rigueur dans son comportement avec l'enfant. Mireille avait parfois l'impression qu'il refusait inconsciemment de prendre sur ses épaules la responsabilité de son éducation. Ne se trouvant pas son géniteur, pourquoi assumerait-il la lourde charge de former son caractère? Il l'avait légalement adoptée et lui avait même donné son nom, certes, mais pourquoi intervenir dans le processus de soins déjà amorcé par Mireille seule avant leur mariage? Aimer l'enfant, la protéger et veiller à son bien-être, oui, mais aussi la combler exagérément, en se souciant peu des conséquences, lui venaient plus naturellement que l'exercice d'une autorité qu'il ne désirait même pas.

Durant les premières années, Mireille avait tenté à quelques reprises d'en discuter avec lui, mais sa position de mère célibataire la rendait mal à l'aise. Comment exiger quoi que ce soit de cet homme qui les avait accueillies à bras et à cœur ouverts, elle et sa fille? Comment lui reprocher sa mollesse, son manque de fermeté et de discipline face à l'enfant? Comment lui faire comprendre qu'il aimait mal cette enfant, qu'elle n'était pas qu'une poupée à cajoler, qu'il fallait lui apprendre aussi l'obéissance, la gentillesse, la sociabilité, la générosité, le contrôle de ses pulsions, le respect des autres?

Après leur retour du Maine, ils avaient passé quelques jours pénibles lors de la visite de Julie, la petite nièce de Robert, âgée de trois ans. Sa mère se trouvant sur le point d'accoucher d'un troisième enfant, Mireille avait offert de prendre Julie pour un certain temps. Après les premières manifestations d'intérêt envers l'enfant suscitées par la curiosité, Élodie s'en était désintéressée complètement, ce qui, au fond, s'avérait assez normal, vu la différence d'âge. Mais en la voyant refuser catégoriquement de partager ses affaires et interdire brutalement à Julie de pénétrer dans sa chambre, le temps seulement d'emprunter un jouet ou l'un de ses innombrables toutous, Mireille réalisa l'urgence d'apprendre à sa fille à partager. Cette fois, elle en discuta sérieusement avec Robert et, devant les faits, il admit qu'elle avait parfaitement raison. Plus de fermeté s'imposait.

En l'occurrence, Mireille eut très peu recours aux services de gardiennes de l'extérieur pendant les mois de vacances et s'appliqua plutôt à inviter des petits amis à la maison. Petit à petit, Élodie se montra plus conciliante et plus sociable. Plus docile aussi. « Si seulement je pouvais tomber enceinte, cela réglerait bien des problèmes », songeait-elle en jetant un coup d'œil sur sa fille, tout en préparant une sauce à spaghetti, car monsieur et madame Ledoux venaient justement souper ce soir-là. « Non seulement je serais forcée de rester davantage à la maison pour m'occuper des enfants mais, de partager l'affection et l'attention de ses parents avec un petit frère ou une petite sœur s'avérerait sûrement bénéfique pour Élodie. »

Le lendemain, elle et Robert avaient rendez-vous à la clinique de fertilité pour connaître le résultat de tous les tests qu'ils avaient accepté de passer depuis deux mois. Elle avait beau ne pas vouloir s'énerver avec cela, la crainte d'un problème grave la hantait jour et nuit. S'il fallait que Robert soit impuissant à procréer... Comment prendrait-il la chose? Accepterait-il de se faire soigner? Jusqu'où étaient-ils prêts à aller tous les deux pour avoir un autre enfant? Insémination artificielle? Bébé-éprouvette? Banque de sperme? Mère porteuse? Adoption internationale?

Pas une seule fois, ils n'avaient franchement et ouvertement abordé la question. À chacune des tentatives de Mireille pour en discuter, Robert lui avait répondu sur un ton ferme et ne permettant aucune réplique.

— Tu t'énerves pour rien! On avisera en temps et lieu. Que sert de se casser la tête en ce moment?

Mireille le soupçonnait d'avoir peur et de sentir sa virilité menacée. Il n'était pas sans songer, lui aussi, qu'elle avait déjà porté un enfant et qu'il se trouvait fort probable que les problèmes proviennent de son côté à lui. Quel homme pouvait accepter sans broncher qu'on lui brandisse dans la face et officiellement son impuissance à procréer? Quel choc et quelle humiliation! L'estime de soi devait en prendre un coup, momentanément du moins.

Mais Robert avait probablement raison. Les yeux cernés de Mireille et ses nerfs à fleur de peau de ces derniers jours témoignaient de la tension inutile que cette attente avait créée en elle. Seule sa flûte lui procurait quelques moments de détente où elle retrouvait son calme et sa sérénité pour quelques heures. Durant ces deux derniers mois, elle avait passé beaucoup de temps dans son studio, préparant tranquillement le deuxième disque qui compléterait l'enregistrement des concertos de Vivaldi avec l'orchestre de Boston. Le premier disque, selon certaines analyses d'avant-garde, semblait plus prometteur que Mireille ne l'avait prévu.

Souvent, Élodie venait rejoindre sa mère au grenier et s'installait auprès d'elle avec ses crayons de couleur ou ses casse-tête, se pliant de bon gré à la seule condition imposée par Mireille pour la laisser monter : rester sage. Elle apportait ses poupées et leur garde-robe, ou encore son silencieux chat Gris-Gris, et s'installait par terre, tout près de la fenêtre, bougeant à peine pendant des heures. Mireille lui jetait souvent un œil discret, savourant le plaisir de goûter la présence de l'enfant devenue docile. Tout en s'amusant à autre chose, la petite se dandinait au tempo de la flûte, s'imprégnant inconsciemment des lignes joyeuses ou nostalgiques de la musique. Souvent, elle chantonnait les mélodies sans s'en rendre compte. « Ma fille est en train de développer un intérêt réel pour la musique, se disait Mireille. Espérons qu'elle le garde durant toute sa vie. Ce sera mon plus bel héritage. » Émue, elle aurait souhaité voir ces heures doucereuses s'éterniser et se renouveler à l'infini.

Mais dans quelques jours, Élodie prendrait le chemin de l'école. De la grande école. « Pour de vrai! » ne cessait-elle de répéter, les yeux brillants. Mireille n'en revenait pas. Déjà, sa fille lui échappait. Elle quitterait la maison à chaque matin pour aller développer son indépendance, posséder un petit univers bien à elle sur lequel Mireille aurait peu d'emprise. Elle devrait apprendre à se débrouiller seule dans la jungle que constituait la société des humains, y creuser sa place au soleil et y développer son estime de soi. Y acquérir aussi des montagnes de connaissances qui deviendraient à la longue des outils pour se défendre et subsister. Ouf!.. Selon Mireille, il s'agissait d'une nouvelle naissance, une étape incontournable, le premier véritable pas vers l'autonomie de son enfant. Cela n'était pas sans lui causer un pincement de cœur.

Elle-même reprendrait très bientôt le chemin des studios de l'Orchestre harmonique. Répétitions interminables en fin de journée, concerts le soir, enregistrements, tournées en région qui la laisseraient épuisée et vidée. Pouah! Pour la première fois depuis cinq ans, la perpective du retour ne la séduisait pas du tout. Cette course contre la montre qui n'en finissait plus et l'organisation compliquée entre sa vie familiale et artistique lui allouaient si peu de temps pour souffler et se laisser vivre un peu. Secrètement, elle souhaitait une prescription médicale de la clinique de fertilité lui ordonnant de prendre une année sabbatique et de se reposer afin de mettre toutes les chances de son côté pour procréer. Sinon, renoncer sans raison à l'orchestre pour une période indéterminée s'avérerait un trop gros risque à prendre, car une fois son poste comblé, une possibilité de ré-embauche ultérieure n'était pas garantie. Et il ne se trouverait plus de Paul Lacerte sur son chemin pour user de son influence, comme autrefois, afin de lui dénicher un emploi permanent.

Un collège privé lui avait bien offert un poste d'enseignante en flûte à temps partiel, mais elle doutait que ce travail obscur dans un studio lui apporte satisfaction et valorisation, maintenant qu'elle avait goûté à la frénésie de la scène, avec tout ce que cela comportait de stress mais aussi de satisfaction et de valorisation sous les feux de la rampe. Idéalement, elle aurait désiré quitter l'orchestre, se contentant de quelques récitals par année et d'un enregistrement ou deux. Mais elle ne se décidait pas à remettre sa démission tant qu'elle ne se trouverait pas enceinte.

— J'hésite, Robert, tu comprends? Je n'arrive pas à me décider. Ce travail régulier à l'orchestre représente une sécurité pour moi.

Robert avait toujours refusé d'influencer sa femme, mais il s'expliquait mal ce besoin illogique de sécurité.

— Si c'est pour une question d'argent, je suis là, Mireille, et mon salaire suffit certainement à bien faire vivre notre famille. Sans trop de luxe, évidemment, mais ce n'est sûrement pas la raison pour laquelle tu gardes ton emploi avec l'orchestre.

— Ah! si seulement je tombais enceinte, je saurais au moins où je m'en vais.

— Eh bien! nous le saurons très bientôt, mon amour.

Mireille frémit à la seule pensée de leur rendez-vous du lendemain, à deux heures de l'après-midi. Toujours occupée à brasser sa sauce italienne, elle ne s'était pas aperçue qu'Élodie avait quitté sa balançoire pour aller jouer dans le carré de sable. Une enfant seule. Qui s'amuse toute seule. Une enfant unique, sans frère ni sœur... Mireille songea soudain à ses deux frères plus jeunes dont elle appréciait de plus en plus l'existence. D'agaçants et d'encombrants qu'ils se montraient jadis, ils étaient devenus des amis précieux et fidèles. Un petit frère ou une petite sœur dans l'existence, cela n'avait pas de prix. Quel plus beau cadeau pouvait-on offrir à un enfant?

Un claquement de porte fit sursauter Mireille et la tira de sa rêverie. Élodie, cheveux en broussaille et le visage barbouillé de terre jusqu'aux oreilles, regardait sa mère d'un air interrogateur.

— Maman, j'ai faim!

— On mange bientôt, ma chérie. Dès que papa et tes grands-parents arrivent, on se met à table. Mais regardez-moi donc cette petite souillonne! Attends un peu que je l'attrape et la passe au savon!

Riant aux éclats, la mère et la fille entreprirent une course folle à travers la maison qui se termina par terre dans un roulé-boulé frénétique et un assaut menaçant de baisers.

— Ce qu'elle goûte bon, ma fille! Même sale, elle goûte bon! Miam! Miam! Moi aussi, j'ai faim! Je pense que je vais manger une cuisse de petite fille!

Chatouilleuse, Élodie se tordait de plaisir et riait aux éclats. En se relevant, à bout de souffle, Mireille se dit que le bonheur, ce devait être cela. Rien que cela. Aussi simple que cela. Les cris de joie avec lesquels Élodie accueillit ses grands-parents allumèrent, dans son cœur de fille et de mère, un incendie...

Deux heures. Hôpital Saint-Luc. En déambulant dans l'enfilade de salles d'attente disposées de chaque côté du corridor, Mireille jeta un regard sur les nombreux patients des diverses cliniques externes rivés à leurs sièges de plastique, immobiles, alignés les uns à côté des autres, attendant désespérément pendant des heures qu'on daigne les appeler par leur nom au micro. Seules quelques vieilles dames bavardes racontaient sur un ton trop élevé leurs multiples maladies à leurs voisins les écoutant poliment d'un air ennuyé.

Lesquels parmi eux se trouvaient gravement malades, lesquels ne l'étaient pas du tout? Lesquels seraient sauvés, sur qui tomberait l'épée de Damoclès? Quels malheureux le mauvais sort désignerait-il? Sur qui le hasard maudit s'acharnerait-il sournoisement pour y infiltrer le mal qui ronge, le mal silencieux, insidieux, assassin? On se croit en santé, on fonctionne parfaitement bien et puis soudain une bosse, une tache, un étourdissement, un petit écoulement de sang de rien du tout, et tout l'univers s'écroule.

La vue de tous ces gens potentiellement malades ramena l'infécondité de Mireille à la dimension réduite d'une banale frustration de la vie. « Dieu merci, nous sommes en parfaite santé et nous n'avons rendez-vous qu'à la clinique de fertilité. » Pour elle, cependant, le vif désir d'un autre enfant avait pris, ces derniers temps, des proportions démesurées. Elle ressentait jusque dans ses tripes ce vibrant besoin d'être mère à nouveau, comme si elle réalisait soudain que rien au monde, surtout pas une carrière professionnelle même passionnante, ne pouvait tenir plus d'importance que le volet maternel de son destin de femme. Elle avait pourtant connu une fois au moins l'expérience de la maternité et remerciait le ciel d'avoir eu la chance de participer au grand mystère de la création. Elle avait goûté la fascination déclenchée par la présence d'un petit être bien vivant grandissant là, au creux de son ventre, à même sa propre substance.

« Dire que j'ai failli me faire avorter... Élodie, Élodie, j'ai failli te tuer dans l'œuf, quelle horreur! » En se privant d'elle, elle aurait laissé échapper les plus grandes joies de son existence. Ces derniers mois vécus en fusion avec l'enfant avaient achevé de la convaincre : la joie de vivre se trouvait à ce niveau, viscérale, naturelle, réelle, palpable, colossale. La musique pouvait attendre! Elle y retournerait bien, un jour, afin de retrouver la satisfaction de l'accomplissement et de sa propre actualisation déjà expérimentée sur sa flûte. De cela, elle ne pourrait se passer indéfiniment. Mais à court terme, son rêve actuel se trouvait ailleurs.

D'où provenait ce virage? L'insistant désir de paternité de Robert avait-il, à lui seul, réussi à la convaincre? Ou ses trop nombreuses obligations au travail, la saison dernière, l'avaient-elles épuisée et écœurée à ce point qu'elle avait souhaité un réel changement de cap? Ou la quiétude auprès de son adorable petite fille pendant tout un été l'incitait-elle à renouveler cette expérience avec un autre enfant?

La fragile petite idée de naguère, sans cesse repoussée du revers de la main, avait fait son chemin et s'imposait maintenant comme un besoin impérieux plus grand que tout. Après leur mariage, l'échec de leurs premières tentatives à procréer n'ébranla guère Mireille. À vrai dire, ces revers affectaient davantage Robert, en mal de paternité, même s'il se gardait bien de le manifester ouvertement. Si Mireille se montrait fort déçue, elle l'était surtout pour son mari. À la longue, au fil des mois, le vent avait toutefois tourné et l'apparition des menstruations la frustrait de plus en plus et détériorait son moral. Une sérieuse consultation en clinique de fertilité s'imposait de toute évidence.

Assis à ses côtés, Robert ne disait pas un mot. L'attente le laissait imperturbable mais secrètement tendu. Son air figé masquait mal l'anxiété qui le torturait, Mireille n'en doutait pas. Elle avait tenté à plusieurs reprises de parler avec lui de cette angoisse l'oppressant intérieurement comme un nœud depuis quelques jours. Une parole optimiste, un mot de réconfort de sa part auraient peut-être suffi à le détendre. Mais plus le rendez-vous approchait, plus Robert restait stoïque et refusait d'en discuter. Il demeurait silencieux et jongleur, privé de son habituel sens de l'humour.

En cet instant précis, il ne tenait même pas la main de Mireille, comme à l'accoutumée. Elle aurait au moins eu le sentiment qu'ils vivaient l'événement à deux. Mais elle se devait de respecter sa façon à lui de réagir, sa manière de vivre ses problèmes : en se repliant sur lui-même. En devenant un bloc immuable. Un mur d'impassibilité. En se renfrognant dans sa carapace. En refusant de grossir la difficulté avant qu'elle ne surgisse. En tentant de ne pas s'inquiéter à l'avance pour un problème qui ne surviendrait peut-être jamais. En se pétrifiant, de la fixité même des reptiles. Au fond, il avait raison. Cette politique du « on verra en temps et lieu » paraissait plus sensée que les déchirements inutiles de Mireille. Mais où se trouvait la compréhension mutuelle, le partage des mêmes appréhensions et des mêmes espoirs? Quelle étrange vie à deux que la leur, soudainement!

Mireille glissa doucement sa main dans celle de Robert afin de contrer l'immense solitude qui l'écrasait soudain. Elle aimait l'énorme main chaude et protectrice, à la fois douce et vigoureuse qui se refermait sur la sienne. L'espace d'un moment, elle se rappela le vide effroyable qui avait assombri le début de sa première grossesse. N'eût été de sa grande amie madame Deschamps, et surtout de Robert, elle n'aurait sans doute pas tenu le coup et aurait probablement opté pour l'avortement. De sa présence à ce moment-là, elle lui serait éternellement reconnaissante. En cet instant même, il n'avait peut-être que le silence et une main fuyante à lui offrir, mais elle savait que dans la chaleur de cette main se trouvait tout l'amour du monde.

— Monsieur et madame Breton?

Mireille se leva d'un bond et pénétra dans le bureau avec le cœur battant la chamade. Robert, plus calme, la suivit avec la lenteur de l'accusé sur le point de recevoir sa sentence. Il répondit machinalement à la poignée de main du médecin aux allures de grand escogriffe au long nez, et dont la myopie profonde masquée derrière des verres épais rendait ses petits yeux rieurs et son regard sympathique.

Le docteur Lachesne ouvrit l'épais dossier placé au milieu du bureau et parcourut des yeux, avec une lenteur mortelle, chacun des documents, les tournant un à un sans se presser. Ne savait-il pas, celui-là, que Mireille ne respirait plus, suspendue à chacun de ses gestes, au moindre plissement de sa bouche ou cillement des paupières? Il retira enfin ses lunettes et croisa les mains sur le bord de la table.

— Eh bien! les nouvelles ne me semblent pas mauvaises. Pas mauvaises du tout! Tout d'abord, je crois ne rien vous apprendre en vous annonçant que vous êtes tous les deux en parfaite santé.

— Oui, on s'en doutait!

— Parlons d'abord de vous, ma petite dame. De votre côté, tout me semble parfait. Pas de cervicite, aucune trace de maladie infectieuse ou vénérienne. Les trompes semblent libres et votre taux hormonal se situe dans les limites de la normale. Vous avez déjà eu un enfant, je crois? Eh bien! vous possédez tout ce qu'il faut pour en confectionner un autre!

Le médecin gratifia Mireille d'un petit sourire complice. Elle poussa un léger soupir de soulagement et se tourna aussitôt vers Robert. Il ne la vit pas puisqu'il mangeait des yeux l'homme de l'autre côté du pupitre avec des regards de chien battu. Voilà le coupable! Le temps de la sanction était venu. Tiens-toi, Robert...

— Quant à vous, monsieur Breton, nous avons décelé un petit problème. Il s'avère assez minime, rassurez-vous! Vos spermatozoïdes existent en nombre normal, mais leur taux de mobilité se trouve légèrement abaissé, c'est-à-dire qu'un moins grand nombre d'entre eux réussissent à se rendre jusque dans les trompes où se produit la fécondation. Selon les statistiques, ceci n'altère que très peu vos chances de reproduction et ne devrait pas empêcher votre femme de tomber enceinte, d'autant plus que le décompte par microlitre cube de sperme nous apparaît normal. Ce qui augmente vos chances de succès.

— De succès, de succès... Voilà deux ans que nous essayons!

Le ton de Robert était devenu agressif. Cette nouvelle produisait sur lui un effet à la fois rassurant et inquiétant. Elle confirmait l'unique responsabilité de son appareil génital, mais les chances de réussir demeuraient, bien réelles. Ce n'était pas le temps de baisser la tête, bien au contraire, mais plutôt de la relever bravement et de combattre en homme déterminé. D'ailleurs, en quoi la mobilité de ses spermatozoïdes amoindrirait-elle sa valeur de mâle? Robert refusait de s'humilier et encore plus de s'avouer vaincu. Il allait remporter la victoire, coûte que coûte.

Déjà, il avait trouvé pénibles les examens auxquels il avait dû se soumettre : prélèvements de sperme, prise douloureuse des sécrétions de l'urètre afin de détecter une maladie transmise sexuellement, questionnaire précis et détaillé de cinq pages sur sa libido, la fréquence de ses relations sexuelles, la qualité de ses érections. Fallait-il vouloir un enfant pour se soumettre à toutes ces impudeurs et violations de son intimité!

— Voilà ce que je vous propose, à tous les deux. Normalement, vous auriez dû procréer déjà. Mais après deux ans de tentatives, vous constituez des candidats éligibles à l'insémination artificielle, ce qui augmenterait largement vos chances.

Quoi! L'insémination artificielle? Ni l'un ni l'autre n'avait concrètement envisagé cette éventualité, croyant vaguement que quelque pilule ou, au pire, une série d'injections d'hormones pour l'un ou pour l'autre réglerait le problème. Mireille et Robert ne prononçaient pas une parole, décontenancés par la proposition du médecin. Celui-ci les devança et leur apporta des précisions.

— Tout cela s'avère beaucoup plus simple que vous

ne le croyez. À l'aide de petits bâtonnets trempés dans l'urine, on détecte avec précision le temps d'ovulation de la femme. Le mari doit alors obtenir une érection et éjaculer dans un tube qu'on doit transporter immédiatement au laboratoire. Un technicien traite le liquide séminal en le centrifugeant pour éliminer tous les spermatozoïdes potentiellement déficients ou plus faibles. Les plus forts remontent à la surface et cette partie concentrée du sperme est déposée directement dans l'utérus de la femme. On lui prescrit quelques hormones pendant quelques jours et voilà tout! Les deux conjoints s'en retournent chez eux tout simplement et attendent la date des menstruations en espérant que tout a bien fonctionné.

— Croyez-vous, docteur, qu'allumer des lampions à l'Oratoire Saint-Joseph pourrait aider?

Tous s'esclaffèrent de rire. Mireille soupira : son mari acceptait le verdict puisqu'il avait retrouvé son sens de l'humour. Pince-sans-rire, le médecin renchérit :

— Vous savez, monsieur Breton, saint Joseph n'est peut-être pas le saint recommandé pour la procréation. Songez à l'Immaculée Conception!... Sérieusement, les statistiques prévoient une réussite dans cinquante pour cent des cas, la première fois. Paradoxalement, les chances diminuent pour les tentatives suivantes, on s'explique mal pourquoi. Peut-être aimeriez-vous réfléchir plus longuement avant de mettre votre nom sur notre liste d'attente?

— Liste d'attente?

— Oui, les candidats dans votre cas sont très nombreux. Mais l'attente dépasse rarement deux mois. On vous appelle dès qu'il y a une place pour vous.

Mireille et Robert se regardèrent dans les yeux avec une telle acuité qu'il suffit d'une seule seconde pour que chacun sache avec certitude que l'autre acceptait volontiers de se lancer dans l'aventure.

— Inscrivez nos noms, docteur, nous nous sentons prêts à tout essayer, ma femme et moi.

Cette fois, c'est la main de Robert qui chercha spontanément celle de Mireille.

L'automne pouvait se pointer, Mireille s'estimait disposée à affronter la nouvelle saison. Elle et son mari demeuraient confiants qu'un autre enfant viendrait très bientôt agrandir leur petite famille. Malgré tout, Robert avait mis un certain temps à digérer le diagnostic du médecin. Au début, sa responsabilité dans l'infertilité de leur couple l'avait quelque peu abattu. Il s'en doutait pourtant. Puis il avait enfin réagi. Pourquoi se sentirait-il coupable? La nature l'avait ainsi constitué, voilà tout! Devait-il se considérer diminué à cause de petites cellules reproductrices manquant d'un peu de vigueur? Allons donc! Robert se sentait un homme robuste et ce petit détail n'allait pas entacher sa virilité ni amoindrir son estime de soi. Oh! que non! En peu de temps, il se redressa et retrouva sa confiance en lui. Et en même temps, son beau sourire. Mireille n'avait pas relevé ce petit moment de déprime dissimulé dans les abysses secrètes du cœur de l'homme qu'elle s'était mise à aimer plus que tout au monde.

Pour elle, la période d'attente d'un appel de la clinique s'avéra positive sur son moral et lui procura un relâchement bénéfique. Le problème serait pris en mains et probablement réglé plus tard, alors d'ici là, pourquoi se tourmenter? Elle décida plutôt d'utiliser ce temps neutre pour mettre de l'ordre dans sa vie et refaire le plein d'énergie.

Elle avait finalement refusé l'offre du collège d'enseignement et décidé plutôt de renouveler son contrat pour un an avec l'Orchestre harmonique. « En attendant de tomber enceinte, aussi bien entamer une autre saison, une dernière, souhaitons-le... » Elle s'était résolue cependant à ne pas jouer en récital pendant la prochaine année. La vente de ses disques marchait bien, au-delà de ses attentes, et les redevances sur ses droits d'interprète lui parvenaient régulièrement, en particulier celles de son tout premier disque avec Paul Lacerte, produit il y a cinq ans et dernièrement relancé. Chaque fois qu'elle allait à la banque déposer son chèque envoyé par la maison de disques *Sonata*, elle ne pouvait s'empêcher de songer que Paul Lacerte faisait probablement le même geste, le même jour...

Pour la prochaine saison, Mireille avait songé à madame Deschamps pour garder Élodie en fin d'après-midi jusqu'à l'arrivée de Robert, les trois jours par semaine où elle devrait s'absenter pour ses répétitions avec l'orchestre. Elle préférait voir la petite à la maison avec « matante Deschamps » plutôt qu'à la garderie après toute une journée à la maternelle. Madame Deschamps avait accepté avec enthousiasme. L'année précédente, elle avait pris sa retraite. À soixante ans, elle méritait bien de se reposer, quoique encore très alerte et active. Cela occuperait son temps et lui procurerait un petit revenu pour arrondir son budget. Mais par-dessus tout, cela lui permettrait de passer du temps seule avec Élodie qu'elle chérissait comme sa propre petite-fille.

Oui, le froid pouvait s'installer à demeure, mordre les feuilles et flétrir les herbes folles, le vent glacial ne s'infiltrerait jamais dans la grande demeure des Breton, là où l'existence était bien rodée, à l'abri des aspérités de la vie. Là où les êtres se réchauffaient au grand feu de l'amour. Et de l'espérance secrète d'un autre enfant à aimer.

♪♪♪

Au début de novembre, Mireille reçut enfin l'appel de la clinique : elle et Robert pouvaient se présenter maintenant pour l'insémination artificielle dès qu'ils auraient identifié la période d'ovulation. On leur demandait d'espacer leurs rapports sexuels d'ici là, afin de permettre une meilleure concentration de spermatozoïdes dans le liquide séminal. Le moment fatidique venu, Robert devrait déposer son sperme à l'hôpital immédiatement après l'éjaculation et Mireille s'y présenter quelques heures plus tard.

— C'est pour aujourd'hui, Robert! Mon petit bâtonnet m'apparaît enfin tout bleu!

Robert, devenu soudainement sentimental, avait refusé d'aller se masturber à nouveau dans une chambre d'hôpital devant une pile de revues pornographiques comme il avait dû le faire à quelques reprises, lors des tests.

— Non! Ce n'est pas de cette manière que nous allons créer notre enfant! Certainement pas!

Il survint donc à la maison, au beau milieu de l'avant-midi, bouquet de fleurs à la main, lotion de massage dispendieuse et bouteille de mousseux déjà rafraîchie. Puis fouillant dans leur abondante collection de disques empilés les uns sur les autres, il s'appliqua à dénicher chacun des cinq disques exécutés par Mireille ces dernières années et les installa sur le lecteur du salon, montant le volume à tue-tête. Prenant Mireille par la main, il l'entraîna dans l'escalier qui menait à leur chambre.

— Que te voilà devenu bien romantique, mon mari!

— Je veux faire l'amour en t'entendant jouer de la flûte, Mireille. Je veux que notre petit soit plein de toi, je veux qu'il te ressemble, qu'il ait tout de toi, ton intelligence, ta beauté, ton talent. Ton cœur surtout...

— Ce petit, nous l'avons fait et refait tant et tant de fois!

— Pas comme aujourd'hui, Mireille, pas comme aujourd'hui.

— Moi aussi, je veux cet enfant à ton image. Je veux retrouver en lui ta simplicité, ta bonté, ta grandeur d'âme.

Mireille lui envia tout de même son optimisme et sa confiance. Elle aurait tant voulu croire qu'effectivement, aujourd'hui était enfin le bon jour. Un rayon de soleil inondait leur grand lit et le champagne pétillait dans les flûtes de cristal. Robert se mit à embrasser Mireille tout doucement dans le cou, sur la nuque, sur le lobe de l'oreille. Ses caresses n'auraient jamais la délicatesse, la suavité, la divinité d'un Paul Lacerte, artiste jusque dans sa manière de faire l'amour. Robert manifestait plutôt la fougue du jeune étalon follement amoureux, délirant, nerveux et impatient de posséder sa belle et de la mener rapidement sur les rives de l'extase.

Au début de leur relation, Mireille se trouva déconcertée par tant d'ardeur et d'emportement. Avec le temps et la meilleure volonté du monde, il apprit à doser ses élans, à raffiner ses cajoleries, à réveiller tout graduellement chez Mireille un désir passionné et irrésistible.

Ce jour-là, il se surpassa. Le soleil allumait des plaques lumineuses sur le corps de Mireille et cela excitait l'homme plus habitué aux ébats dans la pénombre.

— Mon amour, tu es si belle!

Subtilement, les lèvres de Robert mordillaient la gorge déployée de Mireille et la naissance de la poitrine, lui mouillant la peau de sa langue douce et chaude avec une lenteur telle que, n'en pouvant plus et désirant si ardemment qu'il lui caresse les seins et le ventre, elle en arracha elle-même ses vêtements.

— Prends-moi, prends-moi toute...

Alors Robert la prit toute, avec la ferveur de l'homme brûlant non seulement de désir pour la femme qu'il tenait dans ses bras mais aussi d'un amour profond. Leur tendresse les porta aussi loin dans le plaisir physique que dans l'allégresse de se sentir fondus l'un dans l'autre, ne formant plus qu'un seul être, une seule âme, leurs sexes réunis battant à l'unisson comme un seul cœur. À tel point que Mireille en oublia l'éprouvette stérile placée sur la table de chevet, prête à récolter le liquide magique rempli de germes de vie. Au summum de l'intensité, Robert se retira et y éjecta son sperme.

— Voilà! Ce bébé sera formidable!

Revenue sur terre, Mireille ne put résister à l'envie de tremper le bout d'un doigt dans le liquide blanc et visqueux et d'en déposer une goutte sur sa langue.

— Ça ne goûte rien! Dire qu'il y a des millions de bébés là-dedans!

— Dis plutôt des millions de demi-bébés! Tantôt ce sera ton tour de faire ta part, ma petite maman.

— Robert... fais-moi l'amour encore!

— Mais, Mireille, il faut partir pour l'hôpital avec le tube de sperme.

— Si jamais je tombe enceinte aujourd'hui, je veux m'imaginer avoir été fécondée en faisant l'amour normalement avec toi, et non cet après-midi dans un laboratoire d'hôpital.

Robert demeura interdit et se contenta d'un pâle sourire. Puis il la reprit avec sa fougue de jeune mâle amoureux.

Ce n'est qu'en se retournant sur le dos, dans la détente bienheureuse qui apaise les corps après l'amour, que Mireille s'entendit jouer le dernier mouvement de la sonate *Ondine* de Reinecke avec Paul Lacerte au piano, sur le dernier disque que Robert avait mis sur la pile.

♪♪♪

L'insémination en laboratoire possédait décidément un caractère moins sentimental. Le corps à moitié dénudé, les deux pieds dans des étriers, les jambes complètement écartées, Mireille regardait le plafond. Cette position humiliante la gênait. On vaquait autour d'elle comme si de rien n'était et, pourtant, son intimité la plus secrète s'étalait sur la place, sans pudeur et sans respect aux yeux d'un personnel indifférent. Devant eux, Mireille se sentait réduite à l'état d'organe. Un morceau de viande à tripoter.

À l'aide d'une petite tige, le docteur Lachesne lui injecta précautionneusement dans le vagin le sperme concentré de son mari qu'elle avait transporté à l'hôpital bien au chaud, à l'intérieur de son soutien-gorge. On lui répéta mille fois de se détendre car l'utérus ne devait pas se contracter à ce moment-là. Robert tenta de lui masser le visage et les bras, mais Mireille détecta dans la brusquerie et la maladresse de ses gestes une grande nervosité.

— Vous avez choisi le bon échantillon, j'espère? Je n'ai pas l'intention de me retrouver avec les spermatozoïdes d'un petit blond à lunettes, moi!

— Mais non! mais non! ma petite dame! Ne vous inquiétez pas avec ça! On va même lui mettre les yeux bleus de votre mari, à ce petit-là. Et puis le voulez-vous avec un zizi ou pas de zizi?

Tout le monde pouffa de rire. Robert resta tout de même impressionné et tendu, ses mains crispées sur les épaules de Mireille.

— Vous ne servez donc pas de champagne, dans votre « machine-fabrique »?

— Compressions budgétaires, mon cher!

Mireille et Robert apprécièrent néanmoins qu'on les laissât seuls pendant quelques minutes, une fois la séance terminée, histoire de décanter le trop-plein de stress et d'émotions. Robert aida sa femme à se remettre sur pied et la prit dans ses bras.

— Merci, ma femme, d'avoir accepté de subir cela.

Mireille enfouit son visage dans la large poitrine de Robert et ressentit soudain le besoin de pleurer. De retour à Saint-Eustache, ils arrivèrent de justesse en même temps que l'autobus scolaire venant déposer Élodie à la porte de la maison.

— Où étiez-vous partis, papa et maman?

— Oh! juste magasiner un peu!

Chapitre 2

Andante lagrimoso (éploré)

Ce jour-là, le ciel balayait d'énormes nuages d'ouest en est et l'air avait pris cette teinte gris rosé, présage des bordées de neige. Le vent se lamentait aux fenêtres et on aurait dit que la nature autant que les rues, les trottoirs et les maisons s'étaient revêtus de grisaille comme pour se décolorer avant la venue de la fée lumineuse qui, en quelques heures, les ferait resplendir d'une blancheur éclatante. Malgré leurs interminables complaintes et lamentations bien justifiées sur la dureté de l'hiver, les Québécois accueillaient néanmoins la première neige avec une pointe secrète de ravissement devant la somptuosité du cortège.

Mireille hésita avant de partir pour le centre de la ville vers les studios de l'Orchestre harmonique. On annonçait de quinze à vingt centimètres de neige pour cette première tempête de l'hiver, et Saint-Eustache ne se trouvait pas à la porte. D'autant plus qu'Élodie paraissait maladive et fiévreuse depuis quelques jours. Coïncidence, Robert se trouvait à Ottawa jusqu'à la fin de la semaine pour un congrès de la Gendarmerie royale. Madame Deschamps avait tout de même bravé le mauvais temps pour venir garder la petite, et son arrivée apporta un souffle de bonne humeur dans la maison.

— Ne t'en fais pas, Mireille. Ta fille se trouve entre bonnes mains. Nous allons nous reposer toutes les deux et chanter des chansons au coin de la cheminée. Si jamais elle a un petit coup de mieux, eh bien! nous jouerons aux cartes, j'ai un nouveau jeu à lui enseigner.

Madame Deschamps fit un clin d'œil complice à Élodie, mais celle-ci, contrairement à son habitude, réagit très peu et vint douillettement se pelotonner dans les bras de « matante Deschamps », serrant contre elle son vieux toutou de peluche Snoopy complètement dépenaillé et démantibulé.

Ce toutou en avait vu de toutes les couleurs durant les cinq années de son existence : Dieu sait combien de fois il s'était retrouvé par terre, débouté au pied de la couchette ou lancé hors du parc. Des milliers de fois, peut-être! Écrasé, « barouetté », bousculé, souillé de lait, de bave, de pipi quand ce n'était pas de vomi. Élodie s'était fait les dents sur son oreille et avait passé ses premières colères en lui tirant la queue et en lui tripotant le nez. Il avait assisté à toutes les siestes comme à toutes les nuits blanches, on l'avait trimballé à toutes les promenades, à toutes les visites chez les grands-parents ou les amis. Les pires heures de sa vie, il les avait vécues dans la laveuse et la sécheuse où on le forçait à pirouetter à toutes les semaines. S'il avait pu dormir avec Élodie du profond sommeil des bébés, il s'était aussi trouvé témoin de tous les cauchemars de l'enfant, de ses pleurs et de ses petits bobos. Heureusement, Élodie avait peu souffert de maladie depuis sa naissance, à peine quelques petits rhumes ici et là, rien de plus. Mais cette fois, elle semblait vraiment ne pas aller très fort, aussi, Snoopy accepta de bon gré de se laisser bercer, la tête en bas, étouffant littéralement entre l'épaule de l'enfant et la généreuse poitrine de madame Deschamps.

— Pars tranquille, ma petite Mireille, et oublie-nous. Si la tempête te retarde au retour, je resterai tout simplement à coucher ici ce soir.

— Madame Deschamps, vous êtes un amour, et je vous apprécie tellement! Je vous appellerai en fin d'après-midi, de toute manière.

Mireille déposa un rapide baiser sur la tempe de l'enfant. « Allons! Elle ne semble pas aussi chaude qu'hier soir, mais Dieu qu'elle me paraît pâle et affaiblie! »

À six heures du soir, la sonnerie du téléphone résonna sept ou huit fois avant que madame Deschamps ne vienne répondre. Mireille allait raccrocher en croyant avoir composé un mauvais numéro lorsqu'une voix essoufflée lui parvint à l'autre bout du fil.

— Mireille? Je crois qu'Élodie ne va pas bien du tout. Elle a saigné du nez à plusieurs reprises et, en lui donnant son bain, tantôt, j'ai réalisé qu'elle est couverte de bleus. As-tu remarqué cela, toi?

— Mais non! Oh! madame Deschamps, je suis très inquiète. Je vais laisser tomber la deuxième partie de la répétition et rentrer à la maison dès maintenant. Mais avec toute cette neige qui tombe, j'ignore combien de temps cela me prendra.

— Écoute, Mireille, puis-je te faire une suggestion? Reste en ville et donnons-nous rendez-vous à l'hôpital Sainte-Justine. J'habille la petite et te l'amène tout de suite, du moins, le plus vite possible. Si le trafic me le permet, nous pouvons nous rencontrer à l'urgence dans environ une heure.

— Vous croyez que c'est si grave que cela?

— Sa fièvre n'a pas tellement monté, mais elle me paraît très affaissée. Je n'aime pas cela du tout.

— Je vous attends.

♪♪♪

Mireille faisait les cent pas dans le corridor attenant à l'urgence de l'hôpital depuis presque deux heures. Sur des posters grandeur nature suspendus sur les murs, Tintin et les frères Dupont semblaient partis à la recherche de quelque trésor caché, suivant fidèlement un Tournesol déterminé, le regard rivé sur son mystérieux pendule qui ne le trompait jamais.

En s'affalant sur une banquette, Mireille tentait par tous les moyens de se changer les idées en se rappelant les aventures de Tintin et de Milou qui avaient meublé son imagination durant toute son enfance. Mais elle n'arrivait pas à se distraire, et toutes ses pensées revenaient toujours à une seule idée fixe : Élodie semblait sérieusement malade. Ne pouvant détacher son regard du hall d'entrée des urgences, sauf pour regarder sa montre à toutes les minutes, elle espérait enfin voir surgir madame Deschamps et l'enfant.

Elles auraient dû se trouver là depuis longtemps, mais il neigeait à plein ciel et on n'y voyait guère sur les routes. Il n'était que normal qu'elles tardent un peu. « Pourvu qu'elles n'aient pas un accident, ce serait le comble! » Alors Mireille se relevait, arpentait à nouveau le corridor, accélérait le pas en s'éloignant du portique, mais ralentissait sur le retour, l'œil cloué sur la porte d'entrée. Enfin, elle vit la voiture de madame Deschamps s'engager dans le tournant de l'allée et se garer juste devant la porte.

— Ah! vous voici enfin! Allez stationner la voiture, je m'occupe d'Élodie. Mais peut-être préférez-vous retourner chez vous immédiatement? Vous me paraissez fourbue.

— Mais voyons, Mireille! Je reste avec toi, cela va de soi! Je te rejoins dans cinq minutes.

La neige tombait dru. Mireille prit Élodie par la main et l'aida à sortir de l'auto. Elle la sentit faible et trébuchante.

— Viens, mon amour, le docteur va t'examiner dans peu de temps.

Dans la salle d'attente, Élodie, pressant toujours contre elle son Snoopy, s'endormit immédiatement sur les genoux de sa mère. Son visage blême contrastait avec les couleurs vives de son pyjama. « Mon Dieu, mais qu'a-t-elle pu attraper? » Mireille sentait son estomac se nouer.

Assise à ses côtés, madame Deschamps demeurait muette. Elle, habituellement si bavarde et enjouée, ne desserrait pas les dents, inerte sur sa chaise. Mireille se dit que sa conduite dans la tempête l'avait probablement épuisée mais n'osa pas lui poser la question, de crainte de se faire répondre: « Non, je ne me sens pas fatiguée, c'est l'inquiétude qui me laisse sans voix. »

Il n'y avait pas foule ce soir-là dans la salle d'attente de l'urgence de l'hôpital pour enfants, à peine trois ou quatre marmots somnolant dans les bras de leurs parents. La plupart des gens avaient dû remettre à demain une visite dont l'urgence ne méritait pas une sortie périlleuse sur le pavé glacé des rues de la ville. Mireille vit passer une civière portant un jeune sportif qui se lamentant à fendre l'âme, une jambe immobilisée dans une éclisse, l'autre portant encore un patin. Les parents suivaient la civière, l'air navré, tenant dans leurs mains son casque et son bâton de hockey. « Eux, au moins, savent de quoi souffre leur enfant. Et une fracture, cela se guérit », se dit Mireille en jouant dans les cheveux bouclés d'Élodie.

Les cheveux de son père... aussi soyeux, aussi doux, et ondulant avec autant de souplesse et de légèreté. Paul... Comme il se trouvait loin d'elle, en ce soir de fin de novembre. Si seulement il savait. Si seulement il voyait Élodie, sa petite fille de cinq ans, lui qui adorait les enfants. Jamais il ne pardonnerait à Mireille de lui avoir caché la vérité. Mais comment pourrait-il seulement se douter? Plus le temps passait, plus son souvenir s'estompait dans le cœur de Mireille. La nostalgie puis l'indifférence avaient remplacé peu à peu la rancœur des premières années. Mireille l'avait presque complètement oublié et son image devenait de plus en plus floue et brumeuse, usée par la vague du temps.

Plus tard, elle dirait peut-être la vérité à Élodie. Pour le moment, l'enfant considérait Robert comme son vrai père. « Mon vrai père adoptif », avait-elle l'habitude de préciser sans comprendre la véritable signification de ce terme. Un jour, elle avait demandé à Mireille ce que voulait dire le mot « adoptif ». Celle-ci lui avait expliqué que Robert l'avait connue et choisie pour devenir sa petite fille, ayant décidé de l'aimer et de la protéger comme un vrai papa. Vu son jeune âge, Élodie n'avait pas poussé plus profondément ses interrogations, ne réalisant pas encore qu'un père adoptif et un père biologique ne représentaient pas la même personne.

Au fait, Robert... Mireille y songea soudain. Le pauvre ne savait rien de ce qui se tramait dans sa petite famille aujourd'hui. Elle tenterait de le rejoindre par téléphone à son hôtel d'Ottawa plus tard dans la soirée, lorsqu'elle aurait parlé au médecin. Elle avait bien envie d'entendre sa voix en cet instant même, mais pourquoi l'inquiéter pour rien? Tantôt, elle pourrait le rassurer : « Oh! ce n'est rien, seulement un petit virus qui passera bien vite son chemin... »

— Élodie Ledoux-Breton, salle dix-sept, s'il vous plaît.

Mireille tressaillit. Pendant quelques minutes, elle avait oublié le lieu et les circonstances où elle se trouvait. Se levant d'un bond, elle laissa tomber par terre son sac à main, son manteau et celui d'Élodie. La nervosité la rendait maladroite.

— Je vous attends ici, Mireille.

— Non, je vous en prie, madame Deschamps, venez avec moi!

Une infirmière prit le pouls et la température d'Élodie puis la pesa.

— Ciel! elle a maigri beaucoup! s'écria Mireille. Elle pesait trois kilos de plus sur la balance de notre salle de bain, il y a à peine deux semaines!

L'infirmière tenta de la rassurer en lui affirmant que toutes les balances n'étaient pas calibrées pareillement.

— Et puis, une perte d'appétit de quelques jours suffit à réduire considérablement le poids d'un enfant. Cela n'a souvent rien à voir avec la maladie, vous savez. Ne vous énervez pas pour rien, madame.

L'interne qui survint enfin dans la salle d'examen parut excessivement jeune à Mireille. « Trop jeune! Ce blanc-bec ne possède probablement pas d'expérience du tout! »

— Bonjour! Je suis le docteur Brisebois, résident en pédiatrie. Qu'est-ce qui ne va pas avec notre jeune demoiselle?

Élodie se laissa examiner de bon gré. Le médecin devint soucieux en voyant les petites taches bleutées réparties un peu partout sur le corps chétif de l'enfant. On aurait dit que des veinules avaient éclaté sous sa peau en la ponctuant de petites étoiles violacées et irrégulières. Mireille n'en revenait pas de les découvrir, convaincue de leur absence la veille. « Sinon, je les aurais vues, c'est certain. »

— Mmm... des pétéchies! Mademoiselle Élodie veut se décorer de petits bleus, n'est-ce pas? lança stupidement le médecin, dans le but évident de détendre l'atmosphère. Pour l'instant, il crut préférable de paraître prendre cela à la légère et éviter de dramatiser des symptômes évoquant dans son esprit la perspective d'un diagnostic bien précis.

— On verra bien ce qu'il en est!

Mais son air soucieux trahissait son inquiétude. Il examina minutieusement le cou, les aines et les aisselles d'Élodie et tâta longuement son ventre. À l'examen de la gorge, il se remit à fanfaronner sur un ton badin.

— Eh! eh! il y a sûrement un petit virus qui s'est installé par ici. Ce que je vois me paraît tout rouge.

Mireille poussa un soupir de soulagement. « Un virus! il ne s'agit que de cela! »

— C'est grave, docteur?

— Oui... cela pourrait s'avérer assez grave. Mais je ne peux me prononcer tout de suite. Il faudra quelques examens plus approfondis pour préciser le diagnostic. Pour l'instant, je vais prescrire quelques tests sanguins et une analyse d'urine. Puis je vais aller rendre compte de mon examen clinique à mon patron, le pédiatre en chef. Je reviens avec lui dans quelques minutes.

Laissées seules dans la petite cellule, Mireille et madame Deschamps se regardèrent au fond des yeux, espérant y trouver quelque réconfort. Mais elles ne constatèrent que du désarroi dans le regard de l'autre. « Allons, nous allons être fixées dans quelques minutes », lança Mireille d'une voix chevrotante, tentant de se rassurer elle-même. Élodie s'était recroquevillée et paraissait minuscule dans sa jaquette bleue d'hôpital, perdue au beau milieu de la table d'examen. Le sommeil semblait vouloir la gagner à nouveau, et les deux femmes n'osèrent plus prononcer une parole. Debout près du lit, Mireille se rassurait en caressant du bout des doigts le corps de l'enfant. D'instinct, madame Deschamps s'approcha de son amie et mit ses bras autour des épaules affaissées. Elle s'y blottit comme une petite fille.

Jamais elle n'oublierait ce moment intense où la présence tranquille de l'amie à ses côtés s'avéra plus réconfortante et plus précieuse que tous les mots et tous les gestes du monde. Savoir que quoi qu'il arrive, elle serait toujours là pour tout partager, tout prendre en mains, pour consoler, réconforter, soutenir. Tant que madame Deschamps se trouverait auprès d'elle, Mireille ne se sentirait pas seule. La simple existence de l'amie générait en elle la force vive de se tenir debout, malgré tout.

Oh! Robert occupait bien la première place dans son existence. Mais avec lui, la relation se trouvait différente. Ils s'aimaient intensément et partageaient tout, les moindres détails de la vie quotidienne, mais les hommes semblaient percevoir les choses autrement, avec moins de sensibilité. Et l'éternel optimisme de son mari l'empêchait souvent de partager ses appréhensions folles ou réalistes. « Entre femmes, on se comprend tellement mieux! » pensait-elle souvent en évoquant sa grande amie. Au fond, elle ne pourrait se passer ni de Robert ni de madame Deschamps.

— Madame Breton?

Un homme imposant et dans la fleur de l'âge pénétra dans la petite chambre et se dirigea directement vers l'enfant. Cette fois, le patron commandait le respect et la confiance, non seulement par sa stature mais par sa maturité et son expérience évidentes. Il examina attentivement l'enfant et, se retournant vers Mireille, il s'adressa à elle d'une voix ferme et assurée.

— Nous allons hospitaliser notre jeune amie afin de procéder à des examens plus approfondis. Euh... Qu'en est-il du père de l'enfant?

— Il se trouve à l'extérieur de la ville pour l'instant.

— Si possible, j'aimerais vous rencontrer, vous et votre mari, à mon bureau, demain en fin d'après-midi. D'ici là, j'aurai reçu le résultat de la plupart des examens cliniques et de laboratoire que nous avons prescrits. Nous regarderons cela ensemble, si vous le voulez bien.

— Mon Dieu! docteur, vous m'inquiétez!

— Votre fille souffre sûrement d'anémie grave. Nous avons décelé également un problème au niveau de ses globules blancs. Mais d'autres tests sont requis pour identifier avec précision la nature de la maladie. Nous allons donc garder Élodie sous observation dans une chambre de l'urgence pour quelque temps. Vous pouvez y dormir, madame, sur l'un des lits pliants mis à la disposition des parents. Pour tout de suite, il ne sert à rien de vous inquiéter sans savoir ce qui se passe vraiment. Nous reverrons tout cela demain. Soyez confiante. Je vous souhaite une bonne nuit, et je vous revois demain après-midi.

Une bonne nuit! Il avait le sens de l'humour, celui-là! Abasourdie, Mireille se trouva bientôt sur le bord de la panique. Elle tenta désespérément de garder son sang-froid devant l'enfant, mais les larmes lui brouillaient le regard. Madame Deschamps hasarda quelques paroles rassurantes qui restèrent sans écho.

— Il s'agit peut-être de « pas grand-chose », un petit virus comme l'a mentionné le résident, tantôt. Ne t'énerve pas pour rien, Mireille.

Mais Mireille se contenta de foudroyer son amie d'un regard noir. Elle n'entendait rien, paralysée d'angoisse. L'enfant lui tendit les bras, effrayée à l'idée de demeurer à l'hôpital pour la nuit. Mireille la rassura, continua nerveusement à lui jouer dans les cheveux, recherchant machinalement dans ce geste le vague fortifiant qui lui donnerait le courage de passer la nuit.

♪♪♪

Quelques heures plus tard, assise sur le bord du lit de camp, Mireille regardait dormir paisiblement sa petite fille. « Ma raison de vivre, le centre de mon univers... » Incapable de s'assoupir, elle s'en fut marcher, aux petites heures du matin, jusqu'à l'angle du corridor formant un petit salon vide en ce moment, mais achalandé par des dizaines de visiteurs durant la journée. Elle n'avait pas touché au sandwich que madame Deschamps était allée lui chercher à la cafétéria avant de partir. Debout devant la fenêtre du vivoir, elle regardait tomber la neige sur la côte Sainte-Catherine, déserte à cette heure avancée de la nuit. Étrangement, elle ne se sentait pas seule, d'abord grâce à madame Deschamps, dont la résidence se trouvait tout près de l'hôpital et qui avait promis de « revenir aux nouvelles » dès les premières heures de la matinée, puis à Robert qui, au téléphone tantôt, après quelques secondes d'hésitation, s'était ressaisi et avait inondé Mireille de paroles douces et réconfortantes.

— Allons, mon amour, il ne faut pas s'en faire outre mesure. Notre fille se trouve entre bonnes mains, dans l'un des meilleurs hôpitaux du pays. Il faut leur faire confiance, il vont nous la remettre sur pied rapidement, notre petite puce, tu verras. Demain matin, je dirige une table ronde, c'est ma responsabilité dans ce congrès, je ne peux vraiment pas me désister. Mais dès midi, je prendrai le chemin de Montréal. J'ignore comment sera l'état des routes après cette tempête, alors ne t'inquiète pas si je tarde un peu. En attendant, je pense à vous deux, mes deux amours. Je vous aime tant!

Le front contre la vitre, Mireille sentit dans tout son corps les vibrations que la bourrasque imprimait à la grande surface vitrée, sur le coin de l'édifice. Mais en s'éloignant de la fenêtre, elle réalisa qu'elle n'arrivait pas à cesser de trembler. La bourrasque s'était installée jusque dans son cœur...

Sur la pointe des pieds, elle retourna auprès de l'enfant. Au pied du lit, Snoopy restait prostré, face contre terre.

Leucémie lymphoblastique aiguë.

Le verdict tomba comme un couperet. Vif, lourd, meurtrier. Irréversible. Mireille lança un cri déchirant et se mit à brailler sans retenue.

— Non! non! je ne veux pas! Mon Dieu, pas ça! pas ça!

C'est tout ce qu'elle arrivait à dire, dressée, le corps tendu vers le médecin, les mains devenues blanches à force de serrer les bras de sa chaise. Trois mots, trois petits mots et son univers venait de culbuter dans l'enfer. Élodie... Ce n'était pas vrai! Elle n'allait pas la perdre! Ils n'avaient pas le droit! Personne n'avait le droit de la lui enlever. Elle était son enfant, sa joie de vivre, son univers... Elle n'avait pas le droit de mourir, sinon Mireille allait mourir avec elle.

— Vous avez dû faire une erreur, docteur. Élodie est... était une enfant en bonne santé. Ce n'est peut-être qu'un petit virus de passage?

— Hélas! non! ma pauvre dame.

— Elle ne va pas mourir, docteur, dites, elle ne va pas mourir?

— Mais non, elle ne va pas mourir. Du moins, nous allons tout entreprendre pour que cela ne se produise pas.

Étonnamment, au lieu de répondre sans détour à Mireille qui l'interrogeait, le médecin regardait Robert directement dans les yeux. Celui-ci, livide, abattu au fond de sa chaise, n'avait pas réagi ni prononcé une seule parole. Souffrance muette, silencieuse, hermétique qui n'en crucifiait pas moins le robuste géant. L'homme fort et paisible pliait l'échine à sa manière devant l'horreur du drame et se retranchait dans son jardin secret, à la recherche obscure du refuge où cacher son désarroi. Le médecin avait-il senti cela, pour le fouiller ainsi du regard jusqu'au fond de son retranchement dans le but d'y trouver encore une étincelle, une lueur de vie? Même Mireille, malgré son abattement, s'arrêta de gémir en réalisant soudain que Robert semblait sur le bord de s'écrouler.

— Robert! Robert! donne-moi la main. Ressaisis-toi pour l'amour du ciel!

— Monsieur Breton? Allons! Vous ne devez pas vous avouer vaincu en partant. Il faut se battre! Tous ensemble, nous allons tenter de lutter contre cette maladie. Vous savez, de nos jours, l'espoir est permis contre le cancer, surtout pour les leucémies chez les enfants. Vers les années soixante-dix, on n'en guérissait aucun, mais aujourd'hui, avec la chimiothérapie et les greffes de moelle osseuse, on sauve environ quatre-vingts pour cent de nos petits leucémiques.

— Quatre-vingts pour cent!

Robert se secoua enfin et bondit sur ses pieds tout d'un bloc.

— Vous allez guérir ma fille! Il faut absolument que vous guérissiez ma fille. Ma fille, ma douce petite fille...

Et il se mit à sangloter enfin, enfin... ouvrant les digues au flot monstrueux qui risquait de l'engloutir et l'entraîner dans l'abîme du désespoir. Quatre-vingts pour cent! Non, rien n'était définitivement fini, il fallait y croire de toutes ses forces. Quatre-vingts pour cent... un simple chiffre et toute l'espérance du monde se trouvait réinventée. Soudain un rayon d'espoir illumina les visages de Mireille et de Robert, ces deux êtres blessés qui se rapprochèrent instinctivement, serrés l'un contre l'autre, agrippés l'un à l'autre comme pour devenir plus forts devant le monstre. Le médecin profita de l'accalmie pour poursuivre ses explications.

— La moelle de votre enfant, pour une raison inconnue, au lieu de produire des globules blancs et des globules rouges normaux ainsi que des plaquettes sanguines, s'est mise à fabriquer une quantité astronomique de cellules blanches immatures appelées cellules blastiques. Ces cellules cancéreuses passent anormalement dans la circulation sanguine et ne sont pas fonctionnelles pour protéger l'enfant contre les infections. Nous tentons alors de contrer ce processus mortel. Après un traitement intensif de chimiothérapie de quelques semaines, la plupart des enfants tombent en rémission, c'est-à-dire qu'ils paraissent guéris. Leur moelle se remet à produire des cellules normales. Nous poursuivons néanmoins le traitement pendant six mois d'une manière moins agressive. Selon le type de leucémie dont ils souffrent, une forte proportion des patients sont définitivement guéris, du moins pour la leucémie lymphoblastique aiguë, et ils ne rechuteront jamais. Malheureusement, la maladie récidive chez certains et on doit reprendre la bataille. Pour eux, les périodes de rémission deviennent de plus en plus courtes et les rechutes surviennent de plus en plus fréquemment jusqu'à l'issue fatale.

— Oh! mon Dieu!

— Oui, cela arrive, il ne faut pas se le cacher. Nous perdons malheureusement certains de nos petits patients. Pour contrer ces rechutes fatales, on tente alors une greffe de moelle osseuse en profitant d'une période de rémission. Cela réussit dans la moitié des cas. Cependant, pour l'instant, il ne faut pas songer à cela. Le savoir, oui, connaître toutes les éventualités, oui, mais surtout ne pas vous laisser détruire par la peur. Nous ferons tout pour qu'Élodie s'en tire et fasse partie des quatre-vingts pour cent de chanceux dans leur malchance. C'est la guérison qu'il faut viser, uniquement cela. Vous me comprenez bien?

L'homme plongea son regard dans celui du couple qui le dévorait des yeux. Intensité du moment. Atrocité du moment... Combien de fois par semaine cet homme tenait-il le même discours? Mireille en eut froid dans le dos. Quel métier tout de même! Indispensable et héroïque, puisqu'il fallait cultiver la confiance, chercher à tâtons la bouée de sauvetage à laquelle se raccrocher avec toutes ses énergies pour réussir à surnager, à survivre jusqu'au port. Jusqu'à la terre ferme. Jusqu'au salut définitif. Jusqu'à la vie... Quatre-vingts pour cent, ne jamais l'oublier!

Élodie survivrait, Mireille n'en douta pas. N'en douta plus à partir de cette minute particulière fixée à jamais dans sa mémoire. Car dans l'espoir, il ne devait pas se trouver de place pour le doute, le découragement, la peur. Ni pour les larmes. Quand le guerrier se présente au combat en envisageant la défaite, il se trouve perdu à l'avance. Il fallait croire à la victoire, absolument. Refuser tout autre éventualité. Canaliser toute la volonté et toute la résistance. Faire violence au désespoir et ne jamais lui permettre de s'insinuer, de s'infiltrer insidieusement dans la conscience et la perception des choses, abîmant petit à petit l'élan du lutteur, grugeant ses forces et trahissant sa détermination.

Telle paraissait à Mireille sa stratégie de combat. Elle lutterait jusqu'au bout contre le cancer du sang. Elle, Robert et tous ceux qui aimaient Élodie. Mais elle n'ignorait pas que le plus grand rôle serait joué par Élodie elle-même : l'enfant tiendrait le plus fort de la lutte avec tout ce qui se trouvait de forces vives en elle. Avec tout ce qu'il y avait d'infini, d'authentique, de pur... Avec toutes les promesses d'avenir qui l'habitaient. Dans l'ordre naturel des choses, un enfant ne devait pas mourir. Cela s'avérait un non-sens, la pire des absurdités. Un enfant, c'était la graine à peine germée, le bourgeon en train d'éclater, le jour qui se pointait, le soleil qui se levait, l'aube de la vie... Et l'enfant qui mourait constituait l'ultime faille de la Création, le péché mortel de Dieu. « Non! Élodie ne va pas mourir. Je ne le veux pas, je ne le veux pas! »

Et voilà que brusquement, Mireille la batailleuse sans merci, la combattante féroce, la femme brave et forte qui ne s'était jamais avouée vaincue, s'effondra dans les bras de son mari, anéantie. Comment lutter contre la mort, cette faucheuse plus puissante que la vie elle-même, comment espérer seulement la victoire quand on ne disposait que de pauvres moyens d'êtres humains?

— C'est David contre Goliath. Cela n'a pas de sens, docteur! En face de la mort, l'amour et la volonté ne suffisent pas. Ne suffisent plus!

— Vous savez, madame, c'est David qui a remporté la victoire contre Goliath. Et la tortue a gagné la course contre le lièvre aussi bien que la souris a vaincu l'éléphant en lui bouchant la trompe. Vous avez raison, l'amour ne suffit pas. Mais l'amour et la science peuvent devenir des partenaires formidables pour contrer le destin. Vous ne manquez pas d'amour, je m'occupe de la science. Au moins, faites-moi confiance. Nos pauvres moyens d'êtres humains, comme vous dites si bien, s'améliorent de jour en jour. Élodie ne me paraît pas démunie. Elle jouit d'une bonne santé et mise à part sa moelle, tous ses organes fonctionnent encore très bien. Laissez-moi mettre en branle toute mon artillerie scientifique et vous verrez que l'espoir est réel... et réaliste!

Mireille regarda ardemment le médecin. Il lui paraissait un bel homme d'une cinquantaine d'années, costaud et imposant, le visage ouvert et les yeux d'une grande douceur. Des drames se vivaient quotidiennement dans les chambres de cet hôpital, et d'en être le témoin trop souvent impuissant avait conféré au savant une profonde maturité et une philosophie bien particulière. Toute son attitude s'imprégnait d'une grande sérénité, de cette quiétude de celui qui, confronté à l'atrocité, avait trouvé réponse à ses questionnements. Des victoires sur la mort, il en remportait à chaque jour, mais des défaites, il en essuyait parfois. Trop souvent. Et le docteur Claude Desmarais, hémato-oncologue, souffrait intérieurement à chaque fois qu'il perdait l'un de ses petits malades. Mais cette douleur même le stimulait à lutter avec acharnement pour sauver d'autres existences, à se battre jusqu'aux limites du possible et de l'impossible.

— Mais pour bien fonctionner, j'ai besoin de votre appui et de votre bon moral. Alors? Vous sentez-vous prêts à engager le combat?

— Nous n'avons pas le choix!

— Dès demain matin, nous allons transférer Élodie en hémato-oncologie, au pavillon Charles-Bruneau. Il ne faudra pas vous laisser impressionner. Là sont concentrés tous les cas de maladies graves nécessitant des traitements de chimiothérapie. Le premier contact pourra vous sembler cruel en tant que parents. Dites-vous bien que tout, dans ce lieu très moderne, est organisé pour faciliter les traitements et la rémission. La guérison est un mot d'ordre général, une sorte de leitmotiv que nous ne perdons jamais de vue.

Une fois de plus, Robert se leva d'un jet et prit une grande respiration comme s'il voulait se rendre plus résistant. Puis, entourant Mireille de son bras, il s'écria d'une voix tremblante d'émotion :

— Oui, l'ennemi est là, il faut y faire face. Docteur, vous avez la destinée de notre enfant entre les mains. Il faut la sauver à n'importe quel prix. Vous pouvez compter sur notre entière et totale collaboration.

— Je vous remercie de votre confiance. Mais je vous avertis : ce sera long et pénible. Vous serez courageux?

— Nous le serons.

Une solide poignée de main scella le début de la plus grande des luttes. La lutte pour la vie...

Mireille se buta contre la double porte. Elle n'avait pas remarqué le bouton sur lequel on devait appuyer pour ouvrir les deux battants donnant sur le pavillon Charles-Bruneau, trop bouleversée par la vue des nombreux enfants alignés sur les bancs longeant le corridor à l'entrée des laboratoires, en attente d'un prélèvement. Qui étaient ces enfants? Des veinards en rémission? Des morts en sursis? Des privilégiés venus confirmer leur éclatante et parfaite santé? Mais la santé constituait-elle un privilège ou un droit, Mireille se le demandait en ce lendemain de tourmente survenue non seulement dans les rues de la ville, mais dans sa propre existence. Elle s'acharna à pousser sur l'une des portes qui refusaient de s'ouvrir. L'espace d'une seconde, elle se dit qu'il vaudrait peut-être mieux que cette porte ne s'écartât jamais devant ce lieu de malheur. Vêtue de sa petite jaquette d'hôpital et ramassée au fond de son fauteuil roulant, Élodie ne bougeait guère. On lui avait déjà installé un soluté dans le bras gauche, et afin d'immobiliser le cathéter, le bras de l'enfant se trouvait isolé sur une planchette à l'aide d'un bandage. Elle ne disposait plus que d'une seule main libre. De toute manière, cela semblait sans importance pour l'instant puisque son champ d'activité se réduisait à néant. « Premier pas vers la déchéance », se dit Mireille qui retrouvait difficilement son bel optimisme de la veille. Comme si, en se levant ce matin, elle avait espéré se tirer d'un mauvais rêve, du pire de tous les cauchemars. Mais non, la réalité était là, bien là, avec son défilé de désolation et d'amertume. Elle n'avait pas le choix de l'affronter concrètement.

Les bras chargés des vêtements de l'enfant, elle devait pousser la tige portant l'appareil à perfusion en même temps que la chaise roulante. « Voyons! comment s'ouvre cette maudite porte? » Une seconde de plus et elle sentait qu'elle allait piquer une crise de nerfs. C'était trop, plus qu'elle ne pouvait en supporter. Voilà l'insignifiante goutte d'eau qui ferait déborder le trop-plein du vase, le léger contrepoids qui culbuterait toute une vie en la précipitant dans le gouffre de l'odieux. De l'insupportable... « Élodie, mon amour, mon ange, je voudrais te prendre, t'envelopper, te protéger. Ne jamais t'obliger à franchir cet espace. Mettre le présent en marche arrière et recommencer les derniers jours de cette semaine à nouveau, dussé-je t'amener à l'autre bout du monde. Hélas! peu importe le lieu, le destin serait là, au rendez-vous, je le sais trop.»

Après deux jours passés à l'urgence, deux jours d'angoisse, les pires jours de toute son existence où elle s'était fait violence et avait mâté ses réactions, elle sentait soudain qu'elle allait craquer. Là, devant ces deux portes closes entre deux corridors, seule avec son enfant condamnée, elle vint tout près d'éclater et de se mettre à crier, à hurler, à se rouler par terre. Jusqu'à maintenant, elle avait raisonnablement tenu le coup, s'était montrée forte, brave, solide. Quatre-vingts pour cent des chances, c'était amplement suffisant pour s'y fixer. La fin du monde existait à peine, une dimension presque négligeable, une perspective qu'on ne considérait même pas. Pourquoi effectuer la soustraction? Un petit vingt pour cent de rien du tout auquel on ne pensait même pas. Auquel on refusait de songer. Qu'on ne s'apprêtait même pas à envisager. Qu'on repoussait du revers de la main. Il valait mieux se suspendre à l'optimisme comme le naufragé s'agrippait éperdument à tout ce qui flottait autour de lui, même le plus petit objet qui ne lui sauverait jamais la vie. Mais la vie d'Élodie serait préservée, Mireille ne se permettait pas d'en douter un seul instant depuis qu'elle savait. Depuis qu'elle connaissait le nom et la nature de l'adversaire à combattre. Mais ce matin...

Ce matin, cette pancarte à gauche de la porte l'avait frappée de plein fouet. *Centre d'oncologie*. « Par ici, mesdames et messieurs! Le cancer se trouve derrière ces portes. C'est là que le monstre gruge ses petites victimes et se délecte de leurs os, de leurs organes, de leur sang. Venez à la rencontre de la plus haute concentration d'injustice sur la planète, l'horreur à l'état pur. Venez assister au massacre des innocents, au combat à finir entre la vie et la mort. Venez voir la beauté des enfants se maquiller tranquillement aux couleurs de la cendre et de la cire. Venez admirer les sourires en forme de grimaces sur des bouches couvertes de plaies, venez écouter les cris de terreur et les hurlements de douleur. Venez observer la chute des cheveux d'ange et la danse macabre des crânes chauves. Regardez les aiguilles qu'on enfonce, les trocarts qui percent les os, le poison chimique qu'on instille goutte à goutte dans des corps d'enfant, venez voir les chambres d'isolement, ces prisons qu'on appelle chambres stériles. » Paralysée de terreur, Mireille ne bougeait plus. Elle crut qu'elle allait s'effondrer, anéantie.

Pavillon Charles-Bruneau... pavillon de l'espérance, mais ce Charles Bruneau, cet enfant qu'on avait honoré en donnant son nom à ce lieu, n'avait-il pas justement succombé à la leucémie, quelques années auparavant? « Non! pas ça! pas Élodie! pas elle! Non, je ne veux pas, je ne veux pas... » Le cri resta dans la gorge de Mireille. Malgré elle, les larmes roulèrent sur ses joues et elle tentait de les essuyer du poignet tout en s'acharnant sur cette maudite porte. La porte de l'enfer...

— Appuyez sur le bouton à votre droite, madame, et la porte s'ouvrira automatiquement.

Comment ne l'avait-elle pas vu? « Je perds la boule! » songea Mireille. Elle remercia d'un signe de tête l'infirmière du poste voisin qui la voyait tâtonner, poussa sur le déclencheur et vit se déployer devant elle le large passage menant, quelques mètres plus loin, au pavillon de forme circulaire. Au centre, un escalier en colimaçon évoquait la double spirale de l'ADN, ce constituant cellulaire virtuellement susceptible de causer le cancer mais peut-être aussi de le guérir. De larges baies vitrées s'ouvraient sur l'extérieur de chaque côté du corridor, et la lumière blanche et vive éblouit Mireille qui cligna des yeux. La lumière, le soleil, la joie de vivre... La luminosité des lendemains de tempête. Elle se ressaisit, renifla bruyamment et s'achemina d'un pas ferme et déterminé vers le poste du département. « Allons! le combat commence ici, ce matin, en cet instant même, ce n'est pas le temps de me laisser abattre. »

Le poste central consistait en plusieurs longues tables disposées parallèlement autour desquelles gravitaient une horde de personnes, pour la plupart vêtues en civil : médecins, infirmières, techniciens, thérapeutes, auxiliaires, tous paraissaient souriants et détendus. Joyeux même. Si on se déplaçait à pas feutrés et discutait à voix basse, on ne semblait pas se priver de s'exclamer gaiement ou même d'éclater de rire. Mireille le constata en voyant une infirmière taquiner un enfant à l'autre bout du corridor.

— Eh! Pénélope! Ne tiens pas ta poupée comme ça, tu vas lui donner mal au cœur!

À croire que les drames effroyables existant en ces lieux, au fin fond de chacune de ces petites chambres, se vivaient en sourdine et en catimini, seulement à l'intérieur des êtres. Sur la place publique, la vie continuait : on fonctionnait, palabrait, riait même! Et de voir tous ces gens ordinaires fourmiller autour des pupitres et travailler normalement ragaillardit Mireille. « Je ne serai pas seule. Toute cette équipe mènera la bataille avec moi. »

Un homme, traversant le corridor en sens inverse et poussant lui aussi une chaise roulante et un support à perfusion, croisa Mireille et la gratifia d'un timide sourire. L'enfant qu'il transportait semblait plus volubile et adressa à Élodie un joyeux « Allô! ». Son crâne apparaissait complètement dénudé et d'immenses yeux bleu délavé lui mangeaient la figure.

— Tu t'en viens rester ici, toi aussi?

Élodie resta silencieuse et se contenta de jeter sur l'enfant un regard impassible. Mireille se pencha sur elle en l'exhortant à un peu plus de politesse.

— Allons, Élodie, réponds au gentil petit garçon!

— Je ne suis pas un petit garçon! protesta aussitôt l'enfant, je suis une fille et je m'appelle Joannie.

— Oh! excuse-moi, Joannie, je suis désolée. C'est à cause de... de... tes cheveux! On se reverra une autre fois, tu veux bien? Élodie ne me semble pas très en forme, je crois que son médicament l'a un peu assommée. À plus tard!

En attendant que l'infirmière les guide vers la chambre qu'on leur avait attribuée, Mireille observa l'activité bourdonnante dans le corridor circulaire menant aux différentes pièces. De nombreux parents erraient à petits pas, l'œil vague et distrait, poussant avec lenteur sur des fauteuils roulants des enfants au regard tout aussi vide. Dans un recoin, deux petits garçons chauves, départis de leur soluté, roulaient avec frénésie sur leur tricycle. Un infirmier poussait une civière sur laquelle gisait une petite forme imprécise. Un grand adolescent pénétra dans sa chambre à toute vitesse suivi de trois petits bouts de chou, la tête tout aussi dépouillée les uns que les autres. À la grande surprise de Mireille, la plupart des enfants portaient leurs vêtements de jeu et semblaient déborder d'énergie. N'eût été de leur calvitie et de leur sempiternel sac de sérum les suivant à chacun de leurs pas, nul n'aurait pu deviner que ces êtres souffraient d'une maladie mortelle et se trouvaient en sursis, suspendus entre l'espoir et le désespoir. Mireille devina qu'il devait sûrement se trouver un autre étage à l'accès interdit dans le pavillon et dont les murs cachaient d'autres scénarios plus pathétiques.

— Dites-moi, le cancer attaque-t-il davantage les garçons que les filles? Il me semble ne voir que des garçons ici! s'enquit Mireille auprès de l'infirmière l'ayant prise en charge.

— Non, madame, il se trouve autant de filles que de garçons sur l'étage. Mais devenues chauves, elles ressemblent à des garçons. La plupart des gens s'y méprennent et malheureusement, cela choque les petites filles. Il faut faire très attention et user de délicatesse lorsqu'on s'adresse à un enfant inconnu.

Brusquement, Mireille se trouva mal. Prise de vertige, ruisselante de sueur et le cœur lui battant à fendre la poitrine, elle demanda à s'asseoir pour quelques instants. L'infirmière lui offrit un fauteuil et lui apporta aussitôt une tasse de thé. « Que m'arrive-t-il donc? Je ne vais pas tomber malade moi aussi! Franchement, il ne manquerait plus que cela! » Elle mit un certain temps à se remettre, la tête appuyée sur le dossier et regardant distraitement circuler les petits patients.

Ainsi, Élodie perdrait ses cheveux, elle aussi. Et comme tous ces enfants, elle passerait de longues semaines ici, attachée à son soluté comme à un cordon ombilical. Elle jouerait sa destinée ici sans même le savoir... « Oh! mon Dieu, s'il est encore temps, que cette coupe s'éloigne de moi. »

Une fois de plus l'éventualité d'une erreur médicale refit surface dans son esprit, comme une vague lueur dans la nuit. Peut-être avaient-ils posé un mauvais diagnostic? Peut-être s'était-il produit une confusion d'échantillonnage? une technique de laboratoire fautive? Peut-être le médecin reviendrait-il aujourd'hui en s'écriant : « Madame, j'ai une excellente nouvelle! Nous avons craint un moment la leucémie, mais les derniers tests réfutent notre opinion initiale. Il s'agit tout simplement d'une dysplasie temporaire de rien du tout. Avec le médicament que je vais prescrire, tout rentrera bientôt dans l'ordre. » Cela paraissait possible, aux yeux de Mireille. « N'existe-t-il pas une seule petite chance d'erreur? » Et puis non! On n'imposait pas cruellement à des parents le spectacle de ces enfants malades sans être absolument certain du diagnostic. On n'envoyait certainement pas des gens dans ce lieu sans des raisons et des certitudes bien établies. Oh! que non! La réalité se trouvait bel et bien ici, maintenant. Rien ne servait de se leurrer et de s'illusionner. Il fallait dorénavant s'y mesurer résolument. L'ennemi se montrait de plein front. Officiellement connu, nommé, étiqueté. Bel et bien réel, dans toute son ignominie. Le gong avait sonné, le signal de guerre venait de retentir, le temps de l'effroyable affrontement était venu, irrémédiable. Aujourd'hui, ici, en ce moment précis. Aucun recul possible.

— Chambre douze, madame, à gauche de la salle de jeu. Je vous accompagne.

Mireille retint sa respiration et scruta d'un œil rapide cette arène où s'amorcerait la lutte, arène minuscule ressemblant davantage à une cellule de prison qu'à une chambre des naissances. C'est ici qu'Élodie livrerait son combat pour la survie. « Non, ma vieille! réalisa-t-elle tout d'un coup. Je ne devrais pas envisager les choses de cette manière. Pourquoi ne pas me dire plutôt que c'est ici, en cet endroit, que ma fille récupérera définitivement la santé... »

— Regarde, Élodie, il y a un lit pour moi juste à côté du tien, avec un beau couvre-lit jaune. Je pourrai dormir ici, tout près de toi.

— Et papa, lui, où il va dormir?

— Papa va coucher à la maison, ma chérie, car il devra se rendre à son travail tous les matins. Mais il viendra te voir à chaque jour et parfois, c'est lui qui dormira ici avec toi.

— Est-ce qu'on va rester longtemps?

— Le temps nécessaire pour te guérir complètement, Élodie.

La fenêtre donnait directement sur les branches encore recouvertes de neige d'un vieil érable. Mireille s'en approcha. À travers les ramilles et par-dessus le toit d'une résidence, elle distingua au loin la cour du Collège Brébeuf où s'ébattaient sur la neige de nombreuses formes multicolores. Des adolescents! Des adolescents en récréation! Des adolescents normaux, heureux, en santé! Des adolescents bien vivants, riches d'avenir… Un jour, Élodie irait à ce collège, elle se joindrait à eux et, comme eux, par un petit matin de novembre, elle se roulerait follement, joyeusement dans la première neige de la saison et gagnerait des batailles de balles de neige. Des enfants, c'était fait pour gagner des batailles de balles de neige, pas des combats de vie et de mort. Mireille retint ses sanglots, tentant de se convaincre que l'image offerte par cette fenêtre, ce matin, symbolisait l'espoir. Elle se jura d'inscrire Élodie à ce collège dans quelques années. Ce projet précis lui servirait de phare dans la nuit qui s'amorçait. Rien ne servait de crier à l'injustice. D'ailleurs, à qui aurait-elle pu s'en prendre? Elle se promit plutôt de repenser à cette vision de la cour d'école et de s'y agripper de toutes ses forces durant les périodes difficiles qui ne manqueraient sûrement pas de venir.

Pour l'instant, elle pria l'infirmière de la laisser seule avec sa fille en lui demandant de refermer la porte vitrée à laquelle on avait suspendu un lourd rideau bleu, gardien de l'intimité. Élodie ne se fit pas prier pour s'installer confortablement dans son nouveau lit, serrant contre elle son Snoopy silencieux. Elle semblait à bout de forces. Mireille lui chantonna une berceuse en lui jouant dans les cheveux du bout des doigts, selon son habitude.

— Dors, mon ange, je reste près de toi. Dans une heure ou deux, papa viendra nous rejoindre et nous allons lui montrer ta belle chambre. Je vais lui demander d'apporter des photos de Gris-Gris et tes posters de Passe-Partout. Cet après-midi, nous allons décorer les murs au-dessus de nos lits. Qu'en penses-tu, ma puce?

— Oui, oui… Et quand papa va arriver, je vais lui montrer mon bras enveloppé.

Une fois sa fille profondément endormie, Mireille, déjà épuisée malgré l'heure encore matinale, se jeta à plat ventre sur son lit et ne trouva même pas la force de pleurer tout ce qu'elle avait envie de pleurer.

En pénétrant posément dans la chambre, quelques minutes plus tard, Robert trouva ses deux femmes plongées dans un épais sommeil. À son approche, Mireille ne broncha même pas. Robert lui envia ce moment de grâce, ce temps de l'oubli que lui-même n'avait pas réussi à trouver durant cette nuit lugubre vécue seul, au sein de sa belle demeure de Saint-Eustache. Nuit de cauchemar où même ses meilleures stratégies de résistance lui parurent ébranlées dans cette maison vide où l'enchantement et la chaleur des lieux ne semblaient plus exister. Ne subsistaient que des murs, des meubles, un décor inerte, froid et austère. Futilité du superficiel et du luxe. Inconsistance du matériel... On apprécie le chatoiement des couleurs, la richesse d'un tableau, le moelleux d'un fauteuil. On évolue à l'aise dans un cadre spécialement conçu pour soi. On manipule avec bonheur des objets sélectionnés pour le confort et le plaisir. On confère une âme au décor nous entourant, car on le choisit à notre ressemblance. Et d'y contempler notre propre image nous sécurise.

Mais que survienne une crise existentielle, que soufflent des vents dévastateurs et semeurs de mort, et le bel environnement rassurant s'effondre et n'existe plus. L'essentiel ne se trouve pas là, de toute évidence. Mais à quoi se raccrocher pour tenir le coup, garder le cap sur l'espoir? Robert se sentait si petit devant les forces de la nature, cet ouragan menaçant d'anéantir sa famille. Mireille avait bien raison, l'autre jour, en prétendant au médecin que l'amour seul se trouvait bien petit pour lutter contre la mort. Alors...?

Alors il sortit à pas de loup de la chambre 12 et se mit, à l'instar des autres parents tout aussi démunis que lui, à arpenter sans but ce corridor de la malédiction, regardant d'un œil hagard circuler les guerriers chauves en train de livrer seuls le plus terrible des combats. Un affrontement dans lequel même le plus aimant des pères ne disposait d'aucun pouvoir d'intervention.

Le sapin de Noël trônait au milieu du salon, et ses aiguilles encore humides répandaient une odeur légèrement fraîche et sucrée qui ne manquait pas de rappeler à Mireille les Noëls de son enfance auprès de sa famille. Cette année, contrairement à la tradition, ni Mireille, ni Robert et ni Élodie n'assisteraient à la messe de minuit et au réveillon en compagnie de la famille Ledoux. Ceux-ci viendraient plutôt le lendemain, jour de Noël, pour dîner avec la petite Élodie, dans sa maison de Saint-Eustache. Chacun apporterait un plat tout préparé afin de soulager Mireille d'un festin qu'elle n'avait ni le goût ni le temps de confectionner, ayant écoulé la majeure partie des dernières semaines à l'hôpital. Malgré son état de santé précaire, Élodie avait tout de même obtenu un congé de quelques jours de l'hôpital, et Robert, après avoir passé la nuit avec elle, devait la ramener à la maison ce matin-là.

— Tout va assez bien, la chimiothérapie progresse lentement, mais elle progresse tout de même, avait dit le docteur Desmarais au début de la semaine. Mais je ne peux encore me prononcer sur l'avenir. Les produits chimiques que nous injectons à votre enfant à haute dose font bien leur travail : ils détruisent les cellules blastiques malignes. Cependant, ils mettent plus de temps que prévu à réagir.

— Ah! Seigneur! Dois-je en conclure que les chances de guérison d'Élodie s'amoindrissent?

— Non! non! il ne s'agit probablement que d'un petit retard. Un jour, nous l'espérons, ces médicaments remporteront la victoire et auront fait disparaître complètement les cellules cancéreuses. En totalité. Malheureusement, ces produits sont très toxiques et ne font pas la différence entre les cellules normales et les cellules malignes. Par conséquent, les globules rouges normaux de votre fille se trouvent à un niveau très en deçà de la normale, de même que ses plaquettes qui préviennent les hémorragies. Même chose pour les globules blancs normaux, véritables défenseurs de l'organisme contre les infections et dont le décompte paraît dangereusement diminué pour l'instant.

— Docteur, vous m'effrayez!

— Ne vous effrayez pas, ce sont là les effets secondaires habituels à une chimiothérapie intensive. Cela ne va pas sans risque, bien entendu, et il arrive souvent que nous soyons dans l'obligation d'interrompre temporairement le traitement. Nous ferons donc quelques transfusions à Élodie avant son départ pour la maison et cela suffira, j'espère, à la protéger durant son petit congé.

— Ne vaut-il pas mieux la garder à l'hôpital, docteur?

Frémissante, Mireille se sentait prête à tous les sacrifices pour le salut de son enfant, même à se priver de sa présence à la maison pour Noël.

— Non, madame, je ne crois pas. Vous savez, nous considérons le bon moral comme une dimension importante dans le processus de guérison de la maladie. Je tente l'impossible pour que mes petits patients aillent fêter Noël et le jour de l'An dans leur famille.

Mireille baissa la tête et ravala sa salive, bien consciente des sous-entendus qu'il ne prononçait pas et qu'elle imaginait facilement : « D'autant plus qu'il peut s'agir du dernier Noël pour plusieurs des enfants soignés sur cet étage...» Mais elle-même refusait de s'attarder à cette simple évocation. Non! il ne s'agissait pas du dernier Noël d'Élodie, il n'en était pas question. Elle ne le voulait pas. Cela jamais, jamais...

Le médecin devina-t-il les sombres pensées qui assaillaient la femme à l'œil éteint assise devant lui? Il se leva inopinément et lui tendit la main en souriant.

— Je vous souhaite un joyeux Noël, madame. On se revoit le deux janvier pour reprendre les traitements. En attendant, évitez pour l'enfant tout contact avec des personnes grippées ou souffrant de dérangements gastro-intestinaux. Élodie est fragile et pourrait attraper facilement n'importe quel virus.

— Merci, docteur. Passez vous-même de joyeuses fêtes.

Pensive, Mireille se releva lentement de sa chaise. « Oui, docteur. À votre guise, docteur. Tout ce que vous voulez, docteur. TOUT CE QUE VOUS VOULEZ! Je me ferais couper en petits morceaux pour que survive ma fille. Pour que dans votre dossier, vous inscriviez le mot *rémission* tel que vous me l'avez expliqué. Puis plus tard, le mot *guérison*. Voilà un cadeau que j'avais espéré du père Noël, mais il semble me le refuser pour l'instant. Je déteste le père Noël!»

Mireille entassait dans le salon les boîtes de décorations de Noël en attendant l'arrivée de ses deux amours. C'est une Élodie méconnaissable que Robert ramena à la maison en ce petit matin neigeux du 24 décembre. Chauve, boursouflée par la cortisone, le regard inexpressif. Mireille avait fait exprès de l'attendre pour décorer la maison afin de réclamer son assistance. Mais la petite réagit à peine. Elle accrocha bien une ou deux babioles dans le sapin, mais s'en désintéressa aussitôt pour aller s'étendre sur le canapé et regarder distraitement ses parents s'exclamer à outrance sur la réussite de l'arbre de

Noël. Seule l'arrivée de son chat Gris-Gris mérita une réaction aussi vive que succincte. Imbu de son importance, le matou se mit à ronronner et à frôler les jambes de l'enfant. Peut-être en reconnut-il l'odeur et la douceur des caresses. Il finit par grimper sur ses genoux et, pelotonnés l'un contre l'autre comme des amoureux enfin retrouvés, l'enfant et l'animal s'endormirent sur un coin du divan, bercés par des airs de Noël. Snoopy en fut quitte pour roupiller écrasé sous un coussin.

Malgré l'obligation de rester à la maison pour la veillée de Noël, Robert avait acheté un dessert spécial et mis une bouteille de mousseux au frais, tandis que Mireille avait préparé le mets favori d'Élodie : des hamburgers sur le barbecue accompagnés de frites maison. Ils seraient assurément les seuls habitants de la province à fêter Noël aux hamburgers et à utiliser leur poêle à charbon de bois en ce soir de Noël où le mercure indiquait un froid sibérien! Mais peu importait! Élodie serait comblée, ses parents le désiraient plus que tout au monde. Malgré sa profonde tristesse que même un joyeux Noël n'arrivait pas à dissiper, Mireille ressentait tout de même une pointe d'excitation à l'idée des surprises qu'elle offrirait aux siens.

♪♪♪

Élodie dévora son hamburger avec appétit, au grand contentement de ses parents. Que voilà un beau cadeau de Noël : un signe de survie, un indice de santé, si infime fût-il. Un présage auquel se raccrocher à tout prix. Élodie mangeait, Élodie riait. Élodie allait mieux. Élodie allait guérir. Oh! mon Dieu! oui, Élodie allait vivre, vivre, vivre...

« Ma fille mange son hamburger au complet et je perçois cela comme un cadeau de Noël, quelle pitié! » Mireille sentit les larmes monter. Afin de dissimuler l'émotion qui l'étouffait soudain, elle se leva de table brusquement et traversa le salon à la course pour se diriger vers la salle de bain, espérant y trouver quelques minutes de répit. Dans son élan, elle faillit culbuter par-dessus la boîte contenant la crèche de Noël qu'ils avaient négligé d'installer au pied de l'arbre. Ceci la fit éclater en sanglots.

Si Élodie ne s'aperçut de rien, le désarroi de sa femme n'avait pas échappé à Robert. Pour créer de la diversion, il s'empressa de sortir du réfrigérateur la magnifique bûche de Noël achetée à la pâtisserie du village. Avec l'aide d'Élodie, il y planta une dizaine de bougies et les alluma une à une. Puis tous les deux se mirent à appeler Mireille en scandant les syllabes : Ma-man! maman!

Mireille sécha promptement ses larmes et s'accrocha un grand sourire avant de revenir dans la salle à dîner plongée dans l'obscurité, à part les bougies éclairant la table et jetant une douce lueur sur les sourires radieux d'Élodie et de Robert. Mireille se remit à pleurer, et cette fois, elle ne retint pas ses larmes. Tout lui paraissait soudain si beau, si merveilleux. L'instant présent... « Non, ce n'est pas possible que tout cela soit le dernier Noël d'Élodie, non, non! »

— Maman, pourquoi pleures-tu? Il ne faut pas pleurer, c'est Noël!

— Je t'aime tant, ma chérie.

— Moi aussi, j'aime ma maman et mon papa. Et pourtant, je ne pleure pas! J'ai trop hâte que le père Noël vienne cette nuit pour déposer mes cadeaux au pied de l'arbre.

— Il viendra, j'en suis certaine! Mais ce sera très tard, pendant que nous dormirons. En attendant, j'ai tout de même des cadeaux à vous offrir à tous les deux. Ceux-là, le père Noël ne pouvait pas les transporter et il m'a demandé de m'en charger. Il y en a deux!

— Moi aussi, j'ai un cadeau pour vous! s'écria Robert.

— Moi aussi! Moi aussi! relança Élodie en sautant sur ses pieds. Où as-tu mis ma valise, papa? Mes cadeaux se trouvent à l'intérieur.

— Dites donc, famille Breton, si on allait prendre le dessert au salon, devant l'arbre de Noël?

Avant d'ouvrir les cadeaux, Mireille insista pour qu'on installe d'abord la crèche oubliée. L'étiquette de la boîte *Les Artisans du Bon Pasteur* ne manquait jamais de raviver, à chaque Noël, le souvenir d'un autre Noël où, debout devant les personnages de la crèche, dans la pénombre et le silence de la chapelle du Bon Pasteur de Québec, Paul Lacerte lui avait déclaré son amour par le plus beau et le plus simple de tous les gestes de tendresse : son bras la rapprochant doucement contre lui. Alors tout avait été dit...

Les petites figurines qu'elle disposait ce soir au pied de l'arbre avec l'aide de sa fille gardaient toujours leur allure enfantine, symbole de naïveté et de pureté. Son amour pour Paul était autrefois demeuré pur et naïf malgré qu'il fût défendu. Aurait-elle maintenant à payer le prix de la vie de son enfant pour s'être laissée glisser dans cette relation illicite qui avait failli chambarder la paix de toute la famille de Paul? Aujourd'hui seulement, elle réalisait l'importance, la magnanimité d'une famille. Aujourd'hui seulement, elle comprenait la gravité de ses égarements passés.

« Oh! mon Dieu! m'enlever Élodie serait me punir trop fort! Je ne mérite pas un tel châtiment. L'enfant de la crèche ne se venge pas, il pardonne tout. Oh! petit enfant, petit Jésus, épargne-nous! »

— Eh! maman, tu pleures encore? Je ne veux plus que tu pleures! Quand vas-tu nous donner tes deux cadeaux?

Robert pénétra dans le salon en apportant trois coupes de cristal, deux contenant du champagne, la troisième toute pétillante de Seven-Up.

— Il faut tout de même arroser ce prodigieux moment. Alors, qui commence la distribution?

— Moi! moi! Voici pour toi, papa, voici pour toi, maman.

Les yeux brillants de mystère, Élodie déposa sur les genoux de chacun une grande enveloppe brune contenant une immense carte maladroitement dessinée à la main. Sur celle de Robert, on devinait un pêcheur assis sur un quai tenant, au bout de sa ligne, un poisson plus gros que lui. Celle de Mireille représentait une flûtiste vêtue d'une longue robe bleue. Elle jouait dans un pré de fleurs. À l'intérieur des cartes, des lettres gauchement tracées indiquaient : *Je t'aime.*

— Je les ai dessinées en secret avec la jardinière Claudette, dans la salle de jeu de l'hôpital, pendant que tu allais manger ou prendre ta douche, maman. Je voulais tellement te faire une belle surprise.

— C'est mon plus beau cadeau de Noël, ma chérie.

— Nous allons les accrocher dès maintenant sur le mur, renchérit Robert, s'empressant de tourner le dos afin de dissimuler son trouble.

Mireille insista pour offrir ses cadeaux en tout dernier. Robert sortit alors de sa poche une enveloppe blanche sur laquelle il avait inscrit : « Aux deux femmes de ma vie.» En deux secondes, Élodie réussit à déchirer l'enveloppe et à en extirper quelques bouts de papier auxquels elle ne comprit rien. D'un air interrogateur, elle les tendit à sa mère. Il s'agissait de trois billets d'avion pour la Floride et trois passeports d'entrée à Disney World, pour la première semaine d'avril.

— Mais Robert, c'est une folie! Il n'est pas certain que l'on puisse y aller! Si jamais...

— Chut! Ces billets sont un gage d'optimisme et de positivité. Nous irons! Tu m'entends? NOUS IRONS! Il faut y croire de toutes nos forces, en susciter un rêve, un but, un projet. Une lumière à ne pas perdre de vue. C'est ça, mon cadeau, ma manière de conjurer le sort. Une joie que l'on attend, Mireille, n'est-ce pas déjà une joie en soi?

— Oui, tu as raison, ce cadeau représente une clarté vers laquelle nous voguerons un jour à la fois.

Élodie, déçue par ce cadeau de papier auquel elle ne comprenait rien, ne cessait d'inonder ses parents de questions. Floride, Disney World, « joie en soi », « lumière » ne signifiaient pas grand-chose pour elle.

— Voilà un rêve sensationnel, Élodie! Lorsque tu seras guérie, nous ferons un voyage en avion tous les trois. Nous verrons la mer puis nous irons tous ensemble dans un parc fantastique qui ressemble à un paradis pour les enfants.

Puis vint le tour de Mireille de présenter ses cadeaux. Elle demanda quelques minutes de délai et s'en fut à la cuisine pour téléphoner, suscitant la curiosité non seulement d'Élodie mais aussi de Robert. Lorsqu'on sonna à la porte quelques instants plus tard, elle pria son mari et sa fille d'aller répondre. À leur grande surprise, la voisine, de toute évidence de connivence avec Mireille, leur remit une énorme boîte à chapeaux joliment emballée de papier rouge et blanc.

— Bonjour! Avez-vous vu le père Noël circuler dans le ciel? Je viens tout juste de le voir passer avec son grand traîneau et il a laissé tomber cette boîte devant ma maison. L'étiquette indique « À Robert et à Élodie ». Je suppose qu'il s'est trompé d'adresse, alors je vous l'apporte. Joyeux Noël à tous!

Elle repartit aussitôt, non sans avoir gratifié d'un clin d'œil rieur un Robert aussi ahuri que curieux. Il laissa néanmoins sa fille, au comble de l'excitation, ouvrir le mystérieux paquet. Il n'en crut pas ses yeux lorsqu'il vit en sortir le plus mignon des petits chiots, un épagneul blond d'à peine trois mois, tout frétillant et content d'échapper à l'air étouffant de la boîte.

— Oh! maman!

— Je pense que ce petit chien nous apportera de la joie à tous. Et il deviendra une excellente motivation pour Élodie pour se dépêcher à guérir. Qu'en pensez-vous?

Élodie s'empara immédiatement du chien pour lui faire des câlins. Celui-ci se laissa tripoter de bon gré. Comblé par les caresses de sa nouvelle amie, il la fouillait du museau dans les recoins à la découverte de son odeur.

— Maman, je l'aime déjà!

Robert ne prononça pas un mot, mais le regard qu'il porta sur sa femme en dit plus long que tous les mercis du monde. Quelle femme formidable que sa femme...

— Ne t'en fais pas, lorsque je serai à l'hôpital, la voisine s'occupera du chiot. Elle me l'a offert elle-même. Nous avons une voisine aussi généreuse que le père Noël! Mais je n'ai pas fini, il manque un cadeau et, eh! eh! il s'agit du cadeau principal!

Se penchant au pied de l'arbre, elle en ressortit une toute petite boîte cachée derrière la crèche et la tendit en souriant à Robert et à Élodie. Abasourdis, ils en sortirent une minuscule paire de chaussons de bébé accompagnés d'une petite carte sur laquelle on pouvait lire : « Je suis enceinte. Le petit frère ou la petite sœur d'Élodie viendra au monde à la fin du mois d'août prochain. » Cette fois, c'est Robert qui se mit à sangloter comme un enfant.

— C'est la vie qui continue. Oh! mon amour, cette naissance nous portera chance, j'en suis convaincu! Tu me rends fou de joie et... et les mots me manquent pour te dire merci.

D'un commun accord, ils décidèrent d'ouvrir le sofa-lit et d'y passer la nuit tous les trois, devant l'arbre de Noël illuminé. Ils ne prirent pas conscience de leur res-

semblance avec les personnages de la petite crèche installée sous l'arbre, avec le père, la mère et l'enfant entre
eux, entourés d'animaux répandant leur chaleur. En haut
de l'arbre, un ange souriait, d'un sourire éternel.

Le retour d'Élodie à l'hôpital pour ses traitements
devait s'effectuer au début de janvier, mais elle dut quitter Saint-Eustache bien avant le jour de l'An. Dès le lendemain de Noël, elle se mit à tousser et à parler avec
une voix rauque. Puis, quelques jours plus tard, une
malencontreuse griffure du petit chiot sur son bras s'en-
venima rapidement et un liquide nauséabond se mit à
suinter de la blessure rouge et enflée. Alarmée par le
front fiévreux et le manque d'appétit, Mireille appela le
docteur Desmarais, qui lui conseilla de ramener l'enfant à la clinique pour un examen : « On avisera ensuite. »

Mireille se doutait bien que ce retour prématuré à
l'hôpital s'avérerait définitif, du moins pour une longue période encore. Elle avait même glissé dans un sac
quelques vêtements pour l'enfant et elle-même, convaincue qu'on hospitaliserait Élodie à nouveau dès maintenant. Le cœur noué par ces vacances de Noël décevan-
tes mais tout autant soulagée de remettre la santé de sa
fille entre les mains du personnel compétent de l'hôpital, elle s'en fut, avec Robert serrant sa fille dans ses
bras, s'asseoir dans la salle d'attente des laboratoires
d'hématologie. Élodie reconnut l'endroit et se mit à
pleurnicher, appréhendant la ponction veineuse ou la
piqûre sur le bout du doigt. Ce n'était rien pourtant en
comparaison des nombreuses ponctions lombaires ou
dans la fosse iliaque auxquelles on l'avait soumise en

novembre et décembre. Ces séances devenaient de véritables périodes de torture autant pour l'enfant que pour tous ceux se trouvant auprès d'elle. Mireille se retenait pour ne pas hurler avec sa fille. Seule l'idée que ces actes constituaient une étape nécessaire dans le processus de guérison lui donnait la force de voir ainsi souffrir son enfant sans se révolter.

Mais ce matin, il ne s'agirait probablement que d'un petit prélèvement sanguin sur le bout du doigt, Mireille ne craignait rien. Hélas! Élodie n'échappa pas à la ponction dans la veine, car le résident, après un minutieux examen physique, prescrivit, l'air contrarié, toute une batterie de tests. Robert supportait difficilement la vue de sa fille paniquée pour une simple prise de sang. Il eut beau la prendre dans ses bras, tenter de la raisonner, lui promettre que ce ne serait pas si douloureux, elle vociférait de plus belle en se débattant avec véhémence.

— Élodie, écoute papa. On va faire un jeu, tu veux bien? On va jouer « au jeu du rien ». Pendant que je vais compter, tu ne vas rien sentir. Tu vas m'écouter et dire les chiffres en même temps que moi. Dès que j'arrête de compter, hop! la piqûre peut faire un petit peu mal. Mais pas avant que je n'arrête de compter. Es-tu prête? On commence!

Après un regard de connivence avec le technicien, Robert se mit à compter à tue-tête sur l'air de *Au clair de la lune*. Élodie, médusée, éclata de rire et en oublia momentanément l'aiguille pénétrant habilement dans la veine. Mireille n'en revenait pas de la bonne idée et remercia d'un clignement des yeux l'être sans lequel elle ne passerait pas à travers cette épreuve. Mais le médecin s'empressa de la ramener sur terre.

— Je crois que votre fille fait une cellulite sur le bras et une double pneumonie. Quant à la récidive de la leucémie, nous devrons attendre le résultat d'autres analyses avant de nous prononcer. De toute manière, il serait préférable que l'enfant réintègre sa chambre d'hôpital dès maintenant afin que nous puissions lui administrer des doses massives d'antibiotiques. Nous devons absolument guérir les infections avant de reprendre les traitements de chimiothérapie.

— Oui, docteur, comme vous voulez, docteur.

Encore une fois « oui, docteur »... Était-ce là la seule façon de se battre? Se soumettre, subir, accepter? Collaborer entièrement aux consignes des autres? Manifester inlassablement de la bonne volonté? Ou plutôt subir avec bonne volonté les décisions des autres? On avait certifié à Mireille que le moral représentait un critère important dans la guérison, et elle avait tout mis en œuvre pour qu'Élodie soit heureuse à Noël. Mais aucun signe de rétablissement ne s'était manifesté. Mises à part les quelques heures de bonheur intense devant le sapin, la veille de Noël, et le réveil très tôt au petit matin pour constater, ô mystère, que le père Noël avait déposé d'autres cadeaux pour Élodie, rien n'avait fonctionné sur des roulettes.

La famille de Mireille s'était bien présentée, tel que prévu, pour le dîner de Noël, mais de toute évidence, l'atmosphère ne semblait pas à la fête. La vue d'Élodie, de son visage blême et enflé et de ses yeux vitreux les consterna tous. Seule madame Ledoux, ayant obtenu la permission spéciale de visiter l'enfant à l'hôpital à quelques reprises au début du mois de décembre, parut moins impressionnée que les autres par l'apparence de la petite. Le plus décontenancé fut le père de Mireille, homme habituellement renfermé et peu volubile. Il prit sa petite-fille dans ses bras et s'écria, les yeux pleins de larmes : « Ma petite-fille, ma petite-fille, qu'est-ce qu'on t'a fait? » Cela eut pour effet d'alourdir l'atmosphère et de créer une tension qu'on n'arriva plus ensuite à dissiper malgré les efforts de Robert et de Mireille. Les deux

frères et leurs petites amies ne savaient que dire et bi-
glaient sur le crâne dénudé de l'enfant sans prononcer
un mot. Mireille avait bien recherché dans les boutiques
une jolie robe avec un chapeau assorti, mais Élodie refusait de porter des bonnets et des foulards. Elle les tolérait quelques minutes pour plaire à sa mère, puis les
envoyait voler.

La moins perturbée de toute cette assemblée demeurait Élodie, ignorante de la gravité de son mal et ne
comprenant rien à toute cette attention dont elle se trouvait l'objet. Naturellement, on la combla d'étrennes outre
mesure. Mireille se dit mentalement que tous croyaient
probablement qu'il s'agissait de son dernier Noël, c'est
pourquoi ils se montraient si généreux.

Dieu merci, le chiot créa de la diversion, allant de
l'un à l'autre et se trémoussant joyeusement, tout à fait
indifférent au drame se vivant autour de lui. Il devint
bientôt le centre d'intérêt et l'objet de toutes les conversations. « Heureusement qu'il se trouve là, celui-là! se
dit Mireille. Nous devrions l'appeler Allegro!»

Elle aurait tant voulu voir ce repas ressembler à une
grande fête, la fête de l'espérance, la fête de la paix aux
hommes et aux femmes de bonne volonté. La fête de la
naissance. De la renaissance. La fête de la rémission. La
fête où ceux que l'on aime partagent non seulement
notre désarroi mais, par-dessus tout, notre espérance.
Oh! bien sûr, tous les siens souhaitaient de tout cœur
qu'Élodie s'en remette, mais leur compréhension ne
saisissait pas qu'en cet instant même, Mireille désirait
mettre en commun avec eux l'illusion absurde que tout
allait pour le mieux dans le meilleur des mondes. Ne
serait-ce que pour un jour. Pour quelques heures. Tout
oublier, l'espace d'un dîner de fête. Vivre un Noël heureux, un Noël normal. Faire comme si...

Bien sûr, il se trouva deux vieilles tantes, les sœurs
de sa mère, pour empoisonner la situation et jeter de

l'huile sur le feu. L'une d'elles suivit discrètement Mireille à la cuisine et lui tapota amicalement l'épaule.

— Ma petite fille, il faut accepter la volonté du bon Dieu. S'il a décidé de ramener ton enfant à lui, rien ne sert de résister ou de te révolter. Tu dois te résigner.

— Mais, ma tante...

Émérencienne, la plus âgée des deux, avait suivi sa sœur et, ne laissant pas à Mireille le temps de protester, elle renchérit sur un ton condescendant :

— Moi, je prie pour que cela se fasse au plus vite, pour que la petite cesse de souffrir.

Mireille avait failli laisser échapper le plat qu'elle portait sur la table. Estomaquée par les mots qu'elle venait d'entendre, sa première réaction fut la colère. Se rendre? Abdiquer? Abandonner la lutte? Jamais dans cent ans! Dans mille ans! Elle se rendrait jusqu'au bout de l'espoir. À la limite du possible. À la limite de la souffrance, s'il le fallait. Parce qu'une existence perdue n'était jamais redonnée. Au bout du compte, la mort aurait peut-être le dernier mot, mais il ne serait pas dit qu'ils n'auraient pas lutté tous les trois jusqu'au bout, elle, Robert et surtout Élodie. Férocement. De toutes leurs forces. De tout leur instinct de vivre. De tout leur amour de la vie.

Réussissant à maîtriser sa rage, Mireille préféra garder le silence et serrer les poings, retenant à grand-peine la réplique vitriolique qu'elle avait le goût de lancer à la tête de ses deux tantes. « Si vous êtes accourues ici pour nous accabler et nous décourager, vous pouvez repartir et ne jamais revenir. » Elle s'était mordu les lèvres et n'avait pas émis un son. Robert, témoin de la scène, était venu à sa rescousse.

— Il vaudrait mieux, ma tante, prier pour la guérison d'Élodie plutôt que pour sa mort hâtive. Aujourd'hui, la leucémie se guérit dans de nombreux cas. Mireille et moi misons là-dessus et refusons d'envisager tout autre éventualité. S'il le veut, votre bon Dieu peut nous laisser

Élodie pendant de nombreuses années. Pendant toute une existence, quoi! Une existence normale... C'est dans ce sens-là que nous comptons sur vos prières, ma très chère tante.

Robert avait prononcé « ma très chère tante » sur un ton onctueux, mais en serrant les dents avec une grimace et en la fusillant du regard. « J'espère qu'elle a compris, cette fois, la rabat-joie, la trouble-fête, l'éteignoir, la vieille gueuse, la sorcière, la... »

Mireille posa doucement la main sur le bras de son mari et ce simple geste suffit à le calmer. Ne pas se laisser déprimer par toutes les incompréhensions, par toutes les maladresses. Demeurer résistants...

D'un commun accord, ils avaient décidé de garder l'annonce de la grossesse de Mireille pour le début du repas, à l'heure de porter un toast. On avait mis Élodie elle-même en charge d'apprendre la nouvelle à tous. Le temps venu, elle arbora son plus désarmant sourire et annonça de sa petite voix claire et cristalline :

— Maman attend un petit bébé pour l'été prochain.

Des exclamations de joie fusèrent de toutes parts et ramenèrent l'allégresse, affûtée par le vin, dans la maison. Madame Ledoux versa même une larme et les deux frères de Mireille se mirent à taquiner Robert.

— Comme ça, le beau-frère, tu as enfin trouvé le truc!

L'une des deux tantes resserra sur ses bras maigres son affreux châle gris et persévéra à envenimer l'ambiance avec la ténacité d'une vipère. Elle lança à Mireille en susurrant sur un ton acidulé :

— Tu es courageuse, ma fille, de tomber enceinte, compte tenu des circonstances.

Mireille aurait voulu l'immoler. Elle vint près de lui lancer par la tête : « Et vous, ma tante, parlez-nous donc de votre joyeuse virginité! » Mais elle réussit à se maîtriser.

— Oui! Et je suis fort heureuse d'attendre un bébé! Un enfant, c'est le bonheur dans une maison. L'été prochain, nous aurons DEUX enfants.

Élodie s'empressa de renchérir, en caressant son petit chiot :

— N'oublie pas, maman, deux enfants, un chat et un beau gros chien!

Les jours suivants s'étaient avérés également difficiles. Élodie avait perdu beaucoup de forces, plus que ne l'auraient cru ses parents. Ils avaient prévu plusieurs sorties dont une excursion en carriole à la montagne pour qu'Élodie prenne l'air sans trop se fatiguer, une visite au Biodôme et, si tout allait bien, un jour ou deux à la campagne dans la famille de Robert, à l'occasion du jour de l'An.

Mais le lendemain de Noël, l'enfant se montra piteuse et sans énergie, affalée sur le fauteuil avec son chien, refusant de manger. Mireille n'en pouvait plus de l'observer à la dérobée à tout instant, guettant sa moindre réaction, épiant le moindre de ses mouvements. On aurait dit qu'à l'hôpital, elle se sentait davantage en sécurité. Mais à la maison, tout prenait des allures de danger : un invité grippé transportant ses virus, une porte laissant s'engouffrer un courant d'air trop frais, la plus banale blessure ou écorchure, le simple aliment trop salé causant la rétention d'eau dans le petit corps déjà bouffi de l'enfant. À l'hôpital, tout semblait prévu, évalué, pesé, dosé. Mireille s'en voulait secrètement de désirer échanger un peu de liberté à la maison contre la sécurité d'un hôpital.

« Peut-être ne suis-je pas à la hauteur? Existe-t-il une école pour les mères d'enfants malades, où l'on apprend à transformer la frayeur en confiance, l'affolement en apaisement? » Ne cessant de jeter des regards en oblique à sa fille, elle tentait par tous les moyens de se rassurer. « Allons! elle s'amuse et rit avec le chien, c'est signe qu'elle va mieux! »

Mais cinq minutes plus tard, en voyant la mine abattue de l'enfant recroquevillée sur le divan, son cœur se serrait. Elle devenait terrifiée, écrasée par la peur. « Élodie, Élodie, je ne te reconnais pas. Je t'en prie, bouge, prends tes jouets, parle, souris. Redeviens une enfant, redeviens mon enfant, je t'en supplie. Élodie, je ne veux pas que tu meures, tu comprends? Je ne veux pas... Je ne veux pas te perdre. J'en mourrais! Je n'accepterai jamais. Pas cela, non, pas cela... »

Mais ces mots restaient emprisonnés sur le cœur de Mireille, opprimants et suffocants comme une boule qui l'empêchait de respirer l'air libre. Pour la première fois, elle sentait la peur, la véritable peur s'infiltrer en elle, se couler dans chacune de ses veines tel un poison qui la rongerait petit à petit.

Jamais, depuis le jour fatidique du diagnostic, elle ne s'était permis le moindre écart, le moindre moment de défaillance et de découragement. Ou si peu... Où puisait-elle tant d'énergie, tant de force? Elle ne se le demandait même pas. Peut-être bien dans l'amour sans bornes qu'elle vouait à son enfant. Peut-être également dans la présence de Robert qui réagissait positivement lui aussi, quoique se montrant parfois sombre et davantage silencieux.

Mireille avait obtenu de l'Orchestre harmonique un congé sabbatique illimité, et avait pu dormir auprès d'Élodie durant toute la durée de son hospitalisation d'avant les fêtes. Robert avait pris l'habitude de venir les rejoindre en fin de journée, dès son travail terminé. Une fois l'enfant endormie, ils allaient prendre une bouchée dans l'un des nombreux restaurants de la Côte-des-Neiges. Mais ils n'avaient ni l'appétit ni le cœur à la fête.

Ni l'un ni l'autre n'avaient pris un seul jour de congé loin d'Élodie depuis le début de sa chimiothérapie, se relayant à tour de rôle auprès d'elle pour jouer aux cartes ou au Parchési jusqu'à l'écœurement, la poussant sur sa chaise pendant des heures et des heures dans le même corridor ou la menant dans la salle de jeu rejoindre son amie Joannie ou d'autres enfants aussi malades qu'elle. Avant les fêtes, Joannie n'allait pas bien. Mireille l'avait vue dépérir de jour en jour avec épouvante. « C'est sa deuxième récidive et on ne trouve pas de donneurs compatibles pour une greffe qui la sauverait peut-être », se lamentait son père, la mine défaite. Mireille se demandait si elle avait seulement survécu à Noël. Peut-être avait-elle enfin cessé de souffrir? Cet « enfin » la fit frémir. Pourquoi enfin? Ce mot en lui-même traduisait-il les limites de l'épreuve? Établissait-il d'emblée les balises du supportable, les frontières au-delà desquelles on ne pouvait plus se rendre sans basculer dans l'intolérable et l'inadmissible? Quand on prononçait « enfin », on disait peut-être oui à la mort.

Mireille avait espéré trouver un peu de répit durant ces courtes vacances de Noël, mais voilà qu'au contraire, elle découvrait inopinément la peur. La peur dans toute son horreur. La peur morbide, la peur féroce, la peur qui tue le rêve. Peut-être ce début de grossesse la rendait-il plus vulnérable? Comment ce choc de la vie et de la mort à l'intérieur d'elle-même pouvait-il ne pas la bouleverser, lui chavirer l'âme, l'emporter dans un tourbillon où elle risquait de perdre complètement le contrôle de ses émotions? Une tornade balayant tout sur son passage, emportant le moral le plus solide et l'espérance la plus candide. Les plus grands ouragans ne naissaient-ils pas du choc des courants chauds et des courants froids? Qu'en était-il du conflit entre la vie et la mort dans l'esprit et le corps d'une même femme? Un enfant en puissance et un autre en péril. Un enfant en devenir et l'autre menacé de mourir. Générer la vie et en même temps lutter contre la mort, s'y confronter quotidiennement avec l'enfant qui se meurt autant que celui qui grandit dans son ventre. Allier ses nausées et celles de sa petite fille, et aller vomir dans le même bol qu'Élodie, l'une pour bâtir la vie, l'autre pour contrer la mort. Les affres de la chimiothérapie et celles de l'hormone chorionique dans le même plat, dans la même bouillie nauséeuse et puante, quel affreux paradoxe! Quelle femme pourrait supporter cela sans broncher?

Tant de fois, depuis le début de cette leucémie, Mireille avait revécu en pensée sa première grossesse et l'accouchement. Avait-elle commis une erreur, absorbé une substance dangereuse, pris un médicament contre-indiqué? Aurait-elle pu faire un geste, une imprudence, un faux mouvement qui auraient marqué les gènes d'Élodie et déclenché, quelques années plus tard, le processus de la néoplasie? Non... rien de cela. Sauf le chagrin et l'immense peine d'avoir perdu Paul qui avait caractérisé toute sa période de gestation. Mais l'amitié et la tendresse de Robert avaient largement compensé et elle avait attendu l'arrivée d'Élodie avec une certaine frénésie. Sa grossesse fut une grossesse triste mais tout de même sereine, au bout du compte.

Du reste, comment la désolation pourrait-elle causer le cancer? S'il fallait que l'amertume s'imprègne dans les chromosomes des fœtus et se manifeste sous forme de maladie ultérieure, l'univers serait peuplé de dégénérés! Et qu'en serait-il de ce petit qui grandissait dans le ventre de Mireille depuis quelques semaines? « Non, cela me paraît impossible. Je refuse de me culpabiliser pour la maladie d'Élodie. D'ailleurs, il n'y a pas que mes gènes dans son corps! L'inquiétude ne doit pas s'emparer de moi au sujet de ma nouvelle grossesse. Je veux porter cet enfant dans la paix. Je le mérite. Mon Dieu, cette fois, je le mérite. Et mon petit y a droit. Il a droit à la sérénité de sa mère. »

Mireille n'en revenait pas d'être tombée enceinte dans ces circonstances si peu propices à la détente. Depuis le jour fatidique du diagnostic de leucémie, elle avait rayé de son esprit tous ses problèmes de stérilité. À peine si elle se souvenait de la date de l'insémination artificielle, trop préoccupée par la survie d'Élodie. Et voilà qu'un bon matin, quelque temps avant Noël, elle avait réalisé que ses menstruations retardaient depuis plusieurs jours. Il avait fallu deux tests de grossesse positifs pour la convaincre qu'elle se trouvait bel et bien enceinte. Ironiquement, cette grossesse désirée jusqu'à l'obsession lui tombait du ciel comme la plus imprévisible des surprises. Comme la plus merveilleuse aussi. Comme une revanche de la vie sur la mort.

« Mon tout-petit, mon tout-petit, tu existes déjà en moi... Je t'aime tant! Je t'attendrai dans la joie, mais pardonne-moi si tu m'entends parfois pleurer. Comment pourrais-je t'espérer dans l'exultation quand ta grande sœur est si cruellement menacée?

Ainsi s'amorça la nouvelle année, suspendue entre l'espoir et le désespoir, au deuxième étage du pavillon Charles-Bruneau où l'équipe médicale remit en branle la machine infernale contre la fatalité. Sans même s'en rendre compte, Élodie reprit péniblement son combat au rythme du goutte-à-goutte de soluté instillé lentement dans son organisme. D'abord contrer la pneumonie et la cellulite, car elles risquaient de l'emporter, ayant pris une ampleur foudroyante. Puis ensuite, si la victoire était remportée contre l'infection, reprendre les traitements de chimiothérapie contre la leucémie. De plein front.

Mireille comprit qu'elle devrait s'armer de patience et d'optimisme.

Élodie mettait du temps à surmonter l'infection. Trop

de temps. Mireille se cramponnait au mot magique « rémission », le regard rivé sur ce phare ballotté sans cesse par la fureur de la tempête et qu'elle risquait trop souvent de perdre de vue. « Les semaines les plus difficiles de mon existence... Tiens bon, ma vieille! L'orage finira bien par passer! » se répétait-elle à toute heure. Elle ne savait plus où elle en était, ni dans l'organisation de son temps ni même dans ses sentiments, oscillant continuellement entre le bonheur d'attendre un enfant et la crainte effroyable de perdre celle qu'elle possédait déjà.

Certains matins, elle en voulait même à Robert de pouvoir prendre le chemin du travail et d'aller oublier pour quelques heures la réalité devenue la leur. Elle aurait donné n'importe quoi pour oublier, elle aussi, et pour s'évader, ne plus penser, ne plus avoir peur, ne serait-ce qu'un seul instant. Ne plus vivre d'une part dans la perspective de la mort et, de l'autre, dans l'expectative de cette vie nouvelle qui germait en elle. Oh! n'être plus rien, ni une mère, ni une épouse, ni une femme, ni rien. Encore moins un vase en gestation. Ne devenir qu'un être qui respire, sans plus. Qui respire l'air libre. Qui ne pense plus. Qui n'attend plus rien. Qui ne craint plus rien. Ah! arrêter le temps, arrêter l'espoir et le désespoir. Devenir plante ou arbre aux bras ouverts gavés de soleil, de vent, de pluie. Se pouvait-il que des êtres humains autour d'elle vivent paisiblement, sereinement, sans se poser de questions, et dont le premier geste en se levant le matin était de regarder le temps qu'il faisait dehors?

Mireille n'en pouvait plus. Le temps qu'il faisait dehors, elle ne le voyait même plus. Et celui qu'il faisait dans son univers n'était que tourmente. Eût-elle été un arbre que les nuages de la mort lui obstrueraient tout autant l'horizon, avec leurs menaces de destruction et de dévastation. Il n'y avait pas d'issue. L'orage grondait, il fallait le subir.

Élodie n'allait pas bien. Non seulement elle n'entrait pas en rémission, mais sa vie se trouvait sérieusement menacée par les infections contractées à Noël et qu'elle arrivait difficilement à surmonter malgré les transfusions et la quantité astronomique d'antibiotiques qu'on lui injectait. Ses propres moyens de défense semblaient tellement amoindris que la maladie prenait de l'ampleur à chaque jour.

Brûlante de fièvre, son Snoopy à ses côtés, elle dormait la majeure partie du temps sous la croupette, sorte de tente à oxygène transparente. Son sommeil était agité par une respiration rauque et haletante, entrecoupée de quintes de toux déchirantes que Mireille ne pouvait plus supporter. Prostrée, sur le bord de la panique, au comble de l'impuissance, elle ne cessait de caresser machinalement le crâne de l'enfant, à la recherche des cheveux perdus. Inlassablement, elle changeait la débarbouillette mouillée déposée sur son front, cherchant dans les gestes les plus insignifiants l'illusion ridicule d'accomplir quelque chose pour elle. Mais elle savait bien, au fond, que son aide était vaine et que l'ampleur du mal la dépassait largement. Seule sa présence auprès de l'enfant apportait au drame un élément positif puisque Élodie, dans ses périodes de lucidité, réclamait constamment sa mère à ses côtés, à toute heure du jour et de la nuit.

Petit être sans défense, à la merci des puissances inexorables de la vie et de la mort... Mireille la regardait, menue et frêle dans son lit d'hôpital, sa petite fille chauve qui ressemblait à un garçon, branchée à la science par tous ces tubes, fils, respirateurs, cathéters, toute cette impressionnante artillerie inventée par les hommes pour lutter contre le destin, astuce trop souvent inutile et vaincue. Car au bout du compte, tôt ou tard et un jour ou l'autre, la faucheuse avait toujours le dernier mot et la médecine devait courber l'échine. Dans ces moments-là, les hommes n'avaient pas le choix d'accepter la plus grande leçon d'humilité qu'il leur soit donné de recevoir. C'est alors qu'ils cherchaient Dieu pour avoir le courage de rester debout. Même les plus grands et les plus forts se faisaient tout petits. « Pas maintenant, s'il vous plaît, pas maintenant, mon Dieu, ne cessait de supplier Mireille. Laisse vivre mon enfant. Laisse vivre mes enfants. »

Oui, il arrivait qu'elle en veuille secrètement à Robert de la quitter pour voguer vers son travail après avoir pris avec elle son petit déjeuner au chevet d'Élodie. Sa réalité quotidienne se trouvait pourtant largement perturbée, à lui aussi, mais il ne s'en plaignait pas. Mireille le devinait anxieux et fatigué, mais à peine le manifestait-il. Comme elle dormait à l'hôpital, il avait pris l'habitude de la rejoindre tôt le matin à chaque fois que son travail le lui permettait, et il lui montait un café et des brioches de la cafétéria. Mireille l'attendait avec impatience, réveillée dès les petites heures du matin par le va-et-vient inévitable dans un corridor d'hôpital : changement de personnel, arrivée des médecins, du technicien pour les prélèvements, enfants qui pleuraient et plus rarement enfants qui riaient.

Parfois, les gémissements d'Élodie la tenaient réveillée durant toute la nuit. Pire, quand la petite dormait calmement et n'émettait aucun bruit, Mireille s'inquiétait davantage et se soulevait à tout instant pour vérifier si elle respirait toujours. Depuis plusieurs jours, elle oscillait entre la vie et la mort, et la plus mince défaillance risquait de la balancer dans l'éternité. « Je vais devenir folle, cela ne peut plus durer. » La seule consolation de Mireille était de constater que son enfant trop jeune n'avait pas conscience de ce qui lui arrivait, contrairement à ces grands adolescents chauves déambulant entre les chambres et qui devaient connaître, à leurs heures, des moments terribles de révolte et d'abattement.

Élodie, quant à elle, ne pouvait réaliser la gravité de son mal et le vivait pitoyablement comme un petit animal blessé et soumis, subissant passivement le cruel destin que le sort lui avait injustement jeté.

Harassée par le manque de sommeil, les nausées et la fatigue naturelle inhérentes aux premiers mois de grossesse, Mireille avait l'impression de survivre à peine. « Le pire qui pourrait m'arriver serait une fausse couche! » Mais elle se refusait d'y songer, craignant que cette seule évocation ne suffise à déclencher le mauvais sort. Depuis deux longues semaines, elle se contentait de regarder Élodie lutter et se battre inconsciemment contre la maladie. La petite n'avait même plus la force de protester lors des prélèvements de sang quotidiens au bout du doigt. Un cathéter installé en permanence dans sa veine jugulaire évitait au moins les ponctions veineuses dans le pli du coude. Les autres prélèvements de moelle et de liquide céphalo-rachidien s'effectuaient sous anesthésie.

Tôt le matin, Mireille lavait sa fille avec un savon désinfectant puis la revêtait d'un pyjama d'été stérilisé. « Léger, avait recommandé l'infirmière, malgré la saison froide, il faut éviter de la garder au chaud et de faire monter sa fièvre. » Une fois l'infection vaincue, on entreprendrait à nouveau les traitements de chimiothérapie, et Mireille espérait lui faire porter des vêtements ordinaires comme la plupart des enfants sur cet étage. « Est-ce possible? Mon plus grand rêve est de voir ma fille vêtue d'une robe! J'en suis réduite à ça! » Quand l'état de l'enfant le permettait, elle la prenait quelques minutes sur ses genoux, elle et son Snoopy, et les berçait en chantant toutes les comptines qu'elle connaissait, racontant toutes les histoires enfantines jamais écrites ou inventées. Mais Élodie réclamait toujours les mêmes.

— Maman, chante-moi *La poulette grise*. Raconte-moi *Le petit Chaperon rouge*.

— Encore!

— Oui! J'aime cela, avoir peur du grand méchant loup!

« Ma pauvre Élodie, songeait Mireille, mieux vaut avoir peur du grand méchant loup que de tous les malheurs qui te guettent et dont un gentil bûcheron n'arrivera peut-être pas à te délivrer. Tiens! le voilà justement, le gentil bûcheron! »

La visite du docteur Desmarais s'avérait invariablement l'instant crucial du jour, l'heure fatidique de la mise au point sur la santé d'Élodie. De cette rencontre dépendait le moral de Mireille pour toute la journée. Dossier en main, le médecin pénétrait dans la chambre en responsable de la tournure des événements, se contentant de frapper deux petits coups sur la porte avant de l'ouvrir toute grande, sans attendre d'y être invité.

Roi et maître dans son royaume, grand savant, seigneur de la science, alchimiste du sang, le grand prêtre de l'espérance s'était en quelque sorte approprié ses patients, matériau de ses expérimentations dans sa recherche sur le filon de la vie. Mireille avait l'obscur sentiment que sa fille appartenait à cet homme d'une certaine manière, sa destinée étant devenue entièrement et totalement dépendante de ses décisions. Elle-même se sentait tributaire du médecin, à la merci de sa compétence et de ses connaissances hautement spécialisées.

Les résultats de laboratoire hantaient Mireille et constituaient un stress quotidien. Le nombre de globules blancs avait-il augmenté ou baissé? Quel était le pourcentage de neutrophiles? Les cellules blastiques se montraient-elles encore présentes dans la circulation périphérique? Et la moelle fabriquait-elle toujours les plaquettes indispensables à enrayer les hémorragies? L'hypertrophie de la rate diminuait-elle?

Elle était maintenant devenue experte en hématologie, elle qui ne connaissait strictement rien à tout ce jargon médical, quelques mois auparavant. Avec le temps, elle s'était familiarisée avec ces termes nouveaux, réalisant l'impact dramatique de leur interaction à l'intérieur du corps de sa fille.

Dieu merci! Élodie dormait beaucoup et Mireille en profitait pour s'assoupir à ses côtés. Les événements lui laissaient si peu de place pour se réjouir et s'attendrir à la pensée d'un autre petit qui viendrait, l'été prochain, illuminer ses jours. Mais là, blottie contre sa fille, sa main collée sur son ventre, elle se laissait aller pendant de courts instants, sinon à la joie de l'attente, du moins à la consolation de cette présence fœtale.

En fin d'après-midi, Robert revenait à l'hôpital visiter « ses deux femmes ». Il apportait avec lui un vent frais, le vent du monde extérieur, le vent de la vie qui continue. Élodie attendait toujours l'arrivée de son père avec impatience. Mireille, quant à elle, s'agrippait à lui misérablement comme à une bouée de secours et ne cessait de le questionner sur sa journée, comme s'il venait de vivre les épisodes les plus importants du siècle.

— Parle-moi, raconte-moi tout ce que tu as fait aujourd'hui.

— Mais, mon amour, je n'ai pas grand-chose à te raconter. Que des banalités. La petite routine habituelle, quoi!

— Non, non! Je veux tout savoir! Votre contrat avec les municipalités va-t-il se signer finalement? Comment avance ton dossier sur la toxicomanie? Et le voyage de la femme de ton patron? Ne revenait-elle pas en fin de semaine? Quelles couleurs affichait ta secrétaire aujourd'hui? Où as-tu mangé ce midi? A-t-on pris une décision pour le nouveau local du bureau? Je t'en prie, Robert, je t'en prie, parle-moi! Sors-moi d'ici, emmène-moi à ton travail, raconte-moi n'importe quoi, ne serait-ce que quelques minutes. Je suis en prison ici, coupée du monde. C'est abominable...

Alors Robert, naturellement silencieux, parlait, parlait sans arrêt, déblatérant des futilités, élaborant sur des détails, pointillant, développant, épiloguant, en rajoutant. Étranges dialogues pour ce couple habituellement porté sur l'essentiel des choses et peu enclin à commérer sur des vétilles. Resserrés l'un contre l'autre, ils tentaient pitoyablement de se distraire, de créer avec l'énergie du condamné une forme de diversion, peu importait laquelle.

En réalité, Robert vivait la maladie de sa fille d'une manière différente, et son travail à l'extérieur constituait en effet une planche de salut inestimable. Mais le drame l'affectait tout autant, aussi douloureusement que Mireille. Il considérait cette enfant comme sa propre fille et s'était attaché à elle bien avant qu'elle ne vienne au monde. L'adopter s'était avéré pour lui la décision la plus naturelle et la plus facile, cette minuscule chose fragile, infiniment douce qui autrefois lui serrait le doigt avec sa petite main. Mireille avait perçu cette tendresse dans le regard de Robert, tout comme elle la percevait maintenant à chaque fin de journée où il venait fidèlement les trouver, à la chambre 12 du pavillon des cancéreux. Comme pour se rassurer, il glissait toujours, dès son arrivée, son index dans la main d'Élodie qui l'enserrait faiblement.

♪♪♪

À la fin de janvier, Élodie réussit enfin à l'emporter définitivement sur l'infection pulmonaire qui avait failli lui être fatale. Un bon matin, le miracle s'accomplit et Mireille vit dans le regard plus vif de l'enfant que la partie venait de se gagner. La fièvre baissait, le mal régressait de toute évidence. Enfin! Dieu soit loué! Le vent tournait, les nouvelles s'amélioraient. Mireille ne pouvait y croire : Élodie allait guérir, elle avait enrayé la maladie. L'infection du moins. Restait la leucémie, la bête monstrueuse, le colossal et véritable ennemi. « Une chose à la fois, se dit Mireille, un adversaire à la fois. »

Petit à petit, l'enfant manifesta plus d'énergie, s'intéressant à ses jouets pendant quelques minutes, acceptant d'ingurgiter quelque nourriture. Mireille se sentit un peu plus détendue, se raccrochant au moindre indice de vitalité, à la moindre trace de récupération pour respirer de soulagement.

Quelques jours plus tard, le docteur Desmarais pénétra dans la chambre d'un pas plus alerte qu'à l'accoutumée. Mireille et Élodie, assises à la petite table basse et occupées à rassembler les morceaux d'un casse-tête, relevèrent la tête en même temps. Le médecin s'assit carrément sur la table et, s'emparant de l'enfant, l'installa sur ses genoux.

— Alors, mademoiselle, il semble que l'on va mieux? Et ton Snoopy fait-il encore de la fièvre? Il faudrait bien que je l'examine, un de ces jours! Qu'étiez-vous en train de comploter toutes les deux, en faisant ce casse-tête?

— Bien... on jasait! s'écria Élodie, le regard illuminé.

— Ah! oui, vous jasiez! Et on peut savoir de quoi?

— On se parlait du petit bébé que maman va avoir l'été prochain.

— Quoi? Tu vas avoir un petit frère ou une petite sœur pour jouer avec toi, mais c'est formidable! Quelle bonne nouvelle! Tu ne me l'avais pas dit!

Le médecin affichait un sourire sincère en jetant un regard en oblique sur l'abdomen de Mireille. Puis, revenant à l'enfant, il lui dit qu'elle devait se dépêcher de guérir complètement pour se préparer à l'arrivée du petit bébé.

— Tu te rappelles, Élodie, qu'avant Noël, nous t'avons injecté pendant plusieurs semaines un remède qui te donnait mal au cœur et te rendait faible? Cela s'appelle de la chimiothérapie. Je sais que cela peut te paraître difficile à comprendre, mais ce médicament t'aidait à guérir. Le liquide envoyé dans tes veines contenait plein de petits soldats prêts à se battre contre les méchantes cellules cancéreuses. Avant Noël, les soldats ont remporté beaucoup de batailles mais pas toutes. Pas assez. Il faut recommencer, et cette fois, nous allons gagner la guerre. Il nous faut tuer toutes les méchantes cellules qui te rendent malade. TOUTES! Alors tu seras guérie et prête pour accueillir le petit bébé qui grandit dans le ventre de ta maman. Es-tu parée à reprendre la bataille des petits soldats?

Élodie fit un oui timide de la tête, ce qui embua le regard de Mireille. Jusqu'à quel point l'enfant comprenait-elle ce que le médecin venait de lui expliquer? Où se trouvaient les frontières entre sa naïveté et son courage, entre son inconscience et sa volonté véritable de lutter? Mireille lui envia sa candeur. Ah! ne rien savoir, ne rien connaître ni des dangers, ni des risques, ni de l'issue menaçante. Se soumettre passivement sans se poser de questions...

Déposant Élodie sur la chaise, le docteur Desmarais se tourna franchement vers Mireille.

— Avec votre accord, nous allons reprendre la chimiothérapie dès lundi prochain. Le traitement d'avant les fêtes n'a pas donné le résultat escompté. Nous allons donc utiliser cette fois des produits différents.

— Est-ce qu'elle vomira encore?

— Oui, peut-être davantage. C'est l'inconvénient de ce nouveau médicament mais je vous assure qu'il donne en général de très bons résultats. Selon mes prévisions, elle devrait tomber en rémission en quelques semaines. Ce temps vous paraîtra fastidieux, car nous devrons isoler Élodie dans une chambre stérile tant que sa moelle ne reprendra pas ses fonctions normales. Il faudra vous montrer patiente, il ne s'agit que d'une situation temporaire. Le traitement ne consiste plus ensuite qu'en une dose par voie orale, une fois par semaine pendant six mois, sans même nécessiter d'hospitalisation.

— Puisqu'il le faut...

— Je crois que vous n'avez pas le choix. N'oubliez pas, madame Ledoux, qu'une fois en rémission, un fort pourcentage d'enfants ne récidivent jamais. Cependant, le cas d'Élodie me semble particulier. Elle s'est montrée un peu résistante au premier traitement et je ne suis pas très content de ce qui s'est produit à Noël. Cela me met la puce à l'oreille pour pallier à une récidive possible pendant sa prochaine rémission.

— Ah! Seigneur!... une récidive?

— Personne ne peut rien prédire, il s'agit ici de prévenir. Nous devons user de prudence et nous préparer d'avance à l'éventualité d'une greffe de moelle osseuse au cas où cela s'avérerait nécessaire. Vous savez que les greffes réussissent une fois sur deux.

— Vous m'énervez, docteur.

— Ne paniquez pas, nous n'en sommes pas là! Pour l'instant, nous allons entreprendre ce nouveau traitement et espérer qu'Élodie fasse partie du nombre de ceux qui guérissent. Mais par mesure de prévention, je vais tout de même demander au laboratoire d'établir le génotype de l'enfant. Nous serons donc prêts pour la recherche d'un donneur potentiel.

Abasourdie, Mireille ne dit plus rien. L'eau sur le feu... À peine avait-elle eu le temps de se réjouir de la reprise du traitement, qu'on venait à l'instant même lui rabattre la joie avec des mots qui la blessaient comme des flèches empoisonnées. « Récidive possible », « greffe éventuelle », « prévention », « prudence »... Ces mots s'entrechoquaient dans sa tête et provoquaient une affreuse cohue. Les voilà donc, les perspectives d'avenir qu'elle avait toujours refusé d'envisager et qu'on lui jetait soudain à la tête tout d'un bloc. Élodie n'avait vaincu sa pneumonie que pour se battre à nouveau contre le cancer. Ainsi, une victoire isolée ne remportait pas la guerre en réalité, mais constituait un simple passage transitoire pour aller livrer d'autres batailles encore plus cruciales. Cela s'arrêterait-il un jour? Ce combat serait-il jamais gagné définitivement?

Pendant quelques minutes, le docteur Desmarais respecta le silence de Mireille. Posant affectueusement sa main sur son épaule, il ébaucha un timide sourire.

— Au bout de ce long tunnel se trouve la lumière, et vous devez ne jamais la perdre de vue. Vous êtes enceinte et à l'intérieur de vous, vous générez la vie. Ce nouvel enfant a besoin d'une mère calme et courageuse, tout comme Élodie. Il vous faut maintenant tenir bon non seulement pour Élodie mais pour vos deux enfants. Je suis certain que vous arriverez à passer à travers toutes ces épreuves d'une manière positive. Sachez que vous n'êtes pas seule, toute l'équipe médicale lutte avec vous. Vous devez... nous devons garder l'espérance à tout prix, c'est là la première victoire à remporter dans cette guerre atroce. Viser loin, viser haut, mais viser... et ne jamais rendre les armes.

— Oui, je le sais.

Puis il se tourna vers Élodie. Elle semblait concentrée sur son casse-tête, mais, mine de rien, elle écoutait sans les comprendre chacune des paroles du médecin, Mireille n'en douta pas un instant.

— D'ici à lundi prochain, que dirais-tu, jeune fille, de retourner à la maison pour un certain temps? Après quelques transfusions, bien sûr! Il me semble qu'un petit congé te ferait du bien, qu'en penses-tu? J'ai entendu dire qu'il se trouve là un chien qui se meurt d'envie de jouer avec une petite fille de cinq ans, heu... de bientôt six ans! Il paraît que le chien a beaucoup grandi, que dirais-tu d'aller vérifier cela sur place, Élodie?

— Bien oui, il a grandi, maman me l'a dit! Il s'appelle Gros-Gros! s'écria Élodie, en battant des mains.

— Gros-Gros? Tu parles d'un nom!

— Son vrai nom est Allegro mais moi, je l'appelle Gros-Gros. Et mon chat, c'est Gris-Gris. Est-ce que tu vas venir les voir un jour?

— Mais oui, pourquoi pas, si tu m'invites! En attendant, tu fais attention aux petites griffures ou morsures de Gris-Gris et de Gros-Gros en jouant avec eux, hein?

Le docteur Desmarais quitta la chambre sur un grand éclat de rire, non sans avoir gratifié Mireille d'un joyeux clin d'œil. « Béni soit cet homme », se dit-elle, intérieurement. Longtemps après son départ, elle réalisa qu'elle avait oublié de lui demander des précisions sur la signification du terme génotype.

Cette fois, la courte visite d'Élodie à la maison se déroula agréablement. D'un commun accord, Robert et Mireille avaient décidé de n'en aviser personne, désirant plutôt goûter pour quelques jours le bonheur de se retrouver seuls en famille dans leur grande maison. Élodie semblait passablement affaiblie, mais trouva néanmoins de l'énergie pour courir avec son chien d'un bout à l'autre de la maison en riant aux éclats. Gros-Gros, effectivement plus volumineux, ne demandait pas mieux que de participer aux jeux de l'enfant, tout content de quitter la tranquillité et l'ennui de la résidence de la voisine.

Mais l'enfant se fatiguait rapidement et devait souvent ralentir le rythme pour se reposer sur le divan du salon. Mireille, elle-même accablée par le début de sa grossesse, en profitait pour s'étendre auprès de sa fille. En rentrant du travail, Robert les trouvait parfois endormies dans les bras l'une de l'autre, le chien tapi à leurs pieds. La vue de ce tableau l'émouvait plus qu'il ne le laissait paraître. Ah! suspendre le temps et prolonger cette pause à l'infini pour que demeurent ces instants de quiétude et de paix...

Mireille comptait les heures jusqu'au nouveau départ d'Élodie pour l'hôpital. Dans sa petite valise, elle avait inséré d'autres jeux, quelques livres à colorier, de la gouache, quelques nouveaux casse-tête. Le temps paraîtrait long, car l'enfant serait confinée à sa chambre stérile pour d'interminables semaines, et il ne serait pas question de salle de jeux ni de promenades dans le corridor avec les amis. Élodie partit le cœur serré, son Snoopy sous le bras.

— Je m'en vais chercher des petits soldats pour guérir, hein, maman?

— Oui, ma grande. Et quand tu sortiras de l'hôpital, nous partirons tous les trois en voyage, en Floride.

— Où c'est, la Floride?

— Là où se trouvent le soleil, la santé, la liberté et la joie de vivre.

— Et un magnifique parc pour les enfants, tu me l'as dit!

— Oui, oui! nous y verrons « Le Roi Lion » et « La petite sirène ».

— Crois-tu qu'on rencontrera notre bel oiseau blanc?

— Certainement! Je suis sûre qu'il nous attend déjà sur la plage.

Élodie, les yeux pleins de rêve, devinait-elle pourquoi sa mère la serrait si fort sur son cœur?

♪♪♪

La chimiothérapie allait bon train et les tests de laboratoire parurent satisfaisants dès les premiers jours. Comme l'avait expliqué le docteur Desmarais, les médicaments s'attaquaient sans discernement aux cellules normales autant qu'aux cellules malignes et déclenchaient une aplasie momentanée que l'on compensait par des transfusions. On devait alors isoler le patient dans une chambre stérile afin de prévenir l'infection en attendant que la moelle redémarre et se remette à fabriquer elle-même ses propres cellules, saines cette fois.

L'attente parut longue et odieuse à Mireille qui devait se brosser et revêtir un couvre-tout à chaque fois qu'elle pénétrait dans la chambre. Elle considérait comme un obstacle entre elle et l'enfant le masque et les gants de caoutchouc qu'on l'obligeait à porter. Tous ces visages voilés entrant et sortant de la chambre de l'enfant prenaient des allures de robot, sans rictus et sans expression. L'enfant savait-elle déceler dans les seuls regards qui en émergeaient toute la chaleur dont elle avait besoin? Un franc sourire de sa mère ne constituait-il pas pourtant un élément essentiel de la thérapie? « Élodie a bien assez d'être isolée dans cette prison, qu'au moins les rares personnes autorisées à l'approcher ressemblent à des êtres humains. »

Bien d'autres éléments plus graves auraient pu alimenter l'indignation de Mireille, les gencives enflées de l'enfant, sa difficulté à avaler, les haut-le-cœur et les spasmes la secouant constamment. Mais on l'avait prévenue de tout cela et elle l'acceptait comme une nécessité, une épreuve de plus à supporter, une étape à franchir sur le chemin de la guérison. Elle se demandait parfois si le corps de sa fille ne luttait pas davantage contre la chimiothérapie que contre la leucémie elle-même. Curieusement, elle focalisait sa révolte sur le masque, cet horrible filtre bactériologique qui l'empêchait d'embrasser sa fille et de lui montrer son vrai visage. Elle le portait avec une rage excessive, sachant bien qu'elle n'avait pas le choix de se soumettre à toutes les consignes de stérilité obligatoires de l'hôpital. « Je sais, je sais, c'est pour le bien de l'enfant. »

Mais un jour, n'y tenant plus, elle pénétra dans la chambre en dissimulant un colis sous sa jaquette stérilisée.

— J'ai une surprise pour toi, Élodie. Ferme bien tes yeux et attends une petite minute.

Trop curieuse, l'enfant garda les yeux bien ouverts et vit sa mère retirer son masque et déballer le mystérieux paquet. À sa grande surprise, elle reconnut aussitôt l'étui de sa flûte traversière. Mireille s'éloigna à pas feutrés dans le coin le plus éloigné afin de prévenir tout risque d'infection, et elle se mit à jouer, les yeux fixés sur l'enfant. Élodie lança des cris de joie.

— Encore, maman, encore!

La musique montait, douce et pure, en volutes légères s'infiltrant dans toute la chambre. Puis elle devint captivante, fascinante. Il n'y avait plus de lieu stérile, plus de lit d'hôpital, plus de soluté, plus d'enfant chauve. Mireille et sa fille, envoûtées et seules au monde dans le studio du grenier, se laissaient emporter comme autrefois sur des airs de flûte les menant au-delà de la souffrance, plus loin que la peur, plus loin que l'indignation, jusqu'au royaume de l'enchantement. Là où une mère et sa petite fille partageaient les mêmes vibrations de l'âme, la même profondeur, la même éternité.

Mireille connaissait la sensibilité précoce de sa fille pour la musique malgré son jeune âge et déplorait que la maladie, avec tous ses chambardements, ait chassé cette dimension primordiale de leur quotidien. Mireille ne jouait plus et Élodie n'écoutait plus de musique, à part les petites chansons que sa mère lui fredonnait pour la distraire ou l'endormir. Mireille n'avait jamais oublié le début d'une conférence que Paul Lacerte avait prononcée jadis : « *Quand les mots deviennent des notes, il suffit de quelques accents pour nous transporter au-delà de l'espace et du temps.* » La musique pouvait exprimer non seulement tout le chagrin du monde mais aussi toute l'allégresse de la terre. Inconsciemment, dans son petit cœur d'enfant, Élodie avait commencé autrefois à percevoir ce miracle dans le refuge douillet du grenier, en écoutant jouer sa mère pendant des heures. Et voilà que de simples petites cellules microscopiques malignes avaient tout bouleversé, rompu la magie.

L'âme déchirée, Mireille enchaîna sur une sarabande de Jean-Sébastien Bach avec le recueillement d'une prière. Calée dans ses oreillers, Élodie l'écoutait avec ferveur, envahie par la douceur de la mélodie. Mais c'était trop d'émotion, Mireille manquait de souffle et retenait ses larmes à grand-peine.

— Et si je te jouais tes chansons sur ma flûte?

— Oh! oui! Joue *La poulette grise* et *À la claire fontaine.*

— Encore *La poulette grise*?!?

Elle les joua toutes, à la suite les unes des autres. Malgré les ulcérations qui lui recouvraient la gorge, Élodie s'efforçait de murmurer les mots. Elle battait des mains à la fin de chaque chanson et en réclamait toujours davantage.

Ni l'une ni l'autre ne remarquèrent l'attroupement d'enfants et d'infirmières devant l'entrée de la chambre. À la fin du concert, un tonnerre d'applaudissements retentit sur tout l'étage et il ne se trouva personne pour reprocher à Mireille d'avoir enlevé son masque et ses gants. Au contraire, une auxiliaire la pria d'aller jouer pour deux petits patients cloués sur leur lit à l'autre bout du corridor et quelque peu abandonnés par leurs familles. Pendant une demi-heure, la flûte les amena dans un autre univers, celui de l'enchantement, celui du plaisir, celui de la vie. « Bénie soit la musique », se dit Mireille.

Cette expérience la revigora. Elle n'avait pas touché à sa flûte depuis presque trois mois, vivant enchâssée comme un noyau, prisonnière de l'univers hermétique et insupportable de la douleur, obsédée par le salut de son enfant, incapable d'aucune activité intellectuelle, surtout pas de lire un livre ou de jouer de la musique. Et voilà que soudain, à travers sa flûte et dans le sourire aux lèvres fendillées mais radieux d'Élodie, elle redécouvrait la joie de vivre, la simple et légitime joie de vivre. Et aussi dans l'excitation de tous ces enfants malades qui ne demandaient qu'à s'émerveiller. « Allons, rien n'est perdu. La vie est toujours là qui palpite, même dans cet enfer. »

— Joue encore, maman!

Mireille ne se fit pas prier. De retour dans le coin de la chambre, elle reprit de mémoire quelques sonates de Teleman. L'enfant, bercée par la douceur des mélodies, ne mit pas de temps à s'assoupir. S'approchant de la fenêtre, Mireille se trouva éblouie par la lumière. « Il fait soleil, aujourd'hui. Élodie, je t'aime. Robert, je t'aime. Mon bébé, je t'aime. La musique, je t'aime. La vie, je t'aime. Comment se fait-il que ce matin, je trouve l'existence belle? »

Dès qu'Élodie recevrait son congé de l'hôpital, Mireille se promettait de réintégrer sa place au sein de l'Orchestre harmonique. Quoique avec son gros ventre... « Bof! on verra bien, j'ai déjà joué toute une saison enceinte, rien ne m'empêche de recommencer! » D'ailleurs, on l'attendait à Boston pour terminer l'enregistrement des concertos de Vivaldi. Quant à la compagnie *Sonata*, monsieur Bluebird l'avait justement appelée la semaine dernière, d'abord pour s'enquérir de l'état de santé d'Élodie, mais aussi pour lui soumettre le projet d'enregistrer les sonates de Bach pour flûte et continuo. C'était à la suite de cet appel, au demeurant, qu'elle avait eu la brillante idée d'apporter sa flûte en surprise à l'hôpital.

« Ah! que la petite routine reprenne au plus vite! Je ne demande que cela, la normalité. » Cela ne devrait pas tarder, en ce matin ensoleillé, elle en fut subitement convaincue. À voir Élodie reprendre tranquillement des couleurs et de l'appétit, elle n'en douta plus. Les résultats de laboratoire confirmaient d'ailleurs la tournure positive de l'évolution de la maladie : sa moelle semblait s'être remise à fabriquer des cellules normales. D'ici quelques jours, on mettrait les jaquettes stériles et les masques au rancard et la petite aurait le droit de circuler à nouveau dans les corridors de l'hôpital. « Tout un progrès! pensait ironiquement Mireille, nous en sommes réduits à souhaiter que notre enfant puisse sortir en chaise roulante dans les corridors d'un hôpital. Quelle atrocité!»

Mais ce matin, appuyée sur le cadre de la fenêtre, flûte à la main et les yeux rivés sur le Collège Brébeuf, Mireille ne voyait plus l'horreur et se trouvait soudain remplie de quiétude et d'assurance. Ah! retrouver à chaque jour cette euphorie pour alimenter son optimisme. « Robert avait raison, nous allons peut-être l'effectuer finalement, ce fameux voyage en Floride. »

♪♪♪

Élodie se remit enfin à déambuler dans le corridor circulaire du pavillon, non pas en fauteuil roulant, mais sur son petit tricycle, à la grande joie de sa mère et de son père. La phase intensive de la chimiothérapie s'achevait. Petit à petit, les plaies buccales disparurent de même que l'enflure et surtout les vomissements. Les jeux de Parchési et de « Mille bornes » retrouvèrent leur place sur la petite table de la chambre. Les yeux pétillants et la langue entre les lèvres, Élodie affrontait sa mère le plus sérieusement du monde au « Paquet-voleur », ne se doutant pas un instant que celle-ci s'arrangeait toujours pour perdre.

L'enfant passait aussi des heures à jouer avec d'autres enfants dans la salle de jeux sous la surveillance de

Claudette, la jardinière. La petite Joannie ne se trouvait plus dans les parages et Mireille apprit avec stupeur que l'enfant avait quitté ce monde quelques semaines auparavant. Elle revit l'air déconfit de son père, arpentant le corridor comme une bête traquée, lui racontant sa révolte de ne pouvoir trouver un donneur compatible avec les gènes de sa fille. Elle aurait souhaité revoir cet homme et lui témoigner sa sympathie. Lui dire combien elle comprenait sa peine et à quel point elle la partageait. Mais existait-il des mots pour consoler d'un tel chagrin, d'une peine aussi inhumaine? La mort d'un enfant constituait une entrave aux lois de l'évolution naturelle de l'univers et ne méritait que révolte et cris d'horreur.

♪♪♪

Un matin, Mireille fut appelée au troisième étage par l'infirmière responsable du département des greffes de moelle osseuse. Elle grimpa l'escalier en spirale le cœur serré car une convocation seul à seul avec un médecin ou une infirmière signifiait toujours un danger quelconque. Les bonnes nouvelles ne requéraient pas la confidentialité et on les criait habituellement sur les toits, mais les mauvaises... Mireille se demanda quelle autre tuile allait encore leur tomber sur la tête. « Il n'existe donc pas de répit dans ce lieu diabolique? Une victoire n'est pas encore remportée qu'on vient nous parler d'un autre obstacle! »

Grande, mince, les paupières tombantes sous le maquillage bleuté et le sourire affable, madame Rioux accueillit Mireille d'une solide poignée de main.

— Alors? Votre petite Élodie prend du mieux à ce qu'il paraît?

Comment savait-elle cela? Mireille n'avait jamais vu cette femme. Elle ne travaillait même pas sur le même étage que la chambre d'Élodie. Qu'avait-on encore tramé dans son dos, quelle catastrophe allait-on encore lui annoncer? Une greffe s'avérait-elle nécessaire? Déjà? Élodie ne montrait pas de signes de récidive pourtant. « Ah! mon Dieu! pas tout de suite, pas tout de suite! »

— Oui, elle va mieux. Mais ce que vous avez à me dire me tracasse au plus haut point.

— Ne vous alarmez pas, il ne s'agit que d'établir le génotype de votre fille. Un petit détail technique, voilà tout.

— Ouf! vous me soulagez! Si vous saviez le stress qu'on vit ici.

— Oui, madame, je le sais.

Mireille examina l'infirmière attentivement. Une belle femme, bien conservée malgré la quarantaine avancée trahie par la plissure des yeux, un jonc à la main gauche, le sourire sincère et, par-dessus tout, le regard direct et pénétrant. Comment cette femme, elle et toute l'équipe médicale, arrivaient-ils à travailler ici à longueur d'année, sans cesse confrontés au martyre des enfants et à la détresse de leurs parents? Comment pouvaient-ils essuyer les défaites trop fréquentes, voir fondre les faux espoirs petit à petit? Comment ces gens-là demeuraient-ils sereins et joyeux en sortant de cet hôpital, à la fin de leur journée de travail? Possédaient-ils une source secrète où nourrir leur force morale pour continuer, pour revenir à chaque jour et recommencer encore et encore? La générosité et la bonté suffisaient-ils à sustenter leur résistance? De quel matériau se constituait donc leur carapace? Fallait-il être un saint ou un fou pour accomplir ce travail-là? Mireille eut subitement envie de se lever et de dire à cette femme toute son admiration pour elle et pour tout le personnel du pavillon, mais l'infirmière ne lui en laissa pas le temps et poursuivit aussitôt.

— Le docteur Desmarais a dû vous mentionner qu'il envisageait une possibilité de transplantation de moelle osseuse pour votre enfant, au moindre signe de récidive.

— Oui, mais je ne comprends pas trop bien pourquoi.

— La leucémie de votre fille a quelque peu résisté au premier traitement et nous semble assez coriace et agressive. Voyez-vous, la chimiothérapie tue la plupart des cellules malignes, mais nous ne pouvons vérifier si elles disparaissent toutes au complet. Il suffit qu'une seule demeure, à l'abri de nos tests de laboratoire, pour resurgir insidieusement un jour et déclencher à nouveau la maladie. Le cancer ressemble à de la mauvaise herbe envahissant un jardin. Le vent n'a qu'à apporter une seule petite graine, et en peu de temps, le chiendent s'étend, prend de l'ampleur et en vient à étouffer les bonnes plantations. Vous avez beau entretenir le jardin, les mauvaises herbes s'acharnent toujours à repousser. Il arrive que l'épandage de produits chimiques suffise à les enrayer complètement mais, très souvent, elles reviennent avec plus de force. Lorsqu'on effectue une transplantation de moelle, on enlève complètement la terre contaminée du jardin et on y remet ensuite de la bonne terre propre, saine, filtrée et fertile, en espérant que cette fois, nous aurons le dessus sur le chiendent. Une seule ombre au tableau : il arrive parfois, hélas! qu'une inondation ou un ouragan emporte cette bonne terre et dévaste complètement le jardin.

— Vous parlez du rejet de la greffe, n'est-ce pas?

— Oui. Malheureusement, cela se produit.

— En ce qui concerne Élodie, rien n'est certain. La greffe n'est qu'une éventualité qu'on envisage, m'a dit le docteur Desmarais.

— Et tant mieux si on peut éviter tout cela! Mais il me paraît préférable de prévenir et de se trouver prêts l'instant venu, au cas où cela deviendrait nécessaire. De nos jours, on préconise de plus en plus l'auto-greffe, c'est-à-dire la moelle du patient lui-même, prélevée durant une période de rémission. Tout dépend des cas, c'est à l'hématologiste de décider.

— Le docteur Desmarais ne m'a jamais parlé de cela.

— Venons-en donc pour l'instant à la raison pour laquelle nous vous avons appelée. Tout ce que j'attends de vous ce matin, c'est d'accepter que nous vous fassions une ponction veineuse, à vous et à votre mari, afin d'établir le plus clairement possible le génotype d'Élodie. Il arrive parfois que le laboratoire éprouve des difficultés à établir avec précision les HLA d'un enfant. Il est plus facile de procéder par comparaison avec ceux des deux parents.

— Les HLA?

— Oui, excusez-moi pour ce jargon. Il s'agit des « Human Leucocytes Antigens ». Ce sont des groupes d'antigènes se trouvant sur les globules blancs. Chaque être humain hérite de trois groupes de son père, appelons-les ABC, et de trois groupes de sa mère, disons DEF. Nous portons donc tous sur nos cellules six groupes tissulaires d'antigènes, soit ABC-DEF. Pour qu'un donneur soit compatible, il doit posséder le plus grand nombre possible de groupes identiques. C'est pourquoi, les frères et sœurs constituent des donneurs idéaux. Étant issus du même père et de la même mère, ils se trouvent susceptibles de posséder des gènes analogues.

— Ah! bon... Mais Élodie est une enfant unique.

— Nous devrons donc effectuer des recherches dans la banque mondiale des trois millions et demi de donneurs. Pour tout de suite, il s'agit de préciser davantage son génotype en étudiant le vôtre et celui de votre mari. Nous n'avons besoin que d'une simple prise de sang. Si je vous explique tout cela, c'est pour que vous compreniez bien de quoi il retourne. Croyez-vous que votre mari pourrait se présenter au laboratoire ces jours-ci?

— Mais bien sûr! Il vient à l'hôpital à tous les jours.

— Voici une réquisition pour chacun de vous. Vous n'avez qu'à la présenter au laboratoire lorsque vous irez.

Soulagée que cette convocation ne tourne pas davantage au vinaigre et distraite par l'histoire complexe de l'héritage génétique, Mireille s'apprêtait à partir quand l'évidence la frappa soudain de plein fouet. Le père d'Élodie, son véritable géniteur dont elle tenait ses chromosomes, n'était pas Robert mais Paul Lacerte! Comment n'y avait-elle pas pensé plus tôt? « Je suis en train de capoter! »

Mireille retomba lourdement sur sa chaise, l'air égaré. Non! ce n'était pas possible! Comment violer un secret si jalousement gardé? Paul ne lui pardonnerait jamais de lui avoir dissimulé l'existence d'Élodie. Encore faudrait-il qu'il la croie. Comment pourrait-elle le convaincre de sa paternité? Et d'ailleurs, pour quelles raisons la croirait-il? Elle avait su si bien mentir par son silence et son éloignement. Et même s'il admettait sa paternité, pourquoi se prêterait-il à des examens de laboratoire? Il n'en avait rien à foutre, lui, de Mireille Ledoux et de son enfant malade. Il avait tous les mobiles au monde pour l'envoyer paître, elle et sa fille bâtarde.

— Vous ne vous sentez pas bien?

— Si! Si! C'est juste que...

Mireille prit une profonde inspiration et serra les poings. Elle n'avait pas le choix, l'heure de la vérité venait de sonner. Qui aurait dit qu'après tant d'années, c'est à une pure étrangère qu'elle divulguerait son secret? À part ses proches, tout le monde avait toujours vu en Robert le père d'Élodie. La réalité qu'elle devait obligatoirement dévoiler à cette femme allait-elle s'insinuer jusque dans son entourage? Allait-elle devoir revivre le drame qu'elle avait surmonté, il y a six ans, et proclamer à ciel ouvert sa liaison cachée avec le pianiste? Mais il ne s'agissait pas de cela. Son honneur, elle s'en fichait et contrefichait. L'essentiel était de sauver Élodie. À n'im-

337

porte quel prix. Et de convaincre Paul Lacerte. Alors elle ravala sa salive et fixa l'infirmière. C'était le temps de plonger. Tout de suite. Sinon, elle n'y arriverait jamais.

— Mon mari, Robert Breton, n'est que le père adoptif d'Élodie. Son vrai père ignore totalement son existence.

— Je vois...

L'infirmière prolongea indéfiniment son signe de tête pour signifier sa compréhension et dissimuler sa stupéfaction. « Je vois...? » Comment pouvait-elle voir? Comment pouvait-elle prétendre comprendre? Il fallait vivre ce cauchemar jusque dans ses tripes pour réaliser la gravité de la situation. D'où venait ce foudroyant sentiment de rage qui s'emparait de Mireille? Cette femme n'avait rien à voir avec sa vie privée et ne méritait pas la hargne qu'elle lui vouait soudain. Mais l'infirmière saisit vite le désarroi de la jeune femme assise en face d'elle et dressée sur le bout de sa chaise. Elle enchaîna aussitôt.

— Croyez-vous possible de retracer cet homme? C'est de prime importance, vous savez.

— Le retracer, oui... Mais cette nouvelle chamboulera sa quiétude, je le crains. Et peut-être même celle de plusieurs autres, y compris la mienne.

— Déranger plusieurs vies pour sauver celle de votre petite fille, cela n'en vaut-il pas la peine?

— Évidemment! Je ne devrais même pas hésiter. Donnez-moi tout de même quelques jours pour réfléchir, histoire de digérer tout cela.

Mireille se leva péniblement de son siège et l'infirmière remarqua son ventre légèrement proéminent sous le plissé de sa blouse. « Pauvre femme », ne put-elle s'empêcher de songer. Du seuil de son bureau, elle la regarda se diriger lentement, très lentement vers l'escalier en spirale en maudissant l'ADN, ce mystère fantastique et encore inexpliqué de la vie, et l'affolant responsable de toute cette misère.

Agrippée à la rampe, Mireille descendit les marches une à une, s'attardant sur chacune, le visage tourné vers la fenêtre, non pour regarder la rue à l'extérieur, mais pour reprendre son souffle et refouler au plus profond d'elle-même le cri montant comme une vague sur le point de la submerger. Au pied de l'escalier, elle s'engouffra dans la première salle de toilette en vue. Dans cet espace sans fenêtre, restreint et dégoûtant, elle s'écroula par terre et éclata en sanglots. Ici, au moins, il ne se trouverait personne pour la regarder gémir. Gémir, toujours et encore...

Plus tard, beaucoup plus tard, elle se releva péniblement et vit dans la glace une femme aux grands yeux bruns brouillés qui la regardait intensément. « Rallume tes yeux, ma vieille, redresse-toi! Tu dois aller de l'avant! Ton amour pour Élodie te donnera toutes les forces. » Alors, à son propre reflet dans le miroir sale d'une toilette, Mireille se jura que jamais rien ne l'arrêterait, surtout pas un Paul Lacerte, pour sauver l'existence de sa fille.

De retour dans le corridor circulaire, elle croisa une employée de l'hôpital qui la gratifia d'un chaleureux sourire. Et cela la rasséréna. C'est fou ce qu'on pouvait se raccrocher à un simple sourire anonyme quand la détresse venait sur le point de nous chavirer.

Mireille hésita pendant plusieurs jours avant de parler à Robert du génotype et de la rencontre inévitable avec Paul. Sa première réaction fut d'épargner son mari et de régler seule le problème. Tout pourrait se passer sans qu'il le sache. Pourquoi semer inutilement en lui des germes de doute et peut-être même de jalousie au sujet d'un simple entretien entre elle et son ancien amant?

Robert n'avait rien d'un homme jaloux, bien au contraire. Jamais il n'avait manifesté quelque méfiance que ce soit, encore moins de la réticence à ce qu'elle entretienne des relations professionnelles ou même amicales avec d'autres hommes. Du reste, sa carrière de musicienne l'amenait souvent à des rencontres privées avec des collègues masculins, la plupart du temps pour répéter des œuvres en préparation d'un concert ou d'un enregistrement, ou simplement pour travailler des passages difficiles avec des confrères de l'orchestre. L'idée qu'elle développe des liens amoureux avec ces gens n'effleurait même pas l'esprit de Robert. Il vouait à sa femme une confiance aveugle, convaincu qu'un amour vrai et vécu pleinement comme le leur avait le pouvoir de résister à toutes les séductions venant de l'extérieur, à la condition qu'on entretienne cet amour à la manière d'un grand feu de bois. Et Dieu sait comme Robert se montrait un amoureux empressé!

Mais cette fois, il ne s'agissait pas d'un étranger ou d'un compagnon de travail, mais bien du fameux Paul Lacerte, le premier grand amour de Mireille et, par surcroît, le père naturel d'Élodie. Cette rencontre ne plairait certainement pas à Robert. L'inquiéterait même. Peut-être y verrait-il un danger quelconque, une menace à l'équilibre matrimonial de leur couple. Retrouver ainsi quelqu'un que l'on a aimé profondément risquait-il de ramener à la surface des sentiments que l'on croyait enfouis à jamais? Et apprendre à Paul sa paternité lui conférerait-il certains droits sur l'enfant? Jusqu'où pourrait-il exercer ces droits?

Ce pauvre Robert... la leucémie de sa fille avait déjà bien suffisamment perturbé sa vie, il n'avait pas à supporter en plus la résurgence de Paul Lacerte dans l'univers de sa femme. D'un autre côté, Mireille n'avait jamais rien caché à Robert. Ils vivaient tous les deux en parfaite communion et collaboraient en tout, quoique Robert demeurât souvent, sans s'en rendre compte, renfermé, voire hermétique. Ils partageaient à deux tous les événements, mais ses réactions secrètes, ses colères, ses contentements, ses déceptions, ses appréhensions, ses satisfactions, il les exprimait si peu. Et si rarement. Il savait écouter avec considération, mais ignorait comment s'extérioriser lui-même. Non qu'il fût dépourvu de sensibilité, mais le rationnel l'emportait toujours chez lui, à tel point que Mireille se demandait parfois s'il éprouvait des émotions, du moins jusqu'à quelle intensité il les ressentait. Il réagissait si peu alors qu'elle manifestait avec une telle exubérance ses moindres états affectifs, pleurant, riant, rageant, angoissant, sautant de joie ou s'effondrant désespérément. Mais lui demeurait imperturbable la plupart du temps, et cette impassibilité plongeait Mireille dans une solitude indéfinissable. La comprenait-il vraiment ou bien la respectait-il tout simplement, l'acceptant telle qu'elle était, subissant leurs différences sans chercher une voie de communication, un certain rapprochement, et sans éprouver un besoin de partage? De devoir toujours s'expliquer épuisait Mireille à la longue et il lui arrivait de douter d'elle-même, de se demander si ses passions ne frisaient pas la démesure devant le flegme de son mari. À certaines occasions, parvenue au seuil de l'incommunicabilité, à la limite du tolérable, elle interpellait Robert en le surnommant « mon silence », et si cette connotation restait marquée d'acceptation, elle s'imprégnait également de tristesse. Robert détestait qu'elle l'appelle ainsi.

Ce soir-là, en se pointant au seuil de la chambre 12, Robert trouva sa femme taciturne et la mine sombre, plongée si profondément dans ses pensées qu'elle ne l'entendit même pas venir. Il tenait Élodie par la main, l'ayant attrapée au vol en passant devant la salle de jeux. Mireille ne put échapper au charme de cette apparition, ce grand bonhomme respirant la puissance qui portait sous son aile l'enfant frêle. « Quelle image émouvante! Le père et l'enfant, la résistance et la précarité, la maturité et la naïveté, la grandeur et la délicatesse, le support et la confiance. Et aussi l'amour et l'amour. » Mireille se ressaisit et les gratifia d'un pâle sourire. Mais elle demeura silencieuse et indolente, comme imprégnée de torpeur.

— Toi, tu me caches quelque chose. As-tu reçu des mauvaises nouvelles?

— Non, non, au contraire! La moelle d'Élodie ne présente plus de cellules malignes, on me l'a confirmé à nouveau aujourd'hui. Si tout va bien, elle devrait quitter l'hôpital la semaine prochaine ou la suivante.

— Youppi! Nous allons aller à la pêche en Floride, ma puce! chantonna Robert en faisant tourbillonner Élodie dans les airs.

— Doucement, Robert, doucement, tu vas l'étourdir!

Élodie riait aux éclats et ce rire coulait dans le cœur de Mireille comme un baume. « Je ferai n'importe quoi pour que vive ma fille. N'importe quoi. »

Ce soir-là, ils se retrouvèrent chez *Edouardo*, petit restaurant italien du quartier Outremont. Comme d'habitude, Robert ramènerait ensuite Mireille à l'hôpital pour la nuit. Ces repas au restaurant, en tête-à-tête, avaient pris l'allure d'une routine assommante et le manque d'intimité devenait de plus en plus lourd à supporter. En temps normal, Mireille adorait ces petits soupers dans un bistrot où une simple table éclairée à la chandelle devenait, pour quelques heures, un îlot de détente propre au dialogue et à la confidence. Le vin aidant, il arrivait que Robert entrouvre la muraille de sa forteresse intérieure.

Mais là, c'en était trop! L'événement se produisait à tous les soirs infailliblement et cela laissait le couple amer et inassouvi, privé de vie personnelle et frustré de ne pouvoir faire les gestes familiers et élémentaires du quotidien, une caresse, un éclat de rire, une simple hausse de ton. Mireille se prenait à rêver follement de laver la vaisselle en compagnie de son mari ou de pelleter la neige avec lui, dans l'entrée du garage! Elle vivait à l'envers des choses depuis trop longtemps et avait l'impression qu'elle aurait à réinventer une relation de couple et une vie de famille, une fois revenue à la maison, tant son présent lui paraissait confus, suspendu entre l'univers aseptisé d'un hôpital et l'anonymat des restaurants. Entourée des employés de l'hôpital en général compatissants et des autres parents tout aussi éprouvés qu'elle, elle ressentait tragiquement un manque évident de rapports intimes. Même lorsque le rideau bleu se trouvait tiré sur la porte de la chambre 12 bien fermée, on y pénétrait à toute heure du jour ou de la nuit, souvent sans frapper ou sans attendre d'y être invité. « La solitude parmi la foule, se disait Mireille, en sortirai-je jamais? » Sa mère et madame Deschamps s'offraient bien pour la remplacer auprès d'Élodie mais elle refusait invariablement, comme si le fait de demeurer elle-même auprès de l'enfant constituait une protection contre la fatalité.

Robert se pointait fidèlement à chaque jour, à heure fixe. Le géant apparaissait toujours solide, serein, bien vivant, fort d'avoir vécu toute la journée une existence normale d'être humain. Mais Mireille ignorait jusqu'à quelle profondeur il vivait les appréhensions, les peurs, les moments de déprime ou de soulagement constituant son pain quotidien à elle. Pour le percevoir, il aurait fallu qu'elle vive auprès de lui à toute heure du jour et de la nuit afin de déceler dans son attitude, ses manières, son comportement, si silencieux soit-il, l'intensité de ce qu'il éprouvait. Une vie de couple normale, quoi! Et pour sentir en lui autant de bonheur qu'elle en ressentait, malgré tout, en portant les mains sur son ventre. Bien sûr, Robert manifestait une exaltation certaine à l'idée de la venue de cet autre enfant, mais il aurait fallu qu'il colle son corps sur celui de Mireille pour qu'elle le sente vibrer à la pensée de ce petit être s'épanouissant entre eux deux.

À vrai dire, elle n'en pouvait plus. Le spectre de Paul Lacerte et l'obligation d'en parler à Robert l'avaient menée à la limite de son courage. La rumeur bruyante et agaçante du restaurant et deux verres de chianti Rossini ingurgités trop rapidement suffirent à déchaîner l'orage. Elle se mit à brailler, là, au beau milieu de la salle à dîner et devant tout le monde, incapable de prononcer une parole. Désemparé, Robert ne savait comment réagir.

— Calme-toi, mon amour, calme-toi. Je sais que tu es rendue à bout. Ces dernières semaines ont été affreuses, surtout pour toi qui as subi toute cette pression vingt-quatre heures par jour. Mais l'épreuve est passée, Élodie prend du mieux et tout va rentrer dans l'ordre maintenant. Il faut se réjouir. Boire à la santé de nos deux enfants. Se retourner et aller de l'avant. Encore un petit effort, ma belle douce, tout ce cauchemar est sur le point de se terminer.

Mireille redoubla ses pleurs. « Aller de l'avant? Mon pauvre Robert, tu ne sais pas ce que tu dis! Aujourd'hui même, on me demande de retourner en arrière, de ramasser le passé et de le reprendre là où je l'avais laissé, il y a six ans. Quel mal nous fera-t-il? J'ai peur, Robert, j'ai si peur... » Mais les mots refusaient de jaillir de sa bouche et ils lui donnaient la nausée. « Pas ici. Un restaurant n'est pas un lieu pour parler de ce genre de choses. C'est trop gros, trop grand, trop grave, il faut un endroit où on peut se laisser aller, exploser, chialer, crier, hurler, se rouler par terre. » Muette et sur le bord de la crise, Mireille lança sur son mari un regard de condamnée. La main qui tenait son verre de vin se mit à trembler comme celle d'une vieille femme malade.

— Sortons d'ici, Mireille! Donne-moi une minute, j'ai un appel urgent à effectuer. Puis nous irons marcher un peu, quelque part dans la neige, tu veux bien? Cela te détendra, tu en as sûrement besoin!

Robert revint quelques minutes plus tard en arborant un air satisfait.

— Voilà! Tout est arrangé! Nous allons dormir ensemble ce soir dans notre grand lit, à Saint-Eustache. Ce n'est pas un ordre que je te donne, bien sûr, mais une très forte suggestion. Je viens de rejoindre madame Deschamps au téléphone et elle accepte avec plaisir de te remplacer auprès d'Élodie, pour la nuit. Elle se rendra à l'hôpital dans une demi-heure. La petite ne s'en apercevra même pas et demain matin, elle sera folle de joie en découvrant que sa « matante Deschamps » a dormi auprès d'elle. Tu l'as dit toi-même, tout danger est passé. Le temps est venu de penser un peu à toi, ma belle douce, tu ne crois pas? Je te ramènerai demain matin à l'hôpital, si tu veux.

— Mais Robert, si Élodie se réveille aux petites heures du matin et constate que je ne suis pas là?

— Eh bien! il y aura madame Deschamps, c'est tout! Mireille, cesse de tout prendre sur tes épaules et de croire que tout dépend de toi. Tu es en train de te brûler sans t'en rendre compte! Il est temps que je prenne des décisions.

Mireille regarda son mari intensément. « Au fond, il me comprend bien plus que je ne crois. Ah! m'appuyer, me reposer, me laisser aller... »

— Robert, je t'aime! Merci!

♪♪♪

Une flambée crépitait dans la cheminée. Blottie contre Robert au coin du canapé et sirotant une tisane, Mireille lui raconta calmement sa rencontre avec l'infirmière en charge des greffes. Tout lui paraissait tellement plus facile dans ce décor familier lui rappelant que le bonheur existait d'une manière palpable, quelque part dans l'univers. Cette crise de larmes au restaurant lui avait fait du bien, elle se sentait maintenant détendue et lucide. Robert l'écoutait sans ouvrir la bouche et sans broncher, sans même l'interrompre, masquant bien ses propres sentiments.

— Que comptes-tu faire, Mireille?

— Dis plutôt : « Que comptons-nous faire? » Élodie est ta fille autant que la mienne, que je sache!

— Légalement, je n'en suis pas certain. Il faudrait consulter un avocat. L'acte de naissance porte la mention « De père inconnu », mais je me demande jusqu'à quel point les papiers d'adoption que j'ai signés restent valides si on retrouve le père.

— Mais voyons, Robert! Je ne vois aucune raison au monde pour laquelle Paul Lacerte songerait à t'enlever Élodie!

— On ne sait jamais. Bien des choses ont peut-être changé dans son existence depuis toutes ces années.

— Justement! L'apparition d'une enfant de cinq ans, leucémique par surcroît, ne va pas l'enchanter, ne crains pas!

Mireille s'attendait à affronter un accès de jalousie et voilà qu'elle se heurtait à une crise de paternité! Robert ne réalisait-il pas toute la place qu'avait occupée le pianiste dans le cœur de sa femme? Dans sa candeur, ne percevait-il aucun danger à la voir renouer avec l'artiste? L'idée ne surgit que plus tard, à la manière d'un vent menaçant, une traînée noire à l'horizon.

— Qui nous dit qu'il ne désirera pas revendiquer ses droits sur l'enfant et reconstituer une famille? Peut-être même qu'il t'aime encore, Mireille.

— S'il m'aime encore! Il ne m'aimait pas assez, il y a cinq ans, pour me donner la priorité sur sa famille. Après tout ce temps, il peut bien aller se faire foutre s'il recommence à me conter fleurette!

Pensait-elle réellement ce qu'elle venait de dire? Oui, elle le voulait, elle le voulait très fort, mais ne s'en trouvait pas tout à fait convaincue. Ce trouble qui lui embrouillait l'esprit quand ses pensées la menaient malgré elle vers le lointain pianiste, souvent, trop souvent... Oh! elle ne s'arrêtait jamais à ces rêveries sur le bord du précipice, sachant fort bien qu'une simple faiblesse risquait de la précipiter au fond des eaux troublées et opaques, elle et son petit bonheur tranquille auprès de Robert. Elle caressait alors son ventre, cette barrière infranchissable entre elle et le gouffre, et cela la rassurait un peu.

Envoyer Paul Lacerte se faire foutre? Oui! C'est tout ce qu'il méritait! Cette fois, elle ne le laisserait pas semer la zizanie dans sa vie. Son petit bonheur lui paraissait trop précieux, d'autant plus que d'autres êtres en dépendaient maintenant. Son choix était fait à l'avance même si Paul se remettait à lui faire du charme. D'ailleurs, ce choix ne se trouvait-il pas fixé depuis six ans? Tout ce qu'elle attendait maintenant de lui, c'était une prise de sang et qu'il lui fiche carrément la paix ensuite. Sans le savoir, Robert renforçait le cheminement de sa pensée.

— Tu as raison. L'important dans tout cela est de ne pas perdre l'essentiel de vue : la santé d'Élodie.

— Robert, j'aimerais que tu viennes avec moi quand je le rencontrerai.

— Je ne crois pas que ce soit une bonne idée. Pourquoi nous confronter tous les deux? Je ne vois aucune nécessité de lui présenter le père adoptif de sa fille, à moins qu'il n'en fasse expressément la demande. Il sera bien assez déconcerté par ce que tu lui annonceras. Ne dramatise rien, Mireille, tout ce que nous voulons, c'est qu'il consente à donner quelques centimètres cubes de son sang au laboratoire de l'hôpital, voilà tout.

Ce « tout ce que nous voulons » acheva de rassurer Mireille. Tendrement, elle se glissa entre les bras de celui qu'elle avait choisi pour amant et compagnon pour l'éternité.

Cette nuit-là, les deux amoureux se rapprochèrent avec un élan nouveau, comme s'ils désiraient rattraper le temps perdu. Mireille aurait voulu se dissoudre en Robert, se perdre et devenir « lui » corps et âme afin que se fusionnent en elle sa force et sa plénitude. Afin que le géant la protège et prenne sur lui toutes ses appréhensions. Pendant quelques heures, ils oublièrent le spectre de Paul Lacerte autant que la maladie d'Élodie.

Les gestes de l'amour laissèrent Mireille pantelante et épuisée, contrairement à Robert qui s'endormit rapidement du sommeil du juste. Arrondie en petite boule au creux de son flanc, elle absorbait sa douceur et sa chaleur par tous les pores de sa peau. « Là, je me sens si bien... » Sur le bord de chavirer dans l'inconscience, elle ressentit soudain un faible mouvement dans le bas-ventre, un frémissement à peine perceptible qui ne la trompa guère. « Il bouge, il bouge! »

— Robert, réveille-toi! Je viens de sentir l'enfant bouger en moi, j'en suis persuadée!

Alors d'instinct, Robert accomplit le geste émouvant de tous les pères au premier signe de vie tangible au creux de leur bien-aimée : il s'agenouilla à côté de Mireille, baisa son ventre et y appuya son oreille avec une infinie douceur.

En frappant à la porte du studio de Paul Lacerte, au septième étage de la faculté de musique de l'Université de Montréal, Mireille se sentait les jambes flageolantes. Cent fois, ces derniers jours, elle avait imaginé le scénario, cent fois elle avait révisé son petit boniment, préparé ses réactions, répété ses réponses, prévu son attitude.

Au téléphone, Paul lui avait paru froid et distant, indifférent même. Son « que deviens-tu » affectait une nuance plutôt polie qu'intéressée. Heureusement, le sujet de la musique avait dépanné Mireille, meublant les silences glacials qui s'étiraient jusqu'à l'excès. Poliment, elle s'était informée de ses activités musicales et lui avait fait part des siennes. Il ne semblait pas au courant de ses récents disques sur le marché, pas plus que de ses nombreux récitals donnés un peu partout au Canada et aux États-Unis. Mireille sentit qu'il cherchait à terminer cette conversation à la première occasion, croyant probablement qu'elle désirait renouer avec lui. Elle avait donc décidé d'aller droit au but.

— Paul, j'aurais un précieux service à te demander et... cela ne se fait pas par téléphone. Pourrait-on se voir au plus tôt?

Il ne posa pas de question et ne demanda pas la raison, mais lui offrit de la rencontrer dans un bar ou un restaurant.

— Je préférerais te voir à ton studio, si tu n'en vois pas d'inconvénient.

— Ah! bon... Je t'attends alors demain à cinq heures.

♪♪♪

La porte s'ouvrit sur un Paul passablement vieilli mais toujours aussi séduisant. La cinquantaine lui allait bien. La barbe plus grise et quelques ridules de plus au coin de l'œil n'entravaient en rien la douceur du regard. Mireille reconnut immédiatement les grands yeux rieurs d'Élodie. « Il ne pourra pas renier sa fille, la ressemblance me paraît trop évidente. »

Elle se serait attendue à une solide poignée de main ou à un furtif baiser sur la joue, du moins à un sourire engageant. Mais Paul affichait une attitude revêche et lui tira à peine une chaise face à son bureau.

— Quel vent t'amène? Il semble que rien en toi n'a changé. Lorsque je t'ai vue la dernière fois, il y a six ans, tu te trouvais enceinte si je me rappelle bien. Et voilà que tu reviens ici encore enceinte! Où as-tu passé ces dernières années? Dans un congélateur?

Mireille se mit à rire plus haut et plus fort qu'elle n'aurait dû, en espérant que cette bonne humeur détende quelque peu l'atmosphère.

— Non, bien sûr! J'attends mon deuxième enfant. La première est une petite fille. Elle se prénomme Élodie.

Paul tournait et retournait un crayon entre ses mains et resta muet pendant de longues secondes qui parurent une éternité à Mireille. Elle n'aurait jamais cru qu'il la mènerait lui-même si facilement dans le vif du sujet. Puisqu'il s'agissait d'Élodie... Mais elle hésitait encore à plonger, percevant dans ce mutisme accablant l'extrême tension qui contractait tous les muscles de l'homme assis en face d'elle. Puis lentement, comme au ralenti, il releva la tête et la toisa longuement jusqu'à ce qu'elle ne puisse plus supporter l'agression de ce regard. Alors elle comprit. Ou plutôt elle devina que dans ces yeux de braise brûlait toute la rancœur du monde. Et une secrète interrogation. Mais le pianiste se reprit aussitôt.

— Élodie... Quel joli nom! Il me fait penser à la musique.

— Oui... Elle possède un beau nom et elle est belle aussi. Elle... elle te ressemble, Paul! Elle a tes yeux et je crois même qu'elle a hérité de ton talent pour la musique.

— Mes yeux? Tu as bien dit mes yeux?

— Paul, Élodie est ta fille.

Se levant brusquement, il alla s'asseoir à l'un des deux pianos et resta immobile, tête baissée et les yeux clos comme pour une prière. Mais Mireille voyait sa joue trembler sur ses mâchoires serrées comme un étau. Son visage crispé reflétait une telle douleur que Mireille s'en trouva décontenancée. « Mon Dieu, mais à quoi pense-t-il? Je ne m'attendais pas à cela. »

Alors, aussi imprévisible qu'un coup de tonnerre, il se mit à frapper les touches comme un dément. L'orage se déchaînait, le raz-de-marée allait tout emporter. L'artiste se mit à haleter et à taper avec frénésie sur le piano. À des séries d'accords se déchaînant en cascades rageuses succédèrent de furieux glissandos traversant le clavier d'un bout à l'autre, puis à nouveau des notes rythmées heurtées avec les paumes de la main et enfin carrément avec les poings et les bras. Soumis, l'instrument se mit à gronder, et avec lui, le pianiste lui-même. Musique inédite, jamais écrite. Musique diabolique portant sur ses accents une colère immense. À de rares occasions survenaient des phases d'accalmie, comme une éclaircie, périodes fleuries de petites notes fines et légères, tintant avec la délicatesse du cristal. « La petitesse d'un enfant », reconnut Mireille. Alors ces moments de douceur, au lieu de réduire la pression, la rendaient encore plus acérée, plus vive, jusqu'à l'insupportable. Puis le pianiste se remettait à frapper son piano de toute son énergie, ensorcelé, hystérique. Comme s'il ne devait jamais s'arrêter.

Tremblant de la tête aux pieds, Mireille n'arrivait pas à retenir ses larmes. Elle ressentit au plus profond de son être toute la fureur, toute la frustration explosant sur l'instrument. Elle croyait avoir prévu toutes les réactions possibles de Paul, mais pas celle-ci. Qui aurait dit qu'en cet instant même, elle souffrirait de la souffrance même de l'artiste. « Se pourrait-il que ce soit sur moi qu'il frappe ainsi? Qu'est-ce que je lui ai fait, mon Dieu, qu'est-ce que je lui ai fait? » Il n'y avait plus de piano, il n'y avait plus de pianiste, il n'y avait plus de musique, il n'y avait plus qu'un être humain au visage torturé martelant sur un clavier une douleur qu'il ne pouvait pas assumer.

Combien de temps cela dura-t-il? Mireille n'aurait pu le dire. N'en pouvant plus, elle s'approcha du piano en hurlant plutôt qu'en parlant et s'empara du bras du pianiste avec ses deux mains, le forçant à s'interrompre.

— Assez! Paul, c'est assez! Je t'en supplie, arrête-toi! Je n'en peux plus, je n'en peux plus!

Il s'arrêta net, si subitement que sa respiration sifflante envahit toute la pièce. Alors il rapprocha sa tête de celle de Mireille et elle retrouva en une seconde l'odeur de cet homme qu'elle avait tant aimé.

— Pardonne-moi, Paul, pardonne-moi.

— Élodie qu'elle s'appelle, hein? Puis elle est belle et me ressemble, n'est-ce pas? Mon talent, as-tu dit?

La voix de Paul chevrotait, cassante. Collant encore davantage son visage contre celui de Mireille comme pour lui dire un secret, il lui murmura avec une haine contenue, les dents serrées et les yeux fous :

— Sors d'ici, Mireille Ledoux, sors d'ici! Pourquoi es-tu venue ici aujourd'hui? Pour me tourmenter? Pour m'inonder de chagrin? Pour me remplir de confusion? Pour me regarder souffrir? Eh bien, tu as réussi! Vois dans quel état tu m'as mis!

— Non, Paul, écoute-moi.

— Je ne veux plus t'écouter, petite garce! Pourquoi venir brandir sous mon nez le spectre de cette enfant, de MON enfant que tu m'as volée? Mireille Ledoux, tu m'as volé MON enfant et je ne te le pardonnerai jamais! Jamais, tu m'entends? Je ne possède pas d'utérus comme les femmes, moi, et je n'ai pas le privilège de la gestation. Mais j'avais des droits sur cette enfant. Des droits légitimes et légaux. Des droits de père. Elle m'appartenait autant qu'à toi, sale voleuse! Ah! je m'en suis un peu douté quand je t'ai vue enceinte sur cette scène de la Place-des-Arts. Je n'arrivais pas à comprendre qu'une fille telle que toi pousse la bassesse jusqu'à se servir d'un pauvre type comme ton policier afin de le faire passer pour le père de son enfant. Je me suis dit alors que tu avais plus de classe que cela. Pour cette raison, j'ai cru que l'enfant que tu portais provenait bel et bien de lui. Et je te dis, Mireille Ledoux, que cela m'a écœuré royalement de constater que tu m'avais remplacé si facilement dans ton lit et dans ta vie.

— Mais, Paul, c'est toi qui m'as abandonnée, laissée seule pendant tout un été. Jamais tu n'aurais quitté ta famille pour moi, enceinte ou non, et cet été-là ne m'a paru qu'un avant-goût du genre de réalité que tu m'aurais offerte pour le reste de mes jours.

— Ah! ça...

— Quant au policier Robert, le « pauvre type », comme tu dis, sache qu'il possède une maîtrise en criminologie et qu'il est devenu mon mari. Je n'ai pas poussé la bassesse jusqu'à me servir de lui, ainsi que tu le prétends. Robert a toujours été au courant de tout et il ne m'a épousée que trois ans après la naissance d'Élodie. Il l'a d'ailleurs adoptée légalement. Il l'aime et s'occupe d'elle depuis qu'elle est au monde. Et il n'a rien d'un pauvre type, crois-moi!

— Et moi, Mireille, j'aurais pu l'aimer également comme un père, cette enfant. Comme le père que je suis, à t'entendre dire. Encore faut-il que tu me dises la vérité! As-tu oublié combien j'aime les enfants? As-tu oublié que c'est pour eux, mes enfants, que j'ai renoncé à vivre avec toi, mon seul véritable amour, pour ne pas briser le semblant de famille qu'ils possédaient misérablement?

Paul avait enfin retrouvé son calme. Il y avait tant de sincérité et tant d'amertume dans son visage que Mireille ne douta pas un instant de la véracité de ses dernières paroles. Au-dessus du bureau trônait toujours la photo des trois jeunes enfants de Paul prise à l'époque, arborant le même sourire pétrifié dans le temps et incrusté à jamais dans la mémoire de Mireille. Elle y jeta un œil discret et, du coup, la gêne l'envahit avec la même acuité qu'autrefois, lorsqu'elle regardait ce portrait.

— Tu n'aurais jamais fait de place pour moi dans ton univers, c'est pourquoi j'ai choisi de te quitter.

— Je t'aimais tant, Mamie Soleil.

— Mais tu n'aimais pas que moi... et tu ne m'aimais pas assez, Paul. Et le mien, mon enfant, aurait-il compté pour toi? Je pense qu'il n'aurait joui que d'une vie de famille misérable, à l'instar de tes trois autres.

— Mireille, je te jure que cet enfant aurait eu sa place dans ma vie.

— Oui... comme un quatrième, comme l'enfant de ta maîtresse.

— Que me veux-tu maintenant? De l'argent? Une pension mensuelle? S'il s'agit de cela, tu peux dire à ton beau Robert que ses problèmes d'argent ou ceux de sa femme ne m'intéressent pas.

— Paul, ne sois pas méchant.

— Je ne serai ni méchant ni poli. Et je te prierai instamment de partir dès maintenant et de ne plus remettre les pieds ni ici ni nulle part dans mon existence. En aucun temps. Me suis-je bien fait entendre, Mireille Ledoux?

D'un pas ferme, Paul se dirigea vers la porte d'entrée du studio. Mais Mireille ne broncha pas. Il haussa le ton et insista en entrouvrant la porte.

— Va-t'en, Mireille. Il vaut mieux que tu partes.

— Je n'ai pas encore terminé, Paul. Tu te trompes royalement si tu me crois venue ici pour te quémander de l'argent.

— Alors quoi? Si c'est pour me montrer une photo de celle que tu m'as volée, je ne veux même pas la voir.

Mireille retint sa respiration. L'espace d'un instant, elle revit Robert tenant Élodie par la main dans la porte de la chambre d'hôpital et puisa en cette image le courage de poursuivre.

— Paul, écoute bien ce que je vais te dire. Élodie souffre de leucémie lymphoblastique aiguë. Elle est hospitalisée depuis le mois de novembre à l'hôpital Sainte-Justine, au pavillon des cancéreux, et on craint encore pour sa vie. Pour l'instant, elle semble sur la voie de la rémission, mais il est fort possible que l'on décide d'ici peu de lui transplanter un greffon de moelle osseuse. Pour cela, le laboratoire a besoin de l'échantillon de ton sang, toi son père, et aussi du mien, pour établir de façon précise et certaine les gènes que nous lui avons transmis sur nos chromosomes. Cela facilitera les recherches dans le but de trouver un donneur adéquat.

— Le cancer? Ta f... notre fille a le cancer du sang? Oh! mon Dieu...

Cette fois, Paul ne se rendit pas au piano. Il se prit la tête à deux mains et s'effondra au fond du fauteuil à l'arrière du studio. Après une longue période de silence, il se mit à pleurer sans retenue, comme s'il avait complètement oublié la présence de Mireille. Elle le regardait gémir, ne sachant que dire, réalisant que jamais elle n'avait vu Robert larmoyer de la sorte, ni manifester de tels états d'âme. Elle ne put s'empêcher de croire que l'existence auprès de Paul eût été intense, ardente, profonde, inscrite uniquement au niveau des émotions et qu'elle s'y serait sentie à l'aise. L'espace d'une seconde, elle vint au bord du regret. Timidement, elle s'approcha du pianiste et frôla son épaule du bout des doigts.

— Paul...

La détresse qu'elle lut sur le visage du pianiste suffit à jeter par terre toutes les balises. Elle ouvrit les bras et il s'y laissa glisser comme un enfant. Elle retrouva alors la chaleur, la douceur, la tendresse qui l'envoûtaient autrefois et l'attiraient si fort et malgré elle au septième étage, à chaque soir. Elle croyait avoir tout oublié, tout rayé de ses souvenirs et voilà que, sans crier gare, tout cela remontait à la surface, la laissant pantoise et privée de tous ses moyens. Paul ne l'avait pas oubliée, il l'aimait encore, elle le sentait, elle le savait maintenant. « Et moi, et moi? Moi, je ne sais pas, je ne sais plus... Mon Dieu! que suis-je en train de vivre? Oh! Robert, Robert, pourquoi n'es-tu pas là? »

Elle étreignit le pianiste avec force, resserrant désespérément ses bras autour de lui comme si elle voulait embrasser l'univers entier. Ils demeurèrent ainsi un long moment, muets, immobiles, osant à peine respirer.

Paul pressentit le désarroi de Mireille et s'en trouva profondément remué. Il la devinait passive, soumise, démunie et sans défense. L'épuisement sans doute, se dit-il, et l'inquiétude persistante devant la maladie l'avaient sûrement rendue vulnérable, incapable de réagir. En cette minute même, il sentait qu'il pourrait abuser d'elle, profiter de la situation, réveiller facilement le désir, la fougue, la passion qui les unissaient autrefois, mais il se refusa à cette vilenie, se contentant de la presser pudiquement sur son cœur et de caresser ses cheveux d'une main hésitante.

— Ma pauvre Mamie! Tu as beaucoup souffert, n'est-ce pas?

— Paul, je n'en peux plus.

L'étreinte devint silencieuse et figée, mais se prolongea pendant un temps indéfini. Parcelle d'éternité suspendue aux confins du réel... Ils évitaient tous les deux de se regarder, de rapprocher leurs visages, sachant que le moindre effleurement de leurs lèvres causerait leur perte. Où puisèrent-ils le ressort de finalement s'arracher l'un à l'autre? Existe-t-il dans l'être humain une force de raison plus vive que les élans du cœur, plus puissante que l'attirance des corps? Se trouve-t-il au plus profond de l'âme une source jaillissante gardant toujours la transparence de la pureté? Ces deux êtres étaient purs et authentiques, et ils ne savaient plus tricher comme autrefois. Ni avec la vie ni avec ceux qu'ils aimaient, encore moins avec eux-mêmes. Leur épreuve passée leur avait au moins appris cela.

— Je ne veux plus interférer dans ta destinée, Mireille. Je t'ai déjà fait suffisamment de mal.

— Tu sais, Paul, cet amour que nous avons vécu autrefois s'est avéré unique au monde, plus grand et plus beau que tout. Divin... Et le fruit en est la petite Élodie. Mais tout cela est fini maintenant. On ne peut revenir en arrière ni reconstruire le passé, on risquerait d'entacher ces souvenirs inestimables et, par-dessus tout, d'envenimer le présent et même de ruiner l'avenir. Notre avenir à chacun de nous.

— Tu as raison. Pourquoi recommencer ce qu'on devrait interrompre à nouveau, tôt ou tard? Pourquoi s'exposer à briser nos vies une fois de plus? Ainsi va le destin... Dis-moi, Mireille, es-tu heureuse avec ton Robert?

— Oui. Je l'aime sincèrement et je veux continuer avec lui. D'ailleurs, je porte en moi son enfant. Notre enfant. Mais je ne l'aimerai jamais de la même manière que je t'ai aimé. Toi, Paul, tu... tu...

Mireille s'arrêta net de parler, mais elle ne put retenir ses larmes. « Toi, tu étais mon amour, l'amour de ma vie. Et je pourrais t'aimer encore. Tellement, oh! tellement...» Mais elle garda pour elle-même cette confidence, refoulant au plus obscur de son âme cet épanchement périlleux qui pourrait la perdre. Elle chercha plutôt à s'accrocher désespérément à l'image de sa petite famille, de l'enfant qui grandissait dans le secret de son corps. « Mon petit bonheur...» D'ailleurs, Paul ne la laissa pas se perdre sur cette plage dangereuse et la ramena aussitôt à l'instant présent.

— Parle-moi de Robert.

— Il est un homme bon et généreux et il mérite toute l'affection que je ressens pour lui. Et crois-moi, il se comporte comme un père digne de ce nom envers Élodie.

— Alors, pour l'amour d'Élodie, pour l'amour de mes trois enfants et pour l'amour de cet enfant que tu portes, il est préférable d'écouter notre raison. De donner raison à la raison. Et de nous « re-quitter » à jamais pour continuer nos chemins, chacun dans nos directions éloignées. Nous l'avons réussi, ces dernières années, nous le pourrons encore. Mais une fois, une seule fois, Mireille, j'aimerais voir ma petite fille.

Comment Mireille aurait-elle pu refuser alors qu'elle venait de réclamer sa collaboration au sujet du génotype? Il avait accepté gentiment de se rendre au laboratoire, elle se devait de lui concéder au moins une rencontre avec l'enfant. D'ailleurs, n'en avait-il pas le droit? S'il se contentait d'un seul contact, tout deviendrait facile et elle et Robert n'auraient plus à craindre qu'il revendique ses droits de paternité. Mais pas maintenant. Ces jours-ci, Élodie ressemblait à un petit poulet déplumé et malade, elle paraissait trop mal en point. Mais un jour, on organiserait un rendez-vous dans un parc ou un restaurant, par exemple. À la condition qu'Élodie ne sache pas qui était Paul Lacerte, du moins tant qu'elle n'aurait pas atteint l'âge de comprendre. Il hocha la tête en signe d'assentiment. Puis il s'informa au sujet de la fameuse greffe.

— Le problème est de trouver un donneur compatible.

— Mais... il y a moi, son père!

— Non, il paraît que nous, les parents, sommes des donneurs inacceptables. On trouve davantage de compatibilité parmi les frères et les sœurs.

— Bien alors, il y a mes trois enfants! Tu aurais dû y penser plus tôt! L'un d'eux pourrait devenir assurément un donneur idéal. Après tout, ils sont les demi-frères et les demi-sœurs d'Élodie. Hum! leur annoncer l'existence de cette demi-sœur bouleverserait sûrement l'opinion qu'ils entretiennent sur leur père. Mais si cela peut sauver la vie de la petite...

— Tu serais prêt à cela, Paul? Leur avouer cette paternité dont ils ne se doutent même pas?

— Sans hésitation, je te le jure!

Incrédule, Mireille scruta le regard du pianiste et n'y retrouva que la limpidité et l'authenticité de sa bonté. « Les mêmes yeux que ceux d'Élodie, des yeux qui ne savent pas mentir. »

— Je te crois, Paul. Et le sacrifice que tu m'offres me touche infiniment. Je t'avoue avoir moi-même considéré la question, mais on m'a assurée que tes enfants n'ont pas plus de chances d'être compatibles que n'importe quel autre donneur de la banque mondiale, car la moitié de leurs gènes proviennent de ta femme. Peut-être qu'à la limite, en cas d'extrême urgence, on exécuterait des recherches plus poussées de ce côté-là, mais il n'en est pas question pour l'instant. Même chose pour l'enfant que je porte. Paraît-il qu'on utilise maintenant des cellules-souches provenant du cordon ombilical du nouveau-né et également du placenta. Mais tout ceci n'est encore qu'à l'état d'expérience. Bref, on verra bien ce que l'avenir nous réserve.

Paul poussa un long soupir. Il retenait à peine ses mains baladeuses qui cherchaient follement les épaules, le dos, les bras, la nuque, le visage de Mireille, cachant mal le désir qui le torturait. Cette femme... Ah! la reprendre! Mais elle l'avait rendu dingue, des années auparavant, et il n'avait jamais pu l'oublier. Pas un seul jour. Et voilà que ce soir, elle se retrouvait dans ses bras, blessée, et presque offerte.

— Il vaut mieux que tu partes vraiment cette fois, Mireille, avant que je ne perde le nord et ne fasse des gestes que nous regretterions plus tard.

— Adieu, Paul. Et merci pour le génotype. Tu n'as qu'à te présenter au laboratoire de l'hôpital avec ce papier en t'identifiant comme le père d'Élodie Ledoux-Breton. Je ne crois pas qu'ils te poseront des questions d'ordre personnel.

— Élodie Ledoux-Breton... J'ai une fille qui s'appelle Élodie Ledoux-Breton! Pas croyable! Adieu, ma petite Mamie. Il me paraît préférable de ne plus nous rencontrer, si tu es d'accord avec moi. Mais de loin, tiens-moi au moins au courant de la santé de la petite. J'ai le droit de savoir, n'oublie pas cela, Mamie Soleil de mon cœur!

En souriant, Paul menaça Mireille du bout du doigt. Puis ses lèvres effleurèrent à peine celles de Mireille et elle reçut ce baiser comme une brûlure. En sortant du studio, elle se sentait tellement bouleversée qu'elle ne se rappelait plus si elle devait tourner à gauche ou à droite pour trouver l'ascenseur. Elle n'avait rien oublié, pourtant, de ces soirées où elle quittait l'université clandestinement, tard dans la nuit, retournant péniblement vers la solitude de sa chambre, dans la maison de ses parents. « Ah! c'était le bon temps! » Non, ce n'était pas le bon temps! Pas du tout! En s'engageant dans l'escalier à toute vitesse, elle jura de ne plus jamais revenir au studio soixante-dix-sept.

Péniblement, elle reprit le chemin de l'hôpital Sainte-

Justine. Un léger accrochage entre trois voitures sur la côte Sainte-Catherine venait de se produire et obstruait le passage. Cela acheva de la ramener à la réalité. « La vie se poursuit, ne pas oublier que j'en fais partie. Ne jamais laisser le rêve de l'impossible me subjuguer. » En arrivant à la porte de l'hôpital, elle réalisa qu'elle n'avait même pas demandé à Paul s'il vivait toujours avec sa femme. « Et puis après? Quelle importance? » se dit-elle, en poussant le battant de la porte avec une vigueur exagérée.

L'état de santé d'Élodie continuant de s'améliorer sensiblement, madame Deschamps revint à quelques reprises remplacer Mireille à l'hôpital. Non seulement la petite reprit du poids et des couleurs, mais aussi l'exubérance et la vitalité qui la caractérisaient naguère. Mireille avait le sentiment que la vie normale reprendrait très bientôt, et les soirs où elle retournait dormir à la maison, elle allait s'asseoir sur le lit vide de l'enfant et se prenait à rêver au petit bien-être tranquille d'autrefois. Mais le docteur Desmarais désirait toutefois que l'enfant passe une semaine supplémentaire sous observation afin d'éviter qu'elle n'attrape une infection majeure comme cela s'était produit à Noël.

Depuis le temps qu'elle séjournait à l'hôpital, Élodie s'était parfaitement adaptée à ce milieu. La chambre minuscule, les murs nus des corridors de teintes pastel, les larges planchers cirés parcourus par le va-et-vient d'un personnel plus affairé que chaleureux, la salle de jeu constituaient son unique univers. Pourtant, grâce aux photos que Mireille avait épinglées sur le mur et surtout grâce à l'existence de Gris-Gris et de Gros-Gros dont elle lui parlait quotidiennement, l'enfant avait entretenu l'idée que, dans un autre lieu éloigné de l'hôpital, existait un endroit chaud et douillet, un nid confortable où il faisait bon vivre, un petit coin bien à elle rempli de jolies choses, d'objets choisis et surtout d'êtres aimés. Aux pires heures de sa maladie et afin de garder bien vivant leur souvenir, Mireille n'avait cessé de lui parler de ses petits amis, de ses grands-parents, de la voisine gentille, de ses compagnons d'école, de son chat et de son chien. Tout pour qu'elle se raccroche à la vie. Mille fois Mireille avait inventé des histoires se déroulant dans la chambre d'Élodie, au second étage de leur maison, au milieu de ses meubles et de ses jouets. Les fées, les lutins, les nounours et même le grand méchant loup s'aventurèrent jusqu'à Saint-Eustache. Malgré tout cela, Élodie paraissait un peu embarrassée lorsqu'on lui parlait de retourner bientôt à la maison, comme si elle ne se rappelait que confusément ce lieu perdu.

L'épreuve arrivait à terme, les tests de laboratoire le confirmaient de jour en jour. La formule sanguine d'Élodie s'améliorait constamment et se rapprochait des standards normaux. Incroyable que sa moelle se soit enfin remise à créer toute seule ses propres cellules fonctionnelles. Mireille arrivait à peine à y croire, comme si la normalité tenait du miracle. Le miracle de la vie. Celui qui se produit en chacun de nous à chaque seconde, hors de notre contrôle et de notre conscience. Le nombre de globules blancs d'Élodie atteignit tout près de cinq mille par microlitre de sang, quantité requise pour rendre efficace son système de défense. Seules les plaquettes mirent un peu de temps à se régénérer suffisamment pour pallier à une hémorragie. Cela faisait hésiter le docteur Desmarais à signer son congé immédiatement. « Mieux vaut user de prudence. Donnons-nous le temps nécessaire. »

Et puis après, que se passerait-il? Mireille n'osait y

penser. Cette fameuse moelle allait-elle poursuivre sa trajectoire vers le salut? Pour quelque temps ou pour toujours? Peut-être referait-elle des siennes à l'instant où on s'y attendrait le moins? De toute évidence, la clarté se pointait à l'horizon, mais cela n'éliminait pas la montée subite de l'ouragan meurtrier. Mireille refusait de se leurrer : une recrudescence de la maladie pouvait surgir n'importe quand. Mais que servait de regarder trop loin? Se trouvait-il un seul être humain capable de regarder l'envers du paysage? Elle n'ignorait pas les perspectives brumeuses de l'avenir, mais préférait vivre au présent dorénavant. Elle risquait déjà bien assez de trébucher sur un écueil imprévisible du quotidien, mieux valait compiler les petites victoires immédiates et s'y visser le moral. « Un jour à la fois, Mireille, un jour à la fois. » Avancer étape par étape, à petits pas, toujours à petits pas. Pour l'instant, il ne fallait viser qu'une amélioration journalière de la formule sanguine.

Cela s'avérait bien assez, presque trop, pour une mère vivant depuis si longtemps en vase clos, dans un univers éthéré où la précarité des bonnes nouvelles n'avait d'égal que l'abomination des mauvaises. La sérénité en prenait un coup à la longue. Mireille en avait presque oublié sa grossesse, l'existence de son mari, sa musique, sa maison. Son univers normal, quoi! Rivée à cette chambre d'hôpital depuis des mois, incapable de penser à autre chose qu'à la maladie, elle se sentait sur le bord de la crise, une fois de plus. La tension épouvantable durait depuis trop longtemps. Au moindre petit recul d'Élodie, à la moindre petite inquiétude, elle sentait qu'elle allait perdre les pédales. Pourtant, elle aurait dû logiquement se réjouir puisque la rémission semblait de plus en plus réelle et palpable. « Oui, mais jusqu'à quand? »

Robert avait insisté à nouveau pour que madame Deschamps revienne de temps en temps, à l'instar de l'autre soir, remplacer Mireille auprès de l'enfant. « Pas

seulement pour quelques heures, pour toute la journée »,
insistait toujours madame Deschamps, toute contente
de venir passer vingt-quatre heures auprès de sa petite
Élodie chérie.

— Cela va te faire du bien, Mireille, tu en as rudement besoin. Si tu te voyais la mine... c'est à faire peur!
Oublie tout pendant quelques heures, va au cinéma, va
faire un tour chez tes parents, tes amis, va magasiner.
Va t'acheter une robe, tiens! Et puis une visite au salon
de coiffure ne te ferait pas de tort. Et va manger au
restaurant avec ton « chum ». Ou faites-vous un petit
souper d'amoureux dans votre maison, il y a si longtemps que cela ne vous est pas arrivé.

— Je ne sais même plus de quoi j'ai envie!

— Il est temps que vous pensiez à cet enfant qui s'en
vient. Parlez-en, allez acheter une couchette de bébé,
une poussette, je ne sais pas, moi! Faites des projets
joyeux, que diable! Ce petit-là a autant besoin de vous
qu'Élodie. L'échographie, c'est pour quand? La semaine
prochaine? Excitez-vous avec cela! Prenez des gageures
sur son sexe, choisissez des noms. Et ce petit voyage en
famille, en Floride, ça s'en vient? Il faut en rêver, en
parler, le préparer, grand Dieu!

— Vous avez raison! Je pense que je suis en train de
perdre le nord!

— Allons! ma petite Mireille, oublie-nous pour
aujourd'hui. Je ne veux même pas que tu appelles à l'hôpital pour avoir des nouvelles. Élodie et moi, nous serons très occupées et tu risquerais de nous déranger.

Madame Deschamps éclata de rire, de son rire puissant, gras et poitrinaire, qui dévalait comme un torrent
de fraîcheur et de gaieté. Mireille éprouva l'envie de
l'étreindre affectueusement.

— Vous êtes une vraie mère pour moi!

— Ne dis pas de sottises. Si madame Ledoux apprenait cela, elle ne me le pardonnerait pas!

Mireille se mit à rire à son tour. Sa mère jalouse d'elle? Mireille ne pouvait même pas se l'imaginer. De toute manière, il se trouvait suffisamment de place dans son cœur pour deux mères! N'empêche que l'amitié subsistant entre elle et son ancienne patronne s'était largement approfondie avec les années et avait pris réellement des tournures d'une relation mère-fille, compte tenu de leur différence d'âge. Autant la fréquentation de sa vraie mère s'avérait laborieuse, pétrie d'indifférence et de froideur, autant la compréhension mutuelle et la complicité marquaient sa relation avec madame Deschamps. Celle-ci avait trouvé en Mireille la fille que le destin lui avait refusée. Elle connaissait tout de la jeune femme, même certains détails intimes. Elle avait aussi développé à la longue une affection profonde pour Robert et il la lui rendait bien, lui qui avait perdu sa mère récemment. Dans les préoccupations de la dame, la famille Breton avait pris autant d'importance que celle de ses propres fils. Et malgré ses efforts pour dissimuler sa peine, Mireille savait que la maladie d'Élodie l'avait affectée profondément, d'autant plus que l'automne dernier, elle était devenue la gardienne officielle de l'enfant et la voyait plusieurs fois par semaine.

♪♪♪

Robert et madame Deschamps avaient raison, ce petit congé d'un jour fit le plus grand bien à Mireille. Il avait neigé toute la journée, et le soir, elle et Robert firent une longue promenade, bras dessus, bras dessous, après s'être fait griller des côtelettes de porc sur le barbecue, peut-être bien en souvenir du soir de Noël où ils avaient aussi allumé le barbecue dans la bourrasque de l'hiver. Apéritif, vin, bougies, pâtisseries françaises. Rien ne manqua sauf le sourire d'une petite fille adorable tirant continuellement son épingle de la conversation.

— Mais cela ne tardera pas beaucoup pour qu'on lui voie la binette au-dessus de la table, lança Robert, autant pour se rassurer, lui, que pour consoler Mireille. On n'a pas fini de manger des hamburgers sur le gril!

Ils marchèrent longtemps dans les rues du village ancestral de Saint-Eustache, longeant le vieux moulin figé dans les glaces et s'attardant devant la magnifique église sise sur le bord de la rivière et arborant fièrement son clocher en souvenir des Patriotes.

— C'est ici que l'Orchestre symphonique de Montréal effectue l'enregistrement de ses disques. Quand cela se produit, on ferme les rues avoisinantes à la circulation.

— Ah! oui! c'est vrai, je l'avais oublié!

La simple évocation d'un orchestre en train de jouer une œuvre musicale éveilla en Mireille le goût soudain d'écouter de la musique. Plus qu'un goût, c'était un besoin pressant et impératif. Presque un viatique.

— La musique me manque tellement, je me sens comme une accidentée qui aurait perdu ses jambes. J'ai tant souffert de cette lacune, ces derniers temps.

— Tout va rentrer bientôt dans l'ordre, Mireille. Tu vas retrouver ta fille et ta flûte, et ta maison. Et... ton petit mari aussi!

Mireille réalisa soudain que Robert avait souffert autant qu'elle de la situation, mais sans jamais protester, sans jamais se plaindre. Elle s'arrêta tout à coup de marcher et, à la lueur d'un lampadaire, elle scruta attentivement le visage de son mari. Comme il était superbe, son mari! Surtout ce soir-là, avec cette neige folle qui papillonnait autour de lui. Ces grands yeux bleus, limpides, ce visage plein, cette bouche bien dessinée, ferme et volontaire. Mais au-delà de ce visage, il y avait cette lumière, cette chaleur qu'il dégageait. Tant de bonté, tant de générosité. Tant de force aussi émanait de ce grand corps de géant. Mireille savait qu'auprès de lui, n'importe quoi pourrait survenir, même la perte d'Élodie, elle ne se trouverait jamais complètement démunie. Parce que lui serait là auprès d'elle, beau, grand et fort. Avec son amour pour elle.

Tendrement enlacés, ils déambulèrent lentement jusqu'aux limites du village. Mireille n'avait pas le goût de rentrer. Elle aurait voulu marcher toute la nuit en accrochant son regard sur chacune des maisons qu'ils longeaient sur la Grande Côte. La vraie vie... Ce qu'elle pouvait en rêver! La vraie et simple vie qui battait derrière les fenêtres éclairées de chacune de ces demeures. Des gens sans histoire, des enfants en santé qui se chamaillaient, jouaient, étudiaient ou regardaient la télé. Des familles qui mangeaient ensemble, parlaient ensemble, dormaient ensemble, et dont le souci consistait à s'inventer un bien-être quotidien à partir des matériaux dont ils disposaient, simples éléments de normalité. À Mireille et Robert, on avait arraché le plus important de ces matériaux et menacé de le leur ravir à jamais. Alors leur affliction était devenue si grande que, telle une visière, elle les avait empêchés de contempler l'image même du bonheur.

Mais à qui s'en prendre? Quel était cet arracheur ignoble, ce monstre tueur d'enfants, ce briseur de famille? Quand bien même ils auraient crié à l'injustice par toute la terre, qui donc aurait pu les entendre? Se trouvait-il quelque part une puissance capable d'intervenir? De réparer, de reconstruire? « Mon Dieu, ce soir, je te le demande. Une simple existence normale. Seulement cela... »

Depuis quelques années, Mireille avait abandonné toute pratique religieuse, prétextant qu'elle ne croyait plus à rien, ni à Dieu ni à diable. Oh! elle avait fait baptiser Élodie et s'était mariée à l'église, mais c'était davantage pour plaire à ses parents que par propre conviction personnelle. Pourtant, depuis la maladie d'Élodie, elle n'avait pas eu le choix de rechercher au plus profond d'elle-même la présence de l'Être suprême de son enfance. D'abord pour le haïr et se révolter contre lui, ce soi-disant maître de la destinée des hommes qui permettait la souffrance des enfants et surtout la maladie d'Élodie. Mais par définition, cet Être disposait de tous les pouvoirs et sa puissance devint, pour Mireille, une possibilité de miracle. Dieu, s'il existait et s'il le voulait, pouvait guérir Élodie. Alors par faiblesse, par petitesse, par impuissance, par désolation, elle se tournait vers lui et le suppliait avec toute l'ardeur de son âme de sauver son enfant. Et ces prières la consolaient un peu, lui procurant l'obscure impression de conjurer le sort et de mettre toutes les chances de son côté, si minimes soient-elles. Un jour, elle en avait parlé avec madame Deschamps.

— Tu sais, Mireille, Dieu est peut-être celui qui vient reprendre ceux qu'on aime, mais il est aussi celui qui nous les a donnés.

Cette phrase bouleversa Mireille. À partir de ce moment, elle n'entretint plus de rancœur envers le Créateur et se contenta de cultiver aveuglément l'espérance en une force qui lui échappait et lui échapperait toujours.

Les flocons de neige formaient des étoiles dans la chevelure de Mireille et le froid avait allumé des couleurs à ses joues blêmes. Robert la trouva plus belle que jamais et resserra son étreinte.

— Quand Élodie sortira de l'hôpital, il nous faudra nous réhabituer à vivre en famille. Même toi et moi ensemble, Mireille. Nous avons été si peu souvent seuls, ces derniers mois.

Elle lui avait peu parlé de sa rencontre avec Paul et il ne lui avait pas posé de questions. Gratter une plaie guérie ne pouvait que contaminer la cicatrice, pourquoi y creuser un sillon et risquer d'y semer la gangrène?

Pour Robert, le pianiste faisait définitivement partie du passé et constituait une question réglée depuis six ans. Pourquoi aurait-il dû craindre sa réaction, à part une réclamation de son droit de paternité? Après tout, un simple échantillon de sang à fournir n'était pas la fin du monde! Mireille lui avait vaguement laissé entendre que tout s'était bien passé. Paul s'était montré surpris mais coopérant, promettant de se présenter au laboratoire de l'hôpital dès la semaine suivante.

De sa désolation et de son immense chagrin, elle n'avait pas dit un mot. Pas plus qu'elle n'avait confié à son mari le bouleversement nébuleux qui la laissait en eaux troubles depuis cette rencontre. Comment pourrait-elle expliquer à Robert cette image obsédante du pianiste qui ne cessait de remonter à la surface de ses pensées à toute heure du jour? Sa poésie, sa chaleur, tout ce qu'elle avait retrouvé dans l'instant d'une seule étreinte et qu'elle aurait voulu à présent oublier et chasser de son esprit pour le reste de ses jours. « Plus jamais, Paul Lacerte, plus jamais je ne veux repenser à toi. Plus jamais je ne te permettrai de perturber à nouveau ma joie de vivre auprès de Robert. Petit bonheur imparfait, je le concède, mais réel et réalisable. VIVABLE, tu comprends? Va-t'en, Paul Lacerte, va-t'en de moi, maintenant que ta contribution est finie. Tu as fait ton devoir, maintenant, va-t'en! »

Robert devina-t-il les pensées ténébreuses qui assaillaient soudainement sa femme? Il la sentit tressaillir, pendue à son bras, mais il se contenta de déposer un baiser mouillé sur sa joue.

— Dis donc! Si on allait se réchauffer dans notre grand lit?

Rivés l'un à l'autre, ils ne formaient qu'une seule silhouette sous la lumière blafarde des lanternes, et la neige qui tombait dru s'empressa d'effacer les traces parallèles et sinueuses de leurs pas, sur le long chemin de retour vers la grande maison silencieuse qui les attendait. Leur nid...

Le lendemain, Mireille traversa allègrement le petit boisé entre le stationnement et l'hôpital. À cause du temps doux, la neige avait adhéré sur chaque branche, chaque brindille. Tout semblait pur, net, lavé, resplendissant, féerique. Le miracle de la beauté...

Élodie accourut à la rencontre de sa mère dès qu'elle la vit surgir à l'entrée du corridor.

— Maman, maman! viens voir le beau cadeau que j'ai reçu hier!

« Eh bien! mon absence ne semble pas avoir traumatisé ma fille outre mesure », se dit Mireille, ravie de la trouver pétillante et pleine d'énergie.

— Mais quel cadeau? Vite! montre-moi ça!

Élodie prit sa mère par la main et la mena en courant vers la chambre 12. Sur la petite table de jeu, Mireille aperçut un clavier électronique portatif, aux touches de la dimension de celles d'un piano.

— Quoi! Mais qui t'a donné ça?

— Un monsieur est venu me voir hier après-midi. L'infirmière ne voulait pas le laisser entrer car il ne possédait pas de laissez-passer. Mais matante Deschamps a répondu qu'il s'agissait de l'oncle Paul et qu'il pouvait me visiter sans problème. Elle a même ajouté qu'il était un monsieur très important pour moi.

— Ah! bon... Et il est reparti aussitôt?

— Non. Lui et moi, on a déballé la grosse boîte et il a installé le clavier sur la table. Puis il s'est mis à jouer, « juste pour moi », qu'il a dit. Ah! maman, tu devrais l'entendre, il joue tellement bien!

Mireille hocha la tête et ne répondit pas, interloquée. Elle ne savait pas si elle devait se réjouir ou s'irriter de cette visite impromptue et se sentait vaciller entre la fureur et l'attendrissement. Ainsi, Paul était venu. Et sans sa permission. Il n'avait pas respecté l'entente. Malgré toutes ses promesses, il n'avait pas pu résister à l'envie de connaître sa fille. Elle fronça les sourcils. « Ceci ne me semble pas de bonne augure. »

— Regarde, maman, il m'a aussi apporté un beau livre. Dedans, il y a plein d'images et de notes.

Mireille feuilleta le livre d'un œil distrait : *Méthode d'enseignement du piano pour les enfants, Volume I*. Ah! ça alors! Un clavier et un livre d'apprentissage! Paul avait pensé à cela! Quelle idée géniale! Quelle excellente façon de tuer le temps pendant ces derniers jours d'hospitalisation où l'on n'en finissait plus de reprendre les mêmes jeux ad nauseam. Comment n'y avait-elle pas songé plus tôt? Chapeau pour la trouvaille, mais zut! pour l'audace et l'effronterie! Il n'avait pas le droit, il n'avait pas le droit... Il avait promis et elle lui avait fait confiance. « Merde! Paul Lacerte! »

— Écoute, maman, il m'a enseigné un morceau.

Spontanément, Élodie s'installa sur sa chaise devant le clavier. Puis avec une grande concentration, elle plaça minutieusement ses petites mains au-dessus des notes et entreprit de jouer *Ah! vous dirais-je maman* avec ses dix doigts, tous bien positionnés et actionnés. Le rythme était bon, la sonorité, claire et transparente. Mireille n'en revenait pas.

— Et... et il est resté longtemps comme ça, à te montrer comment jouer du piano?

— Je ne sais pas. Oui... assez longtemps. Il dit que j'ai du talent comme toi et que tu devrais m'enseigner la musique. C'est quoi, maman, du talent?

Mireille sourit tristement et serra sa fille contre elle. Il ne manquait plus que ça, un Paul Lacerte rebondissant sans crier gare. Mireille entrevit avec épouvante le déséquilibre affectif d'Élodie, les protestations légitimes de Robert, les scènes de ménage éventuelles, la tranquillité familiale perturbée. Paul et Robert réclameraient leurs droits à qui mieux mieux. À coups de lettres d'avocat peut-être? Ah! mon Dieu...

— Et madame Deschamps, qu'a-t-elle dit quand elle a vu arriver ce... cet oncle Paul?

— Elle l'a embrassé très fort. Et pendant qu'elle nous regardait jouer, assise là sur le bord du lit, je l'ai vue essuyer ses yeux. Pourquoi elle pleurait, maman?

— Elle se sentait probablement fatiguée. D'ailleurs, où se trouve-t-elle, celle-là, ce matin? Ne devait-elle pas dormir ici avec toi?

— Elle est partie juste avant ton arrivée. Sa sœur lui a téléphoné très tôt, car elle avait besoin d'elle aujourd'hui. Elle va t'appeler plus tard dans la journée. Oh! j'oubliais! Oncle Paul a laissé une grosse enveloppe pour toi.

Mireille s'empara de l'enveloppe blanche d'une main nerveuse. Elle y trouva le volume II de la méthode d'enseignement du piano, puis une longue lettre qu'elle dévora fébrilement, effondrée au fond de la chaise berceuse.

Ma chère Mamie Soleil,

Je devine ta colère en arrivant ici et en apprenant ma visite d'hier à Élodie. Pardonne-moi de n'avoir pu résister à l'envie de connaître ma fille. Il ne se trouvait qu'une porte et un corridor à franchir entre le laboratoire et sa chambre, tu comprends. Ce fut plus fort que moi. Au-delà de la simple curiosité, c'est l'appel du sang, l'instinct, la pulsion du paternel, appelle cela comme tu voudras, qui m'a porté vers elle.

Je l'ai trouvée encore plus belle, plus intelligente, plus attachante que je ne me l'imaginais. Mais rassure-toi. Pour elle, je demeurerai à jamais l'oncle Paul. Et je respecterai les silen-

ces, voire les absences que tu m'imposeras. Je me place totalement à ta merci, Mamie, je te dois bien cela. Comme je te l'ai mentionné l'autre soir, j'ai accompli suffisamment de ravages dans ton passé, je ne vais pas recommencer, ne crains rien. Si tu souhaites encore que je disparaisse complètement de vos existences, je m'y soumettrai honnêtement. Je t'ai prouvé, ces dernières années, que j'en suis parfaitement capable. Mais si tu éprouves l'ombre d'un brin de compassion pour le père bafoué que je suis, laisse-moi veiller sur ma petite fille, du moins de loin et sans intervenir aucunement dans la vie de votre famille. Tu m'as dit vivre une existence heureuse avec Robert et Élodie, et pour rien au monde, je ne voudrais interférer dans votre bonheur. La vie me paraît déjà bien assez difficile à vivre, pourquoi risquer de tout jeter par terre? Je considère Robert comme le vrai père d'Élodie, celui qui l'élève, l'éduque, la chérit et souffre présentement pour elle. En aucun temps, Mireille, je ne ferai valoir mes droits biologiques. Je te le jure sur ce que j'ai de plus précieux au monde : mes trois autres enfants.

Mais si tu le permettais, je pourrais devenir le professeur de piano d'Élodie. Seulement cela. Exclusivement cela. Cela me permettrait de la rencontrer sur une base régulière et personnelle, sans ta présence ou celle de Robert. Si je ne peux lui dispenser un amour de père, laisse-moi au moins lui offrir l'affection d'un oncle Paul, laisse-moi lui donner l'un des plus beaux cadeaux dont le Créateur m'a doté : la musique. De moi, elle aura reçu au moins cela.

Penses-y, Mireille, prends ton temps. Amorce toi-même cet enseignement musical à l'aide de ces deux cahiers que j'ai apportés. Tu le peux facilement, tes connaissances en piano ne sont pas aussi rudimentaires que tu le prétends, si je me rappelle bien. Tu n'arriveras pas au terme de ces méthodes avant quelques mois, selon la santé de l'enfant et aussi de l'intérêt et de l'ardeur qu'elle mettra à apprendre. Je peux t'affirmer déjà et sans équivoque qu'elle dispose d'un talent réel.

Quand tu en auras terminé de ces deux livres, je pourrais alors prendre la relève. Si Robert et toi me le permettez, évidemment. Et si vous m'allouez la confiance nécessaire pour que je tienne loyalement auprès de votre fille le rôle du mystérieux oncle Paul, l'homme qui connaît la musique sur le bout de ses doigts et qui ressent le besoin immense de la partager avec une petite fille particulièrement douée. Quant à la vérité, l'avenir nous dira, ainsi que tu me l'as fait entendre, chère Mamie, s'il est préférable de la dévoiler ou de la taire à jamais.

Avant de te quitter, permets-moi de te rassurer, ma visite inopinée d'hier ne se reproduira plus. Plus jamais. Il s'agissait d'une première... et d'une dernière! À moins que tu ne m'en donnes la permission. Tout se trouve dorénavant entre tes mains et je te serai entièrement soumis. Cela sera mon ultime geste d'amour envers toi.

Fasse le ciel qu'Élodie guérisse à jamais de cette terrible maladie. Je me permettrai de prendre régulièrement de ses nouvelles auprès de madame Deschamps, ce qui évitera tout contact entre toi et moi. Je prierai pour Élodie, moi qui n'ai pas prié depuis des années. Et à partir de maintenant, je lui dédierai secrètement chacun de mes récitals. Dieu m'entendra, j'en suis convaincu. Quant à Robert, rassure-le et dis-lui qu'il n'a pas à s'inquiéter à mon sujet, en aucune manière. C'est bien compris, Mireille? EN AUCUNE MANIÈRE.

Sur ce, je te quitte et te souhaite bon courage. Sache que je garde de toi le plus tendre souvenir.

Paul.

Le regard mouillé, Mireille écoutait distraitement sa fille piocher vaillamment sur son clavier. Certes, Paul Lacerte était un homme de classe, un grand homme à la mesure du chagrin qu'il avait semé jadis dans le cœur de la jeune fille. Cette épreuve en avait valu la peine, mais se devait d'être finie. Mireille craignait que la fréquentation de cet homme sur un terrain neutre et en l'absence de sentiments ne s'avère irréalisable. Par instinct de protection, elle souhaita pouvoir le détester autant qu'elle l'avait aimé. Mais elle savait, au plus profond d'elle-même, qu'elle n'y arriverait pas. Pourtant, tout deviendrait plus simple : elle pourrait l'envoyer paître avec sa soif de possession déguisée en générosité.

Sa soif de possession... Au fond, elle savait bien que le sentiment imprégnant toute cette lettre n'était pas le désir de s'approprier l'enfant. Bien au contraire! Paul se faisait tout petit, se mettait à sa merci, ne réclamant que des miettes. Et seulement si elle le voulait bien! Il se montrait prêt à renoncer à lui-même pour ne pas briser le bonheur familial de Mireille, et cette grandeur d'âme la bouleversait davantage que ne l'auraient fait dix lettres juridiques exigeant des rencontres précises et déterminées à l'avance par un juge entre le père qu'il était et sa fille.

Lui enseigner la musique... pourquoi pas? Mais les occasions de rencontrer elle-même le pianiste se multiplieraient. Mireille frémit à la seule pensée de revoir Paul sur une base régulière. « Oh! Paul... savoir que tu es là. Te regarder vivre, même de loin, le pourrais-je vraiment? »

Par la fenêtre, elle aperçut deux mésanges batifoler joyeusement sur les branches enneigées de l'érable. Elles pépiaient, se bécotaient, sautillaient de branche en branche, l'une suivant l'autre avec une constance incroyable. La vie à deux... Ainsi le voulait la nature. Ainsi les humains avaient-ils établi leurs règles sociales. Mais que survienne un troisième élément et tout l'univers devenait chambardé, les règles de l'amour se retrouvaient par terre. L'éternel triangle... Il fallait alors se battre pour défendre son territoire, son petit bonheur tranquille. « La vie à deux, Mireille, protège ta vie à deux. À tout prix. Car la vie à trois te perdrait. Vous perdrait tous. Mets-toi bien martel en tête. »

Brusquement, elle se releva de sa chaise et vint prendre Élodie par la main.

— Si on allait dans la salle de jeu voir si de nouveaux amis sont arrivés?

Chapitre 3

Allegretto espressivo (avec émotion)

Mireille badigeonnait copieusement le dos et la nuque de Robert de crème « écran solaire », prenant plaisir à masser du bout des doigts les tendons, les fibres et les muscles palpitant sous la peau granuleuse mais douce de son mari. Par des mouvements à la fois souples et fermes, elle s'appliquait religieusement à imprégner chaque pli et repli afin de le protéger des traîtres rayons du soleil. Quelle farce! Comme si ces gestes anodins pouvaient contrer l'action d'un monstre comme le cancer, cet abominable colosse que même la plus formidable artillerie scientifique ne réussissait pas à vaincre radicalement, Mireille en savait quelque chose. Alors, hein... la petite lotion huileuse qui sentait bon possédait à ses yeux la même valeur que l'ail et les croix de bois chassant les vampires au Moyen Âge.

Mais aujourd'hui, elle se refusait de penser à la maladie, elle voulait revivre comme tout le monde, reprendre la normalité comme tous ces gens inconnus qui l'entouraient sur la plage. Comme cette femme, à quelques mètres d'elle, qui elle aussi s'enduisait copieusement de lotion solaire. À quoi pensait-elle, cette femme? À quoi pensaient-ils tous, ces anonymes du Sud venant étaler impudiquement leur peau au soleil quelques semaines par année, à proximité les uns des autres, sans décence et sans retenue? Et elle-même? Qu'était-elle venue chercher sur cette plage de Floride, en compagnie de Robert et d'Élodie? Un simulacre de paradis, sans doute? Même pas! Un semblant d'existence normale suffisait.

Mais la vie normale ne se trouvait-elle pas dans leur maison de Saint-Eustache ou à la rigueur dans leur chalet de Rockport? La vie normale ne consistait-elle pas en celle que l'on vit au jour le jour, paisiblement et parfois, hélas, inconsciemment? La petite routine, le petit train-train qui transportait son bagage de satisfactions et de petits plaisirs de rien du tout, c'était peut-être cela, la vie normale. Et simple. Et heureuse. Mireille ne le savait plus. Ne se rappelait plus.

À travers les mouvements doucereux de ses doigts qui lui frottaient les épaules, Robert devinait-il sa tendresse pour lui? Elle aimait sa stature imposante, sa nuque large et solide, sa poitrine musclée et velue qui lui inspiraient la force et la grandeur. Plus qu'un amant, il était son protecteur et son ami. La perspective qu'il pourrait un jour la quitter pour une autre femme ne l'effleurait même pas. Robert l'aimait sincèrement, elle pouvait toujours s'appuyer sur cette certitude. Et l'ampleur de cet amour constituait un refuge, un abri inviolable et permanent que même la mort d'un enfant ne réussirait pas à ébranler. Non, seule la fatalité, un accident ou la maladie pourraient réussir à les séparer, elle et lui. Ou la venue d'un Paul Lacerte...

Oui, sans doute un Paul Lacerte à qui Mireille laisserait trop de latitude, qui sait? Un Paul Lacerte avec son âme à vif et ses émotions au niveau de l'épiderme. Mais Mireille refusait même d'énoncer cette éventualité. « Va-t'en de ma tête, Paul Lacerte, déguerpis! Je voudrais te haïr, te battre, te dévorer, t'anéantir! Te détruire à jamais. Va-t'en de moi, de mes rêves, de mon univers! Va-t'en! Je ne veux plus penser à toi, plus jamais, tu m'entends? Plus jamais! » Mireille se retint pour ne pas hurler, là, sur cette plage, en train d'enduire le corps de son mari de lotion avec l'ardeur et la vigilance de celle qui, désespérément, par son geste, s'imaginait qu'elle allait tout régler.

Le pianiste l'obsédait de toute évidence. Depuis leurs retrouvailles, l'image de Paul surgissait à tout instant et sous n'importe quel prétexte : un événement banal, un paysage, un souvenir, une chanson. Pourquoi fallait-il que ce matin-là, en massant le dos de son mari, elle songe malgré elle à d'autres muscles plus tendres sous le grain de peau plus brune et frémissant sous d'autres caresses? Arriverait-elle jamais à repousser ces visions troublantes, à refermer d'un brusque coup d'épaule la porte de cet enclos maudit où elle refusait de s'aventurer à nouveau. Les bras de Paul, l'autre soir, dans leur étreinte innocente, l'avaient à nouveau faite prisonnière, captive de cet amour interdit qui couvait toujours sous les cendres, là, au fond de ce jardin dont les hautes murailles ne permettaient plus l'évasion. Elle s'y était laissé capturer autrefois et avait failli y laisser sa peau.

Elle ne voulait plus aimer Paul Lacerte. Ces dernières années, elle s'était réfugiée dans le refus total et la négation même de l'existence de l'artiste, à part quelques recrudescences momentanées d'intérêt lorsque les médias lui fournissaient malgré elle des renseignements sur la carrière du célèbre musicien. Mais de victoire en victoire, d'abnégation en abnégation, l'oubli l'avait finalement dégagée de l'emprise immense de Paul, laissant dans son cœur une place suffisamment disponible pour Robert.

Oui, elle s'était montrée honnête envers Robert, n'acceptant de l'épouser qu'une fois complètement libérée du pianiste. Et voilà qu'une seule rencontre avait tout jeté par terre. Deux heures auprès de cet homme, et la belle libération avait basculé dans le néant. Mireille avait beau accuser la fatigue, ce soir-là, de l'avoir mise hors de contrôle pour refréner ses pulsions, elle ne pouvait nier que, d'un seul geste, Paul aurait pu la posséder à nouveau tout entière, corps et âme. Il ne l'avait pas voulu. Et pour cette honnêteté et cette rigueur, elle éprouvait pour lui une infinie reconnaissance. Et ne l'en aimait que davantage. Ah! métamorphoser cet amour, le transformer en amitié, en simple affection banale. « Non! même pas ça! Je ne veux plus rien ressentir pour lui. Aucune considération! Rien! Je ne veux même plus savoir qu'il existe! » Mais l'expérience avait appris à Mireille que seul le temps est le maître de l'oubli et met des années à tisser une trame assez solide pour barricader l'ouverture sur le danger. Seul le temps libère. Seul le temps et un autre amour... Celui de Robert et d'Élodie et celui du bébé attendu.

Élodie était enfin rentrée à la maison depuis quelques semaines. « Rémission », avait dit le docteur Desmarais, mais attention, pas : « guérison ». On réservait ce mot magique pour dans cinq ans, lorsque la maladie ne se serait pas manifestée une seule fois. Cinq ans! une éternité! Dans cinq ans, Élodie aurait dix ans. Et son fils, cinq ans. Son fils... Mireille caressa son abdomen mouvant sous son maillot de bain. « Je t'aime déjà, mon fils, et je t'attends avec une telle impatience! » L'échographie n'avait rien révélé d'anormal. L'enfant mâle paraissait vigoureux et en parfaite santé. Il était plus que temps que surviennent les bonnes nouvelles, d'autant plus qu'on avait signé le congé d'hôpital d'Élodie durant la même semaine que l'échographie.

Robert s'était montré fou de joie en apprenant que Mireille attendait un petit garçon en pleine santé. « Un fils! nous allons avoir un fils! Ah! je vais l'amener à la pêche avec moi, et l'hiver, nous jouerons au hockey sur la patinoire que j'aménagerai derrière la maison. Un fils... un enfant de toi et de moi, Mireille, tu te rends compte? » Robert n'en disait pas plus, mais, depuis ce temps, elle le voyait transfiguré d'un grand bonheur, une joie profonde et secrète transformant toute son attitude, surtout depuis qu'Élodie prenait franchement du mieux. Il sifflotait sans cesse, éclatait de rire pour un rien, prenait tout avec un grain de sel. Il avait retrouvé sa bonne humeur, son exubérance, son appétit d'autrefois, autant alimentaire que sexuel. Parce qu'il avait retrouvé sa femme et sa petite fille. Et son merveilleux projet de paternité.

— Ça ne peut pas toujours aller mal! Nous allons oublier tout cela en Floride et enfin respirer un peu. Qu'en penses-tu, mon amour?

N'eût été le spectre de Paul Lacerte hantant secrètement Mireille, la petite famille Breton aurait coulé des jours parfaitement heureux, sur ce coin retiré de la Floride, dans la farniente et le laisser-aller. Ils avaient néanmoins écourté leur séjour à Disney World afin de ne pas épuiser Élodie en train de refaire ses forces, préférant le calme et l'oisiveté de la plage tranquille qu'ils avaient dénichée à quelques kilomètres de Daytona. Ni Mireille ni Robert ne quittaient Élodie des yeux un seul instant, savourant sa grâce, son enthousiasme, sa joie de vivre. Déjà, ses cheveux avaient commencé à repousser en un fin duvet et, le soleil aidant, elle retrouvait enfin des couleurs. Les couleurs de la santé. Qui eût dit que cette enfant débordante d'énergie luttait pour sa survie quelques semaines auparavant? Et que la lutte n'était pas encore terminée? Qu'en cette minute même, elle se trouvait bourrée de médicaments et qu'elle devrait en prendre pendant des mois, voire des années? Comment croire, à la regarder batifoler sur le sable, qu'elle portait peut-être encore en elle le germe de la mort?

Mais Mireille se refusait de songer à cela. Sinon, elle allait devenir folle. Il fallait vivre chaque jour comme si rien ne s'était passé, comme si la leucémie n'avait jamais existé. Et comme si elle-même n'avait jamais revu Paul Lacerte. Comme s'il ne lui avait pas écrit cette lettre d'une douceur empoisonnée réclamant une petite place dans son existence, une simple place de professeur de piano. Elle n'avait pas répondu à cette lettre, mais elle l'avait montrée à Robert qui y avait fort peu réagi. « Cet homme me semble correct. Nous verrons en temps et lieu », avait-il simplement répondu. Mais à chaque fois qu'elle et Élodie se penchaient sur le petit clavier, elle ne pouvait s'empêcher d'y songer. Elle le percevait bien, en ce matin ensoleillé : le bien-être se payait à ce prix. Il fallait renoncer aux élans insensés et tout oublier. Croire que le bonheur se vivait là, immédiatement, tout de suite, à l'indicatif présent. Alors là seulement, elle retrouverait sa sérénité de jadis.

D'ailleurs, à regarder Élodie transporter des tonnes de sable dans son petit seau de plastique, elle se dit que les enfants en auraient beaucoup à enseigner aux adultes sur l'art de vivre, se construisant des bonheurs instantanés aussi éphémères et périssables que leurs châteaux de sable, mais des bonheurs réels, intenses et pleinement vécus. Eux connaissaient l'art du miracle.

Souvent, Robert allait rejoindre la petite sur le sable et Mireille lui enviait sa simplicité, sa capacité de se placer au niveau de l'enfant et de partager son plaisir avec autant de ferveur. Accroupis tous les deux, perdus dans leur petit univers, ils construisaient des routes, des ponts, des montagnes, des paysages fantastiques où laisser glisser leurs rêves les plus absurdes. Élodie transportait l'eau et Robert, redevenu un petit garçon, s'appliquait le plus sérieusement du monde à édifier des barricades, des tourelles et des ponts-levis autour d'énormes châteaux forts servant à abriter de braves et courageux chevaliers. Il arrivait même que des passants s'arrêtent pour admirer l'originalité de l'entreprise.

Parfois, Élodie se lassait de ces constructions complexes et venait retrouver sa mère, lui réclamant un jus ou une friandise. Robert ne s'apercevait même pas du désintérêt de l'enfant. Il n'en continuait pas moins à travailler le plus sérieusement du monde à l'édification du plus grand chef-d'œuvre de l'humanité qu'une lame sournoise, au tournant de la marée, viendrait probablement lécher et démolir en un seul éclatement.

De voir ainsi Robert et Élodie heureux ensemble rassurait Mireille. Comme si leur complicité représentait une institution immuable que rien ni personne ne viendrait jeter par terre, même pas l'homme le plus romantique de la terre. Cet homme qui pourrait pourtant réclamer ses droits sur l'enfant... Elle voulait vivre avec Robert, elle se le répétait sans cesse depuis des semaines, comme si elle remettait en question son mariage avec lui. Comme si elle devait l'épouser de nouveau à chaque jour. Et cet engagement quotidien sans cesse renouvelé arrivait à chasser scrupuleusement l'intrus de son esprit. Mais l'incertitude la tourmentait inéluctablement. Malgré elle... Robert le ressentait-il de quelque manière?

Oh! il ne s'avérait pas le plus sensible des hommes, et palabrer n'était pas vraiment son fort. Espérer de sa part des réactions émues, des phrases poétiques ou de grandes confidences relevait du rêve impossible. S'il avait développé une quelconque méfiance vis-à-vis du pianiste, Mireille savait très bien qu'il ne la manifesterait jamais. Peut-être qu'autour d'une bouteille de vin, lors d'un moment de laisser-aller bien particulier, délié par l'alcool, il pourrait émettre quelque réticence ou quelque vague inquiétude, sans plus. Qui pouvait prétendre connaître cet homme en profondeur et avoir pénétré jusqu'au fin fond de son jardin dont il paraissait lui-même prisonnier? Robert Breton constituait l'envers, l'antithèse vivante de Paul Lacerte.

À quoi songeait-il en ce moment, s'appliquant ainsi à parfaire une muraille de sable, penché silencieusement sur son œuvre vaine et illusoire? Vers quels lieux mystérieux sa pensée l'emportait-elle, ce solitaire, cet ermite, ce prince du silence? Au début de leur union, Mireille accusait la pudeur ou la gêne de l'empêcher de s'ouvrir et de se confier. Elle se disait qu'avec le temps, à force de se mieux connaître et de vivre ensemble mille événements, il en viendrait à entrouvrir sa porte. Mais cette grâce n'était jamais venue. Robert demeurait fidèle, présent, empressé, dévoué, compréhensif, prodigue, mais au-delà des « je t'aime », nul romantisme, nul épanchement de l'âme ne venait imprégner son amour pour Mireille.

La solitude générée par ce silence devenait parfois insupportable pour Mireille, elle, l'artiste, la femme émotive et sensuelle, dépassée trop souvent par la violence de ses propres sentiments. Un rien la bouleversait, un geste, un regard autant qu'un paysage, un poème, une fleur, une ligne musicale. Robert ne semblait pas y comprendre grand-chose, elle s'en rendait bien compte, lui le rationnel, le logique, le scientifique, le raisonnable, le sensé. Pas étonnant que la pensée même d'un Paul Lacerte avec sa sentimentalité, ses emphases, ses grandes déclamations, ses émotions à fleur de peau, ses larmes et ses soupirs ne l'ébranlent et ne viennent semer le trouble dans son esprit.

Mais Mireille refusait de se laisser aller à ce genre de rêverie qui pourrait la mener en terrain dangereux, plus loin que les limites au-delà desquelles la paix du temps présent devenait compromise. La poésie, la musique, la rêverie, la passion auprès de tous les Paul Lacerte du monde ne pouvaient que la mener à côté de la réalité, celle de la vraie vie. La vie de tous les jours. La vie où il faut se battre et lutter durement pour survivre. La vie où l'on s'aime, oui, mais concrètement, farouchement, dans chacun des gestes du quotidien. Pendant un an, l'année de sa liaison avec Paul, Mireille n'avait vécu qu'en écoutant son cœur, excluant toute rationalisation de ses perspectives d'avenir. Dieu sait où cela l'avait menée : dans le désenchantement et l'isolement total.

Mieux valait garder la tête froide et les deux pieds

bien ancrés sur terre. La vraie vie, c'était bien autre chose que quelques heures d'amour vécues chaque jour en tête-à-tête dans un studio de l'Université de Montréal, à l'abri de toutes les contraintes du quotidien routinier et exigeant. La vraie vie, c'était son travail qu'elle adorait à l'emploi d'un orchestre, c'était l'enthousiasme s'emparant d'elle lors de récitals ou d'enregistrements de disques. C'était Robert qui lui faisait l'amour, maladroitement parfois, mais avec tant de passion, et qui rentrait à la maison le soir, tout souriant et affamé. La vraie vie, c'était sa petite fille qui reprenait des couleurs et allait recommencer bientôt à grandir, c'était son ventre qui s'élargissait à chaque jour et dans lequel grouillait déjà un petit trésor. La vraie vie, c'était sa belle maison de Saint-Eustache et leur chalet dans le Maine, avec la mer sous leurs yeux. C'était sa salle de musique au grenier où elle passait des heures passionnantes, où justement elle avait la chance d'évacuer sur sa flûte le trop-plein d'émotions de la journée. N'était-ce pas dans ce lieu qu'elle transformait de banales interprétations musicales en des chefs-d'œuvre d'expressivité? Si elle avait exprimé par des mots tout ce qu'elle ressentait, sans doute ne serait-elle pas devenue une si grande artiste. Elle avait tout à dire, tout à vivre, sur sa flûte.

Que demander de plus à l'existence? L'intrusion d'un Paul Lacerte chamboulerait tout. Même en gardant les plus grandes distances. Même en jouant de prudence. Cet homme détenait un pouvoir certain sur Mireille, comme une fascination ou un éblouissement qui l'ensorcelait et risquait de lui faire perdre la tête. « Paul a vu Élodie, qu'il s'en contente! » Il avait fait son choix, il y a cinq ans, eh bien! qu'il continue de l'assumer et qu'il se satisfasse de sa famille à lui! Et qu'il ne vienne pas troubler la paix chez les Breton, déjà bien assez désorganisés par la maladie. Des professeurs de piano, il en pleuvait probablement dans la région de Saint-Eustache. Nul besoin de ce grand pro de haut calibre et probablement inaccessible, la plupart du temps, pour une enfant de six ans qui désirait apprendre le piano, grands dieux!

— Mamie, Mamie, je m'en vais à la pêche avec papa, d'accord?

Perdue dans ses pensées, Mireille avait momentanément oublié ses deux compagnons qui avaient enfin délaissé leurs constructions de sable. Ce « Mamie » prononcé sur la même intonation utilisée par Paul naguère la fit sursauter.

— Comment cela, « Mamie »? Où as-tu appris ce nom-là?

— Cela veut dire « maman » en anglais. C'est Sandy qui me l'a appris.

Élodie s'était liée d'amitié avec une petite Américaine de son âge ne connaissant pas un mot de français, pas plus qu'Élodie ne parlait l'anglais. Mais les deux enfants s'entendaient à merveille et se retrouvaient avec joie à chaque jour sur la plage, baragouinant entre elles des phrases incompréhensibles. Les enfants ont cette simplicité de pouvoir se comprendre sans s'expliquer et de partager leur plaisir avec une connivence tacite que devraient leur envier bien des adultes.

— On ne prononce pas « Mamie », on dit « Mommy ».

— Mâââmie... Tu vois, maman, je sais parler l'anglais! Eh! papa! je peux parler anglais!

Mireille pressa sa petite fille contre elle, effarée à l'idée qu'un seul mot mal prononcé, ce Mamie, avait suffi à réveiller un volcan qu'elle aurait voulu éteint. Oui... il était plus que temps de tourner la page encore une fois et définitivement avant que les souvenirs ne surgissent avec trop d'insistance et ne viennent ternir la joie de ces vacances tant méritées. Oui, cultiver l'oubli... Ou plutôt recommencer à cultiver l'oubli, comme il y a six ans. À partir d'une nouvelle case « départ » tout de même moins dramatique qu'autrefois. « Allons! retrousse tes manches, ma vieille, reprends ton courage et recommence à dire « non! ». À répéter inlassablement « va-t'en! », des milliers de fois s'il le faut. »

— Viens-tu avec nous, Mireille? Nous allons sur le grand quai à l'extrémité de la plage.

— Oh! moi, tu sais, la pêche... Je vais plutôt aller préparer la salade pour le souper, mon chéri.

— Eh bien! prépare ton poêlon, ma chère, ce soir nous mangerons des ailes de requin. Peut-être même des steaks de baleine. Qu'en penses-tu, Élodie? Elle et moi allons quérir tout cela dès maintenant.

— Des « pinces de crabe mayonnaise » en entrée, avec ça?

Les yeux de l'enfant brillèrent à la fois de peur et d'excitation.

— Pas trop grosse, la baleine, hein, papa?

Mireille n'était pas d'accord pour laisser partir l'enfant avec Robert.

— Le quai se trouve au grand soleil. Et s'il fallait qu'elle perde pied. Elle me semble trop petite pour pêcher, la canne à pêche est trois fois longue comme elle!

Élodie trépignait, pleurnichait, usait de minauderies et quémandait de sa petite voix geignarde, de celle qui venait à bout des pires réticences. « Elle n'a pas oublié ses manières d'enfant gâtée, la coquine! » pensa Mireille.

— Oh! maman, dis oui! Dis oui, Mâââmie...

Robert, en se moquant, épousa le même ton suppliant en imitant ses simagrées.

— Oui, maman, dis ouiiii, Mâââmie... J'aurai besoin de l'aide d'Élodie pour aller chercher notre pitance. Tu imagines, une baleine, c'est gros à transporter! Et si tu veux un crabe avec ça! Je te promets que nous serons sages tous les deux. On revient dans une petite heure, c'est promis!

Mireille les regarda partir, bras dessus, bras dessous,

Robert encombré de l'équipement de pêche et Élodie prenant son rôle au sérieux et rêvant naïvement de revenir avec une baleine, ou du moins un morceau, dans son petit seau jaune et rouge.

Au-dessus d'eux, un grand oiseau blanc traçait des cercles sur l'horizon en lançant des cris perçants.

♪♪♪

Ce soir-là, ils ne mangèrent ni poisson ni crustacés, mais Mireille reçut, au cours du repas, un mystérieux paquet emballé dans une serviette de table et déposé discrètement sur son assiette par un Robert aux airs de conspirateur et une Élodie passablement exaltée. S'y trouvait un magnifique et puant collier de coquillages constitué d'écailles d'huîtres aux reflets d'arc-en-ciel enfilées sur un bout de fil à pêche.

— Es-tu contente, Mâââmie? Nous l'avons fabriqué tantôt, papa et moi, au lieu d'aller à la pêche.

Au comble de l'émotion, Mireille glissa le collier sur son cou avec autant de précautions que s'il se fût agi d'une véritable rivière de diamants. « Mes amours, ma vie... »

Les vols d'outardes ramenèrent avec eux des jours plus lumineux, et les grands vents balayèrent en tous sens la grisaille d'un hiver qui n'en finissait plus de finir. Pour Mireille, cette saison glaciale s'était avérée la plus horrible de toute son existence malgré l'exultation suscitée par l'attente du bébé. « Heureusement que je l'ai, celui-là, sinon, je serais devenue folle. »

Combien de fois ne s'était-elle pas calée au fond de

sa berceuse, yeux fermés et mains aplaties sur son abdomen en une étreinte désespérée, tentant de retrouver un brin de quiétude à l'intérieur de son corps, comme un temple où l'on pénètre à pas feutrés, venant y chercher le secours d'une présence occulte. « Aide-moi, mon petit bébé, aide-moi à tenir bon. Aide-moi à rester joyeuse pour que je puisse t'aimer comme tu le mérites. »

Quand il la voyait dans cet état d'abattement, se berçant pendant des heures devant la fenêtre, muette et envoûtée par le mouvement de va-et-vient de la chaise, Robert s'inquiétait. Il n'était pas dans les habitudes de Mireille de s'écraser ainsi dans l'oisiveté et l'immobilité. À vrai dire, il s'expliquait mal cette déprime. La santé d'Élodie semblait prendre une tournure définitivement positive, les choses revenant une à une à la normale depuis leur retour de Floride. Élodie avait même retrouvé le chemin de l'école, à mi-temps durant les premières semaines, et maintenant à temps complet, ce qui lui avait permis de réintégrer petit à petit la routine d'une existence ordinaire.

Au début, la réadaptation scolaire fut ardue pour l'enfant, non pour des raisons de santé et d'énergie, mais parce qu'elle s'était habituée à vivre à l'hôpital en parfaite union avec sa mère depuis plusieurs mois, vingt-quatre heures sur vingt-quatre, presque sept jours par semaine. Et voilà qu'un bon matin, on exigeait d'elle de quitter sa mère et sa maison retrouvée, tout son petit monde nouvellement sécurisant et douillet, pour voguer à nouveau vers un lieu inconnu aux visages depuis trop longtemps oubliés. Malgré les crises de larmes, Mireille avait dû surmonter sa propre déroute, ravaler sa salive et demeurer ferme pour pousser de force sa fille sur les marches de l'autobus scolaire, non sans être allée, à plusieurs reprises, la reconduire elle-même à l'école avec sa voiture.

— Allons, Élodie! Il faut te montrer courageuse encore une fois. Il n'est pas question de recommencer la maternelle l'an prochain. Tu dois travailler maintenant très fort pour rattraper le temps perdu.

La gentillesse et la compréhension de l'institutrice, mademoiselle Clermont, et surtout la sollicitude des petits amis eurent tôt fait de rassurer Élodie et de lui redonner le goût de l'école. Elle s'y rendait maintenant de son propre gré, trépignant d'impatience si l'autobus tardait le moindrement à se pointer au bout de la rue.

Une fois par semaine cependant, Mireille devait la ramener à l'hôpital pour une prise de sang de contrôle. Moment éprouvant. Moment de vérité. La simple vue de l'édifice la replongeait automatiquement dans l'atmosphère qu'elle aurait voulu biffer à jamais de ses souvenirs. De pénétrer dans ce lieu lui rappelait concrètement que rien n'était fini, le cancer restait encore une réalité, une bête perfide pouvant se réveiller n'importe quand sans avertir. Quant à l'enfant, elle protestait à chaque fois qu'on voulait la piquer. Il ne s'agissait, la plupart du temps, que d'une petite ponction de rien du tout sur le bout du doigt, mais Élodie, saturée de douleur, se raidissait et refusait de collaborer. À l'instar de Robert, Mireille avait entrepris le jeu de « ça ne fait pas mal tant que je compte », mais la technique de diversion ne faisait plus effet et Élodie hurlait comme une proie traquée. Inlassablement, l'infirmière se montrait patiente et attendait que l'enfant daigne lui tendre la main d'elle-même, ce qui prenait un temps infini et une somme de marchandage incroyable. Cela rendait Mireille à bout de nerfs. La récompense ultime, si tout se passait bien, était un dîner chez McDonald's, selon l'irrévocable choix d'Élodie, davantage attirée par les modules de jeux que par la bouffe elle-même. En sirotant son café, Mireille la regardait grimper les échelles ou descendre les glissoires à toute allure avec un grand sourire naïf.

Un sourire d'enfant insouciant, innocent, qui n'avait pas retenu qu'elle revenait tout juste de l'hôpital. Un sourire tout plein, comme un soleil. Un sourire aussi enjoué que celui des autres enfants inconnus s'amusant avec elle et affichant une santé à toute épreuve.

Se pouvait-il que cette enfant soit menacée de mort? Mireille frémissait à cette seule idée. Que s'était-il donc passé pour qu'elle devienne aussi pessimiste? Pour qu'elle n'arrive plus à chasser de ses pensées cet horrible spectre? L'automne dernier, au début de la maladie, elle s'était montrée si brave et courageuse, débordante de confiance, convaincue de la toute-puissance des médicaments et des progrès sensationnels de la science. Mais alors que tout semblait prendre la bonne tangente, voilà qu'elle se retrouvait maintenant désabusée, brisée, effrayée jusqu'à l'obsession d'une résurgence de la maladie. L'ennemi se trouvait encore présent, mais elle ne le voyait plus, et cette guérilla la rendait neurasthénique. Chancelant entre la confiance et la peur panique, sans cesse écartelée entre les plus folles aspirations et les pires appréhensions, elle réalisait que rien ne serait plus jamais pareil. Que le bonheur et l'insouciance d'autrefois ne reviendraient plus, désormais.

Et cette préoccupation malsaine qui la rongeait la détournait trop souvent de la joie d'attendre un enfant. De cette joie sourde et ardente de la mère porteuse sentant vibrer au plus obscur d'elle-même la présence d'un petit être infiniment vivant, fruit d'un amour ne demandant pas mieux que d'être aimé lui-même. Aimé dès à présent pour la promesse de vie qu'il comportait. Aimé, désiré, attendu... Alors sur sa berceuse, Mireille, confondue et muette, se balançait à toute heure, les yeux fermés et les mains à plat sur son ventre. Elle rappelait à Robert l'air douloureux des pietas des églises de Rome, éternellement solidifié dans leur souffrance de marbre.

— Ressaisis-toi, mon amour! Il faut cesser de broyer ainsi des idées noires toute la journée.

— Je ne broie pas des idées noires, je parle à mon petit bébé. Lui, au moins, ne se trouve pas hypothéqué, ni menacé. Lui, au moins, il est vivant, tu comprends, bien vivant! Il n'est pas un mort en sursis, lui!

— Quoi! Comment peux-tu dire cela, Mireille Ledoux? Élodie me paraît débordante de santé aujourd'hui, alors traite-la comme une enfant normale! Qu'est-ce que ces histoires de mort en sursis? Arrête de couver cette enfant, de l'embrasser comme si elle allait mourir demain, de l'examiner des pieds à la tête à toutes les heures, de paniquer si elle n'a pas faim ou semble fatiguée comme tous les enfants normaux du monde entier.

— Je fais cela, moi?

— Oui, et tu ne t'en rends même pas compte! Tu me reprochais autrefois de trop la gâter et voilà que maintenant tu tolères ses petites scènes et ses crises inacceptables. Cesse d'exécuter à la lettre ses quatre volontés, non seulement tu vas la rendre insupportable mais, à la longue, tu vas lui communiquer ton angoisse et ta tristesse. Cela n'a plus de sens, Mireille!

Mireille devint perplexe. Robert lui parlait rarement sur ce ton, lui si conciliant, si compréhensif. Mais cette fois, c'était sérieux. Il faisait les cent pas devant elle, mains dans les poches, et avait lancé sa dernière tirade d'un ton agressif comme s'il s'agissait de l'aboutissement irréfutable d'une longue réflexion.

— Tu as peut-être raison, je ne sais plus. On dirait que je suis en train de perdre ma tranquillité, ma paix intérieure. Le doute m'a gagnée, Robert, et cela me tue. Je n'ai plus la force de me reprendre. Je vis dans la peur, tu comprends? La peur, c'est effroyable. Effroyable...

Mireille prit sa tête entre ses mains. Robert s'accroupit devant elle et lui releva le menton.

— Mireille, notre petite fille va bien. Regarde-moi

dans les yeux: NOTRE FILLE VA BIEN! Elle se trouve en rémission et il y a quatre-vingts pour cent des chances pour qu'elle ne récidive jamais. Accroche-toi à cela, grands dieux! Et dis-toi que chaque jour vécu normalement devient une victoire fantastique. Pour l'amour du ciel, ne laisse pas la peur t'empoisonner l'existence, la tienne et la nôtre. Tu n'as pas le droit. Réveille-toi, mon amour, réveille-toi!

— Oui, mais si elle rechute?

À bout d'arguments, Robert se réfugia dans le silence, réalisant bien que le simple raisonnement ne réussirait pas à surmonter la déprime de sa femme. À l'hôpital, au plus fort de la maladie, elle se trouvait dans le feu de l'action, en pleine effervescence, n'ayant pas le choix de réagir positivement. La lutte devenait concrète et palpable, l'ennemi parfaitement visible. Puis le vent avait tourné et Élodie avait recouvré la santé tout doucement, petit à petit. Mireille avait pu alors respirer un peu et enfin se détendre. La semaine de relâche en Floride s'était avérée salutaire et avait pris la couleur de réelles vacances où elle avait pu trouver un peu de repos. Elle avait surtout fait le point sur les priorités de sa vie et pris les décisions secrètes qui s'imposaient concernant Paul Lacerte. Elle avait même retrouvé un semblant de sérénité.

Mais depuis leur retour, un monstre sinistre avait pénétré sournoisement dans son cœur et il ne cessait de prendre de l'ampleur à chaque jour, risquant de tout détruire: la peur. La peur sur laquelle elle exerçait auparavant un certain contrôle, dans les limites du raisonnable, mais qui l'envahissait maintenant à lui en faire perdre les pédales. La peur affolante, paralysante. La peur qui la menait sans cesse sur les bords du précipice. De la terreur. De la terreur folle, incontrôlable. De la folie.

Seule à la maison, elle ne cessait de tourner en rond avec son gros ventre, à la merci du moindre indice, du plus petit signe de défaillance chez Élodie. Elle aurait voulu tout désinfecter, mettre de l'eau de Javel partout et empêcher l'enfant de sauter ou de courir afin d'éviter qu'elle se cogne et se fasse un bleu. S'il fallait qu'elle se blesse et s'infecte! Qui sait si l'infection ne déclencherait pas à nouveau la leucémie. À chaque repas, elle la grondait si elle ne dévorait pas à belles dents tous les légumes qu'elle avait toujours exécrés depuis sa plus tendre enfance. Plus rien d'autre ne comptait que la menace d'un retour du cancer, tel un filtre à travers lequel elle interprétait tous les événements. Elle regardait le monde de derrière ces fameuses lunettes d'approche lui permettant de focaliser sur des éléments isolés de la scène, en faisant abstraction du contexte général. Et sa peur virait à l'obsession. Même le souvenir de Paul Lacerte ne la troublait plus. Elle l'avait relégué aux oubliettes comme tout le reste d'ailleurs. Et elle n'avait même pas touché à sa flûte une seule fois depuis leur retour de Floride.

— Mireille, ce n'est plus vivable! Je crois que tu fais une petite dépression. Il faut absolument réagir et ne pas laisser les choses empirer. La semaine prochaine, j'irai avec vous deux au rendez-vous avec le docteur Desmarais. Nous allons lui en parler, tu veux bien? Il existe peut-être une association de parents dans notre cas. Nous pourrions partager nos craintes et retirer de l'aide de l'expérience des autres, qui sait.

— Bof!... Aller parler de mes problèmes sur la place publique avec des gens que je ne connais pas, très peu pour moi!

Robert prit Mireille dans ses bras. Elle s'y laissa tomber comme un pantin désarticulé.

— Mon amour... Tu as tout donné de toi à Élodie. Tu as trop donné. Te voilà sans forces, à bout de souffle, en mille morceaux. Il faut laisser le temps adoucir ta peine, tempérer tes frayeurs. Tout doucement, tu redeviendras la Mireille d'autrefois, j'en ai la certitude. La femme forte et aimante, la femme bien dans sa peau qu'Élodie et moi adorons et qui nous donnera très bientôt un adorable petit bébé.

Par-dessus son épaule, Robert vit à travers la fenêtre du salon la petite Élodie se balançant à toute volée sous l'érable rempli de bourgeons. Elle chantait à tue-tête sa sempiternelle *Poulette grise*. La vie... Elle était là, la vie, et nul n'avait le droit de la gaspiller, ne fût-ce qu'un seul instant. Il serra plus fort sa femme sur son cœur de géant.

♪♪♪

— Je vous comprends, madame. Votre réaction me paraît tout à fait normale.

Le docteur Desmarais marchait de long en large derrière son bureau. Singulière fonction que celle d'hémato-oncologue où la psychologie se trouvait mise à contribution autant que la tâche de soigner les maladies. Combien de parents cet homme avait-il vu défiler devant ce pupitre, complètement abattus et démoralisés? L'image de l'adulte qui pleure lui était devenue aussi familière que celle de l'enfant qui souffre.

— Mais ce matin, les résultats du laboratoire continuent de démontrer la bonne évolution de la maladie vers la véritable rémission. D'ailleurs, tous les examens sont excellents depuis longtemps déjà, il ne faut donc pas laisser l'inquiétude vous gruger inutilement le moral, madame. Élodie a besoin d'une maman joviale et épanouie; votre mari, d'une femme optimiste. Même l'enfant que vous portez ressent à coup sûr votre crispation.

Mireille baissa la tête en signe d'assentiment. Cet homme ne lui apprenait rien, au fond, mais d'entendre ces paroles de la bouche même de celui qui avait la responsabilité directe de la santé d'Élodie la calmait et la rassurait. Elle buvait ses paroles comme une eau de source bienfaisante, apaisante.

— Vos inquiétudes, il faut certes en parler pour les évacuer et vous en libérer, sinon elles risqueraient de pourrir et de corrompre votre bonheur, à vous et aux vôtres. Mais que diable! cultivez l'optimisme, puisque tout va bien! Du reste, aujourd'hui, il y a lieu de célébrer, car j'ai une excellente nouvelle à vous apprendre. Nous avons trouvé un éventuel donneur de moelle compatible avec Élodie, advenant le cas où une greffe deviendrait nécessaire, ce qui me semble peu probable au fur et à mesure que passe le temps. Si cela peut vous sécuriser de le savoir, il s'agit d'un Allemand vivant plus précisément en Bavière. Mais ce don reste anonyme et gratuit et je n'ai pas le droit de vous divulguer le nom de ce donneur.

Mireille bondit sur ses pieds et se mit à sauter de joie.

— Ah! Merci, mon Dieu! Merci, docteur! Merci à cet Allemand!

Robert la regarda, médusé.

— Mais il n'est pas question de greffe pour l'instant, Mireille. Le docteur Desmarais vient tout juste de nous le dire.

— Je sais, je sais! Mais de songer que quelque part dans l'univers existe une solution de rechange me tranquillise tellement! J'ai soudain l'impression que l'on vient enfin de tendre une bouée de sauvetage à notre enfant pendant qu'elle surnage en eaux dangereuses. Je la sentirai dorénavant protégée si elle rechute à nouveau. Une réapparition de la maladie ne signifierait plus le désespoir total, n'est-ce pas, docteur? Comprends-tu cela, Robert?

Oui, Robert comprenait que la crise venait de passer. Qu'il ne manquait à sa femme qu'une garantie sur laquelle s'appuyer solidement, une certitude que l'espoir ne s'éteindrait pas avec un premier signe de récidive, puisqu'une greffe de moelle se trouvait concrètement réalisable. Cette simple bouée de sauvetage au fond de la barque suffirait pour qu'elle se remette à naviguer et continue allègrement son voyage contre vents et marées. Une bouée vraisemblablement inutile par temps calme, ainsi que semblait le croire le médecin, et peut-être inadéquate si l'ouragan de mort se pointait à nouveau, mais si sa seule existence contribuait à sécuriser Mireille et à lui redonner le goût de poursuivre son chemin, elle en valait la peine. Merci à l'Allemand, merci à tous les savants qui effectuaient des recherches sur les greffes de moelle, merci à tous les donneurs qui s'offraient généreusement sans saisir, très souvent, la grandeur et la beauté de leur acte. Ni sa portée magnanime.

Robert ne prononça pas une seule parole, mais le médecin ne fut pas dupe et perçut, dans la profondeur du soupir que l'homme laissa échapper discrètement, tout le soulagement et l'apaisement du monde.

— Une dernière chose avant que vous partiez : l'hôpital dispose, à la base de plein air Davignon, d'un camp, Leucan, pour les enfants cancéreux et leurs parents. Élodie y a droit. Cela vous intéresserait-il d'y passer une semaine, l'été prochain?

— Élodie n'est plus cancéreuse, docteur. À partir de maintenant, je considère qu'elle ne l'est plus. Advienne que pourra! Il est temps de me réveiller et d'envisager les choses sous un angle différent. De toute manière, il a été prévu que nous partirons dès la fin des classes pour Rockport, Élodie et moi et notre amie madame Deschamps.

— Et Gros-Gros? s'enquit l'enfant s'intéressant soudain à la conversation.

— Oui, Élodie, et Gros-Gros! Papa viendra nous rejoindre plus tard. Puis grand-maman et grand-papa.

Et nous rentrerons tous ensemble au bercail vers le milieu de l'été.

— Parce que tu vas avoir ton petit bébé, hein, maman?

Spontanément, Élodie vint poser sa tête sur le ventre de sa mère. Que comprenait-elle de tout ce brouhaha qui avait bouleversé son univers ces derniers mois, de tous ces discours que les adultes tenaient à son sujet? Mireille et Robert avaient évité de dramatiser sa maladie et surtout de prononcer le mot « mort ». Élodie savait et comprenait qu'elle avait été gravement atteinte, mais jamais elle n'avait appréhendé l'issue fatale, Mireille ayant toujours pris soin de la rassurer sur sa guérison, même dans les pires heures.

Ému devant l'image de l'enfant qu'il avait sauvée se lovant contre sa mère enceinte, le docteur Desmarais perdit complètement son masque de professionnel et leur sourit, l'œil humide. Si au moins il y avait des certitudes dans ce foutu métier... Ces gens étaient rentrés dans son bureau la mine basse et ils en ressortaient régénérés. Parce qu'un donneur anonyme, à l'autre bout du monde, avait mis son nom sur une liste, et qu'à côté de son nom, on avait inscrit le détail de ses chromosomes. Cet homme ou cette femme ne saurait peut-être jamais que son simple geste avait redonné le goût de vivre à une petite famille de l'autre bout du monde, un petit matin gris du début de mai. Sans même qu'il ait à fournir une seule goutte de sa moelle osseuse.

Mireille n'y songea pas, trop préoccupée par ses propres problèmes, mais en sortant du bureau du médecin, Robert remercia mentalement ce donneur encore une fois. Le médecin fit de même, de l'autre côté de la porte.

Dans la rue, une ondée avait mouillé le pavé, mais une percée de soleil vint soudain s'éclater dans une flaque d'eau. Le printemps était là.

La visite au docteur Desmarais fut bénéfique. Mireille se secoua les ailes. Elle avait compris le message : toute sa famille avait besoin d'une mère épanouie, elle saisissait l'urgence de chasser l'amertume. Malgré sa bedaine de plus en plus encombrante, elle se jeta à corps perdu dans le ménage de printemps et s'obligea à chantonner en travaillant. La maison avait été assez négligée depuis l'automne, et épousseter les cadres, nettoyer les armoires, laver les vitres et les rideaux relevaient plus de la nécessité que du passe-temps superflu.

Étrangement, c'étaient les chansons de sa propre enfance qui lui revenaient à la mémoire, celles que sa marraine lui chantait pour l'endormir lorsqu'elle allait passer des week-ends chez elle. Celles aussi de sa jeunesse et de ses premiers béguins pour les garçons. Hélas! tout la ramenait indéniablement à Élodie. La mie perdue de la « Claire Fontaine », le « Petit bonheur » enfui de Félix Leclerc rallumaient sa peur de perdre l'enfant. Jean Ferrat la consolait un peu, lui qui prétendait que « c'est beau, la vie, tout ce qui tremble et palpite, tout ce qui lutte et se bat, tout ce que j'ai cru trop vite à jamais perdu pour moi... ». Mais quand elle chantait avec Vigneault : « Pendant qu'un peu de temps habite un peu d'espace en forme de deux cœurs, moi, moi, je t'aime... », elle se demandait si le chansonnier avait connu une Élodie pour inventer de telles métaphores? Et elle devenait obsédée par l'image d'un immense ballon en forme de deux cœurs s'envolant dans un ciel d'orage, emporté par le vent et lui échappant sans qu'elle puisse le rattraper.

Auprès de ces poètes, Mireille trouvait tout de même un certain réconfort. Elle n'était pas seule à souffrir, d'autres aussi pleuraient des amours perdues. D'autres se raccrochaient à la vie, se ragaillardissaient, se nourrissaient de souvenirs ou d'espérance, se réchauffaient à d'autres amours. Et ils survivaient! « Toi, Mireille Ledoux, tu n'as même rien perdu! Alors, hein, cesse de te plaindre et de te tourmenter, et profite donc de chaque jour qui passe. Relève la tête et ne laisse pas ta peur virer en lâcheté, grands dieux!» Alors elle laissait entrer le rêve et la poésie dans son cœur et chantait le *Roi heureux*, ou *Les immortelles*, ou encore s'imaginait emporter Élodie sur le *Cheval blanc* de Léveillée.

Par beau temps, elle nettoyait le terrain, sarclait le jardin, plantait des fleurs. Un jour, accroupie au-dessus du gazon, elle tentait d'arracher un à un les pissenlits envahissant la pelouse. Soudain, la comparaison que l'infirmière lui avait faite, entre les graines de mauvaises herbes et les cellules cancéreuses, lui revint à l'esprit. « Il suffit qu'une seule demeure... » Non! Non! elle ne voulait plus penser à cela! Tout allait mieux, ces derniers jours, pourquoi fallait-il que des vulgaires pissenlits la ramènent encore en arrière, à nouveau sur le bord de l'effondrement?

Mireille quitta ses instruments de jardinage et s'enfuit à toutes jambes vers la maison. « Allons, ma vieille, tu t'es promis à toi-même de tenir le coup. C'est le temps où jamais de te prouver que tu le peux. » Mais elle tourna en rond dans la maison, mit de la musique à tue-tête, tenta de s'étourdir dans des tâches ménagères aussitôt délaissées qu'entreprises, comme si rien, rien au monde n'arrivait à lui faire oublier soudain que son enfant se trouvait en danger. Comme si sa peur elle-même s'était gonflée à son insu alors qu'elle croyait l'avoir matée et domptée. Gonflée comme l'insaisissable ballon en forme de cœur s'enfuyant au-delà de l'horizon. Elle se mit à trembler. « Bon! c'est moi qui récidive maintenant! La belle affaire! »

Elle finit par s'écrouler une fois de plus sur sa chaise berceuse au fond du salon, son regard vide errant sur chacun des meubles et des objets ornant la pièce. Rideaux de dentelle, fleurs séchées, petites lampes à huile, cadres romantiques, teintes chaudes. « C'est beau chez nous. Mais que sert de rendre l'environnement agréable si on se sent mal au-dedans de soi ? » Ses yeux s'arrêtèrent soudain sur le vieux piano. Le piano... la musique... La vraie musique, celle que l'on fait, qui sort de nous-mêmes et qui porte sur ses lignes le trop-plein de l'âme. Depuis qu'Élodie avait quitté l'hôpital, il n'avait plus été question de flûte pour Mireille, ni de cours de piano pour l'enfant. Pas une seule fois. Personne n'en avait parlé. Elle n'avait pas trouvé le courage de retoucher à sa flûte, car la musique la ramenait trop près de ses émotions. Cela n'aurait servi qu'à raviver sa détresse, non seulement ses frayeurs devant la maladie, mais aussi son désarroi face à l'apparition de Paul. Oh! elle avait bien fait quelques tentatives pour reprendre ses partitions au retour de l'hôpital, mais une boule lui enserrait la gorge, elle n'arrivait même pas à souffler dans l'instrument. « J'ai trop mal, j'y reviendrai plus tard. » Comme tout le reste, la musique était tombée en désuétude.

À l'hôpital, Élodie travaillait très bien sur son petit clavier avec l'aide de sa mère se conformant à la méthode du Volume I. Elle progressait même à une vitesse vertigineuse. Mais leur départ pour la Floride quelques jours après son congé avait tout dérangé. Au retour, Élodie avait retrouvé ses jouets, ses amis, ses petites activités, sa classe de maternelle, et oublié quelque peu l'existence du clavier.

Mireille se glissa sur le banc du piano et fit danser distraitement ses doigts sur les touches blanches. « Paul... » Depuis son voyage en Floride, elle l'avait fermement rayé de ses préoccupations. « Qu'il ne vienne plus me tourmenter, celui-là!» Petit à petit, l'emprise du pianiste s'estompait et son souvenir se perdait derrière les brumes du quotidien. Elle ne pouvait cependant s'empêcher de songer que, grâce à sa généreuse collaboration, on avait pu établir clairement le génotype d'Élodie et lui dénicher un donneur compatible. Ce précieux donneur qui avait, à son insu, insufflé un vent d'espérance, une véritable bouffée d'air frais dans son cœur en train d'étouffer. Extraordinaire tout de même que la personne au monde la mieux apparentée à Élodie se trouvât en Allemagne. Paul aurait mérité de le savoir, après tout, il s'agissait de sa fille. Et il avait collaboré si gentiment. Et puis, non! Il n'était pas question de communiquer à nouveau avec lui. Même pas par écrit. Elle avait eu son quota d'émotions et de remises en question dernièrement, on verrait plus tard en des temps éloignés. Et le plus éloignés possible!

Mireille se releva brusquement et grimpa à son grenier où elle avait à peine remis les pieds depuis des mois. Au retour d'Élodie à la maison, elle avait décidé de ne pas reprendre sa place au sein de l'Orchestre harmonique. Pas pour cette fin de saison, du moins. « Avec mon gros ventre et la fatigue accumulée, je ferais mieux de me reposer, d'autant plus qu'Élodie aura encore besoin de moi pendant sa convalescence. »

Une mince couche de poussière recouvrait les meubles du studio, les livres, le lutrin. Un cahier de partitions était resté ouvert sur un des concertos de Vivaldi. S'emparant de sa flûte, elle se mit à jouer avec fureur. Et cela lui fit du bien. Il y avait si longtemps... «Joue, ma flûte, joue, libère-moi, vide-moi, délivre-moi, chasse de moi ce chagrin démesuré en train de m'avaler tout entière. En train de me miner. De me tuer. Chante, ô ma flûte, et séduis-moi! Chante tous les rêves du monde, chante l'espérance, chante la vie, chante mes deux enfants bien vivants. Chante le salut de ma fille, et remplis-moi de ton charme, de ta beauté. Emporte-moi au royaume de la confiance et de la foi afin que je n'aie plus peur de vivre, tu comprends? Plus peur de vivre. Plus peur, plus peur... »

Malgré le manque évident d'exercice, elle n'avait rien perdu de sa verve et de son élan. Vivement, Vivaldi l'amena vers l'Italie sur ses mélodies enjouées, vers quelque colline ensoleillée et parsemée de petites fleurs, où mûrissait la sauge et perlait la vigne. Ah! le chant des oiseaux, le murmure du ruisseau, la complainte du vent dans les arbres...

Mireille buvait la musique comme une eau de Pâques, fraîche et jaillissante, et célébra, en une messe intérieure, la résurrection de la vie. De sa vie... Elle ne remarqua pas le temps qui passait, et ne s'interrompit qu'en voyant, à travers sa fenêtre sans rideaux, l'autobus scolaire s'arrêter devant la maison. « Déjà? Décidément, il faut que je me remette à la musique, cela m'a trop manqué. Dire que je ne le réalise qu'aujourd'hui. »

Elle prit la décision d'appeler à Boston le jour même pour savoir si le projet de poursuivre l'enregistrement des treize concertos de Vivaldi, mis momentanément en veilleuse à cause de la maladie d'Élodie, tenait toujours. « Sinon, je téléphone chez *Sonata*. Peut-être ont-ils quelques plans à me soumettre? On avait parlé, l'autre jour, des Suites de Bach pour flûte et clavecin. Pourquoi pas? De la flûte, je pourrais en jouer même enceinte de dix mois! »

— Maman, maman, j'ai faim!

— Tiens! voici ma gloutonne! Du fromage et des raisins, cela te va?

— Et des biscuits aussi.

Mireille se réjouit de voir sa fille retrouver son énergie, sa faim d'antan. « Bon signe que cela! » Mais elle n'ignorait pas qu'il s'avérait aussi malsain de suspendre son moral à l'appétit d'Élodie que de jouer au Don

Quichotte en essayant de la protéger contre une rechute éventuelle. « Et demain, si elle lève le nez sur son assiette, je vais m'affoler. Pas brillant!»

— Mon amour, que dirais-tu si, après la collation, on transformait la petite gourmande en grande musicienne? Regarde, j'ai installé ton cahier de musique sur le piano.

— Tu me permets de jouer sur le vrai piano? Je pensais que tu ne voulais pas.

— Eh bien! c'est fait! Tu as ma permission! À partir de maintenant, on va s'y remettre sérieusement, à tous les jours. Et on commence tout de suite.

Lorsque Robert rentra du travail, il trouva les outils de jardinage abandonnés sur la pelouse, la maison sens dessus dessous, rien de prévu pour le souper, et dans le salon, une mère et sa petite fille tellement attentionnées à leur musique qu'elles ne l'avaient pas entendu rentrer.

— Léger, Élodie. Encore plus léger! Va au fond de la touche, mais garde tes doigts légers comme des gouttelettes de pluie qui te piquent la figure. Vas-y, pique les notes! Oui, oui! C'est cela! Tu l'as bien maintenant!

Et la petite fille, les yeux plissés et la langue entre les dents, joua la *Danse de la pluie* avec ses petites mains potelées dont les jointures s'ornaient encore de fossettes, comme les mains des bébés.

Sur la pointe des pieds, Robert alla se chercher une bière dans le réfrigérateur et revint s'asseoir sur le bras du divan pour assister à la renaissance du monde.

En tournant le coin de la rue, Mireille aperçut sa mère qui l'attendait sur son balcon de briques. Toute pomponnée, émanant une odeur de lavande à attirer un essaim d'abeilles, elle accueillit sa fille avec son plus beau sourire, et Mireille se félicita de l'avoir convoquée pour assister aux Olympiades de la maternelle d'Élodie. L'invitation précisait que les parents et particulièrement les grands-parents étaient conviés. Robert ne pouvant pas quitter son travail, Mireille avait songé à madame Deschamps, et puis non! Elle se devait tout de même de respecter certains droits et priorités de grand-mère de madame Ledoux, sa propre mère.

Elle avait, tout compte fait, bien tenu sa place durant la maladie d'Élodie, appelant Mireille à l'hôpital à tous les jours pour prendre des nouvelles, s'offrant sans cesse pour la remplacer auprès de l'enfant. Mireille avait apprécié cette générosité, mais ce n'était pas celle qu'elle attendait de la part de sa mère. Elle aurait eu plutôt besoin de se jeter parfois dans ses bras et de brailler tout son soûl, en se laissant réconforter sur ce sein maternel que tout être humain en détresse recherchait inconsciemment. Pour écouter à nouveau les mots doux que seules les mères savaient trouver, ces mots signifiant qu'elles comprenaient et qu'elles partageaient. Ces mots qui rassuraient, qui exprimaient une force, une douceur, une tendresse, une sécurité. Ces mots qui évoquaient un reste de paradis perdu, ces mots qui berçaient d'illusion, qui savaient même mentir pour apaiser. Ces mots qui réinventaient l'espoir. « Mais oui, pleure, ma fille, ma toute petite fille, je suis là et je te protège. Pleure, mon enfant, demain tout ira mieux. »

Mais madame Ledoux n'avait jamais prononcé ces mots-là. Le mur de rigidité et de silence ne s'affaisserait jamais, Mireille le savait bien et avait mis une croix sur ses attentes non comblées. Sa mère s'avérait absolument incapable d'exprimer ses sentiments, encore moins de manifester sa compréhension à ceux des autres. Incapable de dépasser la frontière de la banalité, du général, du cliché. Mais son assiduité à s'informer, à se montrer présente et disponible, du moins physiquement, au cours de tous ces mois, avait démontré à Mireille que sa mère, toute distante qu'elle parût, n'en avait pas moins ressenti une grande affliction de voir l'existence de sa petite-fille menacée et celle de sa fille précipitée dans l'horreur. Mais elle avait caché sa douleur sous un voile de pierre. Ce matin, en voyant son visage ravagé, Mireille réalisait que sa mère avait dû souffrir en silence, au plus profond de sa solitude. Et elle aurait été fort surprise que son père, dans un effort ultime de sollicitude, soit arrivé à défaire ce nœud caché en train d'étrangler sa femme, cette grand-mère impuissante qui voyait sa petite-fille dévorée par le cancer. Pas plus d'ailleurs que lui-même n'avait dû lui parler de sa propre désolation face à cette épreuve. Mireille se doutait bien qu'ils avaient dû vivre cela chacun pour soi, en catimini et en silence. Infiniment seuls. Sans rien partager. L'un à côté de l'autre, mais jamais l'un avec l'autre. Jamais l'un pour l'autre. Et encore moins, l'un dans l'autre.

Le silence... Mireille détestait le silence, celui-là, à tout le moins, qui fermait les portes et générait la solitude, la solitude horrible parmi la foule. Elle-même ressemblait si peu à ses parents. D'où tenait-elle donc cette effervescence, ce besoin intrinsèque de se confier, d'exprimer ses émotions ressenties à fleur de peau, de les manifester, de les exorciser, de les partager? « Sans cela, je mourrais asphyxiée! » Elle le devait peut-être à un Paul Lacerte venu un jour faire éclater les barricades de son enfance et la libérer d'elle-même. Quand elle l'avait connu, n'était-elle pas justement en train de devenir la réplique de sa mère, jeune fille silencieuse gardant pour elle ses sentiments, jouant un rôle discret de jeune adulte rangée et sage, facile à vivre parce que conciliante et effacée. Mais Paul avait chamboulé toutes ces attitudes en l'obligeant à sortir d'elle-même et à se confier. À exprimer très fort ses sentiments et à manifester ses passions autant que ses appréhensions. Et il l'avait écoutée avec un tel respect et une telle attention qu'à la longue, il avait créé chez elle une nécessité nouvelle, celle du partage avec l'autre, celle de la compréhension mutuelle, de la sollicitude, de la connivence. Comment concevoir une relation humaine sans cela? Une fois ce pas franchi, une fois que l'on avait goûté aux bienfaits de la complicité, on ne pouvait plus retourner en arrière et on cherchait d'instinct celui ou celle avec qui s'établirait l'harmonie parfaite.

Auprès de madame Deschamps, Mireille avait trouvé cette grâce. Avec son amie, nul besoin de s'expliquer, la compréhension s'établissait d'elle-même au fil des événements. Quant à Robert, elle savait qu'il restait encore un patient travail à accomplir sur le chemin de la confidence, mais son mari ne manquait pas de sensibilité. À tout le moins, manifestait-il des efforts louables d'ouverture. La leucémie d'Élodie avait eu cela de bon qu'elle avait éliminé bien des barrières et ouvert plusieurs portes entre eux. Il restait qu'avec ses parents, la tradition de réserve et de froideur paraissait instaurée depuis trop longtemps pour que Mireille rêve de la renverser à jamais : il ne se trouvait pas de place pour les émotions dans ses rapports avec eux, ni pour les larmes ni pour les épanchements de toutes natures. Par pudeur ou par gêne peut-être? Mireille n'arrivait pas à se l'expliquer. Mais avec le temps, elle se rendait compte que ni l'indifférence ni le désintéressement n'alimentaient cette sécheresse apparente. Toutefois, elle avait perdu toute envie de jeter les murs par terre, sachant fort bien que même désagrégés, elle risquerait de s'y buter et de se faire mal inutilement.

Malgré le large sourire qu'elle affichait ce matin, Mireille décelait sur le visage de sa mère une fatigue maladroitement dissimulée. Ces yeux cernés, ce regard terne, ce nouveau pli au-dessus du front trahissaient une tristesse latente enfouie sous le maquillage qui couvrait maladroitement les stigmates de la souffrance. Madame Ledoux avait péniblement supporté la maladie de sa petite Élodie, et si les choses paraissaient bien tourner depuis quelques mois, il semblait qu'elle aussi éprouvait de la difficulté à s'en remettre.

Mais aujourd'hui, c'était la fête. Il fallait oublier tout le reste et participer avec les enfants de la maternelle à l'excitation de leurs petites Olympiades. Au premier abord, Mireille avait cru bon de demander une dispense pour Élodie encore affaiblie par les médicaments qu'elle ingurgitait en quantité industrielle. Et puis, non! Pourquoi la priver du simple plaisir de participer? Mieux valait prendre part aux jeux, même si elle devait arriver bonne dernière à tous les concours, que de se sentir marginale et à part des autres. Elle l'était déjà bien assez!

Des chaises avaient été installées pour les invités dans la cour de l'école, autour du terrain de jeu. Les autres parents étaient-ils au courant de ce qu'Élodie avait vécu cette année? Mireille avait la vague impression que les gens se montraient doublement gentils envers elle et sa mère, leur ménageant les meilleures places et les saluant d'un sourire avenant. « Sans doute est-ce à cause de mon gros ventre. Me voilà énorme après seulement sept mois de grossesse. J'attends sûrement un joueur de football, d'après la vigueur des coups de pied que ce gros poupon me donne! » songea Mireille. Assise à ses côtés, sa mère ne disait pas un mot.

Premier jeu : lancer du javelot. Au micro, la voix de mademoiselle Clermont appela les joueurs. Catégorie garçons. Catégorie filles. Il fallait bien l'admettre, les habiletés physiques différaient déjà à cet âge-là selon les sexes. Élodie Ledoux-Breton serait la huitième de son groupe à lancer le manche à balai le plus loin possible. Quand vint son tour, Mireille se mit à sourire à la vue de sa petite fille, toute concentrée et la langue sortie, tenant son bâton à bout de bras selon la technique qu'on lui avait enseignée cette semaine, désirant plus que tout au monde le lancer au-delà de la ligne, à l'autre bout de l'univers. Vlan! Dans la moyenne! Mireille respira. Élodie se classa septième sur onze petites filles. Ce n'était pas si mal après tout.

On passa ensuite aux sauts en hauteur, en longueur, en largeur. Élodie resta bravement dans la moyenne, au grand soulagement de Mireille qui craignait de la voir traîner loin derrière les autres. À la course, on fit partir les coureurs à intervalles de trente secondes et on chronométra leurs temps respectifs. Quelqu'un d'autre que Mireille s'aperçut-il que mademoiselle Clermont avait volontairement abrégé le temps d'Élodie afin de la maintenir au même niveau que les autres? Mireille jeta un regard furtif à l'enseignante et un discret clignement des yeux de celle-ci confirma la délicatesse subtile de cette femme : Élodie ne devait absolument pas se trouver à part des autres enfants. Tant pis pour les qu'en-dira-t-on ou les protestations de la part des parents. Au demeurant, nul ne sembla se formaliser de cette situation si d'aucuns s'en aperçurent.

Puis vint le tour de la course à pied, catégorie marche. Cette fois, Élodie partit en même temps que quatre autres fillettes et remporta la première étape de la course. C'était une merveille de voir marcher au pas de course avec une telle détermination ce petit bout de chou aux membres grêles qui avait remporté sans le savoir bien d'autres victoires incomparablement plus difficiles. Une élimination subséquente entre les trois gagnantes déterminerait le vainqueur final. Au signal du dernier départ, Mireille, le cœur serré, se leva d'un bond.

— Vas-y, mon ange, vas-y! Tu es capable!

Spontanément, madame Ledoux bondit elle aussi et prit la main de Mireille dans la sienne.

— Vite, Élodie! encore plus vite! Marche, marche, encore plus vite!

Voilà que madame Ledoux se mit à sautiller, à trépigner, vociférer, crier des encouragements à l'enfant. Mireille n'en revenait pas, soudain plus captivée par la réaction de sa mère que par la frénésie de la course. Jamais elle n'avait vu sa mère manifester autant d'exubérance et d'engouement. Alors, comme elle et avec elle, elle leva les bras en l'air et se mit à crier pour Élodie. Les autres parents, discrètement au courant des problèmes de santé d'Élodie, firent de même et se levèrent à leur tour comme s'ils avaient soudainement compris l'importance, pour l'enfant, de remporter la victoire. De prouver inconsciemment, à elle-même et à tous, qu'elle était enfin redevenue la petite fille saine et en santé qui avait sa place au soleil comme tous les autres enfants de son âge. Mireille eut l'impression que tous, d'un accord tacite et par leurs cris d'encouragement, démontraient leur profond désir de voir gagner la petite Ledoux. Comme si une victoire allait prouver qu'Élodie était complètement remise et mettait un terme définitif à sa maladie! Et ce sentiment de solidarité réchauffa le cœur de Mireille plus que n'importe quel autre geste de soutien ou parole d'appui qu'on aurait pu lui proférer.

Élodie, rouge et essoufflée, à bout de forces, franchit finalement la première la ligne d'arrivée, s'effondrant contre l'institutrice qui la reçut à bras ouverts. Le petit malaise ne dura qu'un instant, Élodie se retourna rayonnante et grimpa en courant sur la marche la plus haute du podium pour recevoir sa médaille d'or.

Mireille et sa mère se tenaient toujours par la main, elles qui, depuis trente ans, ne se touchaient qu'à Noël dans un baiser timide et précipité. Mireille n'osait plus lâcher la main de sa mère comme si ce contact inattendu soudait à jamais le cœur des deux femmes. De grosses larmes roulaient sur les joues de madame Ledoux.

— Elle est normale, elle est redevenue en santé, enfin, enfin! Ma petite-fille...

— Oui, maman, elle est guérie. Maintenant, tout va bien aller. Ne pleure plus, ma petite maman.

D'instinct, elle ouvrit les bras et reçut sa mère qui se mit à sangloter sur son épaule. Le monde à l'envers, la fille consolant la mère en public, l'inverse de tous ses rêves d'enfance. Là, devant toute la classe émue, les deux femmes resserrèrent leur étreinte. Un père vint les trouver et se fit le porte-parole de tous les autres parents. Portant la main sur l'épaule de Mireille, il lui dit d'une voix étranglée :

— Nous sommes tous très contents de constater que votre enfant se porte vraiment mieux. À nos yeux, elle a remporté cet hiver une grande bataille, tellement plus grande que celle d'aujourd'hui. La victoire sur la maladie. Et elle la mérite bien, sa médaille d'or. Nous sommes avec vous de tout cœur.

Incapable de prononcer une parole, Mireille le remercia d'un simple signe de la tête en pressant sa mère tout contre elle.

— Maman, pourquoi elle pleure, grand-maman? Et toi aussi, tu pleures? Tu n'es pas contente?

Effarée, Élodie ne comprenait pas pourquoi larmoyer alors qu'elle s'était tant efforcée de gagner la course. Pourquoi tous ces reniflements de la part de tout le monde? Même ses amies semblaient troublées. Pire, voilà que mademoiselle Clermont avait la voix fêlée et sortait ses mouchoirs de papier.

— Grand-maman pleure de joie, Élodie. Nous sommes très ravies et fières de toi, c'est tout.

Élodie se dit que les grandes personnes étaient très compliquées et sauta au cou de sa grand-mère qui se raidit légèrement à son contact. Pour sa part, Mireille réalisa soudain qu'elle possédait non seulement une belle petite fille en santé mais aussi une mère bien vivante.

— Moi, je pense qu'une telle victoire mérite un petit dîner chez McDonald's. Penses-tu, grand-maman, qu'on devrait y amener la championne de la course à pied? Et inviter aussi ses amis?

— Bien sûr, Mireille! À moins que notre médaillée d'or n'en décide autrement.

— Youppi! On va chez McDonald's! Youppi! Youppi!

Comme à l'habitude, Élodie, surexcitée, toucha à peine à son hamburger, pas plus que ses copines d'ailleurs, et préféra aller escalader les modules de jeux du restaurant. Redevenues silencieuses, Mireille et sa mère la regardaient s'ébattre avec les autres enfants, arborant avec fierté sa médaille de carton doré.

— Je m'excuse pour tantôt, Mireille.

— Mais de quoi, maman?

— Bien... de m'être laissée fondre en larmes devant tout le monde à l'école.

— Mais voyons! Il n'y a pas de honte à pleurer de joie.

— Un jour, tu seras grand-mère toi aussi, tu pourras me comprendre.

— Élodie ne me rendra jamais grand-mère, maman, car les traitements de chimiothérapie qu'elle a reçus l'ont probablement rendue stérile. Du moins, c'est ce dont on m'a avisée à l'hôpital. Si jamais j'ai des petits-enfants, ils seront ceux de son petit frère et non les siens.

À cette pensée, le cœur de Mireille se serra. Élodie, si elle survivait, ne connaîtrait jamais les joies de la maternité, ne sentirait jamais un petit enfant bouger et grandir en elle. Ne se prolongerait jamais dans un être qui la continuerait dans cette merveilleuse chaîne d'amour menant jusqu'à l'éternité.

Lorsque le docteur Desmarais lui avait annoncé que les produits chimiques injectés à haute dose dans le système des petits cancéreux causaient l'infertilité, elle avait gardé pour elle-même ce secret, préférant ménager

Robert déjà suffisamment ébranlé. « On aura tout le temps pour reparler de cela plus tard. » Pourquoi ce matin dévoilait-elle à sa mère ce secret si lourd à porter seule, elle n'en savait trop rien. Pendant quelques heures, elle avait cru qu'une porte s'entrouvrait enfin entre elles, pensant naïvement qu'elle pourrait se réfugier sur le cœur devenu moelleux de sa mère pour y déverser l'énormité de cette confidence et s'en libérer.

— Elle sera stérile? Ah! bon... C'est dommage.

Mireille vit le visage de sa mère se refermer lentement. Le regard s'éteignit, braqué sur quelque vide incertain fixé très loin derrière l'épaule de Mireille. Les joues s'affaissèrent, les lèvres se pincèrent, refermées à jamais sur l'émotion qu'elles n'exprimeraient plus. Tranquillement, l'impassibilité se réinstalla sur ses traits recomposés en un masque de dignité et d'indifférence. Un masque muet, inexpressif. Un masque immuable. Un masque de glace. Le masque de sa mère...

Mireille arrivait trop tard. Elle sentit que l'éclaircie était passée. Elle n'aurait duré qu'un moment, le temps d'en saisir quelques pâles rayons sur le visage de sa mère. Moment inusité. Moment éphémère. Un simple feu de paille... À défaut de chaleur, Mireille pourrait toujours en garder l'émouvante souvenance et y chercher une piètre et pitoyable consolation.

Elle se promit de ranger la médaille d'or d'Élodie dans son coffret à souvenirs disposé bien loin dans un quelconque placard de la maison. Au rancart.

Jean-Sébastien vit le jour aux petites heures du matin, par un beau dimanche ensoleillé de la fin de l'été. Petit bébé rondelet, tout rose, en parfaite santé. Son premier cri dans l'univers déclencha des clameurs d'admiration et des pleurs de joie chez ceux qui l'avaient conçu. Mireille se dit que les corridors de l'hôpital Sainte-Justine ne véhiculaient pas que des courants de tristesse. Au quatrième étage naissaient les enfants des hommes, la plupart du temps accueillis dans le ravissement. Lieu de la Genèse, du commencement du monde, du prodigieux miracle de la vie. Lieu où s'enclenchaient à la fois le passé et l'avenir. Où les enfants des hommes arrivaient nus, seuls mais déjà subordonnés. Lieu où la grande mesure des différences commençait déjà à s'agiter. Jean-Sébastien Breton ne se trouvait pas parmi les plus démunis, et la masse d'amour qui l'accueillit ce jour-là le privilégiait et l'inscrivait déjà au chapitre des mieux nantis.

Exalté, Robert ne tenait pas en place dans la chambre des naissances. Lui, habituellement taciturne et effacé, allait d'une infirmière à l'autre, parlait à tue-tête, riait aux éclats, discutait avec l'obstétricien, ne cessait d'embrasser Mireille, prenait le bébé, le redonnait, le reprenait, trébuchait sur le tabouret placé au pied du lit. S'il ne s'était pas retenu, il aurait explosé, sauté au plafond ou serait monté sur les toits.

C'était sa façon bien à lui de manifester sa jubilation. Au lieu de le voir s'énerver de cette manière, Mireille aurait sans doute préféré plus de profondeur, une larme ou du moins un émouvant attendrissement. Croyait-il comme elle que cet enfant avait été conçu quelques heures avant l'insémination ou sa naissance constituait-elle une victoire de la science? Au fond, cela n'avait plus d'importance, aujourd'hui. Jean-Sébastien était un enfant de l'amour, de toute manière. De leur amour. Où se trouvait-il, ce matin, ce grand amour? Au lieu de s'agiter ainsi, Robert ne pouvait-il pas simplement prendre sa femme dans ses bras et lui murmurer des mots doux? Fallait-il que même en ce moment heureux entre tous, même dans l'allégresse, il demeure éloigné en gardant inconsciemment pour lui ses états d'âme? Mais Robert Breton ne possédait pas l'art des mots doux...

Et pourtant, pendant que tout le monde dans la chambre s'affairait à sa tâche, le médecin appliqué à expulser le placenta et l'infirmière prenant le pouls, Mireille remarqua Robert subitement tranquille et seul dans un coin, tenant contre lui son enfant emmitouflé dans une couverture de flanelle en une petite boule blanche et cotonneuse. Le voilà qui se mit à murmurer une chanson douce à l'oreille du bébé, comme s'il se trouvait soudain seul au monde avec lui. « Fais dodo, mon tout petit, papa est là qui veille sur toi. »

Cette délicieuse vision remua Mireille jusqu'au plus profond d'elle-même. Nul besoin de paroles ou de gestes, le bonheur se trouvait là, concret, bien vivant sur le visage de Robert. Son fils... il l'avait bien mérité! Ne serait-ce qu'en reconnaissance de l'amour paternel qu'il avait prodigué à Élodie durant toutes ces années, Mireille partageait la joie de son mari de tenir dans ses bras un enfant bien à lui, issu de sa propre substance. Un enfant qui lui ressemblerait, à la fois dans son corps et ses attitudes, mais aussi dans la limpidité du regard et la grandeur de l'âme.

— Robert, je t'aime!

Spontanément, il s'approcha d'elle et déposa le petit paquet vagissant sur sa poitrine.

— Merci, mon amour, pour cet extraordinaire cadeau que tu me fais.

— Savais-tu, Robert, que tu es l'homme de ma vie, et que maintenant, j'ai deux hommes de ma vie?

Épuisée par les longues et douloureuses heures de travail, Mireille demeurait plus calme que son mari. Si elle s'était laissée aller, elle se serait mise à larmoyer tout simplement, en silence. Il lui semblait qu'elle aurait pu pleurer en douce pendant des heures, voire des jours, comme si cet instant présent lui procurait un soulagement, une libération, mettait un terme à tous ses malheurs récents, la fin de tout ce stress qui l'avait étouffée pendant presque une année. Ce matin symbolisait pour elle la fin d'un malheur et le commencement d'une existence nouvelle. Aujourd'hui, elle éprouvait sans trop s'expliquer pourquoi la certitude du bonheur retrouvé. Il était fou de croire que la naissance de Jean-Sébastien garantissait la guérison définitive de sa sœur Élodie, mais en cette minute même, Mireille y croyait de toute son âme. L'orage ne pouvait durer éternellement, le beau temps venait de s'amorcer.

— Robert, nous voici les plus riches du monde maintenant, avec nos deux trésors. Je suis une femme comblée. (Et la poitrine de Mireille déjà gorgée de colostrum se gonflait aussi de fierté.) Mon tout-petit, mon fils, mon fils à moi, je vais t'aimer tellement que tu auras des réserves d'amour pour toute ta vie.

Un fils! Elle se rappela une nuit de Noël, durant son adolescence. À l'époque, Noël représentait à ses yeux une grande fête de famille et elle croyait que le succès de la fête dépendait du nombre de personnes assistant à la messe de minuit et ensuite au réveillon. Plus les invités se trouvaient nombreux, plus la fête lui paraissait réussie, peu importe le degré d'affinité existant entre les cousins ou le comportement quelquefois désagréable de quelques membres de la famille, ou encore les différends qui ne manquaient pas de surgir en fin de soirée, l'alcool aiguisant les rancunes et engourdissant les consciences.

Cette nuit-là, donc, dans la belle église Saint-Pierre, elle avait remarqué dans le banc devant le sien une femme accompagnée uniquement de ses deux fils. Mireille la plaignit pour « ce triste Noël dans la solitude ». Puis, elle se mit à examiner les deux garçons. La vingtaine, grands, costauds, propres et surtout très beaux. Tous les deux dépassaient leur mère d'au moins vingt centimètres et elle paraissait toute frêle entre les deux. Ils respiraient l'intégrité, la droiture, toute la force de leur jeunesse. « Ils sont probablement des étudiants, extrapola Mireille, peut-être l'un en droit, l'autre en génie? Comme cette femme doit être fière d'eux!»

Quand vint le temps de se souhaiter la paix les uns les autres, selon le rituel de la messe, elle remarqua que les deux fils entouraient affectueusement leur mère de leurs bras, si serrés les uns contre les autres qu'ils ne formaient qu'un tout et en oublièrent leur entourage. « Peut-être le père est-il malade, divorcé ou décédé, se dit Mireille, mais peu importe, ces trois-là se suffisent à eux-mêmes de toute évidence.» Elle comprit alors que leur réveillon en tête-à-tête les rendrait vraisemblablement plus heureux qu'une immense fête au milieu d'une foule indifférente. Ce qu'elle réalisa surtout, c'est la richesse de cette femme, avec ses deux fils présents pour la protéger et veiller sur elle. Ses deux fils devenus des hommes grands et vigoureux adorant leur mère. Une force... « Elle doit se sentir comblée auprès de ses fils. »

Alors, elle envia cette femme. À tel point que son image demeura toujours fixée dans sa mémoire, alimentant un secret désir que le destin lui apporte un jour un fils. Un fils lui aussi beau et fort et énergique qu'elle mènerait par la main jusqu'à la maturité pour qu'il devienne un grand homme. Un vrai. Et qui ferait son orgueil et sa consolation.

— Regarde comme il est beau, notre fils, Mireille. Il te ressemble!

— Tu crois? En tout cas, il a hérité de tes pieds, il a le deuxième orteil plus long que le premier!

Tous les deux se mirent à rire. Ils n'avaient pas pris conscience que tout le personnel avait quitté discrètement la chambre d'accouchement en éteignant les plafonniers pour ne laisser qu'une petite lampe jeter une douce lueur sur cet îlot de bonheur érigé par la réunion de ces trois êtres. Mireille se sentit plus convaincue que jamais que la naissance de Jean-Sébastien ne pouvait que conjurer le mauvais sort pour laisser place à une paix bien méritée.

♪♪♪

Quelques heures plus tard, c'est une Élodie plus curieuse qu'émue qui pénétra dans la chambre d'hôpital, tenant bien serrée la main de madame Deschamps. On eût dit qu'elle éprouvait une certaine gêne à s'approcher du nourrisson tétant allègrement le sein de sa mère.

— Viens, mon ange. Viens voir comme il est mignon, ton petit frère. Notre petit bébé.

Mireille lui tendit l'enfant et Élodie déposa spontanément un furtif baiser sur le front de Jean-Sébastien. Puis elle scruta longuement son visage, le corps minuscule, les membres menus. D'instinct, elle frôla du bout du doigt la petite main du bébé. Celui-ci enserra délicatement le doigt de sa grande sœur. Alors la figure d'Élodie s'illumina d'un grand sourire. Ce fut le coup de foudre.

Septembre ramena ses petits matins frais et sa volée de feuilles aux couleurs somptueuses. Ce temps de la rentrée scolaire, du ketchup aux fruits et de la tarte aux pommes était le préféré de Mireille. Peut-être évoquait-il les souvenirs de sa mère lui achetant à l'époque des cahiers et des crayons neufs, et surtout des nouveaux souliers pour retourner à l'école. Dans la cour, elle retrouvait avec plaisir ses anciennes copines, toutes impatientes de savoir si la meilleure amie se trouverait dans la même classe et si le nouveau professeur afficherait un visage inconnu ou marqué d'une réputation déjà bien établie. Les inimitiés, les échecs, les embûches de l'année précédente se trouvaient effacés et, dans l'effervescence des premiers jours d'école, tout paraissait propre, net, neuf et palpitant.

Cette année, Élodie n'échappait pas à l'excitation de la rentrée et arborait avec fierté des vêtements neufs et un rutilant sac d'école rose « avec un petit lapin dessus ». Elle ne cessait de tripoter son matériel scolaire, intriguée par les cahiers marqués *Écriture* et *Mathématiques*. La gomme à effacer blanche n'était déjà plus blanche, et un crayon de couleur de la série Prismacolor se trouvait déjà perdu quelque part dans la maison avant même que ne commence le premier jour d'école. Mais Mireille ne se formalisait pas de ce désordre, trop contente de voir si bien fonctionner sa fille. Elle se garda bien de la réprimander. « Ma fille en première année!... Si on m'avait dit cela, au dernier Noël, je ne l'aurais même pas cru. »

Malgré que l'année scolaire précédente n'ait consisté qu'en deux mois d'école à l'automne et deux autres mois complets au printemps, l'enfant vive et intelligente avait vite fait de rattraper le temps perdu avec l'aide de sa mère, tout au long de l'été. Mais Mireille avait résisté à l'envie de lui apprendre à lire et à écrire en devançant le programme scolaire. L'idée de prendre de l'avance au cas où elle retomberait malade lui avait effleuré l'esprit, mais elle chassa rapidement ces perspectives morbides. Élodie devait redevenir une enfant comme les autres à tous les niveaux, il n'était pas question de la marginaliser de quelque manière que ce fût.

Sa santé semblait définitivement rétablie, et la leucémie, une histoire du passé. Ce qui n'éliminait en rien la menace d'une rechute éventuelle. Il ne restait que des médicaments « d'entretien » à prendre par voie orale à chaque jour et des visites régulières mais de plus en plus espacées au laboratoire de l'hôpital. Ces examens représentaient néanmoins un énorme stress pour Mireille qui y songeait des jours à l'avance. « S'il fallait... » Un jour, elle avait confié ses craintes au docteur Desmarais, lui reparlant de la peur panique qui s'emparait encore d'elle de temps en temps, destructive et plus tenace que sa volonté.

— Madame, rassurez-vous en regardant votre enfant se porter si bien. Les analyses ne devraient que confirmer ce que vous savez déjà. Cessez donc de vous inquiéter avec cela!

Cette phrase n'avait apaisé Mireille qu'à moitié. Ainsi, elle constaterait une récidive bien avant les médecins et les techniciens de laboratoire, elle le savait au fond d'elle-même. Certains jours, particulièrement ceux où elle se sentait fatiguée, l'insécurité du printemps passé s'emparait à nouveau d'elle et la rendait exténuée et sans voix. Car elle gardait pour elle seule ces appréhensions qui la bâillonnaient momentanément. Elle ne se leurrait pas : on ne pourrait réellement parler de guérison qu'au milieu de la cinquième année scolaire d'Élodie. « Quand elle rentrera au Collège Brébeuf, tout sera définitivement réglé et classé. Restera à oublier. Mais pour l'instant... » À cette idée, Mireille ne pouvait s'empêcher de frémir.

Et puis non! Elle ne se permettait plus d'entretenir cette épouvante et chassait vite ces pensées terrifiantes menaçant de ruiner son petit bonheur présent. À force de réflexion et de méditation, elle réussissait à maîtriser ses états d'âme et à adopter la philosophie du « un jour à la fois ».

De toute façon, elle n'avait plus le temps pour l'angoisse et la morosité, sa petite famille l'occupant à temps plein. Jean-Sébastien se montrait un bébé adorable mais vorace, réclamant le sein de sa mère à toutes les trois heures, confondant le jour et la nuit pour ses petites périodes d'éveil ou de coliques. Mireille voyait avec émerveillement son gourmand de fils se développer, prendre du poids, devenir de plus en plus éveillé et conscient de son environnement. Après chaque boire, il gratifiait maintenant sa mère de grands sourires édentés, « les plus beaux du monde entier ». À ces instants-là, l'univers aurait pu dégringoler, Mireille n'en aurait même pas eu conscience. « Pas une flûte, pas un concert, aucun autre des plaisirs de l'existence n'aura la douceur des gazouillis de mon fils. Jean-Sébastien, tu es mon soleil! »

Sa flûte, elle l'avait reprise pourtant, et sérieusement. Non plus pour jouer avec l'Orchestre harmonique, auquel elle avait renoncé définitivement par manque de disponibilité. Mais l'enregistrement des concertos de Vivaldi entrepris l'année précédente se poursuivrait finalement dans quelques jours à Boston, si tout allait bien. Quant à la maison *Sonata*, monsieur Bluebird demeurait séduit par l'idée d'éditer les sonates de Jean-Sébastien Bach, et déjà Mireille avait commencé à les travailler. Restait à sélectionner un claveciniste.

Elle adorait jouer la musique de ce compositeur si profondément pétrie de sérénité et de joie de vivre. Et remplie de petites fleurs aussi... Bach était le père de vingt et un enfants, il n'avait pas perdu son temps! Et dans l'élan de ses gavottes, la fougue de ses gigues, la solennité de ses allemandes, Mireille décelait la satisfaction toute simple du père de famille exprimant son enthousiasme et son amour ardent de la vie. Sur la douceur de ses adagios, elle percevait la tendresse et la poésie de cet homme à la réputation d'intégrité et de bon vivant. Elle s'interrogeait parfois sur la dureté de son chagrin lorsque la perte d'un enfant venait assombrir ses jours. Autrefois, une pneumonie ou une simple otite pouvait anéantir une petite vie en quelques jours. Les parents vivaient-ils dans la hantise, la crainte folle de la maladie? Singulièrement, la musique de Bach ne portait aucune âpreté, imprégnant plutôt l'auditeur de sérénité et de lumière. Alors en compagnie du compositeur encore bien vivant en elle, Mireille, s'accordant aux accents de cette musique, exprimait à son tour son bonheur réinventé.

Chaque matin, après le départ d'Élodie, et après avoir donné le bain au bébé, elle montait dans son studio et déposait l'enfant endormi dans son petit berceau tout près d'elle. Puis s'emparant de sa flûte, elle s'évadait sur les lignes musicales plus loin que son grenier, plus loin que sa maison, plus loin que son propre univers, au plus profond du royaume des émotions pures. Jamais, de toute son existence elle n'avait aussi bien joué, ni maîtrisé son instrument avec une telle aisance. Avec l'intensité de celle qui avait connu la fleur du bonheur autant que l'inhumanité de la souffrance.

Souvent, lorsqu'il se trouvait à la maison, Robert venait la rejoindre au grenier et l'écoutait religieusement pendant des heures sans prononcer une seule parole. « Manière paradoxale d'exprimer ses sentiments... », pensait parfois Mireille, impressionnée par la densité, l'épaisseur de ce silence. Mais Robert se trouvait là tout près d'elle et c'était sa façon à lui de manifester son amour. D'ailleurs son mari paraissait parfaitement heureux, cela se voyait bien dans l'éclat radieux de ses yeux et son comportement joyeux. « Je suis l'homme le plus choyé de la terre », se risquait-il à dire parfois. « Je possède une femme sensationnelle qui a rempli ma maison de musique et m'a donné les deux plus beaux enfants du monde. Deux enfants de la science. L'une guérie par la science, l'autre conçu grâce à elle. Je suis vraiment né dans le bon siècle! » Ses aveux dépassaient rarement ce stade, mais la présence, elle, demeurait constante, chaleureuse et vibrante.

Élodie aussi allait bon train sur le piano. De poursuivre ses leçons avec sa mère, même après la naissance du bébé, lui avait évité l'incontournable crise de jalousie bien légitime qu'éprouvaient habituellement les enfants à l'arrivée d'un petit frère ou d'une petite sœur. La période quotidienne d'exercice sur l'instrument lui permettait de vivre un moment privilégié où sa mère lui appartenait à elle seule. Alors, dans son esprit, Élodie associait le plaisir de la musique à la douceur de la présence maternelle.

En l'écoutant jouer ses petites pièces, Mireille se disait que l'enfant devrait bientôt s'habituer à répéter toute seule. « Elle est sur le point de me surpasser, la coquine! » Le temps était venu de trouver un autre professeur plus qualifié que sa flûtiste de mère. Elle en parla discrètement à Robert. Il lui répondit sans sourciller et sans même lever les yeux de son journal.

— Paul Lacerte n'a-t-il pas offert de lui donner des cours de piano dès que tu en aurais terminé avec les deux cahiers qu'il nous a fournis?

Ahurie par ce qu'elle venait d'entendre, Mireille retint sa respiration, les joues en feu. « Mon mari est fou! Se rend-il compte de ce qu'il vient de dire? » Mais Robert, retranché derrière ses lunettes, resta le plus naturellement du monde plongé dans ses nouvelles du sport.

— Il se trouve sûrement de bons professeurs de piano ici dans la région, répondit Mireille sur le ton le plus neutre possible.

— Pourquoi pas Paul Lacerte? Il n'existe sans doute pas de meilleur enseignant que lui et puis... cela lui permettrait de rencontrer régulièrement Élodie tel qu'il te l'a gentiment demandé dans sa lettre, l'hiver dernier.

— Quoi!?! Tu voudrais qu'Élodie et Paul Lacerte se voient assidûment à toutes les semaines? Tu accepterais de lui faire une place dans la vie de notre fille? Je n'en reviens pas!

— Une place de professeur, oui, Mireille. Une simple place de professeur de piano. Pourquoi pas? Nous lui devons bien cela. Il a accepté de collaborer généreusement lorsqu'il s'est agi du génotype d'Élodie. Indirectement, nous lui devons le repérage de ce donneur allemand qui nous sécurise tant et dont l'existence a contribué à te remettre de ta dépression. Et il s'était montré prêt à dire la vérité à ses propres enfants si cela s'était avéré nécessaire à une greffe pour sauver la vie d'Élodie, c'est toi-même qui me l'as mentionné. Ce n'est pas rien, cela! Et depuis tout ce temps, il maintient les distances que tu as exigées de lui, n'est-ce pas appréciable? On peut lui faire confiance, je pense, quand il jure de ne jamais réclamer ses droits à la paternité, ni de dévoiler la vérité à Élodie, à moins que toi-même ne le décides. Une petite place de professeur, Mireille, il la mérite, tu ne crois pas? Et un oncle Paul ne peut qu'apporter une dimension positive dans l'univers d'Élodie. Il faut penser à elle surtout.

Mireille, effondrée, se retenait pour ne pas crier et dissimula tant bien que mal l'affolement qui s'emparait d'elle. Dire qu'elle s'appliquait avec tant de zèle depuis des mois à chasser l'importun de sa pensée parce qu'il la troublait encore. Parce qu'elle sentait encore monter en elle une bouffée d'émotion à la simple évocation de son nom. Dire qu'il ne se passait pas une seule journée sans qu'elle le bombarde de ses « va-t'en! » en souhaitant de toutes ses forces qu'il ne revienne plus jamais confondre ses certitudes et menacer, par sa seule existence, son petit bonheur tranquille.

Et voilà que Robert insistait pour lui imposer à nouveau sa présence, ne serait-ce que sur le plan de rencontres professionnelles. Fallait-il qu'il soit à ce point inconscient de ce qui se passait dans le cœur de sa femme pour jouer ainsi avec le feu! Elle réalisa à cet instant que, dans l'esprit de son mari, il était entendu, depuis le jour où Paul avait offert le clavier à Élodie, que celui-ci deviendrait tôt ou tard le professeur attitré de l'enfant. Elle n'aurait jamais dû lui montrer cette maudite lettre! Mais où se trouvait donc la limite entre ce qu'on peut dire et ne pas dire à son mari, lorsque les frontières même de l'amour restent floues et imprécises? Quand le cœur veut tout prendre et refuse de renoncer? Quand il aime deux êtres à la fois?

— Mais, Robert, je... je ne veux plus rencontrer cet homme. Plus jamais, tu comprends? Lui et moi, c'est terminé pour toujours. C'est toi que j'ai choisi et c'est toi que j'aime.

— Il ne s'agit pas de cela, Mireille. Pas du tout! Je n'ai jamais douté de ton amour pour moi, voyons!

— Je ne veux plus jamais revoir Paul Lacerte pour quelque raison que ce soit, un point c'est tout!

— Je le sais, j'y ai pensé. Eh bien! tu ne le reverras pas, ton Paul Lacerte. Je vais moi-même m'occuper des cours de piano de MA fille. J'irai la reconduire et la chercher à ses leçons. Ainsi, tu n'auras pas à t'en mêler, ni à rencontrer ce « monstre » comme tu sembles le considérer.

Monstre en effet... Monstre de douceur au pouvoir maléfique de semer le doute affreux dans le cœur des flûtistes. Monstre aux doigts de velours et au regard de lumière capable de dissoudre, en une seule étreinte, la paix d'une famille patiemment bâtie au fil des années. Monstre de délicatesse capable de dévorer à belles dents l'âme d'une petite fille.

Mais non! Paul n'était rien de cela, Mireille le savait bien au fond. Paul était l'homme le plus intègre, le plus honnête, le plus pur de la terre. Le plus respectueux. Le plus gentil. Le plus tendre. Le plus... « Va-t'en, Paul Lacerte, va-t'en de moi! Oh! mon Dieu! protégez-moi, protégez-nous. »

— Donne-moi le temps d'y réfléchir, Robert, tu veux bien?

Robert ne réagit même pas en voyant sa femme s'empresser dans l'escalier menant au studio à la recherche de sa musique, ultime refuge pour son esprit tourmenté. La musique qui la soulagerait peut-être de son chaos intérieur.

&

Maladroitement, Élodie tentait de plier les petits pyjamas de Jean-Sébastien à la manière de sa mère. Depuis l'arrivée du bébé, elle suivait Mireille dans la maison comme une ombre, ne manifestant de l'intérêt que pour l'enfant, cette poupée vivante qui monopolisait toute l'attention de sa mère. Elle se montrait une grande sœur très empressée envers le bébé, trop zélée même, et Mireille craignait qu'elle ne prenne sur elle l'initiative de le soulever pour l'extraire du berceau.

Dieu merci! le chien Snoopy acceptait de bon gré de jouer le rôle de l'enfant d'Élodie. Jamais il n'avait été autant lavé, bichonné, tripoté que depuis la naissance du petit frère. Alors qu'elle se croyait seule, Mireille vit même sa fille donner le sein au toutou, bien calée dans le grand fauteuil du salon. La pose était parfaite, le chandail soulevé à la bonne hauteur, Snoopy bien enveloppé et serré contre sa jeune mère. Cette image bouleversa Mireille. « Ma pauvre Élodie... tu n'allaiteras jamais un enfant. » Mais elle chassa cette sombre pensée en se disant que, d'ici là, la science aurait probablement réglé ce problème. Les moyens de fertilisation s'améliorant d'année en année, il ne servait à rien de s'en faire pour l'instant. « Un problème à la fois, ma vieille. On verra en temps et lieu. »

Était-ce la raison pour laquelle elle se montrait si patiente envers Élodie qui ne la lâchait pas d'une semelle? À l'heure du bain, la petite voulait tenir le savon, grimpée sur une chaise, réclamant de laver elle-même le dos du bébé ou d'essuyer ses petites mains. Quand il s'agissait de l'habiller, elle avait pour rôle de lui enfiler ses chaussons, ce qui lui prenait un temps infini. Mireille, crispée, poussait des soupirs exaspérés. Les heures de tétée s'avéraient encore plus harassantes, avec Élodie juchée elle aussi sur les genoux de sa mère. Même les promenades à l'extérieur devinrent pénibles, la petite exigeant d'actionner elle-même la poussette aux côtés de sa mère. Mireille était devenue un ange de patience.

— Tu es trop permissive, Mireille. Élodie est devenue un véritable casse-pieds et tu n'as pas à supporter cela. Il faut la remettre tout doucement à sa place.

— Laisse-la faire, Robert, qu'elle profite tant qu'elle veut de son petit frère et de sa mère.

Robert savait bien que sous cette tolérance excessive couvaient des relents de crainte pour la survie d'Élodie. Ce « qu'elle en profite » le fit s'alarmer. Fasse le ciel que sa femme ne replonge pas dans la déprime et ne gaspille pas la douceur de ces jours sans nuages. Il espéra que le séjour d'enregistrement à Boston de Mireille briserait ce pattern d'envahissement ébauché par Élodie. Mireille partirait avec sa mère et le bébé puisqu'elle l'allaitait encore. Madame Deschamps viendrait garder Élodie. Après les heures d'école, la fillette aurait pour elle toute seule son père et sa tante.

On verrait au retour à établir un meilleur équilibre dans les relations familiales. Mireille ne pouvait pas, de toute évidence, laisser Élodie faire ses quatre volontés et exiger toute la place sous prétexte qu'elle avait été très malade. Quant à une résurgence de la leucémie, Robert n'y croyait guère. D'un naturel optimiste, il avait chassé ce cauchemar très loin de ses pensées. Mais il sentait bien que sa femme n'avait pas définitivement réglé ce problème. Il ne savait comment lui en parler, craignant qu'elle refuse de l'admettre. Alors il gardait le silence, se contentant de l'entourer davantage de son affection et de sa tendresse.

Ce matin-là, un rayon de soleil enluminait la chambre bleue de Jean-Sébastien d'une mince couche d'or. Déçue par le départ imminent de sa mère pour Boston et jalouse de la voir emmener le bébé, Élodie éprouvait un grand sentiment d'abandon. Elle aidait tant bien que mal sa mère à préparer les bagages du bébé, mais les petits pyjamas étaient plutôt lancés avec agressivité au fond de la valise.

— Je veux y aller moi aussi!

— Mais c'est toi qui vas prendre soin de papa, de Gris-Gris et de Gros-Gros. Et puis l'école commence demain matin, Élodie. Tu vas y retrouver tous tes amis, tu n'auras même pas le temps de penser à moi et à Jean-Sébastien!

— Na! Je veux aller avec toi à Boston!

— Élodie, je ne serai partie qu'une petite semaine, ce n'est pas la fin du monde! Et je vais te téléphoner à tous les jours. Et même te rapporter une surprise, si tu es sage naturellement!

Élodie retenait ses sanglots. À ses yeux d'enfant, voir partir sa mère était bien la fin du monde. Aucune parole, aucune promesse n'aurait pu la réconforter. Même pas la perspective excitante de cours de piano avec un nouveau professeur prévus pour la semaine suivante. D'ailleurs, ce projet avait été l'objet d'une autre déception. Quand Mireille lui avait annoncé qu'une dame, grand-mère très charmante, lui donnerait des leçons de piano en septembre, Élodie avait fait la moue au lieu de se réjouir.

— Oncle Paul avait promis de m'enseigner quand nous aurions terminé le deuxième livre. Pourquoi ce n'est pas lui?

Mireille avait sursauté. Quoi! elle aussi! Ainsi donc, elle se souvenait du pianiste. Il n'en avait plus été question après son unique visite à l'enfant. Et de quel droit lui avait-il fait cette promesse, cet effronté, cet intrus, ce voleur d'enfant, ce... Elle s'arrêta net. « Tais-toi, Mireille Ledoux. Des droits, cet homme en possède autant que toi. Mais il est trop respectueux pour les revendiquer. Et toi? Où se trouve-t-il, ton respect de ses droits à lui?» Elle grinça des dents.

— Oncle Paul est trop occupé pour te donner des cours. Tu verras, Élodie, cette dame qui enseigne le piano à Sainte-Dorothée me paraît fort sympathique.

Ceci avait clos la discussion et Élodie n'en avait plus reparlé. Mais aujourd'hui, à voir l'air désespéré de sa fille, Mireille se sentait coupable de partir et de la délaisser même pour quelques jours.

— Mon ange, allons! Ne pleure plus. Je reviendrai bien vite. Je t'enverrai même notre oiseau blanc. Il survolera notre maison pour te saluer de ma part. Vas-tu le surveiller?

Les grands yeux bruns d'Élodie s'illuminèrent soudain. Le bel oiseau blanc... Mireille ne résista pas à l'envie de la prendre dans ses bras. Abandonnant les bagages du bébé, elle s'installa dans la chaise et se mit à bercer tendrement sa fille. L'enfant se calma et cessa de pleurnicher. Mireille crut qu'elle s'était endormie et resserra son étreinte. « Ma toute petite... » Brusquement, Élodie releva la tête et posa la dernière question à laquelle Mireille aurait pu s'attendre :

— Maman, comment il est venu dans ton ventre, le bébé?

Mireille éclata de rire. Tu parles d'une manière de changer de sujet! Elle prévoyait bien que tôt ou tard surgirait cette interrogation, mais pas en cet instant précis! Elle lui expliqua alors, le plus simplement possible, que deux petites graines s'avéraient nécessaires à la fabrication d'un bébé : celle de la maman déjà présente dans son ventre, et celle du papa qu'il venait déposer dans le vagin à l'aide de son pénis, une nuit où il serrait la maman très fort contre lui parce qu'il l'aimait beaucoup. Élodie l'écoutait attentivement.

— C'est comme cela que tu as fait Jean-Sébastien?

— Eh! oui...

— Et moi aussi? Tu as fait cela avec papa?

— N... non, Élodie. Pas avec papa. Quand tu es venue dans mon ventre, je fréquentais rarement Robert. J'ai fait cela avec un autre papa.

— Pourquoi il n'est pas resté avec moi, l'autre papa?

— Parce qu'il se trouvait trop occupé avec ses autres enfants. Alors Robert est venu dès ta naissance et il est devenu ton père adoptif.

Élodie enfouit son visage dans la poitrine de Mireille. Cette nouvelle semblait la troubler. Elle savait confusément que Robert était son père adoptif, mais ce mot n'évoquait rien pour elle. Mireille n'avait pas cherché à lui cacher la vérité, mais n'avait pas devancé ses questions, se disant qu'elles viendraient en leur temps, tel un fruit mûr.

— Il était comment, mon papa? Je veux dire, l'autre papa...

— Il était... il était... très gentil!

Mireille aurait voulu lui dire que son père était le plus merveilleux des hommes, à la fois un grand artiste et l'être le plus sensible de la terre, le plus généreux et le plus séduisant. Et qu'elle lui ressemblait, que ses grands yeux bruns portaient la même clarté, la même lumière, le même caractère rieur. Mais elle se ressaisit et demeura vague.

— Est-ce que je vais le rencontrer un jour?

— Oui, Élodie, je te le promets sur mon cœur. Un jour, dans très longtemps, tu le connaîtras. Tu sais, ton vrai papa, celui qui t'aime et prend soin de toi, c'est Robert.

— Oui, Robert est mon vrai papa, et je l'aime beaucoup, moi, mon papa.

La tension venait de baisser d'un cran. Élodie descendit de sur les genoux de sa mère et s'en fut au salon, oubliant autant ses interrogations que le départ de sa mère. Quelle muse mystérieuse la poussa vers le piano, Mireille n'aurait su le dire, mais elle se mit à jouer mieux qu'elle n'avait jamais joué.

Mireille demeura un long moment sur la berceuse, sans bouger, décontenancée par la promesse qu'elle venait de faire à sa fille. « Un jour, tu le connaîtras. » Le temps n'était-il pas venu de franchir ce pas? Pourquoi séparer ces deux êtres qui ne demandaient qu'à se rejoindre, qu'à s'enrichir l'un de l'autre? Et qui y avaient droit par surcroît! Élodie n'avait pas à assumer les problèmes sentimentaux de sa mère, ni à payer pour ses embrouillements. Elle possédait un père biologique et avait un droit légitime de le connaître. D'ailleurs, cette relation ne pouvait que générer du bien pour les deux, en autant qu'elle-même prenne garde de ne pas se laisser atteindre. Ou détruire... Au pire, si Élodie ne survivait pas à sa leucémie, Mireille ne pourrait pas se reprocher de l'avoir privée de cette dimension importante. Puisque Robert semblait parfaitement d'accord.

« Nous pourrions d'abord lui présenter Paul comme son professeur. On verra bien quel genre de relation s'établira entre eux. Il n'est pas nécessaire de divulguer toute la vérité à Élodie dès maintenant. Commençons par le commencement. Un pas à la fois, ma vieille, c'est bien suffisant! »

Mais elle n'était pas dupe. Cet arrangement susciterait infailliblement des rencontres entre elle et le pianiste. Au nom de quoi prendrait-elle ce risque fou de revoir ainsi l'homme qui l'avait tant marquée? Pourquoi laisserait-elle une nouvelle inquiétude l'envahir? Un nouveau doute, une nouvelle menace dont elle n'avait pas besoin. Elle n'aimait plus cet homme, du moins elle le croyait, mais la chaleur qu'il dégageait la fascinait encore. L'attirait toujours. Il s'en faudrait de si peu pour qu'elle s'abandonne à nouveau dans ses bras comme l'autre jour. Et sous sa domination. Elle savait bien que, dès la première seconde de contact, s'établirait un climat de complicité auquel elle ne saurait échapper.

Pourtant, non... Plus maintenant! Elle aimait tant Robert et leurs deux enfants! Maintenant elle s'expliquait mieux le choix que Paul avait fait jadis en lui préférant sa famille. À vrai dire, il n'avait pas choisi de l'abandonner, elle, il avait plutôt décidé de sauvegarder sa propre famille. Cette option lui avait coûté très cher : non seulement il avait perdu en Mireille la femme qu'il adorait, mais il avait perdu aussi et sans le savoir une petite fille qui aurait pu lui apporter toutes les joies légitimes qu'un enfant procure à son père. Pour l'amour de ses enfants, Paul Lacerte avait sacrifié l'amour de sa vie. Il avait probablement connu naguère le chagrin, lui aussi, et à cela Mireille n'avait jamais réfléchi. Elle n'avait jamais envisagé leur rupture sous cet angle, obnubilée par sa propre angoisse de fille-mère.

Et il devait souffrir encore, elle le sentait, en maintenant aveuglément les distances imposées par elle et en respectant les droits d'adoption de Robert sur l'enfant. Lui qui aimait tant les enfants. Mireille prit soudain conscience de son dépit. Son Robert, si peu sensible et aussi rustre fût-il, avait compris cela bien longtemps avant elle, tout redevable qu'il se sentait envers le pianiste de le laisser poursuivre son rôle de père adoptif auprès d'Élodie. Elle supposait que Paul aurait pu semer la zizanie, réclamer ses droits physiques, brandir devant un juge son génotype et celui de l'enfant. Toutefois, il était fort possible que le secret l'arrangeait probablement, puisqu'il semblait vivre encore avec sa famille, du moins elle le supposait. Mais l'énormité de sa réaction en apprenant l'existence d'Élodie avait certainement démontré, hors de tout doute, que l'apparition d'une adorable petite fille dans sa vie l'aurait comblé de joie.

Pire, lors de cette visite à l'université, il aurait pu facilement tenter d'amadouer Mireille, déboussolée et affaiblie par les circonstances. Ou de la séduire... Mais Paul n'avait rien voulu de cela. En homme loyal, il avait résisté à la tentation, se contentant de quémander bien timidement sur les pages d'une humble lettre l'unique satisfaction d'offrir à son enfant ce qu'il avait de plus précieux au monde : sa musique.

Mireille comprenait enfin que le silence de Paul s'alimentait non seulement de respect mais aussi d'une attente fébrile. Elle ne doutait pas qu'à chaque jour, il espérait une réponse à la demande de sa lettre. Oui, elle allait lui permettre ce grand bonheur de mieux connaître Élodie et de l'aimer, même s'il devrait se contenter de la manière d'un oncle Paul, au-dessus d'un piano et à travers la musique. D'accepter cela constituait son ultime geste d'amour envers lui. « Mais qu'il ne s'avise pas de troubler ma paix intérieure, ni celle de ma fille! » Cela, elle ne le permettrait jamais.

♪♪♪

Lorsqu'elle redescendit quelques instants plus tard, tenant à la main la valise de Jean-Sébastien et la sienne, le visage de Mireille avait retrouvé son calme. Elle avait mûri son choix. Sa décision était prise, elle n'y reviendrait pas.

Élodie s'amusait dans la cour pendant que Robert s'affairait dans la cuisine.

— Oh! Robert, au sujet des cours de piano d'Élodie, j'y ai repensé sérieusement. Tu as raison : laissons la chance à Paul Lacerte de lui donner des cours sur la base d'une relation amicale. Élodie ne posera pas de questions pendant un bon bout de temps. Nous aviserons plus tard s'il vaut mieux ou non lui dévoiler qui est cet oncle Paul.

— Bravo, Mireille! Tu as pris une sage décision.

— Oui, mais j'exige une condition. Une seule. Si un jour, pour une raison ou pour une autre, je te demande instamment de mettre un terme à ces cours de piano avec lui comme professeur, tu t'exécutes immédiatement et sans me poser de questions. IMMÉDIATEMENT. Est-ce bien clair, net et précis? Me suis-je bien fait entendre? Jure-le-moi sur les liens sacrés qui unissent notre famille.

— Mon Dieu! Mireille, tu t'en fais vraiment pour rien. Paul Lacerte ne sera qu'un bon vieil oncle Paul offrant des cours de piano à notre talentueuse petite fille, c'est tout. Mais si cela peut te rassurer, eh bien! oui, je te le jure. Si tout va bien, tant mieux! Sinon, on arrête tout. Voilà!

— Tu peux rejoindre Paul Lacerte à son studio de l'Université de Montréal. S'il est absent, laisse le message à la téléphoniste, je n'ai aucun doute qu'il te rappellera avec empressement... à ton bureau autant que possible. Je préférerais éviter de le rencontrer, pour ma part. Ce serait bien s'il pouvait recevoir Élodie à son studio le samedi matin.

Robert délaissa ses ustensiles et prit Mireille dans ses bras.

— Merci, Mireille, pour Élodie.

— Merci pour Paul Lacerte aussi, je crois.

Chapitre 4

Scherzo (badin)

Noël approchait à grands pas. Élodie travaillait son piano depuis déjà plusieurs mois avec Paul Lacerte. À l'automne, elle avait sauté de joie en apprenant qu'elle commencerait des leçons avec l'oncle Paul. Elle n'avait rien oublié de son unique rencontre avec l'artiste et manifestait une grande excitation à lui montrer tout ce qu'elle avait appris avec sa mère.

L'homme et l'enfant semblaient avoir établi un bon rapport. Mireille n'en revenait pas de ses progrès en musique depuis septembre. Naturellement attirée par l'instrument, elle venait maintenant d'elle-même au piano et y passait des heures, révélant déjà des qualités artistiques exceptionnelles. « C'est incroyable de jouer comme cela à seulement six ans! Presque une enfant prodige! » se disait Mireille, éblouie par la facilité avec laquelle l'enfant s'exécutait sur le clavier et surtout l'expressivité qu'elle arrivait à y intégrer. « Elle est vraiment la fille de son père! » ne pouvait-elle s'empêcher de constater.

Chaque samedi matin, elle la bichonnait un peu plus minutieusement qu'à l'accoutumée, avec le sentiment secret et ravi qu'elle l'envoyait à Paul comme un cadeau. Jamais, pas une seule fois, elle n'avait questionné Robert ou Élodie au sujet de Paul. Le moins elle en savait... Même Élodie, généralement volubile, en parlait très peu. Il restait vaguement « l'oncle Paul », son professeur de piano, et leur relation ne semblait pas dépasser les lignes de démarcation de l'enseignement de la musique.

Quant à la santé, elle se maintenait, vaille que vaille. Un signal d'alarme avait sonné en octobre avec une mauvaise grippe. « Ça y est! revoilà la bête... » avait tout de suite conclu Mireille. Mais les examens de laboratoire confirmèrent qu'il ne s'agissait que d'un vulgaire petit virus de rien du tout comme en attrapent tous les Québécois à ce temps-là de l'année. Élodie l'avait combattu facilement et s'en était remise en quelques jours, preuve que son système immunitaire fonctionnait de nouveau à la perfection. « Ouf! avait soupiré Mireille. Les choses se présentent mieux cette année. Cette fois, l'espoir est concret et dépasse les limites du rêve fou. Merci, mon Dieu! »

Quelques jours avant Noël, Élodie manifesta une agitation inhabituelle. L'institutrice avait envoyé aux parents une recette de pâte à modeler faite de farine et de sel. Elle passa des heures et des heures à fabriquer des petits cadeaux pour tous les siens : médaillons, épinglettes, animaux modelés qu'elle peignait ensuite de couleurs vives. Mireille trouvait des grumeaux partout dans la maison, quand ce n'était pas des taches de peinture sur les meubles. Un matin, l'enfant décida de fabriquer elle-même les personnages de la crèche.

— Ils seront encore plus beaux que les tiens, maman!

En effet, sous le sapin, leur naïveté émouvante l'emporta d'emblée sur le charme mesuré des figurines des Artisans du Bon Pasteur qui restèrent bien sagement dans leur boîte, cette année-là. « Un autre souvenir au rancart », pensa Mireille avec une certaine nostalgie. « Et puis, zut! C'est préférable ainsi. »

Malgré ses doutes, Élodie croyait encore au père Noël.

— Oh! Oh! Oh! As-tu été sage, mon enfant?

Mireille prenait un air sévère et grossissait sa voix

comme si le père Noël lui-même faisait une enquête. Élodie ouvrait grand ses yeux innocents.

— Euh... oui, oui, j'ai été sage, hein, maman?

— Alors tu recevras de jolis cadeaux, puisque tu le mérites.

— Moi aussi, j'ai un cadeau pour toi, maman. Et pour papa, et pour matante Deschamps et pour grand-papa et grand-maman. Et pour mon petit frère aussi. Pour tout le monde!

— Ah! oui? J'ai hâte de voir cela!

— Mon cadeau à moi, ce n'est pas le père Noël qui va l'apporter. Mais je n'ai pas le droit de le dire, c'est une surprise.

Et Élodie se dégagea doucement des bras de sa mère pour aller jouer plus loin en turlutant des airs de Noël. « J'adore cette enfant, songea Mireille. C'est elle mon plus beau cadeau. »

♪♪♪

La veille de Noël, Élodie ne tenait plus en place. Le dernier invité n'était pas aussitôt arrivé qu'elle fit asseoir tout le monde confortablement dans le salon autour de l'arbre de Noël.

— C'est l'heure de mon cadeau. De celui que je vous donne. Mais auparavant, il faudrait que vous lisiez cette carte, papa et maman.

Curieuse, Mireille déchira l'enveloppe que lui remit l'enfant. Elle y découvrit une magnifique aquarelle originale représentant une crèche de Noël, signée par les Artisans du Bon Pasteur de Québec. À l'intérieur, elle reconnut l'écriture fine et penchée de Paul Lacerte. Le cœur barbouillé, elle lut le petit mot avec les yeux brillants de celle qui retient difficilement ses larmes. Par-dessus son épaule, Robert lut le message en même temps qu'elle.

Chère Mireille et cher Robert,
Voici mon cadeau de Noël. Depuis quelques années, je *compose de la musique durant mes heures de loisir et, derniè-* *rement, je me suis amusé à écrire cette courte pièce que j'ai* *intitulée* Sonatine pour un ange *qu'Élodie va vous exécuter* *à l'instant. Elle l'a apprise à votre insu avec l'idée de vous* *l'offrir en surprise. Elle vous paraîtra très simple, évidem-* *ment, mais je l'ai composée en songeant à vous deux, Mireille* *et Robert, amoureux des enfants et parents hors pair. C'est ma* *manière à moi de vous remercier de m'envoyer un rayon de* *soleil à chaque samedi matin en la personne de votre adorable* *petite Élodie. Elle progresse d'une manière phénoménale et* *possède certainement ton talent musical, Mireille. Soyez heu-* *reux tous les quatre et que l'Enfant de la crèche vous protège.* *Affectueusement, Paul Lacerte.*

Trépignant d'impatience, Élodie n'attendait que l'instant où ses parents termineraient la lecture de la carte
pour sortir la partition dissimulée soigneusement dans
le banc du piano.

— Vite, maman, va chercher ta flûte!

— Comment cela, ma flûte? Ne vas-tu pas nous jouer
une sonatine sur le piano?

— Oui, mais il s'agit d'une sonatine pour flûte et
piano. Il faut absolument que tu la joues avec moi, maman. Vite, j'ai hâte!

— Avec toi? Un duo? Ah!... quelle merveilleuse idée!

Pour une fois, la pianiste se montra de calibre supérieur à la flûtiste dont le souffle s'étranglait à tout instant par l'émotion. Tirant sur sa pipe et savourant la
douceur du moment, Robert jeta un coup d'œil sur Jean-
Sébastien endormi dans sa petite chaise en tenant dans
ses bras un Snoopy de peluche dormant aussi profondément que lui.

Finale

Largo tranquillo (lent et paisible)

Concert bénéfice

La lauréate du Concours international de piano de Vienne, la jeune Montréalaise de 24 ans, Élodie Ledoux-Breton, donnera ce soir, à la salle Maisonneuve de la Place-des-Arts, un concert bénéfice au profit de la Fondation Leucan pour les enfants cancéreux.

On sait que la jeune pianiste, fille de la flûtiste bien connue Mireille Ledoux, a étudié avec le regretté Paul Lacerte avant de terminer brillamment ses études au Conservatoire de Paris. Mademoiselle Ledoux-Breton s'exécute maintenant sur les grandes scènes du monde. Elle sera accompagnée ce soir par ses frères Jean-Sébastien au violon et Pierre-Paul à la flûte traversière dans des œuvres de Haydn, Schubert et Beethoven.

Quelques billets restent encore disponibles au guichet de la Place-des-Arts.

DISTRIBUTEURS EXCLUSIFS

Distributeur pour le Canada et les États-Unis
LES MESSAGERIES ADP
MONTRÉAL (Canada)
Téléphone: (514) 523-1182 ou 1 800 361-4806
Télécopieur: (514) 521-4434

Distributeur pour la Suisse
TRANSAT S.A.
GENÈVE
Téléphone: 022/342 77 40
Télécopieur: 022/343 46 46

Distributeur pour la France et les autres pays européens
HISTOIRE ET DOCUMENTS
CHENNEVIÈRES-SUR-MARNE (France)
Téléphone: (01) 45 76 77 41
Télécopieur: (01) 45 93 34 70

Dépôts légaux
1er trimestre 2000
Bibliothèque nationale du Canada
Bibliothèque nationale du Québec